等青春散场

著者　吴晓辉

北京燕山出版社
BEIJING YANSHAN PRESS

图书在版编目（CIP）数据

等青春散场 / 吴晓辉著. — 北京：北京燕山出版社，2021.1

ISBN 978-7-5402-5608-1

Ⅰ．①等…　Ⅱ．①吴…　Ⅲ．①故事—作品集—中国—当代　Ⅳ．① I247.81

中国版本图书馆 CIP 数据核字（2020）第 103039 号

等青春散场

著　　者　吴晓辉
责任编辑　王　迪
封面设计　汪要军
责任校对　石　英
出版发行　北京燕山出版社有限公司
社　　址　北京市丰台区东铁匠营苇子坑 138 号 C 座
电　　话　010-65240430
邮　　编　100079
印　　刷　北京建宏印刷有限公司
开　　本　710mm×1000mm　1/16
字　　数　268 千字
印　　张　22
版　　次　2021 年 1 月第 1 版
印　　次　2021 年 1 月第 1 次印刷
定　　价　49.8 元

目录
CONTENTS

04章 闲情记趣

01章

恋恋风尘

爱多必费

"不爱那么多，只爱一点点；别人的爱像海深，我的爱清浅……"大才子李敖当年为台湾校园民谣操刀所作的歌词。

究竟什么才是爱的进行式呢？轰轰烈烈不是爱吗？细水长流不是爱吗？卿卿我我不是爱吗？打情骂俏不是爱吗？黏在一起，一日不见，如隔三秋不是爱吗？明月千里，飞鸿传情，相思迢递不是爱吗？悉心照顾，事必躬亲，不是爱吗？放手成全，给出空间，不是爱吗？浓情如蜜，眼波才动被人猜，不是爱吗？真水无香，岁寒方见松柏志，不是爱吗？什么才是最完美的爱式呢？

如果你们有六个水果，不一定全部得是apple。拿出五个水果来换成橘子、香蕉、李子、菠萝、葡萄……色泽鲜艳了，式样又丰富了，爱得应有尽有不更好嘛。

字典上解释，"爱情是男女相爱的感情"。可是爱的感情有很多种啊。如果有个苹果被称为"恋情"，其余的水果置换成友情、亲情、道义情……不是更好嘛。

《道德经》里阐释：甚爱必大费，多藏必厚亡。是说如果你太刻意地去钟爱某个东西，必然会招致痛苦和希望的破灭；你用力去囤积握牢的东西，总是容易流失掉。爱情就像一粒砂，恋人们生怕它变化，紧紧攥在手里结果会适得其反，更快地失去它。因为人不是在只有男女情爱的真空里过活。就不要那么多苹果，会吃得人厌腻的，拿几个换橘子，或香蕉、凤梨、葡萄、菠萝……吧。

这样选择更丰富，两人在一起共餐的向心力会更强韧、恒久啊。

笔墨游戏

一

惟有柳絮无情思，拟作雪花漫天飞。柳絮是多情的吧，在春光里款款摆舞，挽留行人的匆匆步履，它们又冶艳无情，飞自西来散向东，无私抑或无耻地把缱绻柔情洒向每张面孔。

爱的第一意向是选择，显然柳絮是没有爱人的了。她是春天的小妾，私家豢养，春天用她来装点门面，展示春光浩荡，年华如玉。落花是盛时不再的弃妇，一夜之间萎落成泥。在她身上记录了红颜的欢欣荣辱，情爱的缘起缘灭。可柳絮来也空蒙去也无踪，意旨如此暧昧不明。有人想她是和夏天私奔了，做了回慧眼识英豪的红拂女，又有人猜度她恋主情深，春天谢幕的时候她在金谷园坠楼殉情，我不信。

她是被屋檐下的蛛大户（蜘蛛网）给拐走了，那是个死缠烂打的狠角色。一物自有一物降，小奸小坏的柳絮惹着了拆白党，再也脱不得身，平地饶恕了一批迷情恋色的愣头青，哈，多像一出世态教化剧的剧情。

二

如梦如烟，枝上花开又十年。十年千里，风痕雨点斑斓里。莫怪怜他，身世依然是落花……龚自珍的词作。诗人年轻时意气风发，一箫一剑吟走江湖，十年后客居京华，忽睹卷册中所夹十年前的海棠花瓣，自伤身世而做。岁月消磨了英雄豪气，壮志凋零，美人迟暮，睹物伤情也是人之常事。只需有个契机，人会在完成自我表达的过程里感受到主体的存在而有生机勃发的愉悦感。

柳絮是个道具，缘起是崇，花开见佛，主体在对客体的感情抒发和审美视野里面还掺杂了一个"欲望介体"。在完成上述的游戏篇的时候，心里正感愤于《东京爱情故事》中女主角里美那样的女人为什么老能成为感情抉择里的胜出者，却格外嫌恶以柔弱为手段的女人。她能面不改色地撒娇示弱，蜻蜓点水一样散发迷人的芬芳，永远以半情人、准情人的闪烁眼神与暧昧对象周旋。对我辈来说想成这样的女人估计是个比共产主义社会还要遥远的梦想。老老实实背着自己的铁翅膀吧，累死自个，吓死别个。蜻蜓？柳絮？轻盈的东西……飘逸的东西……可爱的不崇高，崇高的不可爱……太善良委曲求全的时候担心自己充当傻大头，据理力争得太有原则或者清醒决绝了又怀疑自己是否善良包容……永恒的矛盾……人生识字忧患始，一点儿也没错啊。

别后相思空一水

　　"夜是这样肃穆／白桦树排列在两旁／举手道别／梦中惊醒的鸟儿／尖叫起来四处逃离。／就走到这里了／来生再见时／你还识得我吗／我的左眉，有一颗黑痣。"

　　悲莫悲兮生别离，古人说到离别，总有惊心动魄的感觉，黯然销魂者，唯别也。重逢就是咫尺天涯，恍若隔世了，因为我们都变了，心随着脚在流转。放在手心里的此情此境，此地此夕，他年会变成寒光凛凛的飞刀，刀刀催人老。流年暗转了，能够呼吸的东西都有它周转轮回的时序，时空交错，相知也会变成陌路。

　　在人间，离别久了便不成悲，因为存在先于本质，人有选择自我保护机制的本能。那些一一散落在风中的，让它翻飞成云彩、蒲公英，还有阳春三月的柳絮，隔着回忆筛选的帘幕，分外好看。那些辗转成尘的，就还原成泥土，尘土飞扬的追忆里，会呛得人喉头紧缩，双眼酸楚。那些流失在波光粼粼的水中央的，不一定是落花，是我们打捞不住的时光，临水自照，我们爱上了脚下徒唤奈何的倒影，那是生生世世，挤扁又压缩、拉长的一个自己。

《大话西游》——情爱自伤

要是给《大话西游》重新命名，我会称其为"情爱自伤"。

其一：紫霞仙子的愿望是仙姑的欲望，玉洁冰清，跌摔到凡间，自然因落差太大跌得粉碎。多少人平淡无奇，或无惊无险地过一辈子，为什么你就得一定要找到那命中注定的"天子"呢？殊不知，希腊神话里，凡人太爱一样东西，神都会嫉妒的，会罚他在触碰到那样东西的刹那，让它化为灰烬。——这其中有很深刻的寓意。不太客观地对待一个东西，一开始就等于错失了它。

其二：遇上"真命天子"了，他还是个盖世英雄。英雄让你仰慕，但他不可能沦为一出爱情偶像剧的主角。英雄有他的宿命，铁肩担乾坤的业绩使得他成为你梦中的天神，这不足以成为他迈下祭坛走向花前月下的红地毯。英雄会在黄沙漫漫拂起战袍、转身的刹那，记起尘世一个为爱而生的女子的悲伤面容，但没有什么更有力的东西留住他毅然离去的步伐。就像爱情是她的信仰，为抱负献身也是他的宿命。

其三：浪漫是没有后来的事，爱情是没有如果的"业"。"业"来源于佛教用语，指人世间种种因缘关系种下的"果"。某一天，某个人，某种氛围，甚至自己都无法明了的生理因素，还有八竿子都打不到一块的"蝴蝶效应"，都会让你鬼使神差地"爱"上某个人。紫霞仙子的要求很"一厢情愿"：谁能拔出她的宝剑她就爱上谁。这和某些人的"谁能征服我""谁能保护我""谁能取悦我""谁能打动我"……就爱上谁的逻辑如出一辙。

人只是自己造成的东西，而不是别的什么，哪怕跌入情网的"恋人"角色也是你自己一手造成的。如果你放弃为自己做主，狂热就会来当家。爱上了，搭上情，赔上命，求仁得仁，夫复何怨？

每个人都是自己人生故事的主宰，随时要做好准备迎接这个故事的起承转合。

电影的结局在屏幕上已成为绝版，不可更改，无法重新诠释：紫霞偏遇上爱上至尊宝了，观世音也挑中他成为大圣了，仙子被牛魔王掳去了，仙子为她的爱人或者为她的一个梦献身了……都是无法扭转，没有商量余地的事情。观众连重新解释、定义它们内涵的余地都极其有限。

在我们人生的某一阶段，我们也会充当一回为爱不惜身的仙子，做半生为责任折腰的大圣，偶尔也会露出一副把牺牲者吃定的牛鬼蛇神的"尊容"。看戏的我们才更像具有多重面具的"演员"，并且是没有人许诺一定会给报酬，风险也无法预测，又卑微得要命的"群众演员"。为仙子掉泪，为大圣扼腕的时候，匀出一些心思来琢磨自己，身后被你错伤，或身边让你错爱的人吧。

第一个和倒数第二个

爱上的第一个人和结婚之前爱的倒数第二个人，都是一辈子难以忘记的人吧。

怀疑初恋的时候，男人是撞上了欲望大石头的青蛙，而女人是无知软弱的恐龙，多半是跟随形势、对方要求走的被动的一方。或者，她根本就没有自己情感的要求，只是机械地审时度势地找个提供物质和安全保障的堡垒。

而断送了你对激情的全部憧憬、想望，让你理智地选择另一个步入婚姻殿堂的倒数第二个人，则是你命中注定的"克星"吧。玩儿命一样地投入却爱过了头也罢，情非得已的条件、形势权衡也罢，反正你们不能如愿携手步入围城。甚至不愿再见，再提起。他（她）是心头的一颗朱砂痣也好，窗前的一缕明月光也好，看你自己怎么调停，让爱与恨在眉眼间翻滚。

重要的是对自己的心智保持诚实，看清楚到底是哪种格局，实在看不清楚也要承认自己的无知。如果大家都是误打误撞地邂逅一场，就不要有什么薄幸或委屈的埋怨了；如果对方没有心力把这份过多的感情维系下去了，礼貌地打个手势好聚好散。如果你们的脚力失去平衡了，道义恩情又无法弥补差距的裂缝，大家都是跑江湖的，你为你的快感，她有她的要求，莫乱伤了兄弟的和气。没有伤了道义又有缘分的话就拜个把子，都看不顺眼的话就各走各路吧……

谈一次恋爱能搞定一辈子吗？合理的事情就是不过分追求太合理。鞋穿在他们脚上，合不合脚只有自己晓得。

风乍起

　　起风之前，穿过树林的人，是没有记忆和前生的人。风乍起，一种变故就要来临，心绪暗涌，情思翻滚，——其实只有吹拂的风，才是他们的确切知觉。在起风之前穿过林子的人，要学会隐忍不发，忽略有可能闯入视线的风吹草动，找到他唯一的路。人最畏惧的是接触不熟悉的事物，起风前预感到可能有出乎意料的状况而受到惊吓，甚至上升为一种恐惧的情绪。风泠泠，站在时代、青春的风口，迎接未来的种种可能。

　　重温电影版《笑傲江湖》中的台词：天下风云出我辈，一入江湖岁月催。王图霸业谈笑中，不胜人间一场醉。盖世枭雄居然败给了宿命般的爱情，虽说这个东方不败的形象已脱胎换骨，在漫天红云绝望又华美的背景中得以永生。有多少人在这个风口出发，折腰，沉醉于云光水色，倦怠于迷情，买醉，愁绪纷纷里淘尽了他们的元气和青春……

故乡的夏天

自从读书离开乡下特别是湖南以后，从此故乡就没有春夏秋了。能回去的日子屈指可数，回家也待不上三五天，行色匆匆。故乡的夏，终于成为一幅渐渐褪色的版画，纵然底版铁笔银钩般遒劲，也慢慢泛黄薄脆地淹没在记忆的迷宫中。

最初的夏夜记忆，是和队上的小伙伴们坐在邻人台阶上，玩偷玉米苞谷的游戏。无非就是紧闭着双眼，一动不动，然后有人蒙着眼睛来抓摸，并猜出被摸中的人名字。那时室外还没装路灯照明，是完全靠月光透亮的夜色如水的好日子。月光下生石灰塘都白惨惨的，水银坑一样，丢个鸡蛋下去据说能直接煮熟。走夜路生怕走白路，走白路一脚就踏进石灰池子里面去了。有大人参与的还有一个夜晚节目就是讲鬼故事了。乔爷爷最谙熟此道了。他平时为人板正严肃，不假颜色，然后辈分又高，由他来说鬼故事，最权威正经，小孩子一听一个信，从来不会脑筋拐弯怀疑他说的可信度。他说有种捂亮鬼——就是有人深夜提着一盏马灯独自行走，那个鬼会设迷障，让人永远绕着一个小地方绕圈圈，走不出去；还有一种生产鬼，专拣女人生小孩临盆的时候出现，带来血光之灾。比如我妈以前就听说有人在我们家窗前看到，两个穿着花短袄、头裹布巾的古装打扮的女人朝里窥视；还有农村各种寻短路死的人会碰到的凶兆——吊颈鬼，落水鬼……村里一户人家的小孩，才两三岁，据说他半夜自己搭着凳子打开大门门闩，开了门走到屋前水沟里淹死了。有人怀疑这必定是落水鬼怂恿引诱的，有人还活灵活现地描述半夜看见它在人家屋顶上乘凉；至于新死的人七天之内，也就是头七的日子去生前去过的地方拾捡脚印更是惯例了，所以亲朋好友在那几天碰到其游魂的概率也是板上钉钉的；或者有老人在快要去世的当口儿，会看见已经过世的亲人来通知自己，做准备预报后事……那年五月份，奶奶去世的时节，我远在北京，开始并没收到音讯，有天中午午睡感觉到人拿手掌在摩挲我的后背，深情又缓重地试试探探，像盲人的行迹，而奶奶生前也白内障失明十来年了，那是听了一整个童年鬼故事的我，现实中第一次感觉到好像有灵魂存在……

　　继续回到夏夜，清月皎皎，凉风习习。那时萤火虫还很常见，在家门口灌木丛里大大方方地飞，随便去叶片上都能捡到摸到，或者拿着自制的纱布网兜，去稻田空旷地捕捞。捉来之后，放进玻璃的罐头瓶里，或者直接丢到漆黑熄灯后的蚊帐里，做梦的时候会不会看到天上繁星在闪闪发亮呢？夏之夜，是农村小孩子最活跃的时节了。不说点艾草熏蚊子，照顾自家耕地的牛，还有焚烧稻草的时候煨烤红薯，跟叔伯们一起蹲守瓜地临时搭建的草棚，看西瓜，侃大山，数星星。还有和小伙伴们提着自制的煤油灯，去水田里挖埋鳝鱼篓子，捉田鸡，摸螺蛳……收获颇丰的同时，还要防卫着各种水蛇土蛇有毒或者无害的野虫，跨过一道道抽水时灌溉的堤坝。农忙时，浇水的优先顺序也很重要，经常有人在别人花钱打水灌田的时候，偷偷把自己家的水田挖开一道口子，分流到自己家水田，有心的人就会一圈圈地去巡视检查了，不然真是远水肥不了近田啊……

　　有阵子我可能要进入青春期了，开始发体贴膘了，心里很着急，刚好在学堂里听老师说了要强身健体报效祖国的事，就跟队上的哥哥们一起踊跃组队跑步，行程是从家里跑到小学操场一个圈，再折回来睡回笼觉。那时也是夏天，太白金星上来了，天蒙蒙亮，一队四五人的小分队，约莫我最小最矮打头阵，然后也不喊口号也不出声，闷声不响地经过田间马路到了学校操场打个圈，还在想要不要自豪地跟暑假留守校园的老师打个招呼高声喧哗一阵呢？终于还是低调地回家了。也不知道坚持了几个清晨，后来不了了之。后来再次下决心晨练，是中学阶段，真的发胖，然后少女爱美之心顿起了，就暗搓搓地下决心早上上学前围着队上的土路跑几圈，跑到一家荒草丛生的院子前，突然想起他家三十来岁的儿子还是光棍，脑筋有点不清不楚，家里穷也讨不起媳妇，平时看到大姑娘小媳妇的眼神有点直直地发愣，心气顿时泄了，火速决计掉转头往家里跑，这件事也就从此作罢。

　　夏天伴随着灼热的骄阳，晒谷场大块金黄的谷粒，午后天边突如其来的乌云，还有龙卷风大作，暴风雨前农人抢收谷子的身影，稻田轰鸣的收割机马达声，以及阴晴不定的太阳雨，雨后的双轨彩虹，还有雨后洁净一新的空气，和白雾茫茫笼罩下的乡野里的蛙鸣声一片、绿柳荫里高亢嘹亮的知了声，透明羽翼覆盖着背壳的五彩缭乱的金龟子、天牛的嗡嗡声。

那个时候贯穿整个夏天的一大紧张调子就是抗洪抢险，倒围子。老人们一到年岁就祈祷不要在夏天过世，因为政府规定，夏天垸子里一律不得做响动鸣枪放炮，以免乡民们发生误会引起骚乱，以为是堤坝溃倒了的信号声。所以夏天去世的老人，家里不能大张旗鼓地做法事，只能悄无声息地埋掉，他们觉得一辈子，要走的时候还被如此地对待，不能风光一场，真是毕生遗憾。有一次我们在叔叔家稻谷田里打禾，老式的木头打谷机，还得人工拖动在水田里蹒跚前进，两个大人站在旋转的脱谷机轴前头操作，还要自己抬脚踩动踏板发力，小孩子们排成两列，远远地跑来跑去递送禾把子。突然马路上有人晃着草帽慌慌张张地跑过来，好像是说倒围子了，快跑啊。机器轰鸣声压倒了人家的话语声，但那个张皇神情十有八九是真的，于是大人们慌不迭地丢下打谷机，喊着小孩子们往马路上停靠的叔叔的拖拉机跑去，就打算夺路而逃直接往南湖洲镇的堤坝上开了。后来才知道是以讹传讹，虚惊一场。

每当到了资江水域洪峰过境阶段，整个南湖洲垸子四面围水，真的是风声鹤唳，瓮中捉鳖一样的被动。行动不太迅疾的老弱病人们，会被家里人早早地安置在堤上，占据地利搭建起帆布木头的棚子，看顾着家里的笨重一点的大木柜，千年屋——就是老人刷漆一遍又一遍的好木头制作的棺材，还有圈养起来的肥猪鸡鸭等活物财产。几里地长的堤坝顿时成了临建杂居区，人头汹涌，热热闹闹，好不活泛。队上按照每户人头计算抽募的壮丁队，二十四小时轮流守卫在堤岸边，观察汛情，发现溃口，生怕有大蚁掏洞整垮虚空了整座堤坝，洪水灌进来就会把口子越搅越大，最后不可收拾。要是真的在薄弱地段有了险情，鸣哨声，人马劳动呼叫声，忙半夜甚至通宵也要搬运来各种麻袋装的卵石硬物，把溃口堵住，加固抬高大坝。

我妈胆子小，乡下妇人没什么见识，每到那种五六月漫长的梅雨季节，她就惶惶不可终日，好像大坝马上要倒了似的。这种紧张惶恐的情绪直接传染到了我心头，放学回家的路上，看着屋前门后的水沟池塘水位上涨，肆意蔓延，就觉得大难临头，乌云密布，暴雨压境来了，在劫难逃，心情可沉重了。少女时节的多愁善感多半是来自父母情绪的熏染，还有对自己外形的敏感在意，对成绩的担心和对异性的暗中关注想望，每天都是心里揣摩来去的大事，蚕宝宝咬蚀桑叶一样在我心肝尖上盘踞翻腾。

如果说夏天给我留下哪些明快娱人的印象，那也是很多的。清早盛开张扬着小小喇叭的牵牛花，粉红或者明蓝色，又叫朝颜，因为到了傍晚它会闭合起花朵，到了明早再次绽放笑靥。篱笆上牵牵扯扯暗香袭人的金银花，可以泡茶入药，"暗淡轻黄体性柔，情疏迹远只香留，何须浅碧轻红色，只是花中第一流。"我觉得这首吟诵桂花的词完全可以借献给她。还有泱泱无边无际、蔚为大观的荷叶荷花，明媚出水，一尘不染，正色朱颜，多像集三千宠爱在一身的王后啊。花中君子也罢，花魁冠绝天下也罢，荷花都担当得起这个人设、气场。还有让我魂牵梦萦、念念不忘的色香味入人骨髓的栀子花，也是我们岳阳市的市花了，洁白肥厚，芳香袭人。大学的时候，我们寝室一干女生评论花朵，顺便说到了以人喻花，最后顺水推舟说我就是栀子花吧，一是因为我是岳阳人，二是我面若满月，团团色白，三是说我可能比较直白浅露，说话没有什么城府……竟然暗中深合了我心意。我就是那么舍不得栀子花，虽然不是什么国色，也没有彪炳史册，没有什么大诗人大画家赏识你入诗入画，成为典故，只是乡野间蓬头粗服的野丫头一样上不了台面。但是你是大地的女儿，不染铅华，素面朝天，生命力顽强，形色俱美，盛开在我的早春岁月里。多少个和露摘取的黄昏清早，和你入梦同眠于一个蚊帐里，夜半来，天明去，来如春梦几多时，去似朝云无觅处的芳香，氤氲了我整个童年的梦境和神思恍惚的记忆。那是生命的最初，对美的感悟，对感官声色的粗浅识记，掺杂着乡情亲旧连绵不断的纠葛和对生命盛年的憧憬，对即将到来的迅猛如兽的青春岁月的悸动、惧怕和猜度。我的故国三千里的乡土大地，离合二十年的盛夏初年，什么时候，我才能再次置身你的魔力磁场里？

故乡的雨

"君问归期未有期，巴山夜雨涨秋池。何当共剪西窗烛，却话巴山夜雨时。"我的故乡不是川府蜀地，但物候气象也差不多，乃古属巴陵地，也就是朝晖夕阴、气象万千的岳阳洞庭湖区。湘资沅澧竞相掩映，池塘沟渠星罗密布。一个典型的江南水乡小镇，乃至我家所处的乡镇，南湖洲，顾名思义，原来是洞庭湖南区的一个洲子，后来围湖造田变成了一个四面临水的湖垸。幼时出趟远门，青少年时去县城求学，都得起早摸黑赶一天一趟的长途巴士，到资江渡口和湘江边赶过江汽渡，烟雾蒙蒙的江阔云低，在我是见惯不怪的家常便饭。年少多愁善感，跟一次次地离家仓皇心境有关，也跟那无处不在的乌云翻滚、杨柳依依、白帆片片的离情别绪有关——烟波江上使人愁啊。看到流水，就会想到光阴的流逝，逝者如斯夫。一场场离别，彰显着生命中的诸多缺憾，爱别离，求不得，为了生计奔波，独自去面对一个陌生凶险的世界。

因为是水乡，故乡的雨格外丰沛，就像《岳阳楼记》里写的：若夫淫雨霏霏，连月不开……每年的第一场雨从冬春之交就开始了。有时候过年期间，简直包月不停，从冬天一直下到春天。那时正月里还有龙灯花鼓可以耍，提着昏黄的马灯，穿着雨衣缩着脖子跟着队伍串联各大乡村。很小的时候，还有人穿厚重笨拙的木屐，方便雨天泥泞里踩来踩去，光鞋面几根粗粗的麻布绳索绊着脚丫。后来，小孩子们穿不惯这样难以保持平衡的高跷一样的鞋子，商品经济也发达了，就有了最经济适用的套鞋——裹了塑胶膜的人造革质地，耐磨经穿，简单粗糙的一脚蹬，小孩子最乐意穿着它在水洼中蹚来蹚去了。不过我因为走路有点内八字还是脚板带泥，几米路走下来，保管把大腿后跟和屁股甩得满是泥渍，星星点点，没有一次能幸免。可见我的猫猫虎虎风格是从小就有的，贯穿生活的每一个场景。

春雨一般是很受欢迎的，下完之后，农夫们就开始一年的耕种之计了。水田里蓄满了水，再盖上白泱泱的薄膜，保护着娇贵的秧苗。积水和沟渠里的蝌蚪游弋来去，鱼苗也可以次第放水里放养了。菜土翻新，施肥撒料，家门口的小沟也褪去了冬装，丰满漂亮起来。各种农作物和野生的藤蔓草植灌木丛都接受了甘霖馈赠，舒展开了身子，在同一时光起跑线上争奇斗艳，整装待发。天地不仁，以万物为刍狗；天地又是最无私的了，阳光雨露何曾加以分别地洒向大地人间。

故乡的春天，雷鸣电闪也是威风凛凛的独家记忆，至少我到了北方哪怕是去城市求学的大学校园以后，可能深居简出的关系，很少听到那样的滚滚春雷了。记忆中最凶暴的雷声闪电都是在高中校园教室听到的。因为当时是宽敞透亮的大教室，南北通透，周边又没有高楼阻挡，十五六岁的时候，正是心绪最敏锐、思潮翻涌的时候，一到那种雷雨天，离家独自集体生活的少女，对这样的天气特别敏感，都可以引发"守着窗儿，独自怎生得黑"的诗情了。曾经还因为雷暴袭击引起了小县城停电半宿，留校住宿的都是乡里的孩子，我们拿出来囤积的蜡烛，就着点点烛光做题看书学习。一是出于分秒必争地对光阴的吝惜；二是脱离平时日光灯照耀、白亮喧嚣的氛围，换上这样朦胧柔美的烛光笼罩的情境，心都柔和不少了。教室也不再是力争上游的竞技场，而是闲敲棋子落灯花地跟友人闲话切磋的诗意栖居地。

初中的校园，比较多碧绿色的叶片肥大的枇杷树一类的植株。而高中校园，最鲜明夺目的则是雪白丰美的玉兰花。它们初开的时候，一场春雨下来，晶莹滋润，无比鲜美活亮。再来几场阳光洗礼，日晒雨淋，终于败下阵来，掩饰不住的风尘仆仆，疲倦沧桑地蔫头耷脑了。花瓣儿萎缩生锈，有了斑点、长出赭黄色，最后像是揉成团的卫生纸。年光不等人啊——劝君莫惜金缕衣，劝君惜取少年时……那个时候初次离家寄宿，不耐烦收拾捯饬自己，也不太会料理内务，都没有买一把精致玲珑的小伞。下不完的雨，蹚不完的水，赶不完的路。成天在教室、田径场、食堂和寝室之间穿来穿去，也无所谓打不打伞了，敞开脑袋淋雨。好在雨珠总是干净明爽的，不会弄脏头发衣服。田径场偶尔看到男生们冒雨奔跑，抢夺篮球，鲜明橘红的一轮，被雨水冲刷得格外醒目明亮。那个时候，少年心事当拿云，有敢于与天地试比高的豪情壮志傍身，这点毛毛雨都不放在眼里，何曾畏缩，更不在意绵绵细雨是否会积累成伤，让人毛发长虱子刺痒。未知的成年生活在想象中一望无际地展开，有无限的可能，壮阔丰沛，唯独没有伤痛失意，没有虫虱琐碎，更没有倦怠无聊、不尽的空虚了。那时读不懂张爱玲那句话——生命像一袭华美的睡袍，上面爬满了虱子。年少的时光，在光阴书卷里，在杏花消息春雨中。只有不尽的闲愁，为赋新词强说愁的绮愁罗恨，很少具化落实到任何一个生活实景上去。

慢慢地到了五六月份的梅雨季节，一场声势更浩大的雨来了。这个时候的记忆是初中上下学途中，我踩着妈妈从小偷手里辗转买来的半大童车，披着塑料雨衣，雨串从帽檐和雨披上淌下来，鼻息喘气声都被雨衣帽加重回放了。一眼瞥见马路边的水沟涨势惊人，都要漫到路面地基上来了。不知道家里鱼塘的鱼会不会趁机跑路，而这天像缺塌了一块似的，没有消停的迹象，兀自漏个不停。怕倒围子，怕决堤，怕水漫延到屋里无处可逃，怕这怕那，一回家，妈妈比我还紧张，在那里絮絮叨叨怎么得了，怎么得了，我少女时代的心情就是这么沮丧灰暗，没人指点抚慰我一把，告诉我这些都是不必要的担心。比那乌云天还要沉重压抑的，是我的青春期。一场场的雨下在我的心里，下在少年梦魂里，磨蚀了我的清明心境，滞重牵连了砥砺前行的壮志豪情。

到了炎炎暑日，大雨将至则是求之不得的了。唯一例外是双抢天，农人们在田里劳作抢收稻谷时，最怕刚割倒的谷子沤烂在泥土里还没来得及脱粒收回仓；或者冒着潮气的谷粒已经担回家了，铺开来晾在晒谷坪了。午休时节，夏季的天，小孩的脸，比翻书还快的说变就变。都可以看见遥远的地平线，长着雨脚的云团千军万马奔腾过来了，于是一家老小火速地冲到打谷场里，有的扛钉耙耙拢，有的抱着簸箕铲，有的用扫把扫，或者实在来不及运回家了，就扯开来一张硕大的防水帆布把整个收拢的谷堆遮盖起来，上面压着重物砖块，不让雨水渗透进去。否则半年的心血都得泡汤了。那时不知道一辈子面朝黄土背朝青天的农人们心理压力多大，只觉得跟阵雨竞赛抢收稻谷挺刺激好玩的。热火朝天，风风火火，雨过天晴，还能看到一轮美艳光鲜的彩虹，遂很期待这样的阵雨、太阳雨充当不速之客。我是个没心眼的屁大小孩子，不知道大人们的艰辛劳苦。

夏天的雨，落在涟漪重重的池塘里，引得青蛙们仰天呱呱叫；打在舒展碧绿的荷叶上，翻滚起来滴滴剔透的珍珠，大珠小珠落玉盘，荷花也被冲洗得色泽饱满明丽；篱笆上的金银花濡湿沾染了雨水之后，香味更醇浓，栀子花也在蘸了水料之后更肥大甘美了。通常在下一场雷阵雨来临之前，纤细瘦弱颜色一点红的蜻蜓们，在水池边压着草丛和水面低低地掠过，尾巴还会在水面划出一道长线，点开一圈圈涟漪波纹。更不用说初夏的那些雨燕们了，叽叽喳喳地在屋檐下的巢落里飞来飞去，为度过下一个漫长的雨天准备食粮吧；或者一群麻雀，静穆地蹲守在一条电线上，任铁灰色的羽毛被雨水濡湿了，也一动不动，在天地之间弹奏一首立体娉婷的五线谱曲。

我不怕夏天的雨，它明丽素净，不拖泥带水，下就下个雷霆万钧，痛痛快快，雨线都是能辨识得分明的筷子那样粗大，斜斜地插进、泻进泥土里、水面里，冲刷着天地万物，要还一个朗朗乾坤，洗出一个清洁重生的世界。很多年后，人到壮年的我，去南半球的澳大利亚旅游的时候，恰逢一场暴雨，那里的空气天地都是洁净光鲜的，大雨中，有身着运动衣身材壮硕的青年人按着自己的节奏步调在跑步前进，好像在天地舞台间登台表演，又像是要和暴雨搏击竞技似的，比试谁的意志更坚定，谁的气场更强大，任他东南西北风，我自岿然不动，甚至暴风雨都变成了催他奋进前行的节拍中的最强音。

这么强悍淡定的一个人，大地之子，万物的灵长，宇宙的精华，他三十年来，没有让自己一天天颓丧下去，没有败坏自己的肉体，没有怠惰自己的精神，没有让心灵疲沓消沉，让无限的失意和悲观去蚕食它，而是越来越精神，不惧霜雪，笑迎风雨，吟啸且疾行。我们的民族，同样的面孔中，也曾有过这样的身姿和神情——莫听穿林打叶声，何妨吟啸且徐行。竹杖芒鞋轻胜马，谁怕，一蓑烟雨任平生。

料峭春风吹酒醒，微冷，山头斜照却相迎。回首向来萧瑟处，归去，也无风雨也无晴。

那个时候最爱的东坡词，这种以出世之心做入世之事的豁达人生观曾经庇护我度过一个个沉重失意的至暗时刻。人生旅途过半，读来还是那么振奋人心。达观的、超越功利的审美心态让东坡从逆境中一次次整顿山河，站了起来，迎接抗击着生命中一场场不期而至的狂风暴雨。我曾是那个不打伞就可以目不斜视地在风雨中闲庭漫步或者游荡的少年

（女），后来有了渐渐发福的身躯，有了一身名贵或者光鲜的衣裳，有了一份不死不活的工作、一个不高不低不好不坏的社会形象，有了羸弱的白发高堂和稚嫩的膝下幼儿，我的心有所顾忌，开始收拢了自己的翅膀，放低了剑指南方的犀利锋芒。爱让人有了弱点，爱也会让人变得涵咏深沉，冷静自持。

"少年听雨歌楼上，红烛昏罗帐；壮年听雨客舟中，江阔云低，断雁叫西风；而今听雨僧庐下，鬓已星星也，悲欢离合总无情，一任阶前，点滴到天明。"不知道我的生命中下一场雨何时到来，又是谁陪伴我在哪个窗前聆听，该来的总会来的。这一次，我绝不逃避，不再仓皇，在去迎接对阵它的时候，我希望有个更澄明的心智，更强健的体魄和充分的准备阵仗，就像去面对一个多年的知交故友一样，和雨击掌对接，共它笑话桑麻，叙说生平。

孩子，妈妈跟你说……

　　亲爱的三花宝宝，你是妈妈最柔软的心头肉。萌萌的，嫩嫩的，憨憨的，要多萌软有多萌软，要多奇幻有多奇幻。跟小鹿斑比一样清纯，和小花猫一样人畜无害，和小老虎一样前程远大，像小精灵一样神秘莫测，变化多端，不可限量。最开始拥有你，是个意外，妈妈自己还很懵懂，像个孩子，没有理顺自己和自己，以及自己和别人、自己和世界的关系。妈妈最敬爱亲近的爷爷去世了，突然觉得生命的长河奔流不息又一去不返，在想是不是也得创造一个小生命，把爷爷这支血脉在世界上延续下去？生与死这道谜题无法勘破，只有参与，才算完成。对未来的真正慷慨，是把一切都奉献给现在。妈妈第一次觉得自己的生命不太圆满，在人世间走过一遭，要创造带来些什么样的东西。以前妈妈想得很玄乎其玄，以为是爱，是梦，是美还有诗篇，但还没有抚摩过你这样血肉身躯的可爱小生灵。要是有一天，像栽种一棵树一样生下一个小宝宝，看着他一天天长大生发，会哭会笑会说话，还有自己的思考能力，展现自己不一样的人生，该多么有意义！

　　妈妈的爷爷在2015年一个月圆叶落之夜离开了人世。妈妈回京之后就想着服用叶酸，好像在期待什么，冥冥中会孕育什么。果然2016年的立春，还是幼小蝌蚪状的宝宝以光速般的速率从生命最初的源头拔得了头筹。妈妈那年春节还去人间仙境九寨沟玩耍了，就一个人，同时去成都拜访了大名鼎鼎的武侯祠。"三顾频烦天下计，两朝开济老臣心"，诸葛武侯是妈妈心目中英明神武的不二人选。如果是个女孩儿，妈妈希望她像九寨沟一样空灵脱俗，柔情似水；如果是个男孩，就喜欢他像诸葛孔明一样睿智通达，济世救邦，开创一番名垂青史的大业。在四川的时候，有几天是闷闷的，微微低烧，妈妈还以为旅途劳累感冒了，也没太放心上。后来回京上班，下班的第一天，从地铁口出来，妈妈正恍惚走神，隐隐感觉腹部有个小生灵在跟妈妈打招呼，绽放了如花一样的笑容。妈妈也情不自禁地报以微笑……那是妈妈第一次感觉到你的存在。

那个周末，妈妈神准的生理周期失约了，自测有喜了。周一一大早去妇产医院挂号产检，还是高价拜托了黄牛才挂到号，证实了你的到来。你爸爸那时还没做好心理准备，他还是个大孩子呢。跟你爷爷奶奶通电话报喜时，奶奶反过来安慰爸爸——帆仔，开心点……

为了不给工作任务繁重的你爸添增压力和琐事，妈妈的产检基本都是自己一个人跑上跑下完成的。你从头到尾都很乖觉安静，也没瞎折腾吓唬过妈妈。妈妈没有怎么孕反吐酸过，也没怎么夜醒夜起过。该睡睡，该吃吃，反而因自我严苛想严格控制体重，吃得太少，估计把你饿着了。数胎动时，偶尔感觉到你在那里挠痒痒，吐小泡泡，妈妈没有耐心一一细数，渐渐地你也玩腻了似的，没有啥动静了，妈妈还一度以为你生气了，不跟妈妈玩了。

妈妈的骨架很小，感知能力又差，你好像都不敢多吃多动，安静斯文地待满39周。你出生前的那天凌晨四点，给妈妈发出了准确无误的强烈信号。一家人还以为你怎么也得下午正式出来，不急不慌地做了早餐吃了，稳稳当当地让你爷爷开车去医院，刚到医院四十分钟你就出来了，还是在妈妈特别傻不会用力的前提下。护士小姐姐诧异地盯着妈妈，说你家宝宝真乖真懂事，自己钻出来的，生命真是个奇迹啊。你是多热爱这个世界。护士抱着称完斤两的你到妈妈胸前，你准确无误地吸到了妈妈的乳头，眼睛都不会睁开，就嘬了几口。脸皮皱皱的，指甲长长的，妈妈顿时想起了自己过世一年的爷爷，好像老人家的长指甲呀。你才五斤八两多重，生产年月日时辰是2016年10月21日10点19分。顺产。妈妈没有挨一刀也没受什么苦，都是拜你的乖觉所致。

护士姐姐把你放在妈妈的脚边，在生产室观察了几十分钟后推送到了病房。接下来三天，寸步难行的妈妈和没有什么知觉的你一起度过了你最早的日子。第一天晚上你不会睁眼也不会哭，闷吃闷睡，还拉了一泡墨绿的胎便，爸爸壮起胆子给你换了人生中第一块尿不湿。第二三天，你会轻微地哇哇哭了，可能是饿了，困了，或者不安了。妈妈特别笨，还是不会怎么安抚你，甚至不敢抱起你。只能侧躺着把你放在身边让你吸奶，也不知道你吃了多少，吃够了吗。那几天你的体重一直都是下降的，让妈妈心疼不已。后来扎针，第一次沐浴，称重，完成一系列出院流程手续，都是妈妈旁观着护士姐姐给你完成的。直到第三天要出院了，需要给你一个正式的名字。妈妈想起最初有你的时候拜见武侯祠的心愿，在你的名字里坚持加个"蜀"字。那样爸爸宝宝和妈妈的名加起来就变成了"魏蜀吴"，但又觉得太张扬霸气，对宝宝不利，就给你取了谐音的"魏黍梧"。愿你以诸葛武侯为奋斗目标，有治国安邦之才，有经世致用之志，有志有识，人格高洁又接地气。黍是平实治愈的小米，梧是凤凰非栖息不可的良木。妈妈对你的一番殷殷期盼都在你的名字寓意了。但妈妈不想因为这个对你造成大的压力。你长大后，不主动问，妈妈不会跟你解释这么多的。

以前妈妈幻想像古代的深明大义的孟母、岳母那样，在你身上刺下"精忠报国"四字表达对你的厚望。现在妈妈想通了，作为一个现代人，一个现代的孩子，你能够独立自主地生活，从自己的头脑和心灵招兵买马，不气馁，有召唤，爱自由就足够了！希望你比爸爸妈妈活得更通透，更早找到自己的道路，明白自己想要什么。有一个独立健全的人格，一份足以谋生最好热爱的工作，一份成熟的旗鼓相当的爱情，一群相看两不厌的相得益彰的朋友，一个幸福丰满的人生。

对你的期盼不能说不多，对你的付出却一直很少，这是妈妈心底最愧疚的事情。妈妈太笨太软弱，不能克服自己的先天愚笨，在你满月甚至百天之前，妈妈不敢抱你，怕伤害你幼嫩软萌的身子骨。妈妈一直逃避你，逃避良心的愧疚和对自己无能的愤怒，差点得了抑郁症，或者说已经产生了抑郁症的症状。那时妈妈睡得很少，基本没有睡过整觉，因为你出生十几天之后，本来辅助妈妈照料你的大姨家里有事突然要回去，釜底抽薪，害得妈妈情绪崩溃，不敢独自面对你，差点回奶弃喂。后来又舍不得嗷嗷待哺的你，尽力想让你多喝几口母乳，妈妈用了最粗笨的办法，母乳瓶喂。妈妈都是凌晨一点、四点、七点吸三次奶，再提前半个小时热奶让你瓶喝，以尽到做母亲的责任。

妈妈很蠢很软弱，可是妈妈真的尽力了。那时候每天早上挣扎着从床上爬起来，念叨着《诗经》里的"躬自悼矣"，一边强行咽下小米粥包子馒头等没有一点食欲但是据说可以产奶的食物。晚上连串连串地做噩梦，梦见在高山密林里迷路了，被猛兽，被怪物，被仇家各种追杀，慌不择路，根本无路可逃……掉进一个又一个陷阱和猎物机关，犹如困兽……爸爸很担心妈妈，又没有法子可想，给妈妈买了几本剖析治愈产后抑郁症的书，还开车带妈妈出去兜风散心。离开你，妈妈又舍不得；看到你，妈妈还是无能为力。哀莫大于心死，痛莫过于无能，这种身心分离的痛苦，一生之中以此为烈。

你二十来天的时候，一天下午，初冬的暖阳斜照在主卧窗台上，你穿着小花背心躺在妈妈身边，没有睡着。妈妈也看着你，突然你咧开小嘴，冲妈妈会心地顽皮地一笑，柔弱亲善，可爱得像个小精灵。把妈妈感动得泪流满面。可爱的宝贝，你是上天派下来的天使，这么信赖妈妈，所以才选择在妈妈肚子里扎根，用尽全身力气挤到这个世界上。妈妈没有给你有力的保护和温厚的关爱，让你受委屈了……妈妈对不起你。宝宝你一定要靠自己的力量好好地存活下去……妈妈那时成天胡思乱想。你的每一次睡熟的呼噜，醒着时的轻微咳嗽，每次吃完的溢奶和没有及时到来的排便，都让我心惊肉跳，痛不欲生。那时刚好赶上北京连续十天半个月的重度雾霾天，听着门窗紧闭的卧室里的你的疑似咳嗽，妈妈惊得差点撕扯自己的头发，痛恨怎么能让小小的有着稚嫩心肺的你受这种戕害，看看大人们都给宝宝创造了一个什么样的世界？

有了你之后，妈妈对自己的要求提高了许多。想把以前没琢磨清楚的人生信仰问题再钻研想通，以后好给你树立一个清晰坚定的人生坐标。妈妈重新捡起了许多严肃书，对那些明星八卦绯闻小道消息嗤之以鼻。妈妈的吃苦忍耐能力也提高了很多。最热的天，背着厚重的冰砖，护着一天到晚给你积攒下的两瓶母乳在人头汹涌的地铁里厮拼，过安检时延误了两分钟都会有心理罪恶感，因为不能更早回到你身边。有了你，妈妈的原来粗硬的心房也柔软扩充了很多。妈妈更体谅尊敬你的爷爷奶奶了，他们为了你，快七十岁的高龄熬过了一个个不眠之夜。曾经为了你一连七天不拉粑粑差点把花白的头发急得掉光，为了你的一次次发烧彻夜不眠，为你付出了你能想象到的世界上最无私宠溺的爱。

如果没有爸妈，你不能来到这个世界上；但要是没有爷爷奶奶，你是没法存活下来的。蠢笨如妈妈，没有给你换过一次尿不湿，不是不想，是真的做不到。每当妈妈尝试三番还是失手的时候，奶奶默默地接过尿不湿弯腰给你换了，没有吐过一句怨言。她的腰部肌肉韧带拉扯损伤过好多次，有了你的一年多里，她退休十年攒下来的十斤体重全部掉光，瘦成了一把骨头。爷爷很操心你的睡眠质量，每天在小黑板上记下来你每次睡眠的起止时间，要是总量没达到他预期的目标，他会丢下酣战的股市和宝贵的放风抽烟时间，抱着你踱步直到你睡着……曾经在太阳底下他抱了你快一个小时，就为了你多睡十几分钟；也曾在你哇哇大哭的夜晚，他抱着你在家转圈两个多小时，冬天的夜晚累得汗流浃背……

　　爷爷奶奶才是对你付出最多的亲人，而且他们对你不求任何回报。爸爸妈妈还曾私下里做做美梦，幻想你以后出人头地报答父母。爷爷奶奶都快七十岁了，他们对你没有任何回报的指望，全是血肉至亲对小孩对宝贝的疼爱眷顾。宝贝这方面你又是幸运的。因为一个粗蠢无能的妈妈，你收获了另外两个睿智的老人最无私高质量的陪伴、教导和疼爱。你也成为他们晚年暮色中最明亮的星星，最温暖炽热的骄阳，为枯寂平淡生活带来无数欢乐生气的小精灵。母爱对你并不稀奇。你有四种质地和性状不一样的最赤诚的爱。

　　渐渐地你抽芽发叶了，长出了自己的颜色和特色。我们发现你，恰到好处的文雅，并不拘谨的淡定，别具一格的顽皮幽默，谦谦有礼的大度文明。你比妈妈想象中的更美好，浑然天成。两岁的时候，第一次去长沙见你乡下的外婆，你对她甜蜜大方慷慨地微笑，把你外婆感动得稀里哗啦，一直念叨着你是个好宝宝。你的大姨陪伴你走过最初的半个月，对你也有更深的感情，长辈们都说从小看到老，你是个多么让人省心的懂事的乖宝贝，不然凭你妈如我，简直难以想象……

　　也许你是老天爷派来拯救妈妈的天使宝贝呢？妈妈的大学老师曾经看手相算命说，妈妈生命的最后三十年主要靠你，你会成为一个一人之下、万人之上的大有作为的人才。妈妈为你感到自豪，雄心万丈，妈妈更希望你一辈子平平安安，活出自己，先做到自己幸福，心中有爱，脚下有路，才能馈赠回报给别人更多爱和幸福……

集句：北京在左，天堂向右

　　7月我就回家了，而那个贱人据说8月才离校。这一次，又是我先走。不同的是，我会回头。走到一个十字路口了，总要张望。总是爱蹲下来看地上时光的痕迹，像一行一行蚂蚁穿越我的记忆。很多以为发生了就会延续一辈子的事情，都像蚂蚁吞噬的尘泥，在我们念念不忘的日子里，在指缝间流失了。

　　时间没有等我，它忘了带我走。或者，时间仍在，是我们在飞逝。北京在左，天堂向右。左手是过目不忘的萤火，右手是十年一个漫长的打坐。今夕何夕，忘了人间。出来混，总是要还的。

　　北京太大，未来太渺茫，而我太小。一不小心就被淹没了。北京也许不称其为我的幸运城市。幻想中我是那头威风凛凛、雄踞一方的狮子，而现实中却是一只犹疑羞怯的兔子。曾坚持的理想像一把利刃，对准的方向只是自己。也许，我也会走，在明年这个时候，如果没有人要我为他停留。

　　卡伦·霍尼在《我们时代的神经症人格》里说过：有些人，需要另一个人的爱是为了获得对抗焦虑的安全感。他并不知道自己内心充满焦虑，不知道自己因此不顾一切地要抓住任何一种爱以获得安全感。

　　为什么要去爱一个人呢？也许是因为看见了一点遥远的东西。如果我没有想错的话，那就是通常意义上所谓的"幸福"。我于是打算碰一碰运气。结果我输了，这不是他的错，是我自己有侥幸心理。好比小孩子闭上眼睛不想见到鬼，是因为自己害怕鬼。

　　……为什么一个女人会把文字和自己内心的感情联系得这么紧密？在他们看来，难以解释，而在我，文字从来不是为了成为文字而作，它只是最隐秘的内心现实。奥古斯丁说：我的重量即是我的爱。

　　我想之前我都一直在寻找镜子，因为想知道自己。我曾经找到过一面镜子，镜子说，你美，我就美丽了；镜子说，我爱你，我就爱他了。

　　当我的灵气变得无比强大，打碎了那面镜子的时候，我凝望过的人都已经离开了……

家乡揽胜

　　不知你是否经历过这样的时候。你一个人立在茫茫原野，伸手不见五指，没有任何人来往。你心里有些慌张了，不知身在何方。忽然，遥远的天际一颗颗"明星"次第亮起来，渐渐成行成串，如一挂璀璨夜明珠温暖了你的视野。又传来了锣鼓声，喇叭声，喧哗的人语，一整团光明热闹向你有节奏地沉稳踱过来。你张开双臂撒腿向前跑去，快乐的潮水便四面八方地袭来包拥住了你。

　　花鼓龙灯永远是我心中不褪色的传奇。提着简朴而不寒酸的马灯，牵着两小无猜的小伙伴的手，和周围的人保持一段若有若无的距离，融入在人群中，挟着一股洋洋喜气向前走去。风从旷野吹来，带来泥土和青草的新鲜气味。地上的长长人影、灯影，还有各种龙灯把式的影痕相互交织着，在婆娑舞动，脚步落在上面也轻盈无比。那时还没有"那人却在灯火阑珊处"的孤悲心绪，蓦然回首，身后还是熙熙攘攘的人群和灯火，心头顿时踏实无比。夜路总是那么短，情绪却越显高昂。当队伍驻扎在小小的河畔，发现对岸像有预谋似的燃起了熊熊大火，河面顿时流光溢彩，红通通的心无比绚丽。火光点燃了我所有的热情，不经意地看去，在所有人的眼睛里都找到了两支闪亮的烛光。这一幕幕都是保留在心灵深处关于故乡的最快乐点滴，像茫茫黑夜里看到的第一扇明亮的窗口，令我久久不忘。

　　其实，故乡在什么时候都是好的啊，尤其是洗净日光渲染的铅华后的夜景，更能触动我的心绪。

　　夏天的夜晚，雪白的月盘挂在杨柳梢头，田野间升腾起一层薄薄的乳白烟雾，一条小路若隐若现地向远处延伸，最后在一个大拐弯处消逝了踪迹。路两旁重重密布的灌木荆草，随风摇曳，俯仰生姿。一滴滴淡绿的萤火虫光在那儿飘忽游戏，寻找前世的寄宿。稻谷正是结穗时分，仔细地聆听，似乎感觉到它们正并肩挽手笑嘻嘻地往上蹿，争取更多的空间展现自己的饱满。路上，行人步履匆匆，奔向自己最温馨的家。还有一个小女孩提着一把大蒲扇蹲在小水沟边捕萤火虫。水面，波光荡漾，冷白的月影缺了又圆，整齐了又碎散。那段明丽的时光，像揉碎在碧波上的雪白花瓣一样总在心头荡漾。

秋雨淅淅沥沥地下起来了。暮晚时分，点点滴滴的雨敲在芭蕉枝上，震在心头。小小村庄已沉入了黑夜温暖静谧的怀抱，一点点泛着黄晕的光芒，像不肯安心入睡的小孩眨着眼睛调皮地向外眺望。你永远不能明白，在一个游子的心目中，对着故乡一扇亮着灯光的窗口能产生多少遐想。一点灯火便是一个温馨组合的代表，给听着夜雨不寐的异乡客带来多少慰藉和温暖。

其实，家乡是最为平常的，每个人心目中的它差不多都是一模一样。但这样的千千万万个之中，怎么也忘却不了自己的那个独好。也许只是因为它是"我"出生的地方，正像在茫茫宇宙中，"我"是微不足道的，而对于自己来言则是全部的拥有。家乡，如慈母，如挚友，记载了我全部成长的影像，验证了"我"的存在，是辗转漂泊的灵魂最真切的归宿。我爱家乡，因此它在心中是风光独好。但我的爱又不是钉死在某一个地方。爱一样东西，应包括它的整个时空存在，以及与周围产生的千丝万缕的联系。因而，我想象不出意念中的家乡最可爱的地方仅是静止，呆板的一株树，几条河流或数幢建筑物。那样的装在玻璃瓶中孤立的爱最终是要萎缩的。

而且，"为了留下我走开，为了追求我放弃"，爱一样东西，也许并不是只求一生一世浑浑噩噩地厮守。如果我不能了解它，懂得它的美妙，那种爱又有什么意义；如果我不能呵护它，不能为它的日臻完美尽一份绵薄之力，口说无凭的执着专一又有什么稀奇。于是，那种对故乡的不可思议的热情便成了我奔赴他乡的最初动力。

其实，故乡并不是很特殊的，它给我的待遇也并不显殊荣。它没有留下招徕游人的名胜古迹，也没有赋予我明丽的气质和浓厚的文化熏陶。然而我以为"正因为生活在你的爱中，我才显得与众不同"。这种被爱的感情是不是太精致，轻巧了点，经不起丝毫冲击。有时候，爱比被爱更重要，在与故乡深厚的感情联系中，"正因为爱了你，我才显得与众不同"才是最好的注脚。

家乡的每处每地都是再为平凡不过的，爱它也没有很多能说出来的理由。主观热情赋予了它千百种风情，处处都镀上了一层特殊的光泽，变成了赏心悦目的胜地。

茫茫黑夜是背景，家乡的美好是明灯；浮华世俗显喧嚣，家乡的"夏夜"永远清凉人心；冷漠人间现实百态中，家乡的亮窗给我温情。我是自由的，冷眼绝不能叠成任何一座屏障。家乡是我午夜里永远不变的方向。

灵异事件

那天，我趴着午睡的时候，蒙蒙胧胧地，有只手试探性地伸进了蚊帐，缓慢深情地摩挲着我的背，熨斗烫衣服一样深入肌理，力道传达到骨髓。我猛地惊醒过来，第一秒，以为遭了贼，或者是寝室里混进了变态分子？撩开蚊帐，空空荡荡的房间，我在上铺呢。后来电光石火地闪过一个念头：奶奶已经走了七八天了，老人们说"头七"里，过世的人会彻底离开这个世界。人们还说，走之前，那个人会去他（她）一辈子经过的地方，把脚印一个个拾捡起来，方言里面喊这个为"收脚尖"。可是奶奶从来没有出过远门啊，我不敢想象，她千里迢迢，是怎么从湖南摸索到北京来的，刚才那只手试试探探的，分明是盲人习惯的手势，思之令人落泪。——奶奶去世前十年里因为白内障已经双目失明了。

妈妈总说这世界上有"魂"的存在。几年前，我们家还住在集体宿舍里，一个阴雨蒙蒙天，她坐在厨房门口淘米，远远地看到一个背影走到走廊尽头去了。赫然是那个"人"没脑袋。几天后，传来音信，有个曾和爸爸同事过的伙计半个月前去世了，是暴死——交通事故还是什么？爸爸调动工作后很久未曾和他谋面。妈妈也认识那个人，从背影上看是同一副身架。

奶奶下葬后的几天里，我老在克制去想那样一幅场景：我活生生的奶奶在潮湿阴暗的泥穴木棺里片片零落成泥。这就是活着的最终谜底吗？逼自己去学习，看书，思考一些东西，好像唯有思索的利刃才能在天国地府缄默的门柱上画下一道印痕。没有灵魂的话，也就不存在超自然的力量，没有高高在上俯瞰我们蚂蚁一样争斗、繁衍、拉撒的另外一个"特权阶级"，我们好歹是自己的主宰，这样心里是否舒服安然一点？死后有灵魂的话，那我们这样一个个做牛做马、冥思苦想、钩心斗角的肉体凡人算什么？这样喜怒哀乐、欲生欲死的人生一世只算一出戏吗？给几十年后默然无语、回首三生的"幽灵"重播回放的DVD？那么那个操纵快键、慢键、暂停按钮的又是何方"神圣"？我不知道是否希望这世界上存在灵魂……唐朝那个才高命蹇的短命诗人李贺，野史里面传叙他逝去之时，空气中隐隐有暗香异乐，灵动的忙乱声，一片祥瑞之气。他含笑对羸弱垂泪的老母说：天帝建成白玉楼一座，少了一个执笔写贺文的大手笔，特召我上天界掌管仙界翰墨，您应该为我感到欣慰。可是我看穿了，或者宁愿相信这只是一个谎言，一个毕生不得志的儿子为了安慰他晚景凄凉的母亲，运用他的文学天赋一生里构思的最后一个杰作。这就是爱，爱是可以超越生死的……

模拟相思

我爱你，以童年的全部信仰。

虽然站在夏天开阔的水面，不经意流走的故事，带走了所有天真……

不知道爱是什么，但一定知道爱不是什么。比如，站在开满栀子花的山冈，首先想到一起牵手走过的人，是你。静静的深夜，读到"你可知年华如水，春风为何如此沉醉"这样的诗句，联想到的人，还是你。

这样一枚相思的红豆，它经受过异地风霜的侵袭，岁月潮汐的反复漂染，在午夜梦回的章节里，依然是一个楔子，幽泽莹洁，生生不息……

弄丢了

　　世界杯我认识的人极其有限。最有好感谈得上喜欢的人是英国的欧文。1998年世界杯知道初出茅庐不久的他，那年他十八岁，我读高中。喜欢他的沉默、冷静，谈不上强悍高大的侧影，还有腼腆的神情。一直到现在，知道了他的低调处世方式，安静的家庭生活。披着10号战袍的欧文是个典型的英格兰男人，温润素朴如羊毛呢格子，他有着英伦群岛放逐于大西洋中的孤立冷峭，时而像伦敦上空阴沉沉的雾雨天，甚至像埃米莉笔下的"呼啸山庄"的主人公……他挟裹着传统的英国风驰骋在绿茵场上，同一个民族的诗人彭斯在黯灰色的原野上吟唱：我的心呀在高原……

　　欧文在小组赛的最后一场中出场一分多钟就受伤被抬下去了。本届世界杯再也看不到他的身影了。伪球迷的我几年来第一次下定决心守望到他出现。出现了，就消失了。才开始，就是结束。世界杯是残酷的，一个青葱倔强的少年踢到了沉默倦怠的中青年还是与奖杯无缘，甚至伤痕累累。下次即使出场他也不再是那个充满锐气、无语却蓬勃的少年了。四年后我也不再是捧着西瓜、跷着脚丫、披头散发看世界杯的无忧女生了。

　　感谢你陪伴我走过了八年，虽然只是单方面的守望。没有残酷的世界杯，我就无法得知你，知道地球上还有这样的一个男人，当有头有脸，或没心没肺的人各个像小贝夫妇那样花枝招展的时候。

　　欧文输掉了他的世界杯，就在昨夜，他也告诉我离开了北京，我弄丢了八年以来断断续续的一份感情。连裁判的一声表示终结的哨声都没有。

　　感谢世界杯，感谢残酷的世界杯，让一个总爱做梦的女生松开了捂着眼睛的手，开始选择走她不平坦但真实的路，她要把放逐在高原的心找回。

情之所钟没商量

"四张机，鸳鸯织就欲双飞。可怜未老头先白。春波碧草，晓寒深处，相对浴红衣。"

熟悉《射雕》的人都知晓，这是与周伯通和瑛姑感情有关的一段插曲。用哀感顽艳来形容它不过分。而古典的爱情，好像总离不开哀怨两个字。无论是爱别离、长相思、求不得的情感内涵，还是餐风饮露、长亭话别、蓝桥玉阴的情节模式。但是情到深处，一无是处，太直露急切的情感又是不为古人所称许的。他们大概真的向往温柔敦厚的太平盛世，容止有度，揖让合礼，生生不息的情感律动都要张弛有致，爱与恨都可以慢慢地来。这其中有做戏的、看与被看的成分吧。换句话说，是冥冥中，浸淫古典情怀的人，爱带着审美观照的心态来安排自己的生活，所以，国人现在夸赞一个上得了"台面"、入世游刃有余的人时，会说："他是个——角色。"——人生若戏，国人爱作如是观。

但是周伯通天真未泯，瑛姑也任情任性，他们在懵懂无知的嬉戏里遭遇了原罪般的情欲。老顽童的情商刚够得着他醍醐灌顶，做出了本能苏醒后的第一场春梦，然后无力面对俗世的种种盘根错节的法度、关系，他就一直逃避，逃开良心的拷问、责任的羁绊，还有舆论的压力。瑛姑的心智也刚好够得着设置博弈残局，九宫迷图类的奇玩小道之艺，玲珑而不大气，没有参透人生这道玄机。用错了情，所托非人，偏又一往情深。一个是情天欲海蒙蔽了心智的情痴，一个是佯狂卖傻不敢直面内心的顽童，这样的人一相逢，颠覆了夫子乐道的古典爱情。瑛姑的爱欲决绝凄厉，丝毫不亚于同道中人李莫愁，梅超风。难怪顽劣如周伯通，在逃到无涯的时间之外，数十年后桃花岛上听黄药师一曲《碧海生潮曲》之后，也不禁黯然神伤了……

国人中，只有魏晋时代的士人才会喟叹如斯。在三国纷争里，有真刀真枪、肝胆淋漓的俊彦枭雄，能臣智士；竹林垓下，有青眼素服、目送归鸿的名士风流，那该是中国历史上思辩锦簇、元气充沛的人的时代。

十 年

十年前某一天，我在大伯家稻田里和堂妹们滚玩，爸爸扬着草帽带着笑意来找我——猜一猜，考了多少名？呵呵，拿到全校第一了！对一个初中女生来说，这个第一分量很重。几天前，同样在这条田埂小路上，搂草的爸爸和我狭路相逢了。我脑子里蹦出闲书里看到的一句话，没头没脑地来一句：好狗不挡道。一向把我当宝贝的爸爸鼻子都气歪了，吃饭的时候作色不理我，妈妈也不搭腔了，全世界的人都不给我好眼色看。我又羞又急，就是拉不下脸来赔罪道歉。农村里的小孩一般不擅长口头道歉。幸好来了个全校第一，让爸爸喜笑颜开。

十年前有几个成绩永远没我好的女孩子是死党。我的小单车链条常坏掉，她们会毫无怨言地放弃骑车，推着车子陪我从学校走路回家。十多里长的马路，道旁落满了金黄或者嫣红的杉树叶。下雪天，没法骑车，一个高大健壮点的女孩儿就自告奋勇在前面开路，要我踩着她的脚印一步一步跟上。

班上有个脸色阴鸷点的男生，有次我误以为捉弄了我的人是他，就二话不说地去报复了他，拿蓝墨水笔管朝他脸上一甩溅出一串印子。调皮点的男生常捉弄我，而我"睚眦必报"的举动一般只会逗得他们更开怀，放肆大笑。但这个男生不，他绷着脸走到我课桌前质问我："你以为你成绩好就了不起吗？"我没法正视他，虽然为了那些个第一、第二、第三我也常神思交困，但明显觉得自己理亏了，似乎夺走了别人什么东西，自己又被另外一些东西把什么给剥夺了。

高中前两年还流行全校贴榜排名次。一个初中的物理老师某次来高中办事，看了榜单前面没我的名字，在林荫道上碰到了我，摸摸我的头，好像感叹了一句女生年龄大了就分心之类的话。我羞愧难当。初中老师里，我最钦佩的人就是他，而最喜欢的老师是他的女儿，初一的语文老师，影响我喜欢上了文学，很有气质，书卷气十足又大方的年轻女老师。初三，我是学习委员兼物理科代表，他常喝口小酒延误上课时间，我就去他家里催他。他喜欢摸摸我的头，比画我长到他胸口那里了。考试，别人大都不及格，我考了95分，他还威胁说要揪我耳朵，问那5分怎么弄丢了。

将近十年后，我终于成为那个初中小学校毕业生里第一个女研究生，拉着小堂妹故地重游。毕业很多年后第一次回去看看。出来时，在校门口居然看见了物理老师，他微微笑着在学校对门的宅子门口等我走过去。我客气又拘谨地回答了他几个问题，说了我的去向，也没忘记问他的女儿，我的语文老师的去向。他又用手比画了一下我的身高，没怎么长哦。

人不同于树。隔着十年的时光，葱郁的大树会更加枝繁叶茂，而人会受伤，血液会冷却很多，没掉下来的眼泪会消涸，挂着的泪水会风干。

谁说少年不识愁滋味，只有清明远大的理想……只是无暇去梳理别人的和自己的心伤。总有一天，和往事在转弯处打个照面，会把琥珀一样凝固住了的逝去的时光细细打量。

想回家了

想念岳阳市区的南湖广场，南湖公园，喷泉；南湖对岸的油菜花田，草甸。

大清早随晨练的老爷爷老奶奶溜进去省了门票的岳阳楼，虽然是——岳阳楼记高高挂，不见当年范希文。

虽然洞庭湖的水早混浊不清，虽然小乔墓前红得耀目的玫瑰花是塑料的，布绒的；虽然君山上面没有那个丐帮云集的踪影。

傍晚和堂妹、姐姐去吃夜宵，麻辣烫，浓烈又实惠。

老家的小房子，房子后面的池塘，池塘里面的荷叶荷花，荷叶上面的大露珠。

清早停在荷叶秆上的翠鸟，翠鸟一个猛子一扎就吃到了荷叶边上的小银鱼。

偶尔就坐在池塘上方的纱窗边隔岸观火，还用手里的茶水去泼比我还呆头傻脑的青蛙。

和小外甥女每人头顶戴个大荷叶，在乡间的小路上在日头底下玩耍，蹲在池塘边上钓龙虾。

喜欢搬个小凳子坐在爷爷的身边，迎面看他越老越天真的眼睛——我早就知道所有孙辈里面他心底里最喜欢的是我，念叨着他的占卜绝活只肯传授给我，可惜现在他耳背口齿也不灵便想教都不从心了。

爷爷家后庭院的十八棵橘树，奶奶曾得意地说这是她的十八个儿子，现在也垂垂老矣，少开花结果。

而奶奶已经作古了，想跑到菜土里她的坟地边坐上一会儿，什么也不做，就静一静。

去年夏天的那个时候，有人曾在短信里面对我说：人老多健忘，唯不忘相思；吓，时间过得真快，转眼一年了，曾经交往的那个男生，他的样子我都快想不起来，但是言语还回旋在耳边，历历犹新。

一路上走来，抓在手心里的只有语言，记忆消失了的话，生存的根底也不在了；感情没有了的话，也没有语言；语言停止的地方，就是音乐；可是现在听不到音乐，于是只有语言。幸福的女子不写字，这一刻，这句话，我信。

想念长沙的那伙貌似吊儿郎当的兄弟姐妹们，晚上趴在厅堂里打升级，斗嘴老斗不过我的姚别，弟弟他们；还有那个去了深圳的死麻雀，还有霞霞家门前的原野，后门的资江缓缓流过……农大边上的浏阳河，农大的鱼头火锅，石头的零食永不缺乏的小窝。

想念康多的宝贝，我那未曾谋面的干女儿；还没来得及去的湘西，在凤凰工作的宝支，沈从文的边城……

连带地还想念了湘大一番，和芭比约好将来有了另一半一定要带他故地重游；湘大联建的大杯的龟苓膏；湘大号称三千亩的山坡树林，满目葱茏。

喻老在松涛村的住宅，马老师天天清早提个菜篮子逛的北门菜市场，那里有好吃的米线，条件设备好的录像厅。

想念初中时代和伙伴们夕阳下山的时候，蹬着自行车围绕资江环游的壮举，她们要向东，我偏要向西，因为西边的天空落日熔金，一直怀疑朝着那边走可以走到另外一个不同的世界，华丽又凄美，如同生命的背景。

想念有人帮我擦了三年黑板，不在乎没听到我一句谢谢的初中时代，想念娟子家承包的大片大片的鱼塘，她爸爸在鱼塘边搭建的草棚，儿时凑热闹跟哥哥们一起守望过的西瓜地，抓过的青蛙，煮过的偷来的豌豆汤……

老是这么贪心，已经经历过的，享有过的一切还是不愿放手，一定要这么耿耿于怀地记下来，怕全部遗忘，或许只是因为这个北京的夏日下午太困顿。

不受约束的是生命，受约束的是表达和心情……

写在雾霾弥漫时

一大早醒来，拉开窗帘往外一瞅，发觉自己一觉跌到了垃圾堆里。远近高低的大厦、民居影影绰绰，幻化游离。调整眼睛焦距，平息怒气冲天的脉冲告诉自己接受这个事实：晴好不到两三天，雾霾又杀回来了，而且来势汹汹地延续一周还没有散退的意思。电视新闻在鼓吹市民放弃自驾坐地铁、公交车去上班、郊游；专家在论证炒菜煎炸时产生的PM2.5足以爆表；黄道日历里美国大使馆的最新数据都形迹可疑地被挟持了。

世界是个昏黄刺鼻的垃圾场，苟且偷生，吃的是良心，拉的是思想。冷眼相看大街上捂着鼻口、戴着口罩埋头赶路的人，紧闭嘴巴一言不发呢。地铁口卖早餐煎饼的口罩都懒得戴，照样做他的生意，下班时开着私家车摆地摊的也没见少。对雾霾视而不见的人一直都很多。重度雾霾延续到第五天，办公室里陆续有几人新添了口罩，也打破了上班第一件事就是打开窗户透气的惯例。几个女人还在相互比较摸索对方的口罩带不带过滤功能，是棉质还是丝网的，好不好看，蛮满意地说保暖功能不错。

人痛苦的本质是对自己无能的愤怒。王小波这样说过。此刻的我也是痛苦的，因为发现自己生活在垃圾堆里，但是无能为力，除了嬉笑怒骂、网上嘲讽、转发微博、讥评下于教授那样意淫的"不让雾霾进到你心里去"的精神原子弹外，我所做的跟大街上任何一个行色匆匆赶路的人有何区别。加缪《鼠疫》里的医生在鼠疫中通过治病救人成长为一个斗士、英雄；马尔克斯《霍乱时期的爱情》里面中了爱情病毒的人处身浮船来来回回地在河道上逡巡；可这吞噬新鲜肌理、腐蚀鲜活生命的雾霾，暧昧肮脏。你大口大口地吸食着它，也不像大麻能产生幻觉带来感官的愉悦，除了感觉自己的生命在加倍磨损，能有什么意义？某公借保姆之口说，这雾霾像一个四处游说的演说家，鼓动更多的人成为反对派。如若这样，我们这些以身试毒的人还能找回一点慰藉？

有两件事是难以忍受的：咳嗽和爱情。清早看到心爱的人蹙着眉头戴着口罩闯进那片昏黄混沌的霾里，心都是惶惶的。想起在老家重金属污染区生活的老爹老妈，一口口吃掉的铬超标大米，一滴滴咽下去的塑化剂或各种添加剂严重超标的液体，原来咱们有生之年存在的意义类似于实验室试毒的小白鼠，顽强撑到最后，无非证明抗体发达，忍耐力强到爆了。谁告诉我小白鼠生存的意义在哪里？雾霾天昭示出一种困兽一样的生存处境。艳阳高照、风和日丽的天气原来成了一种假象，踩钢丝一样梦游般经历过的太平日子都成了深渊薄冰，脆弱遥不可及。如果这种霾能引发更多人对我们的生存处境重新思考，也许之前受到影响的人还能找回一点平衡心理。

夜未央

昨天看见十号楼前忙得不亦乐乎摆地摊卖书卖衣物的毕业生们，心里一惊，明年这个时候也轮到我走人了。无论做什么事情我好像都要慢一拍。下午四点多摆地摊开始搬运东西出来的时候，我还想着，天色还早呢，待会儿再过去瞅瞅。转眼就吃晚饭去了，去图书馆待了会儿，去田径场溜达了一下，再回来，她们已经点起了应急灯在草地前抱起膝盖，有所谓无所谓地招徕着路过的姐姐妹妹。甩卖的物品大部分是韩国式样的装束，饰品，银白的鞋子，花花绿绿的衣服和包包。还有一些考研试题和英语过级的书籍，文学类书的质量远远抵不上本科时在地摊浏览过的。昏暗的灯光下，她们中气略显不足地笑闹着，侧着半黑半黄的脸有一搭没一搭地应对着问价的路人，我的感觉是毕业了的女生，青春都要打烊了一样。

第二天，在十号楼大厅更衣镜前看到一张告示：不好意思，哪位姐妹昨天在我的地摊上买走了那本《宫崎骏漫画》？我现在后悔了，这位姐妹，我把书本的钱退还给你，把自己的画具送给你，知道你也是位热爱漫画的同学……可以想象这位卖书的女孩子在夜深人静的时候，也许清点半天摆摊收获的零钱毛票，还想到了用它们可以做些什么。吃顿火锅，买几个瓜或干点别的什么？像我高考后，大半袋课本就卖了五块钱，然后一顿西瓜吃了，雁过无痕，两手空空地回家了。但是事情远没有曾经想象的那么简单。她可能突然觉得心里空落落的。什么宝贵的东西不见了。遗失了一样心爱的东西。包括那本《宫崎骏漫画》。虽然它留在手边的时候感觉是不值钱的累赘，真的没有了的话就糟心得慌。

曾以为挥挥手就可以割舍的东西，转身就会重来，就像风起水面，月到中天，人独不眠，心事摇摇晃晃在夜未央。

原来你也在这里

　　不会有无缘无故的爱，也不会有无缘无故的恨。只是有人不自觉，或不愿意自觉，当她睁开眼面对的是一个靠血和汗才能清除掉荆棘的荒野时，她就选择一辈子跌落在梦幻的玫瑰丛里。

　　林徽因之于金岳霖，是纯真的爱慕，是一个有思考能力的人做出的一项终生决定。所以他选择终身不娶，临林而居。在徐志摩与林徽因，梁思成与林徽因，金岳霖与林徽因的或精神或实质，或长或短的感情里，金岳霖付出的是哲人之爱，因而更凝练，悠远。林徽因过世后不久，梁思成再娶林洙，而金岳霖某天宴请众好友，默然举杯祭奠，说：今天是徽因的忌辰。他为林所做的挽联"一身诗意三寻瀑，万古人间四月天"，是对徽因在他心头投射的姿影形象的表达。

　　在个人来说，爱是你单方面所做出的决定，而爱情是双方相互的默许，一拍即合。有人说，爱着的人更伟大，因为他站在神的那一边。实质情况是，有人打着"爱"的旗号，发泄自己的情欲，达成某些难以启齿的利益目的，或作为一种控驭他人的手段。

　　上天也许某天会安排一个人出现在你面前，是你梦寐已久的那种，这并不意味着那个人一定得成为你人世间最终的救赎或最大的福祉，决定去爱之前，先问一下自己：这真的是爱吗？

中学时代

水木年华的歌，个人最喜欢的是《中学时代》：穿过运动场，让雨淋湿，我羞涩的你，何时变孤寂，……爱是什么，我不知道，我不懂永远，我不懂自己……很青葱温馨的感觉。一般人初恋时，不懂得爱情，但十五六岁的柔情也会成为一次温暖的雪崩，说不定一生最珍贵新奇的眷恋都在这里萌发。

人不痴狂枉少年。虽然说，初恋是人生第一个墓穴，它埋葬掉我们所有幼稚糊涂的幻想，总在期待梦想成真的心绪，在以后的岁月里，才可能拥有真正的爱与恨。

爱是什么？答案不尽相同。登徒子认为是桃花人面，人生竞技场上疲乏的斗士寻找母乳的芬芳，小女人急需厚实的臂膀，莽夫可能偏爱蒲柳之质，失意的文人在红飞翠舞中延续不老的温柔乡，而与青天黄土相伴终生的农人虽然说不出啥子丑寅卯，却也少不得破袄热炕老妻的烟渍污光……

中学时代，学会了平生第一次凝眉怅望，一个人把寂寞的滋味品尝，将近十年的时光，还难走出青春期的磁场。回头望，做不到了无牵挂，我们曾一起在校园的玉兰树下成长，而今都已天各一方。

洛阳城外风光好，洛阳才子他乡老。也许十年二十年过去了，我们的家乡，我们的高中校园已经成为一座荒城，因为只有你在，青春热血亦在的时候，宝蚌才有珠光。而我，每次偶遇接待你，如捧一掬明珠，怕人觑见，恍惚神色却又无处收藏。

听《中学时代》，真正地有了清华情结，虽然现在已明白这种想法很荒谬。歌词是李健所写，其貌不扬，严肃倔强的样子，清华电子工程系毕业生。只有校园民谣才会内敛地认真追问：爱是什么？当它倾诉情感的时候，没有涉及曲折煽情的男女关系，没有买醉、撒娇、发嗲，廉价的心碎心痛，没有纷乱不堪的三角甚至四角角逐。

他是一个靠自己努力，成了能够坐在清华园草地上自弹自唱的幸运儿，想必他有一个并不轻松的中学时代，繁忙课业中，不经意地记住了一个女孩的身影，没有说翩若惊鸿这些形容词，如此而已。

最远的你是我最近的爱

《最远的你是我最近的爱》是我中学时代听到的一首老歌歌名，二十年过去了，现在它更是古董级别的姥姥歌。整首歌词如下：

> 夜已沉默，心事向谁说，不肯回头，所有的爱都错过。别笑我懦弱，我始终不能猜透，为何人生淡泊。风雨之后，无所谓拥有，萍水相逢，你却给我那么多。你挡住寒冬，温暖只保留给我，风霜寂寞，凋落，在你的怀中。人生风景在游走，每当孤独我回首，你的爱，总在不远地方等着我。岁月如流在穿梭，喜怒哀乐我深锁。只有你永在，天涯尽头等着我。

经典的老歌是穿过岁月和人心的河流在缓缓流淌，提醒我人世淡薄，世道沧桑也罢，还有很多未曾谋面的人也怀着同样的心事入眠，或走在回家工作的路上，不经意地就哼唱起了这样的曲子。

> 你的疼痛的深切
> 我当然不能理解
> 为什么我们离得远了
> 其实一直是近在眼前
>
> 我们两人都经受着考验
> 而你究竟是我的谁
> 如果一切将从此崩溃
> 那么我又曾是你的谁
>
> 是啊，我就是我

我不能变成你

就连你在那儿独自苦斗

我也只能默默地注视

假若我们只能看到世界上的高楼大厦和钱钞账卡，这世界就太冷酷了；假若我们只能想起世界上的山、河和风雨，这世界也未免太空虚了；假若我们注视的只有至亲和利害近切的同事、友人，这世界也难免失之单一，狭隘。但如果知道随时随处有不曾谋面的人和我们一致，我们也和他彼此经历类似，静默地生活下去，那才会让人感觉这世界是一座生机盎然的有人居住的大园子。

所以支撑司马迁遭酷刑后把《史记》撰写完毕，以"思垂空文以自见"的力量，同样使得苏轼们运交华盖、翻身无由的时候还是豁达自得地挥洒下了千秋传诵的文字，也使得山村僻野的老夫子蒲松龄几十年如一日地刻画了那群嗔喜可爱的花鬼狐妖，哪怕在人世间找不到一双关切的眸子，他也坚信知音存在"青林黑塞"间。

司汤达在过世前，叮嘱在自己墓碑上铭刻着：活过，写过，爱过。这是作家文人的夙愿。而不可一世的亚历山大大帝拟定的墓志铭是：我来了，看到了，征服了。他征服了什么呢，是城墙园囿，还是残肢断臂，是曲躬的脊梁，弯折的膝盖，还是历史的裁判，人心正义的审核呢？在恩师亚里士多德去世后不久，脾性日益骄横恣肆的他英年早逝，他被自己的贪欲和狼强虎暴的野心给征服了吗？

越来越坚信爱的力量要比恨强大。恨可以伴随着生者和逝者如毒蛇痴缠，如怨鬼执着，但是爱可以弥漫开来，可以余音袅袅，哪怕穿越N个世纪后，读着《诗经》里"青青子衿，悠悠我心"之类美好的句子，得到的是一种这样的使整个身心复苏的体验，洋溢着对生活、自然和人的爱。

但生活里面很多人在分不清爱和欲望的时候，匆匆地把爱字脱口说出。瞬间的欲望快感满足后随之而来的是疲惫、厌恶，认为生命是空虚的。还有的沉浸在自己的贪欲里，一相情愿的偏执心里，莫名地，超出了悲伤，或够不上悲伤，很少人能够爱。

韦小宝那样逢情场必胜，夫人娶了七个的人懂得爱吗？他只是占有战利品一样，以妓院出身的眼光来追逐、占有女人的皮毛形容。他是天下最不会伤心之人，因为他根本无心，只有脑子。所以有人评析说韦小宝确实是货真价实的太监——爱的意识被阉割了的精神上的太监。而生活中越是这种缺乏"爱心"的人越是容易动情，但他自己都无法证明或辨清，他说出的爱到底是发自真心的爱，是一种基于深思熟虑基础上的抉择，还是虚拟的欲念膨胀。

青春期的、后青春期的爱多半是这种吧，浮泛，感性，因而也缺乏理性的权衡，更不用说道义的捍卫。在俄罗斯文学家的笔端，流露出这种对夭折的青春之恋的惋惜——

为青春，为青春的希望，为它的憧憬，为它的轻信和老实，为二十岁时我们的心为之跳动，为我们在生活中始终没有尝到过也不会尝到的更为美好的一切，干杯……

在这个人来人往的世界上，怀疑或坚信每个人都有一根自己的拴马柱，只不过有些人不愿或没心力去找，有的可能永远找不到罢了。问题是，在找到或动身去找那根拴马柱之前，一定要设法把自己变成一匹识途、脚力又强健的真正的千里马吧。

02 章

偶有所得

want

　　"want"，英语里面这个词既可以解做"需求"，又有"缺乏"之意。是不是说明缺乏什么东西，因而就会产生欲望？或者，人因为有了欲望，就自然会觉得自身缺乏一种东西，而汲汲去外界寻找呢？

　　所以，如果实在对啥东西产生了欲望，又得不到，感觉痛苦的话，转化一下观念——把注意力从所欲求的对象上往内转，思考自己为什么会有如此欲望呢？这种欲望是否有它存在的合理性，或者必然性呢？

　　这么一分析，那些出家人的寂灭欲念，清净无为，因而远离了尘世烦恼的行止就可以得到很好解释了。

　　我们不一定要那么决绝地自生自灭，不依借任何外人、身外之事物，就那样安然低调地生活，但是否可以在世事人心都无比浮躁的时候，也"致虚极，守静笃"地生活得更自在从容呢？剔除多余的欲望，人就会生活得更自在超然一点。因为，无欲，不缺，则刚。

草 民

朋友说她在东北老家的一个表姐，学历不高，在市制药厂上夜班流水线操作。月工资就几百来块。吉林市整个的经济状况不太景气。很多体力活或者手工活比如制作编织袋背货物什么的，月工资撑死了就四百元。表姐的工作还不算寒碜，对一个没多高学历的人来说。有天半夜两点多，她精神不济走神的时候，一个拇指被加工机器从弯曲处齐生生地割断了，她当时第一反应是，我还有娃儿要抱呢，没有了拇指怎么办？她喃喃地念着，用另外的手拾起截指就在冰天雪地的东北街头跑着满街找大夫……

揪心的场景。让我想起了《卡拉是条狗》。而什么《英雄》《十面埋伏》等大片与此相比都太漂浮轻佻了。以前看越南陈英雄导演的《三轮车夫》，也看到了底层人惨烈的生活面貌。相对来言，他的《青木瓜飘香》是一个法属殖民地贵族后裔在黯淡的现实图景中一厢情愿编织的一个童话。

中国的文人、文化人对草民的生活向来不太感兴趣，他们偏爱"一字一岁月，一袖一乾坤"的巍峨气派，"大"是最高的美学规则。自己大不了，就用各种排场、夸饰和数字把场景做大。

摇滚歌手何勇说某些人：吃的是良心，拉的是思想。

顿 想

黄尘清水三山下，
更变千年如走马。
遥望齐州九点烟，
一泓海水杯中泻。

　　如果回首之间，一切都是海市蜃楼的幻象，所有的熙熙攘攘、人来人往只是醉生梦死的假象；所有的付出、期待、努力都是徒劳，生命的基础竟然建构在一片虚妄的流沙上。

　　可是在最年轻的时候，沿着生命的河流上溯，开满粉白荷花的江滨，曾那么纯洁和完整的年少，那是不掺假和做作的。年少的期待和憧憬也是没有缺憾的。就像十六岁的花开只有一季，栀子花的花期也只有一夏。灿烂过，天真地笑到极致，繁芜与落寞风情再分付东风主。

　　花朵不是女性的宿命。女人不只是用来看与被看的。花朵也可选择晨曦暮色的交替转变中，次第辗转开放。花儿为谁开放的心情可以自主，花朵萎落成尘的姿态可以自度……这是一种不可逆转的宿命，但也是可以逐步提升臻于圆融的过程。花的结局不是由雨打风吹来撰写，而是花心的从容适意，自足圆通……做一朵可以结果的花，逃离观摩、展览后凋零的命运。老去的只是年华，积淀了的却是智慧，是从青涩到饱满的生命历程。

故 物

林无静树，川无停流。

悲观的人会说：所遇无故物，焉得不速老。

达观的人会说：每一刻都是崭新的。

怪 人

同学说的，实验室新来一个男生，清华研究生毕业，能读懂英文原版的爱因斯坦《相对论》。他乍看比较斯文，长相周正，戴眼镜，像个受过高等教育的人。但是他在教室自习时，边上有人手机铃声没换成振动或收发短信的提示声惊扰了他，他可以不做声地走过去，端起水杯劈头盖脸地浇人家女生一头的水！

国庆节实验室放几天假，正常地关闭。他清早六点多跑来要学习，保安人员不愿为了他一个人牺牲自己的休眠时间，他态度强硬地要和人动手打架，最后砸烂玻璃窗跳进去了。保安通知公安抓他去关禁闭，最后导师出面，电话喊来身在外省的父母才保释出来。不是熟知好友告诉我的话，还真难以相信。理工科的某些"尖子生"，就是这个德性？

有人说，在这样的时代，最了不起的事情就是坚持做一个正常的人。心态健康，人格健全，行为正确。因为对自己对别人尽起码的责任，掌握做人的常识是不大具备短期功利效益的。既不能吸引来一片炫技于人的喝彩声，也不能保证你成为专业领域的精英或什么"知识英雄"。所以有志成为顶尖级高手的人，最开始就想拣"降龙十八掌"或"少林伏魔大法"之类气派的招数去攻坚苦练，而什么扎马步踩梅花桩类巩固下盘的基本功就被他们不屑地忽略过去了吧。

胡思乱想

悲情是这样开始的：甲爱乙，乙爱丙，丙爱丁，丁是水仙花，他只爱他自己。

那么矫情呢？"关于感情的歌，我听过很多；关于我们的事，他们统统猜错。"刻意地拔高、疏离什么，或者有心地回味，反而让人怀疑感情的真伪度。李敖评论三毛：她说她不想落入框框，恰恰相反，她一直在那个框框里兜圈子——白虎星式的克夫，白云乡式的逃世，白血病式的国际路线，白开水式的泛滥感情。这些构成了她一再重复的爱情故事的全部基调。

在人群里，有些刻意追求的东西总是得不到。刻意地强调渲染呢，更让人怀疑你是否真的拥有过。真正拥有自己想要的东西了，心会被填满，变得平和，平和的心还需要倾诉吗？——莫斯科不相信眼泪，莫斯科不相信语言，莫斯科不相信爱情。

滥情：甲爱乙，乙爱丙，丙爱丁……慢着，谁能告诉我什么是爱吗？爱的所指和能指常混淆不明。爱是为了成全对方的自由还是填补自己的空虚？"爱"是无私的颂歌还是利己的行径？

会做人

从小到大，周围受夸最多的是"会做人"的人。新鲜，人是什么手工玩意？泥巴捏的，面粉糊的，还是拿个模子批量生产的？人是个角色，不论你是猫是狗还是未进化彻底的猴狲，穿戴整齐了，能说会道了，态势摆好了，自然会有人捧你赞你，因为你已经有了人模人样。

你没感情没见识没主心骨没有自己的立场不要紧，只要你会打哈哈不得罪人不当面和人过不去，在适当的时候撩拨一下你需要的人，在你用得着的人耳边吹吹风，关键的时刻抽冷子踩一下你的对敌，背后推一下，井里丢块石头，马上甩甩水袖，两手干干净净。

以前看外国文学，尤其是俄罗斯普希金那个时代的，男人包括很多名人动辄以"决斗"来解决纠纷——普希金本人即死于决斗。双方站好了，定好规则，提着脑袋动真格搏命。中国人会骂他们傻帽儿，白白地站在那里等死，不动也不逃，袖子里也不兴藏个冷箭或飞镖。我们的武侠小说里，最高妙的主儿都是神龙不见首尾、玩虚的高手。他不会老老实实地在战场上和你打拼。一般人会夸他：这一手真做得漂亮。对手包括读者永远不知道你的真实斤两。

在中国历史上，老谋深算的诸葛亮是神侯，直到他遇见更老奸巨猾的司马懿。年轻气盛的周瑜永远被欺诈得吐血，叱咤风云的项羽是莽夫，流氓无赖的刘邦才是英豪。在荷马史诗《伊里亚特》里，阿喀琉斯和他的战友、敌手都洋溢着勇敢、忠诚、责任、自尊等人性的光辉，阳刚明朗的特征。我们的文化英雄呢，文臣尽妾妇之道，武将诡诈残暴或愚忠，为了不怎么样的昏君效忠卖命。坐上头号宝座的流氓暴徒，万世也称颂他英明有方；败走垓下了，只怪你智拙无能……中国人输不起，输了就是丢了最大的面子。胜者为王，败者为寇，我们很少有失败的英雄。有个人倒下来，千万双脚会去踩他，践踏他，万恶归之一身。所以中国人怕输，怕丢了面子，不惜搭上所有的里子。

"会做人"的出发点是什么？进入了角色，混开了场面，自然会有不尽好处滚滚来。哪怕你顶着个塑胶脑袋一辈子没自己的见解，哪怕你泥堆里打滚没做过一件"有意义而不是有好处"的事情，哪怕你想放任一下想疯一回想标新立异一次憋出了癌症……

假若我一直单身

是该考虑这个问题的时候了。天作之合的缘分没有发生，有心经营的故事最后可能被命运拨弄成一个玩笑，好的结局是王八看绿豆——对上眼了的机缘凑巧。超过国家法定婚龄依然形单影只的人也要面带微笑，还得刻意装出一点骄傲。置于死地而后生，先设想一下单身女有可能面临的诸多窘境。抱歉，本人不是美女作家，没有换取大堆字码大笔钞票的旖旎情事，也没有拥坐寂寞之城媚眼如丝、怨态迷离的奢华。若是平生历经奇劫沉冤，看破红尘遁入空门，倒也落得心头清净；或者恋武成痴，功利熏心，学东方不败兄来个"欲学神功，挥刀自宫"，也为武林造就一旷世奇才；或者像尼采，提上鞭子斥逐异性如入无人之境，为了精神城堡放弃尘世的家园。可惜我只是无才补天，努力站稳脚跟，在柴米油盐的庶务之外，偶尔抽撷一线光亮，弄出一点声响的人。

同学聚会，半壁江山已入主人手，刚窃喜还有几个哥们儿也身世浮沉，已有人不无得意地划清界限："男人三十还正当妙龄，女生年纪就来了。"怎么自个儿都成扰国扰民（不是忧国忧民）的对象了？男人打光棍，解释有很多种——看不上周遭的女人；正在努力中；匈奴未灭（何以家为）；大丈夫志济天下；再不济也可来阕《断臂山》——无形中还有放眼天下，女人鄙俗肤浅，方有男人与男人才可西窗夜语，惺惺相惜的意味。总之，男人有"找"的主动权，至于权力过期作废，是你没把握好时机。女人的单身，让观者眼前一亮，潜意识里单刀直入地归结为——没人要。尤其是没有风流韵事，姿色才情都不甚突出的平凡女人。吴副总理自然不列入这种归类，但我怀疑一般的男民众已经忽略了她的性别身份。

女人出嫁，就叫"于归"，找个归宿之意，天生飘零没有根底的宿命嘛。男光棍单门独院，自立门户也不赖啊，访访花，拈拈草，偶尔还领个迷路的蜂儿蝶儿回来打打牙祭。可女人一定要把自己"推销"出去，找到婆家才算功德圆满似的。太不公平了。女人在舆论方面，心理就败北了。处于下风的理由在于她们的母性呵护习性和护犊据点意识。好像母鸡没有一个窝下蛋就不能称为母鸡了。男人让女人裹上的小脚已经废除一个世纪，但习惯把男人的追捧和接纳当作存在最高价值的女人，还是充当了期盼与等待的奴隶。

其实她若还不具备一个成年人应有的责任感和独立意识，像小孩依赖母亲一样一味依赖男人，以男人的赞赏和期许疗饥，那么这个女人还不懂得爱，内心还没有形成爱的能力。男人对她来说并非真正的恋人，而仅仅是一个赖以行走的手杖、长期饭票或者是过家家游戏中造梦的道具。

一个单身却摆脱了生活无着落状态的女人是美丽的。但美丽这个词语本身却有歧义。美是超感官的心灵方面价值取向，丽是声、电、光、色，物理上的要求，一个精神，一个物质，两者极不协调地构成了美丽这个荒谬的字眼。男生会认为冰肌玉骨明眸善睐这种词义是美的，但心智健全成熟的男人应该运用理性去克服或者质疑一下视觉效应所带来的情绪冲动——快感。

当女人把男人当作一个平等的，有血有肉，有苦恼也有欢欣，有压力也要奋进的人的"个体"来爱，而不是物化的工具、地位与权势的标号，或者避风遮雨的中性晴雨棚时，女人会将生活的安全带系在自己身上，好好活着，自己着力消除无孔不入无时不在的生存孤独感，才能有资格来爱是人而不是神，也有孤独感，需要理解抚慰的男人。还有，如果孤独生活只是一种自我选择、固守，是蛹破茧成蝶之前的蛰伏期，就不要过分自作多情和矫揉造作，让吟风弄月的情绪激发某些蠢蠢欲动男人的侵略或者"保护"意识。这里只指那些寻愁觅恨意识泛滥的单身女人——怨女。

做一个充实的不用苦苦期盼男人的单身女人，自信的不用无端猜疑男人的女人，做一个自爱的不用造势摆谱地喝斥、怨毒男人的单身女人，一个平等而不用委曲求全毫无原则地姑息男人的女人。直面生活，拒绝对所爱的人展开情感掠夺，学会和孤独坦然相处，为了那种千年开花一次的承诺。

浪漫和理性

有人追根究底，考察出喝酒碰杯的由来。有几种说法。

一个是古希腊人创立的。他们认为端着美酒时，五官中，眼睛可以享受晶莹的泡沫色泽，舌头可以品尝酣畅的味道，鼻子可以嗅到芬芳气味，而耳朵似乎被打入冷宫里没派上用场。于是就发明碰杯了，清脆的一响就当是安抚耳朵吧。

而另外一种说法和古罗马人有关。他们崇尚军事，暴力弑斗行为普遍，人身安全没有充分保障。人们戒心很重，餐桌上碰头时怕人在酒里动手脚，就在喝酒前碰杯，心照不宣地在各自酒杯里掺入别人的酒液，这样大家都放心了。要死一起死。呵呵。浪漫的人确实做事无厘头一些，理智的人安全是安全了，但生活这样谨小慎微，该多么无趣劳累啊。

理性与压抑

　　为什么纳粹主义偏偏盛行在最讲究理性、严谨习气的德国呢？说明过度的理性只是一种变相的压抑。超过了忍耐极限后的发泄才是毁灭一切的。放纵自己的欲望会成为一种瘾，而克制自己的情绪，让自己难受，同样也会成为一种瘾。所以待人处世要保持适度的热情，或培养多种兴趣爱好宣泄情绪……

连蒙带猜看男人

　　长沙的同学，具体来说是男同学们，有的已经参加工作，有的还是在读学生。有的已经有女朋友了，有的正是单身。尽管如此，他们周末常聚会，一起爬山或者聚餐，打篮球什么的。看聚会时候的照片，各个身心舒展挺滋润的。高中时，一个老乡去向班上阳光帅气的文体委员表白，人家莫名其妙，他说，自己就想着和哥们儿玩，哪有心思来谈情说爱啊？

　　成人后，男人也爱窝在男人堆里玩权力，玩金钱。说得不好听，玩世不恭的男人还会热衷于去玩弄逢迎强权、以色事人的女人？

　　可见，男人的骨子里还是为了男人而活的。男人才是男人的玩伴。所谓的大男人们，自有他们的一套游戏规则。而好女人就是尊重或不懂或不参与他们的游戏的人？贾宝玉那种认为男人是污浊的泥巴，女人是纯净的水的男性，不但不被男人看好，现实生活中，连女人也不会看好他。

　　所以，终极目标是为了被男性同伴看好的男人。挑选女性同伴时，真正基于自己选择和喜爱的人少之又少吧。挑个有风情的，是因为她被很多男人看好——想必这种女人也经历过很多男人；找个漂亮的，带得出门的女人，也是为了引起别的男人的嫉妒，证明自己是个猎术高明的猎手？虽然心底里他不一定会尊重他所选的终身或临时的伴侣。

　　男人终究是为了男人而活的。

明年今日

都说古典文学最鲜明的特征是关于时间的流逝感：青山依旧在，几度夕阳红。古人热衷悉心关注自然界的草木兴衰，一枯一荣，从它们的变化中人们观照到了自身的有限，宇宙的无穷，人的生命的有限和卑微。古人感叹：人面不知何处去，桃花依旧笑春风。——怀着的就是这样艳羡和若有所思的心情吧。

年年岁岁花相似，岁岁年年人不同。所以陈奕迅的《十年》的粤语版本被林夕设定为《明年今日》。今年欢笑复明年，秋月春风等闲度。幸福的人是觉察不到时间流逝的人，站在光阴流水边体验到这种消逝的人，哪怕是圣人如孔子也要晕眩之余哀叹：逝者如斯夫！

俯首青丝，抬头已是白发，十年就隔着一个转身回看的距离。而不停地俯仰、转身，不嫌浪费精力，徒增气短之意吗？

老念叨着"明年今日"的人是中了心理学上"将来症"遗毒的患者：憧憬着上了大学就怎样，读研究生后会怎样，毕业赚钱了会怎样，结婚生子了会怎样，小孩独立了自己将怎样……明年今日的我又会怎样。分分秒秒就在这种猜度、假想中从指头缝里溜走。真的到了明年的今日，又会总结，回顾过往，因为"此时此地"没有期待中的那种华美憧憬的感觉，而记忆也是一片空洞、空白。因为去年的今日，他在种种设想中"虚度"了。

古典文学的人咏叹尧舜盛世，展望未来大同社会，拐弯抹角地吟唱蟋蟀、鹧鸪、蛐蛐、布谷，为自然界的月缺月盈、花鸟溅泪惊心，就是没人系统、仔细地给出一个交代：给夕照秋风中身形孑然、面容清癯的人一个安排，怎么好好处理当下，此日，此地，本人这团乱麻布构成的一个迷局。

古典文学话语中我很喜欢的几个词有"澡雪精神""踏雪而歌"，感觉还是有些头脑清醒精神振作的人欲图做一些实实在在的事情，而不是翻开卷册就扑面而来的"滚滚长江东逝水"的颓废，兴亡凭吊的感觉。然后一群青袍白面或黄脸的人，要么举酒，要么抚琴，要么背柴火、下棋，在那里比赛哪个人的叹息声最清越沉重……

历史认得你是谁？一个被大学生儿子的抱怨逼急了的，大字不识得几个的农民这样发威了："不要老抱怨生活，生活认得你是谁？！"同理，古代读书人的那套经天纬地术谋算是迂阔，那么那种动不动涕泪交加，在秋风原野上凭吊人事史迹的文人真的是自作多情到极致了。

秋月与你何干？春风与你何干？明年今日只是个计量坐标，漫无目的度日的人，无聊寂寥的时候才来潜心研究他的计量工具的意义。极爱被人称作"拗相公"的王安石的几句座右铭：天变不足畏，祖宗不足法，人言不足恤。第一句"天变不足畏"是否也可以解释为：忽略时间的流逝，即与天象有关的包括地球绕着太阳转的昼夜更替现象呢？呵呵。

明年今日，不再遐想，要来的就让它来吧，先把手边该做的事情做好。

那种不确定是美丽的

　　美丽的东西有馨香的花，傍晚天空的云彩，池塘上面澄莹的蓝天和芦苇，鲜嫩的婴儿起圆涡的手脚，一个赶路人莫名的微笑，蓦地降临的一阵雨，优美的东西几乎都是与"意义"或者说功利目的不相干的东西。

　　崇尚幽约细美情致的日本人有句名言：没有惩罚，便没有逃亡的乐趣。因为有玩儿命的刺激和犯禁的放肆心理，逃逸的脚步才涂抹上了润滑油般轻快。它可以提供给我们另外一种看待事情的角度。

　　比如说背上厚重功利目的赶路的人，埋头拨弄熟滑圆腻的算盘珠子时，愁云惨雾已全军压境侵上了他的眉梢，操劳忧心的白发也处处举起了反叛的旗帜。要追求成功没错，但成功的要义是什么？业绩加上良好的人际关系，加上身体健康还有生命意义。很多人把最后一点给忽略了，因为它"没用"，没有看得见摸得着的实效。

　　我认为它是让你赶路前想一想你的目的地对劲不，规划的路线是否合适，走慢点是为了走得更快。——现在有很多高级女白领，花上几年青春血汗打拼得来的钱弄颗小钻石给自己戴上，这是她们自认为的高贵，有品位，然后会吸引很多有"品质"的男士，或者自认为走在人群里神采飞扬，人见人羡。

　　我想她们误会了几个问题：1. 钻石虽美，人更无价。以珠宝去吸引别人，吸引到的只怕也是一群追逐"铜臭"的不怎么样的男人。2. 爱人者，人恒爱之。想得到别人的爱，最直接有效的办法——如果这算办法的话，就是去爱对方。因为除了母亲和圣人，没有人会真正地爱别人胜过爱自己。爱是什么？无非是人们对生存和发展所需要的条件的一种肯定性情感。

　　圣人是打定主意要"替天行道"的人，他要贯彻"天道损有余补不足"的理念，要实践他毕生的精神信仰，才可能牺牲"小我"成全"大我"。他交出了自己的生命和精力，同时也剔除了虱子一样吞噬内心的个人欲望、挫折感和其他消极因素——只有爱心没有贪恋的人是有洪福的。虔诚的宗教徒就是这种人。就像真正下定决心自杀的人据说生前一般都是愉悦释然的。他不再背着"自己"这个累赘和世界拔河了，一桩苦役完成了。没有了对自己的斤斤计较的"爱"，也就不存在对非我世界的锱铢必较的"憎"了。母爱啊，更简单，子女就是她延续的生命，爱子女等同爱自己是天性也是义务。

而一般的人最爱的肯定是他自己了。有人爱自己的方式是设法满足所有的欲望，有的方式是剔除多余的欲望，返归真我，有的人是要化血肉之身为不朽业绩，有人要以云淡风清的心情轻松安然走过一生……

实在钉上一个人了，设法让那人感觉你确实和他自己一样爱他。先得搞清楚人家想要的是什么吧？如果人家想吃大餐了，你硬塞给他两张文艺电影票顶什么用？那是"爱"他的方式吗？当然如果你够牛气，可以苦口婆心地把他的观念纠正过来：某某君，大餐吃多了油腻又发福，看文艺片有移情养性的作用……爱得够执着的最终扳回了局面的人估计都是以自己的理念把对方给"说服"了，让他明白了这样一份感情在他的人生里确实比其他东西超值超重。如果自己确实没激情坚持不下去了，又没有"论辩"的"论据"（条件）和技巧（智慧），打动不了别人，那只好鸣锣收兵吧。

美丽是超越了感官的心灵外向投射事件。

世界上有那么多人，他们有那么多种"爱"自己的方式，也有那么多风格各异的值得倾情的对象（非恋爱对象），这种不确定的倾情是美丽的。

那种流转是我们的命运

现代社会是一条通往地平线的高速公路，我们坐在差之毫厘、谬以千里的方向盘后，随时准备转入下一个未知的路口。一个个打招呼而过的陌生人，新奇事物渗进了风的速度在耳畔呼啸而过，我们有了更多选择的自由，但身后熄灭了的是家园里彻夜守望的灯火。这种不确定性的大把自由终于成为一块令人恐惧的磐石，阻塞了通往幸福安宁的出路。

我们不能控制住另外一个人类个体，所以干脆舍弃去攥紧一份流动着的情感，一个不稳定的、瞬息变化万千的世界正在形成，每个逐步成长的人只有宣称"再也不需要任何人"才能加以适应。孤独变成了现代人自我防御、疗伤的马奇诺防线。

昨天熟稔的、魂牵梦萦的东西隔着一个清晨的距离也许会面目全非。一个美梦抵不上一个舒服实在的枕头。枕头不会说话，但它也没长腿，还可以打包带走。天长地久是农业社会里倚赖风调雨顺而生的一个谶纬术语，近乎巫咒，工业时代只要进退自如，对破坏现有流水线的刺激行动的热衷，更新、更新，永无休止。

诗人戈麦曾说：重视友情，但对人世间的背弃和无常也看得很透。有那么一个心理底线，永远不要对别人抱比自己更高的期望。要离去的人是消融进暮色苍茫的雨滴，你只能双手托送出它必经的弧迹，并且，抽身要早，不再望穿秋水地期盼。

在这种流转的命运中，要么成为自由的人，要么成为殉难者。无法掌控每件即将发生在身边的事情，但我们可以决定发生了的每件事带给自己的意义，而自由就是把握住了世事无常与自我认证二者达成平衡的一种度吧。

跳楼记

一同学说，她高中时有人跳楼，从五层楼跳下来栽到一堆沙子里，筋骨未伤，爬了起来，拍拍屁股上的沙子，抬腿走人了。一个字：酷。

大学时，一男生爬到宿舍楼七层顶，作势要跳。跳之前，一件件地解扣子，脱衣裳，是大冬天，里里外外穿了好几层，约莫脱了二十分钟，加上扯起衣裳扬开、甩落的动作，定格了一回又一回。直到围观的人越来越多，惊动了保安，把仅剩一点内衣的他架走了。一个字：晕。

大学所在的城市，以前发生过一宗跳楼事件。一个失恋的男人爬到闹市区高楼顶要结束生命。时值上班上学前的清早，围观的人手头各有活计，大家议论纷纷，最后群众的呼声一浪高过一浪：快跳吧，快跳，跳完我们还得去买菜！也可能是几个怪腔怪调的人在打哈哈，当不得真，人群起哄了是事实，没人试图去制止他轻生也是事实。结果是那人真跳了。一个字：寒。

前些年有关报纸报道追还拖欠工资的农民工没处讨公道，连回家的路费都没了，走投无路只得去跳楼，文章里用的是"跳楼秀"，我恨自己为什么不是飞檐走壁的侠女，一定要拎着长了如此唇齿如此心肠的记者，把他提到几十层楼顶边缘，看他是什么感受……跳楼秀！一个字：怒！

大三时，班上一个女生经过宿舍区，亲眼看到一个大四的女孩从五楼顶纵身跳下当场毙命。后来听说那女孩性格比较内向，家里独生女，毕业快离校了工作还没着落，想不开于是一死了之。还有一个女生，和男友闹感情危机，夜深人静的时候一身血红装束跳楼身亡。她留下遗书说这样可以化身厉鬼来报复薄情无义的男友……一个字：哀。在鲜活的生命面前，任何话语都是多余的。

在校内网上看到过某条涂鸦这样写着：生活是如此不爽，让我如此地热爱……告诉自己：一定要好好活着，变得强大结实又富有韧性，活着不是为了走投无路去寻死的。足够强大又有智慧的人才不会处处被别人推入绝境，也不会自己把自己往死路里推。从小到大只听到教育我们要热爱生活的话，没有谁告诉我们怎么热爱，凭什么要热爱……

同学、朋友

有人说，人在15岁以后结交的朋友不可能发展成为真正的生死之交。可信吗？还有一条定律：在同学聚会上没有一事无成的人。就是说，大家会尽量光鲜体面地出现在别人的视野里面。如果确实混得很上不了台面，就会自动淡出，不参加所谓的同学联谊会。

咳，人堆里的事情真难说。屈指数一数，最铁的朋友在中学时代、大学时代还分别有那么几个，很知足了吧。但是时间慢慢地还要流下去，不知道将来会是怎样的境况。旧梦重温，最煞风景、最怕的是这种尴尬场面在同学聚会上出现——有人变了，有人出头露脸了，有的潦倒落魄了，还幻想在别人的记忆里寻找一点感动和荣光，所以他要喋喋不休地重复所谓的美好岁月。

故人的牵挂，有时候竟然成为莫大的压力。项羽当年攻破咸阳，兴冲冲地首先想到的是衣锦还乡，为后来的失败也埋下了一个伏笔。如果他割断那点血脉亲情的牵连，父老乡亲眷望所带来的沉醉，他的成功乐趣似乎都不那么完好了。

生命像夺眶而出的泪水，总是不能轻易地找准降落的方向吧。很多时候，我们奋斗，不是为了什么坚定的信仰，而是为了别人的期望或者观望。人的一辈子可能就是他认识的所有人，以及和他们所形成的关系总和，尤其在中国这种人山人海的地方。

祝福我所有的朋友和认识的人都好好地生活，有一股坚定向前的力量支撑着。到了把酒言欢、笑说从前的时候，大家都无须缺席，人来人往。

我是女人哎，跟我玩真的

这句话出自周星驰某电影。可能是一个技艺不精的小混混，蹿上跳下混迹江湖，耍点小聪明，哪天冒犯了哪位黑帮老大，就用这话当护身符。这里有阿Q的做法——跟我过招，你值得吗？我自贱了，你还与贱人一般见识，等量齐观？

一个人大新闻专业的韩国学生在课外汉语辅导时向我求助，问我广告文案作业，收集有煽动性影响大的影视剧台词，设法利用。这句台词嗖地窜了出来，我转述给她听，再一起琢磨搭配什么类型的广告。两人面面相觑，一致想到——整形整容医疗手术广告。两人都狂笑不止，超越国界、语言、文化背景的差异，心事洞若观火，尽在不言中。

楚王好细腰，宫中多饿死。女人之所以成为女人，是后天环境决定的。烈士眼里才会有贞女，浪荡子恨不得全世界的娇娃都秋波暗送，在西门庆心中，没有女人赶得上潘金莲谙解风情。贤妻良母应时而生，因为丈夫需要母性和娇痴女儿状的混合体——妻性。

《罗马假日》里，赫本清纯无邪宛若天使，那是因为全世界最完美的男人——派克眼神慈爱，举止正派，公主在骑士的臂弯里才可以自在徜徉，百合般优雅绽放。

当全世界的女人熙熙攘攘冒着健康、生命风险对自己动刀，以博得男人周郎一顾，或者用绚丽躯壳的廉价诱饵钓出男人的廉耻、尊严和血汗老本时，男人们，你们应该反省了。

屋顶星空

听说过一个故事：一个小男孩孱弱羞怯，不大合群，没有多少愿意和他玩耍的伙伴。白天里他不敢迈出家门怕被别人嘲笑捉弄，只有在夜深人静的时候，悄悄趴在自家阁楼顶的阳台上，仰望无垠的星空，流下了激动不为人知的泪水。那种从眼眶深处流淌出来的泪水必定是洁净圣洁的，小男孩透过晶莹的泪珠拥有的是最接近天堂的全世界完满丰盈的馈赠。

生活中有很多这样的人，常自发地露出不为人理解的笑容，有着来自远方的异乡人一样苍茫的气质，对他们来说，生活如同一场连着一场做不完的梦境。人们习惯看待他们为轻度神经官能症患者，或者一律以"不可理喻"的标签概称。这个小男孩比很多大人、活泼强健的顽童更懂得爱吧，不然，望着美得让人无法拒绝去沉溺的星空不会淌下泪水。爱是让人欢欣，也让人忧伤的事情。像那个坐在自己的小小星球上，搬一把椅子不停守望落日的小王子，忧伤是因为他的欢欣无人分享，爱意无所适从。因为他有了念念不忘的玫瑰花，而玫瑰花的虚荣心阻碍了他们深层次的灵犀相通。

常常想，粉碎财富、物欲之墙，找到生命中真正的静谧和光，诗意地栖居在这方人声鼎沸而众多的人老死不相往来的大地上的人，他们或因绝望而发疯，或幸运地找到了合理发泄这种冲动的途径——成为或行为怪僻的艺术家，或虔诚的宗教信徒，如释迦牟尼，梵高，李叔同……也许只有远隔人声的静夜屋顶——艺术、宗教才盛得下他们膜拜星空喜极而泣的各种姿态。

趴上孤寂的阳台，屋顶上星光璀璨。
越过爱的地平线，全世界灯火通明。

夜 雨

　　微笑在脸上刮起风，低回的雨粒使你泪眼模糊。夜雨在把什么秘密悄声细说。恶作剧般地想起一句黑话：风高放火夜，月黑杀人天。那么雨夜是适合怀念的了。雨声扰乱了心跳的正常频率，有点推开窗子或出去走走的冲动。要是半夜雨声唤醒了你的耳朵，就会发现枕边有条波深浪广的河，水流激激声里你在隔岸观看前生的剧目。

　　要是写武侠小说，必定少不了这样一个章节：中等程度的阵雨，水银泻地，佩剑的青年，黑衣或雪白的衫子，倏地睁开了眼，打开天窗一样灵光突现，冲进雨幕，厮杀，舞剑也行，不能打群架，那样像龙王庙前的祭祀求雨活动了，弄得满地泥泞。鬓丝或脚底粘上一片湿淋淋的苍叶也行。其他的道具可以淡化，当雨成为天地间唯一的大背景，最突出的主题还得是与人、与剑气有关的肃杀、峭寒之意。当然这里是秋夜的冷雨。章节名字就是：江湖夜雨十年灯。没灯哦。有灯的话，那就不用厮杀了，一个低扣着竹斗笠的黑衣或青衣人，瘦削，没有杀气，孤光一盏，凄然北上，嗯，有点像寒门读书人连夜进京赶考了。那斗笠也撤换成方巾吧，再儒雅的剑客也不会缠绵到畏缩的地步，哪怕是"父子三探花"的文人侠客李寻欢，边咳血还边掏飞刀——古龙真有气魄。兴许是他后来回过神来了，不能让侠客恺恻到这样程度的，跟读者没法解释了，赶紧续上小李飞刀的传人是叶开这种欢乐青年。

　　一个人把自己弄得太悲情了，总让我不放心，这种人跟自己都这样过不去，还能指望他真心待别人好吗？没有哭丧着脸还到处仗剑行义的侠客，自己心里都没有阳光的人，怎么能给别人带来满地黄金？

一件小事

　　某个期末我给两个师姐记录论文答辩。她们是鲜明风格的两个人。一个有比较扎实严谨的学术风格，为人也实在、清净，不大和老师套近乎，结果她自己也怀疑导师以为她对他有意见。她找的工作是图书出版方面的，不解决户口那些，在北京漂着，赶稿子，打工。她说以前还写诗歌，都发表过一些了。另外一个师姐，积极争取入党、挣钱，从研一开学起就在外面兼职，教授少儿英语，做些跟专业一点都不搭调的比较实惠的事。她平时也没有住在学校，看见老师和认识的人都表现得很热情，特别有自信，口头表达又快又顺。答辩会上，有老夫子类型的老师都在挖苦她了：你要是论文写得和口头表达一样流利就好了。老师私下里商议，按照正常标准，她本来通过不了答辩的，但古代文学专业的老师都是古道热肠，有人情味儿的老师，结果还是放了她一马。她找工作极其顺利，连带解决户口那些，成天过得逍遥自在。虽然资深人士说她的论文都是大白话，没法看。

　　第一个师姐居然是七十年代生人，但脸上一点儿都看不出岁月的痕迹，跟她走近了就会发觉她很活泼可爱，率性；第二个师姐见面就亲热地和这个打招呼，和那个打招呼，虽然也是80后，长相打扮却和我等不是一个层次的。她和导师的关系最好。但院里其他老师好像对她不以为然。教授古代文学的人，看来都还是有些癖性的。

　　我开始担心社会化的问题了。我这种人到了一个新场合都要慢热起兴的。不太习惯很短时间内推销自己或针对一个利益目标周密地规划，过得随性恣意。如何是好，如何是好。

　　连带地想起很久以前的一个"理想"来——到某个深山老林里，守座古刹，当个姑子，打坐参禅，连带地煮一锅大白米粥，摆在庵前救济饿汉。这样做人的成就感和自在感都成全了，也不算一个废物吧。好早以前就发觉自己有逃避现实的倾向……幸亏不打算考博了，不然还像缩头乌龟一样在学校畏缩着。——因为明白学校也不是真空地带了。也是一个前阵子答辩的博士师姐，在入会前她丈夫打电话过来训谕了半个小时，叮嘱她答辩时不要和老师交锋顶嘴，态度要恭敬妥当。结果遇到有争议的地方，她还是霍地爆发了：虽然我丈夫刚才打电话过来骂了半个小时，要我别和老师顶嘴，但我相信各位老师还是有这个雅量的云云。入世深一点的老师都在下面摇头苦笑。

上次负责记录的答辩会上，听各位老师交流，他们也比较体谅学文学的学生的苦衷。当外语学院好多本科生毕业就可以拿到上万月薪的时候，古代文学的研究生们还得担心基本生活保障，更别说男生还要考虑成家立业了。一个老师说他的男弟子欺骗了他一年，从研二起就答应着已经动笔写论文了，拖过了秋天，拖过了寒假，再一个春天，说初稿那些已经全部完成了，直到答辩前一个月，催他发论文过来，居然是还没动笔！老师气了，哪怕发一个字过来都行。他找了不错的工作和女朋友，"不务正业"地把电脑什么的玩转得很精，还认真地跑到清华去学电脑。——考虑到这些，老师也没怎么难为他临时凑数写出来的论文。让他顺利毕业了。不然他什么都要泡汤。

……

忠厚老实是无用的别名吗？或许如王小波所说的，人生最大的悲剧就是自己的无能。中国传统的儒家文化最爱讲"道德"两个字，"立德"甚至摆在"立功"的前面，造就了大批迂阔保守的庸腐士人和假托德行情操之高妙实质上沽名钓誉的假名士。中国的旧式知识分子倾向于"空谈心性"的"大器"，忽视科学技术的"事功"，所以民众的心智启蒙一度处于童稚状态，"认识主体"被"道德主体"给活生生地压抑下去了。包括一些读书人很清高实际上也是不切实际的观念：不谈论钱财，不务实，不注重实践……结果是造成有识之人两极分化严重。孤标傲世的人隐逸了，逃窜了，目不斜视地把袖子挥一挥安贫乐道去了；而"利欲"熏心的人就沉淀下来占据各路要津，大显身手。长此以往，凡事皆成定局：洗碗水池槽一样的环境，想来洗涤一番的人多半以把自己弄脏告终，或者抱着清者自清浊者自浊的心态泯灭了积极参与的意识。

到现在总算明白，只喊道德口号的人士只是煽动家，在虚拟的热血沸腾里满足了自己对话语权的盘剥；而冷静地用理性思考，多明白事理，不强调"要怎样"而是积极探讨"为什么要这样"或"究竟怎么做"的人才是思想家。稍微受过一点科学思维训练的人都会明白，世界上没有显而易见的事情和道理，如果道德只是成为表面上的幌子或少数人怀抱的圭臬，只能说明这种道德已经失去了它存在的根底。例如"从一而终"的观念。——道德这事，必须普遍，人人应做，人人能行，又于自他两利，才有存在的价值。

伯夷叔齐是商朝的贵族，享有商王室的一切特权，以两条老命为大势已去的商朝殉葬那也是情理之中。是平头百姓就不必如此自作多情了。越来越觉得道德这个东西是"国之神器"，不可轻易示人。知道有它就行了。千万别去糟蹋它或贩卖它，或让它来作践、为难自己。

现在疑惑的是，朱自清先生不食美国面粉，使得著作等身的他英年早逝，这件事情意味着什么呢？有更多的中国人因此而抵制美货或日货了吗？或者像鲁迅先生，积极逃到上海的许多租界，"打开亮窗"说话；在向北洋或民国政府讨要自己薪水的时候跑在最前头，被打跌了门牙。后者更可爱，也可敬。

如果一个人二十岁的时候不是激进主义者，那么这个人将来或许会过得很平庸；但如果一个人三十岁了还是理想主义者，那么他也会活得百般不顺心或概念化，没有触碰到生活的实质吧？

还发觉许多本专业的老师，或者从事文学、学术工作的人，或者说是一个纯粹的知识分子、读书人，最大的特点是好面子。对面子问题比较敏感，直到它成为一种束缚。一般的知识分子只把世界上的人分为两种：看得起的和看不起的。但是知识分子的敏感和软弱，只有判断没有处置权力的处境又使得他们的角色很微妙。像答辩会上的第二个师姐，导师们都看不懂她的论文，迫于情面还是让她过了；因为他们为人师表，要有体恤之心和宽厚和蔼风范，不能太尖酸刻薄，不存仁爱之心，尤其碍着她的导师也在场。所以他们这种类似于"腹诽"的"看不起"又有什么实质性意义呢？谙于权宜机变之术的人反而会抓住他们自尊（也尽量成全别人尊严）、敏感的辫梢，陷他们于首鼠两端的尴尬境地。

　　到了二十五岁的时候，我才彻底清醒过来：文学是审美的，而生活是功利的；在纸页上书写心情是自由的，而现实中要为自己争取到一个抒发感慨的心境和书桌是艰辛的。

有翼天使

　　那天中午在篮球场绿漆长凳上闭目养神的时候，两个女孩冲我用英语打招呼，问我有空没，她们要向我宣扬——基督福音。看来我有潜质哦，莫非我天生面善？篮球场周围坐满了人，她们单单挑了我充当"有福的羔羊"。以前有关人士评定我的命格是——青衣贵人，僧道门中近贵之人。说我要是从事宗教事业，可以成为一代领袖。呵呵，没事的时候常念叨着这个偷偷乐。

　　这两个女孩来自大洋彼岸的美国，也是在读学生，利用空余时间打工，赚足旅资假期就来中国宣扬基督教义。这次一捞就捞到了在操场上无故生思的我。看她们孜孜不倦地布道授业，连划带比地让我听个明白，倒不好意思拒绝开溜了，一听就是一个多小时。

　　"天使没有性别，也不裸露，他们自有吸引人的表征：强壮而美丽的大翅膀。今世也有一种女子，聪明能干，不卑不亢，能够自食其力，（还尽可能地造福他人）。她们，其实也是天使。"

　　后来，去五道口服装市场，路过北科大门前，又碰见她们风尘仆仆地站在路边择选对象吧。其中一个看到我了，跑过来冲我打招呼，彼此会心地一笑。走上天桥的时候，心情莫名地好起来。她说，基督会给人选择的自由，你相信有，就会有。一个人只能成为他所选择的那种人。世界上会有奇迹发生的，因为有人相信。

重要人物

　　寻求重要人物的感觉，是人与动物最明显的差别之一。渴望被人赏识，是人性中最深切的禀赋。于是，朋友、同事、优秀、业绩、爱慕……这些词条宛若辐射波都来自同一个轴心——被人接纳、认可的动机。我们津津乐道的充实，正是由于它为使你成为一个重要人物铺桥搭路而备受推崇。

　　充实了，就不容易产生狂热的情绪，不会耗费精力去遐想——男女情爱，幻灭感触，对时空无限而产生的莫名恐惧、孤独……脚踏实地地去追求成为一个重要人物，哪怕倒在半路上，也虽败犹荣。

03章

桃红李白的我们

王敏胜

　　王敏胜绰号OMISH，是高中时物理课本里一个单位名称，跟他的名谐音得浑然天成，带有一点戏谑玩转的味道。他个儿不高，一副忠厚老实相貌，五官平平，成绩算中等偏上，高考其实发挥还不错，去了西北工业大学，已经碾轧所有的文科生和中等生，在农村高中算是很厉害了。但是从来没人把他往学霸上头联系，所有的人都觉得他是个老好人，不会拒绝别人，不给人添麻烦，也不会出什么纰漏岔子。男生们可以任意跟他开玩笑，女生认为他是个好人，老实厚道的同学，有什么小麻烦可以找他帮忙，没有心理障碍地跟他请教数理化问题，但是从来没人会说中意他，或者尊敬他，对他另眼相看。他受到了不太公正的忽视和待遇。

　　高中毕业他和班上的小猪、麻雀几个人一起去了西安，那时长沙来回西安的火车还没提速，绿皮车要二十多个小时，他们能在学校订买到硬座学生票。OMISH据说在路上看到站着的老弱妇幼之类，主动把自己的座位无偿让给了别人，自己站了一路撑回来的。去了西安讲究个入乡随俗的他，从上火车开始，一路坚持说普通话，同行几个人总感觉哪里不对劲。他一路坚持，一路南行，到了长沙站才转换频道，说回湘阴话。OMISH就是这么直道而行。某个同学大一入学时因为有乙肝在身，怕入学体检出岔子，据说喊了OMISH去自己学校，悄咪咪地替自己抽了几管血，才有惊无险地入了学。那些年头谈乙肝色变，还没有形成职场或者学校保护乙肝携带者权益的意识。他们不但承受各种身心煎熬，还要顶着被摒除在正常的主流社会之外的压力，何其不公。

　　OMISH并非无知无觉的木头人，他也有自己的七情六欲，虽然不是以直接张扬的形式表现出来，并且老受人讥笑评点。我们班理科男里最口角波俏、言辞锋利的三个人都跟他组团去了西安，形成了西安三剑客——闷骚的麻雀，奇葩的小猪，还有搞事的滔滔。可以想象他们四个人异地小聚时，另外三个都以自己的方式嬉笑怒骂，那个不动手也不还嘴的人永远是OMISH。一桌满汉全席，琳琅满目，各有各的风味，山珍海味，而OMISH就是那垫盘配佐的生姜。没有他，所有的主菜都会少了一份踏实的底蕴，浓厚清醇的原味出不来，也不能祛除腥味异味。OMISH这里积淀了最健全的心智，最靠谱的常识和人间道义，没有他，张扬变成了跋扈，讽喻就成了刻薄，清矜会成为寡淡薄情，所有太过的、不足的性情和品质往他身边靠拢靠拢，朝前凑一凑，立马变成了价量齐全、成色十足的人间正道。

OMISH有最正统的审美品位。他高中据说心仪我们班理科女中最聪慧文雅的霞霞同学，但当时劲敌不少，先有恃才傲物的学霸凯爷，后有特立独行的有志青年志伏同学……他们都先后坦白过心迹说中意霞霞。OMISH不至于顶风作案在这个时候出击犯难，在艰辛地过了高考独木桥后，他这个时候才扬剑出鞘，从西安寄来了一封英文的书信。据说还打着同学间探讨、请教英文知识点的名义，切磋学问，当然这些都是事后麻雀爆料捅出来的。结果可想而知了。

OMISH虽然去了西北工大这样的名校，因为无人指点，学的专业比较生僻，毕业后被分配到了太原的一个军工国企，环境凋敝，待遇也很一般吧，还要经常出长途差旅。我来北京读研后，有一年他风尘仆仆地来北京出差，于是还在清华的几个理科同学外加我一起接待了他。那是高中毕业后第一次碰头，他还是那么满脸肃穆的道义色，说不上高大的身躯里满满的浩然之气，还有"我不跟一般人见识"的那种端正岸然。具体谈话什么的都忘了，他不会谈笑风生讲出什么有悖于常识的话题，也不会像麻雀小猪那样插科打诨说些搞怪离奇、脱离家常的笑料八卦，更不会打趣逗弄别人，以别人的隐私糗事充当下饭菜。OMISH永远是方方正正不偏不倚的，像被人敲打的砧板，任人搓揉的圆石，任你东南西北风、我自岿然不动的淡定不移。后来他终于离开了三晋大地，去到了人烟稠密的特区深圳，其时麻雀、小猪也都辗转汇聚到了那里，西安几剑客又云集于此了，熟悉的配方，熟悉的味道。各种聚餐、小饮、打牌的场合，他们又有了打趣笑闹的对象，OMISH还是见惯不怪地任由几个调皮活泼的男生开玩笑，大家高兴就好。有时在同学群里被促狭鬼们围攻得厉害，他也忍不住板起脸来凑趣一句，甚至威胁说要退群了，加个感叹号就算是愤懑之意的最强音了。于是一干尖嘴利舌的以麻雀为首的化生子们笑得更厉害了，自己的言辞收到意料中的效果了，看，老实人都发脾气了。

麻雀偶尔在那里通风报信，说OMISH高中躲在课桌底下看武侠小说和杂志期刊，从寝室里出发的时候，就把武侠小说藏到背后，对别人说他要赶着去自习了；那时他的英语是弱项，听着第三篇的英文听力，答着第二篇的选项，还言之凿凿地说听懂了，找到感觉了；他参加什么西工大深圳校友会，上台演奏萨克斯管弦乐还是什么乐器了；然后还去参加什么车展，看上什么妖艳车模了；说OMISH所在的工厂有很多学历一般的打工妹，OMISH估计还是一派老好人、实诚君子的对人有问必答、有求必应吧，成了麻雀嘴里的玩转厂妹……这个无厘头的上蹿下跳的死麻雀。OMISH坚如磐石一样的存在，倒是衬得麻雀无比灵动幽默；没有了他的尖牙利齿，OMISH也显不出那样涵养深重，宰相肚里能撑船的君子度量以及厚道方正。如果拿药名来做比拟，OMISH就是那道"黄连厚朴"吧，看起来其貌不扬，品起来涩重味苦，乍看没有什么可圈可点的让人拍案惊奇的地方，也不讨好奇浪漫的异性们的青睐。但是有了他，清热、降火，在风头正劲的时候，很多人不会想到他，也不需要他；但在人生最艰难落寞的时候，在你意志消沉的时候，首先想到的、求助的人保准是他。他是炎炎世道里的一帖清凉药剂，是腻味辛浓的交际场合的一片生姜，驱邪去腻，镇痛安神，药中本味，菜中大料，人中君子，OMISH也。

OMISH从大学毕业到太原军工国企工作，最后跳槽到深圳民营或者说私企从头来过，错过了买房婚配的最适宜时机。深圳其时已成为全国闻名的繁华地，房价物价都居高不下，在当地安家成为一件奢侈的事，超出了农村出身的、毫无依傍的刚需之承受范围。据说他回我们老家县城买了一个大三居，还经人介绍在老家找了一个在卫生院工作的老婆，完全把家安在了后方大本营。然后这个历来风尘仆仆的厚道人，再一次开始了候鸟一样异地奔波的家居生活。每逢节假日或者时间宽裕的周末，他都会高铁回老家，跟妻小团聚共享天伦之乐吧。一开始我还挺揪心他的车马劳顿的，想这样的双城甚至跨省恋能坚持到什么时候，夫妻常年异地分居总不是个事儿。后来见他朋友圈一派祥和，朝九晚五地照样发公司业绩、年会或者朋友小聚的照片，偶尔又显示回了老家品尝美食风味。他像颜回那样处陋巷，一箪食，一瓢饮也不改其乐的享他的君子固穷之道，显示出他的安泰祥宁的厚实人本色。

看到了OMISH，会让人想起大地上的盐，乌云背后的光。哪怕人说世道艰难，人心险恶，有他在就有主心骨，有人性的一线光明，人心不古中的一方中流砥柱在。他好像在那里安安稳稳、不偏不倚地跟你说，忧什么呢，怕什么呢，哪怕全世界都背弃了你；哪怕你遇到再不顺的事，被人轻看侮辱、作践到泥土里；你的境遇再坎坷不堪，还有我这样一个朋友，厚重得像大地，温热和煦得像地下的煤火。不跟你主动邀功充当什么锦上添花的彩头，但是在你冰冻十尺，需要扶持一把的时候，他绝不吝惜自己手里所有的，也不会因此暗地里幸灾乐祸或者轻看你。OMISH是我们班的良心，是人情冷暖的恒温器，有他在，我们那个高手如林、硝烟弥漫的类似于三国纷争一样的班级成了一个恒温恒湿的原装高端公寓——而不是各路学霸碾轧来去、你方唱罢我登场的漠视合作、忽略友情光讲究竞争的人性集中营。他给了我们班鼓吹竞技、逞强斗狠之外另外一种人情温暖、和平共处的氛围，让百花齐放、草长莺飞成为一种现实中的可能，而他，就是那方任人挤压调笑也不改自己坦荡包容本色的厚重大地。

爸爸快过生日了

千丢万落，老爸的生日不能忘记。妈还怕我疏忽，提前几天要姐姐发短信提醒我。可见我为人子女的口碑。唉，谁叫在爸妈眼里，我一直是长不大的小孩呢？上有哥哥姐姐充当顶梁柱，落得我富贵闲人一个。

妈说我三岁了都不会开口说话不会行走，傻乎乎地坐在枷笼里。一次他们去田里干活，一只老母猪把笼子掀翻，差点把我吃了。爸在堂屋里办公，我就被摆放在屋角旮旯里，任别人逗弄也不出声，没有反应。渐渐地大家都知道老吴家有个傻子满女了。爸妈还商量过，把我送给益阳一对先天不育的夫妇，还是爸爸投了否决票。他认为这个傻女儿不哭不闹，怪安静乖巧的，养着吧，也是心头肉。

养到三岁，我大病一场，经常怪叫一声就昏厥过去。当赤脚医生的爸掐人中，量体温忙活不停，不奏效了就蹬自行车载着我往卫生院赶。奇怪的是，一到卫生院门口我又没点事地醒过来了。最早的记忆是那年爸载我从卫生院回家，买了一截很显金贵的甘蔗给我。我坐在他胸前啃得入神，快到家门前一个拐弯路口，连人带车跌进粪塘（浸水垃圾坑）里了。我抱着已经浸了潲水的甘蔗还在一心一意地啃。

长大点，我还是经常发病，家里只好兴迷信，请来本地最有名的道人先生，办了一个小型道场，用小棺材埋了个小假人，弄个"替死鬼"在阎王面前交了差，我终于好了。妈妈坚持的却是朴素的唯物主义世界观，她说，爸爸连续用赤脚医生的土办法给你打针，抓药治疗好的。我在某次昏厥过后再醒过来，开口说话了，第一句话是：刚才爸爸救活我了吧？神奇。

我第一次去农田干活是和爸爸一道。他悉心教了几遍，我还是没处理好镰刀、稻茬和手指的关系，小手指甲被割成两半。爸爸扔下镰刀，在田埂边寻了一种绿草叶，嚼烂了敷在伤口上，以后坚决不让我割禾。我唯一会干的农活就是搂禾把子，一直到初中我家没田种了，搬到了镇上。

发现我早年岁月的记忆多半与爸爸有关，至少远远胜过与妈妈的。五六岁时，爸爸是村里党支部书记还是会计，常在白炽灯泡下办公，屋里来客不断。夏天晚上我会躺在他脚边的硬冷泥巴地上，不说一句话，像三岁以前那样。不过这时的沉默是有目的的——撒娇要零钱买零食吃。他常去乡里开会弄回来小包的五香瓜子，稀有的健力宝饮料，这辈子我最早吃到的一个绿苹果，包括别人来扯结婚证送的喜糖……家里四代人数十口，只有我小时候被人称为"小胖"，和老爸的宠溺不无关系。

要读初中了，我手脚笨学不会自行车，成为爸妈的一块心病。妈妈弄来方圆数里最小号的非玩具车配备给我，拖累了爸爸一个暑假，早出晚归地陪练。早晨趁大路上行人车辆少，中午避日头，还远远地赶到野草荒芜的小学操场上练车。他扶我上车了，跟在后面一路小跑，我生怕他松手……后来他偷偷地松手了让我自个骑出了十来米远，我才发现自己学会了。小车经常坏掉要维修，或者赶上瓢泼大雨天气，逆风行驶的我气力不济，爸爸都亲自载送我上学。躲在他身后宽大的帆布雨衣里，感觉他费力蹬车的气息，我居然没发觉自己是个幸福的女孩。

高中了我还是不懂事，第一次开始寄宿生活，学校隔家里五六十里地，野马脱缰了的我平时都不乐意回家。妈妈不放心，指使爸爸背着大包小袋来学校看个究竟。开学，期末的行李包裹不算，春夏秋冬换季时的衣物，还有一月一次的改善伙食，床单被套拆换……爸后来"邀功"说，自己像个安徽佬，给你背袋子都背伤了。

晚熟而后知后觉的我有了鲜明的辛酸感觉，是大一末的转系事件。我高考胡乱地进了第三志愿的非志愿专业，微积分考试把我逼得无路可走，眼看毕业都成问题。那时我想退学复读去，胆小怕事的父母强行压制住了我，想破脑袋地打听各种人情关系谋划给我转系。他们终于找上了一个叔伯公儿子的妻家娘舅，那个人的大学同学恰好是×大现任党委书记。爸爸跑了很多路把这事办成了。一个阴雨天的下午，我在房间里生闷气，烦死了。爸爸收了雨伞跑腿送礼回来，累极了倒地就睡着了。我看着五十岁的他蜷缩着小小的身子——大跃进年份出生的他营养不良，才一米六一——已经微微虚胖了，头发已花白，皱巴巴地印着鲜红镰刀和中国共产党字样的汗衫被雨水濡湿了也顾不得换下，泪水就淌下来了。那是我第一次打心底里自省到对不起父母，是个没用的女儿。

我家里不时兴"棍棒出孝子"的理念，尤其是爸爸，重话都很少说过我一句。虽然我懒得出奇，针线也很少拈，扫把倒了也懒得扶，又笨得一塌糊涂，饭菜不会做，还闹过晾衣服时把袜子塞到裤腿里一齐烘干没发觉的笑话。爸爸老在乡亲、同事面前把我夸得像个聪明、懂事、上进的小公主。

唉，小时候他一在饭桌上对客人夸我我就摔筷子出逃，或干脆对别人不理不睬，冷眼相待自毁形象；后来我狠狠地对他丢白眼，横眉冷对以示抗议；再大一点我脸上就浮出讥讽的半吊子笑容，到现在是装出一脸无辜茫然的表情了。爸爸喝了三口白酒后，自豪的表情还是不打折扣，我怀疑世界上最坚韧无敌的东西是一个宠爱小女儿的父亲的偏执信念和盲目乐观情绪。

爸爸倒像个多才多艺的灵泛人。高中毕业，形势所迫他没受推荐成为大学生，倒是把村里的会计、团支部书记、党支部书记都当遍了。他又自学成为赤脚医生——我怀疑是小时候我多灾多病的缘故。他还差点跑去当兵了，因为是平脚板而非身高的关系被刷下来。后来他考上正式的国家公务员成为乡干部，国土所所长，别人喊他"土地爷""吴国土"，我硬是听习惯了没有听出幽默感来。在乡政府他曾跃跃欲试地学做个拖拉机手，把乡政府南边大墙撞倒一片后不了了之。烟和酒是他的半条命，骨牌也摸得熟滑圆通。写得一手遒劲板正的钢笔字的他，曾在家宅木门上用粉笔写下"白日依山尽……"的诗句，让我和哥哥暗地里较劲描摹了几年，自问达不到那个境界而放弃练字了。他会说会做群众思想工作，不大讨领导的欢心，是个典型的走群众路线的农村基层干部。

嗨！突然想起我最早接触到的文艺类书籍，就是爸爸为我们兄妹订阅的《今古传奇》《联林珍奇》《全国小学生作文月刊》，虽只有短短一年，也开了眼界。他说小时候不讨爷爷奶奶欢心，最喜欢他的人是太奶奶——爷爷的母亲，太奶奶弄到了什么好吃的就眼巴巴地守着让他吃完。一个年过半百的男人和自己爹娘赌气时最常说到的话，让我感触良多。男人啊。

太奶奶曾托梦给人，说良伢子（爸爸）最有孝心，保佑他儿女有出息，家业兴旺，自家墓地里两块红砖，中间夹一支金光灿灿的笔是给他后人的……老爸怀疑那支笔是我的，所以一向对我信心满满，待我不薄。哈哈。老爸过生日了，先嬉皮笑脸地和他通个北京打来的电话，猜他又会在餐桌上对人一顿海夸。

大彭勇

　　高中班上有两个彭勇，一个个子矮点，长得獐头鼠目，其貌不扬，是我们班的天才型学霸，才子，文理都名列前茅。他那种天资聪颖、才华横溢的气势，我想已经成为很多理科生的噩梦，文科生的家丑——大多数文科生写文还写不过他。加上老师对他的偏宠，让本来就搞怪另类的他更加有恃无恐，运用自己犀利的言辞、渊博的知识和出其不意的编排手段去挖苦、讽刺周边一切成绩没他好，智商没他高，反应才思没他敏捷的人，没少给人的心灵带来创伤，留下了青春期的心理阴影；班上另外一个叫彭勇的男生，高帅温雅，面冠如玉，老是一身雪白熨帖的衬衫，阳光不染尘的修身合度。像他的为人一样，总是不温不火，人畜无害，绅士之极，善意温和地对待班上每一个同学，不管是成绩好的学霸，还是跟他一样成绩一般的中等生，甚至老师眼中的后进生；不管对方是白天鹅一样漂亮出众的同学，还是角落里的默默无闻才貌平平看似找不出什么闪光点的丑小鸭一样的同学。他歌喉出众，又是班上的篮球队中坚，众望所归地成了我们班的文体委员，是不少女生心目中的白马王子，气质出众，人品也无可挑剔。问题的关键在于他被几个女生同时瞩目上心了，都通过不同的方式对他发动了表白攻势，而他，心思单纯，压根不想那么早地陷入麻烦的感情旋涡——像很多比女生开窍晚的男生一样，他又不愿意让别人伤心失望，总之是蛮为难的。多边的芳心都得调停应对，不能厚此薄彼地影响别人的心态，又不能让人产生什么误会或者错误的期待，还不能让师长觉得自己在游戏感情，风花雪月，还要应付周边吃不着葡萄就说葡萄酸的男生们的取笑调侃，他一定是左右为难得很了。这个彭勇，因为成绩平平，硬是被班主任先入为主地强行改名为彭义勇，后来我们称呼其为大彭勇，以示和第一个成绩好的搞怪气质的小彭勇加以区别。

　　高中毕业后，在班级同学录或者网上聊天群出现的大彭勇，坚持用回了自己的本名。我也隐隐意识到，原来再温和好说话的男生，也会有自己很在意坚持的东西的，比如尊严、自我意志和独一无二的生命本来面目，不容他人小觑或者随意篡改。

因缘际会，我跟大彭勇打交道还不少。高一刚入学，在操练完周期长达半个月的军训后，在各班级比赛群演的前夕，我正坐在教室里惶惶然地面对着完全陌生的环境，一个高大的身影出现在我桌前。他两手撑着桌面，俯身温和地跟我微笑说，用商量的语气，明天那个比赛操练，要不你不用去了？后来得知是班主任怕笨手笨脚的我，个子最矮，在队列里影响集体形象，就辗转通过文体委员的他委婉示意我退出。刚入学的我，本来就很敏感小心，处处怕走错路说错话，突然遭遇这样霜雪雷霆一击，自己赫然成了班上不合格的次品、废品似的，这么不受人待见，简直五内俱焚。多亏来充当说客的人是他，已尽最大的努力给我把暴击降到了最低，最大程度上顾全了我的女性自尊和情绪状态。换了班上任何一个男生，都不如他贴心周全地照应别人感受，所以我一直对他心存好感。觉得他在我们班那伙农村泥腿子理工男学霸大行其道，以宇宙钢铁直男标榜，美其名曰爷们的粗男中，算是大观园里的贾宝玉一样懂得怜惜别人，有温厚心肠的人。情商在正常水准以上，具有同情同理心。而且他品位不俗，爱好文艺，跟男生们嬉戏打闹起来，也能说不少冷幽默的段子和笑语，不紧不慢，但是不流于猥亵，也不会去伤及人自尊颜面，这需要很高超的、点到为止的技能和精微的分寸感。那些光会直通通地刷题考试的学霸直男们是想破脑壳也学不来这一点的。

也难怪他，之后的数理化成绩一直被学霸们碾轧，高三甚至被不合人性地发配分班到了楼下普通班，对自尊心强的青春期孩子们来说，这无异于对心灵的一种摧残绞杀——默认你是低人一等的，被充军发配的角色，被淘汰出局了，远离了朝夕相处两年的同窗好友兼竞争敌手，连同场竞技较量的资格都被剥夺了。他高考没有超水平发挥地起死回生，最后去了一所省内的大专院校。据说在那个环境里他表现特别优异，良好的形象和广博的人缘，以及多才多艺的才能让他脱颖而出，众星捧月般成为他们院系的学生会主席，毕业后又分配到了我们市一个待遇优渥的国有电企，顺风顺水，生活滋润。在我等还在为研究生学业考试挑灯夜读，为了提升就业技能忧心忡忡的时候，他已经过起了单人租住三室一厅、保姆洗衣做饭侍奉的公子哥儿一样的生活。

因为高中同一寝室的好姐妹是他的爱慕者之一，我没少在其中穿针引线，晚自习越俎代庖地找他谈话，转达女生情意，甚至还亲自捉刀，帮她写信以情感导师自诩，想临时现场点拨培养他成为七窍玲珑的多情哥儿。他总是自谦地说，不懂，从来不想伤害别人，然后确实没有那种心思。面对女生的眼泪和慌乱，他爱莫能助，无所适从。以前我也曾剃头担子一头热地没少追求过别人，臆想中还觉得有人表白追求该是多么风光自豪的存在，从来没有设身处地地考虑过面对一份无法报答或者应承的错爱，一个善良自制的人会有多么大的困扰和不安。读大学以后，因为都在省内，他还来我们校园找别的男生玩过。我们碰头了，我还贼心不死地想继续撮合他和那个女生，于是就别有用心地保持通信，还颇为自得地把大学期间发表过的文章寄给他看，又小气巴拉地要了回来用以保存。可笑的是，那个姐妹，因为兰心蕙质，到了大学校园，压根不缺众多追求者，很快就脱单了，也不在意中学的时候为谁打湿枕头过，反倒是我在那里帮她惦念着那段朦胧的未完成的风花雪月情。我才意识到，哪怕是感情，也分很多种的，其深度、浓度和烈度各有不同，所谓的爱情，投射中意的纵深度也千人千面。有人认为明眸皓齿就是美，有人觉得高大俊朗就是帅，还有的看人的心灵纯真温厚否，或者一个人的业绩光荣显赫否，或者两个人能否聊得来。有的人很快就可以找到别的替代品，重新倾注自己的感情，有的人一见杨过误终身，认定了心目中的那个准则、信念和唯一，就矢志不渝，宁缺毋滥……有的人的感情，轻描淡写，船过无痕，只是岁月的长河中旋起又落的一朵浪花；有的人的心，藏得很深，像古井深窖里的冰，燃点极高，但是一旦启动，就蓬蓬勃勃，再也没法掐灭……

其时班上另外一个对他挑明心迹的女生，也是我的室友，是另外一种性格类型的文科女生，比较激烈决绝那种，而且性格执拗，敏感异常。我当年因为交情关系，自发逞强地帮闺蜜主动追求大彭勇，可能无意中得罪了她，结了冤，自己还不明所以。反过来，如果是我自己，遭遇这种情形，未必可以做到不动声色，视若无睹。况且感情的事，本来该你情我愿心心相印才对，容不得别人来干涉插足置喙。无奈我还是年少轻狂孟浪，操纵欲、表现欲强，没有把持好人与人之间的边界，做下来许多没有分寸、造次不合理的事情。给人心里添堵了，也给自己带来一些不必要的麻烦和纠葛。

后来那个文科女生毕业后也来北京工作过几年，大彭勇其时出差挂职到这边待了一年，我们仨还一起聚餐K歌过。高中时面对这个女生执拗直白的攻势，为了息事宁人不伤人自尊的他，提出以兄妹相称，既保持距离又维系了一份男女之间的亲昵情缘。所以我们一起碰头以同学朋友的情分出现是很自然的。那个女生很有担当地主动提出买单了，还在唱歌的时候，很用心动情地点唱了陈奕迅的《好久不见》。他们两人的歌喉都是深情款款型的，心里有故事的人，对文艺的领悟颇高。作为一名有了婚恋经验的已婚妇女，我忽然明白了一些男女之间的情缘夙愿，突然理解了她当年的痴缠热烈。我们都是那种对感情的浓度要求很高，注重感觉，认为爱情是可遇不可求的人。她忠于自己的内心，在明知道无望的前提下，一次次去勇敢追求自己所想所愿的，勇气何其可嘉，对情感的忠贞度也罢，或者说执迷不悟也罢，都让人刮目相看。这是人的生命意志以爱情的方式贯彻到底的坚贞不屈，有生之年热情热意的生之欲望的体现。我有什么资格去非议或者轻慢人家的情感，甚至无意中起到了横加阻挠的帮凶的作用？该说对不起的人应该是我呢。还好，女同学已经为人母，岁月和历练让她有了一份母性的从容温厚，不是十六七岁那个为了无望的爱情寻死觅活，杜鹃啼血的精分形象了，我自己也何尝不看淡看轻了很多东西？

女同学聚后，还幽幽地跟我说了一声，他都谢顶了呃，没有中学那种温润如玉的样子了，我哑然失笑。姐姐，原来你中意的是别人的青春年少，青青子衿，悠悠我心，好像那些不再返回的夏天，洁白芬芳的栀子花，生命早春那些天光云影，对有生之年还没来得及展开的故事的憧憬，对盛夏光年的冀盼厚望……就像灵魂深处的一声叹息，天光未明时候的一个梦，把那件梦的衣裳套在了一个如玉少年的身上，而那个时候的大彭勇，就是最适合担当起这种角色的白雪少年吧。

回到油腻中年，即使这个时候的他，已经风华不再，发福谢顶了，跟一干吃喝抽赌的中年男同学还是有明显距离的。就在他们口角锋利，唾沫横飞地说段子，打大牌抽大烟的时候，他像一股交际界的清流，还是宁可蹲在KTV里拿着麦克风抒情吟唱，像一个游走在酒肉桌边的行吟诗人。他也不会为了刻意融入场子而说什么荤段子，添油加醋地八卦别人的隐私，或者显摆哪个女同学曾经中意过自己，递交过什么情书。他自有他白马王子的守身如玉的自律和原则，前提是不会伤害到别人或者曾经给予过自己深情厚意的人，他是一个惜缘有福的人。其质本洁清，其性温正而不偏狭。"强极则辱，情深不寿，谦谦君子，温润如玉，"我想他就是这种人格的最佳诠释吧。

哥 哥

　　哥哥是一只夏天出生的狮子，生日是1980年8月6号，和潘玮柏同一天的。他也爱耍酷，小幅度地耍，特别是在青春期。那时候我偷懒，赖着他载我上学回家。在校门口他一只脚撑地坐在单车上，一副将军召见小兵的气概等我。我扑过来屁股刚沾座，他回头一瞥，一个同年级的调皮女生姗姗而来，哥哥飞快地蹬车走了。我想哪怕我没坐稳或根本没坐上去，他也会一意前行了。这就是雷厉风行的追风少年哪。后来那娃娃脸的学姐成为哥哥的初恋了，他偶尔以打发点叫化、炫富露财的神情透露给我听，那女孩子经常当面说他：你这个猪脑壳。哥哥也不生气。

　　他偶尔还告诉我他大学寝室里男生的逸事。某次寒假回家前，大家都买好票了等着各自的火车时刻表，无聊之极有人建议玩扑克牌，要兴点彩头才有刺激，几个大男生就捧回许多小果冻，输了的人只有看着别人吃的份。还有一个朋友没有女朋友，某个平安夜看不得别人成双成对，怀揣着一千多元生活费在长沙街头浪荡了一夜，只等有女人主动搭讪他就认啦！哈哈。哥哥觉得周围好玩的事情特别多，成天也是笑眯眯的。

　　小时候，哥哥还有队上另外三个年龄相当的男孩组成"四人帮"，没少做鸡嫌狗厌的事情。他们三个刚好都没有妹妹，我一个人跟着他们混，没少捞好处。他们下塘采藕，我就蹲在岸上守书包堆。他们去偷摘桃子，我就藏在草垛底下放哨观风。每次四人帮瓜分野食，我一个人吃得最多。哥哥是四人帮里成绩最好，也最文弱的一个。有一年他的女班主任把外地读书的儿子安插进班里，哥哥成绩的头号宝座受到了挑战。那个"程咬金"瓮声瓮气，也不是含糊主儿，跟着他老家队上的小男生与四人帮起冲突。哥哥他们放学后举起长竹竿把那一伙人扑杀回老家，直捣黄龙府，后来受到班主任责罚。那个小男生日后成为我高中校友了，考上了清华还回母校作过经验座谈，我不觉得他比哥哥哪里强，是扯着班主任妈妈袖子告状的主儿。

小学上学时，我和哥哥出家门了，他带着我转个弯，不是直接去学校，而是轮流拐进四人帮成员的家里，蹲在别人家门槛上眼巴巴地守着一个个地等。有个男孩家里放养鸭子，天天早上吃鸭蛋炒饭，啧啧津津，不紧不慢地咀嚼着黄灿灿的炒饭，还搭会儿讪，有名的慢性子。连他都今年正月初四结婚了，四人帮里就我哥哥一个打单身了。哥哥打定主意找个情投意合的人才结婚。

那时候大冬天里，我和哥哥围着火炉做作业，看电视。他偶尔会即兴卷起大本子做话筒，站到高脚凳上扮演某位港台歌星引亢高歌，我就很灵泛地起哄做歌迷尖叫状，打呃喝。哥哥面部表情很丰富，也比我热爱运动多了，他从电视里看到芭蕾舞演出，就有模有样地踮起脚尖眼神丢来丢去摆pose给我看，假模假样地提起短裙裾，要多滑稽有多滑稽。

哥哥骑自行车的速度是一点也不含糊的。他穿着那时时兴的深蓝色中山装，载着笑得合不拢嘴的我一路飞飙。有次好马失蹄，拐弯下坡时连人带车把我给摔了。我爬起来第一个动作是捡起半截砖头猛砸自行车钢丝圈。从那以后，哥哥给我个绰号叫"恶女"。有次我听得分外刺耳，扑上去把没做准备的他推倒在厨房大水缸脚下，碰得很痛，他发怒了提起拳头要打我。我冲出厨房去找妈妈。妈妈心疼儿子也帮腔责骂我，我就跑到家门前大路上踢大树，丢石头泥巴撒气。每当怀疑妈妈重男轻女，这样经典的一幕就在我家门口上演。邻居大伯母都常取笑我妈：你家"恶妹子"又喊天了？

后来明白了，在农村，哥哥是爷爷十来个孙子里面唯一的男孙——"独苗"，他本可以骄横跋扈的，但一直没被宠坏。前些天奶奶病故了，作为唯一男孙的哥哥请假回乡下磕头吊迎累得脱了一层皮，几天几夜没好好合上眼皮，他打电话给我吐苦水：你说我怎么得清白？四个老人刚走了一个，以后全部是我的活……在嘈杂的丧事背景声中听着哥哥率直的话语，感觉他身上的重担，觉得我的大狮子哥哥正在变得成熟。

我性格里有很多中性化的因素都来源于从小和哥哥一起玩吧，流行少林寺风的那阵，他们四人帮全部剃了光头，我也吵着闹着剃了，觉得是无上的光荣，那都是小学三四年级了……

张 果

　　敲下这个名字的时候，我的心情是复杂的。她是我高中入学时第一个形影不离的闺蜜，寝室好友，还多次去她家里玩耍，叨扰她家父母，没少给人家添麻烦。仗着我那时晚熟，以自我为中心，多次求助、指使别人给我做这做那，没有处理好人与人之间正常的边界关系。后来因缘际会产生了一些抵牾和微妙的沟通不畅，爱之深痛之切，因此少年姐妹成陌路，就此天各一方，老死不相往来……

　　回到那个南方的氤氲的小县城，高一开学后，我没有亲故扶持，也没有说得上话的同窗知交，每天闷闷地从寝室到教室再到食堂，三点一线，形单影只。有天傍晚天黑后，我还在寝室里倒腾摸索，没有去教室，突然在门扇角落里发现还有一个同道中人。她留着齐耳朵的短中发，上身米白色的罩衫，下身黑裤子，一个鹅蛋形椭圆脸，眼睛乌黑沉静，整个人显得很温婉安详。我顿时对她产生了好感和信赖的感觉，就主动跟她打招呼，说咱们一起去教室吧？于是我们就开始交往起来了，也确认牢记了她的名字，张果。在农村，单名取一个果字的女孩还是很少的，这让她显得很有辨识度，而且她的性格比同龄的一干叽叽喳喳、恍恍惚惚的女生都要老成安静。特别是那个时候初出家门，一系列青春期症状爆发，找不着北的我，见到她，可算是人海浮沉里捞到稻草一样，找到听众知己了。也不管人家喜不喜欢，爱听不爱听，我把所有自觉有趣好玩的、有意义的零碎心事说给她听，拉着她去干各种逾规越矩的类似疯狂冒险的事儿。

　　那时一中校园田径场外面是民居老小区，我们发现从东南部沙坑那里的围墙缺口出去，可以直达一个民居家小卖部，还没少去垫石头翻墙买点零食辣条回来打牙祭——校园当时是封闭式管理，城关同学平时凭证件出入，而我们寄宿的学生只有周末才能出去放放风逛逛街。高一时，学校的澡堂也是阴暗逼仄，废弃多年的卫生间改造成的，中间没有隔断。刚从乡下出来的保守拘谨的我们，极不习惯大庭广众之下跟一群素不相识的女人共浴，于是非得等到鸦雀无声，众人告退之后，我跟她打着小手电筒，提着水桶装着衣服日用品再摸黑去侵占浴室，两个人相互壮胆放风地把澡洗了。我们还多次结伴去食堂一起点菜吃饭，偶尔决定打个牙祭炒个好吃一点的菜，我因为快言快语，拿主意、拍板都很快，基本慢一拍的她都是听从了我的，我也没想到要多问询征求别人意见。那时我们合点一份韭菜豌豆、炒凉薯什么的就是人间美味了，舍不得点荤菜，炒素菜沾着那些锅底镬气就够人回味无穷了。多少个清晨黄昏，从寝室到教学楼的路上，再从教学楼到食堂经过田径场，以及食堂里推杯换盏窃窃私语，我们一起消磨了无数个钟点片刻。

我是个闲来无事喜欢观察、评点别人的八卦精，当时谬得文名，老师当众表扬过我的文笔，课堂上也念过我的示范作文，这让我滋生了一种指点江山、激扬文字的自信、快感，别人可能也因此推波助澜地增加了对我论断权威的信服。当时语文老师重点表扬的还有另外一个男生的文笔，那人是个天才型学霸，不但分班的时候总分位居前列，理科综合竞赛更是年级前十，免了第一年学费分到班上来的，可谓是横空出世的全才，文笔居然也这样让人泄气的精彩独到。

在来一中以前，我们都是乡下农村中学独占鳌头的尖子生，到了这样一个强手如林、汇聚全县英才的重点实验班，忽然发现自己平庸普通得像角落里的苔藓，心理落差可谓一落千丈。于是格外被那些优秀出众的人物吸引了过去，急于发现、寻找对方和自己身上的差距，看是否有学习、迎头赶上的可能。以自我为中心的我，因为对方的才华横溢以及聪明绝伦，多少次眼巴巴地追随着对方的目光和身影，三五次凝神顾盼可能换来对方一次不经意的回眸或者注视吧，于是就喜滋滋、晕乎乎地以为对方也在留意自己了，不停地寻找蛛丝马迹，再乐陶陶地分析、讲述给身边的她听。她安静地听着，表示附和、赞同我的观感，因为我那时也算班上的才女，才子才女之间心意相通、心有灵犀也算文坛佳话，既然我都说得这么确定、绝对，煞有介事，别人估计也不好凭空反对，何况她那样不轻易发表自己看法、意见的，乐于倾听的人。

后来我们不满足于这样望文生义的，"红楼隔雨相望冷"的猜测、揣摩了，决定拿出一些实质性的证据和行动来，最直接、强有力的文本证据莫过于偷看人家日记本了。其时语文老师鼓励大家写例行日记，这样既可以锻炼文笔又能日省吾身地做点克己功夫，砥砺心志。少男少女的心思都变幻莫测，捉摸不透，何况班上学风彪悍，民风又保守封建，大部分都是农村来的男女学生，彼此之间界限分明，壁垒森严，大有老死不相往来之势。各个神情那样骄傲神秘，性格又倨傲莫测，更让人想入非非，想一探究竟了。我跟她商量好，某天晚自习后，赖在教室里不走，等众鸟飞尽，人去山空后，火速把教室的门闩插好，大灯关了，再打着手电筒翻看天才学霸的课桌。他的课桌满满当当，沉甸甸地装的全是各种课本和刷题的试卷真题，唯独没有找到日记本，我们大失所望，空手而归。当天晚上，学校还发生了一件怪异的事情，留守教室的我们，突然听到有人在咚咚地敲门，走廊里传来迅疾的脚步声。难道学校还有人查夜吗？我们都屏住了声息。第二天才知道当晚学校教室遭窃了，县城有那些不学好的社会青年，翻越矮矮的围墙进了校园，到教室进行聊胜于无的大扫荡，也不知道从我们这些农村穷学生身上还能榨出什么油水来，都不放过我们。还好，我们教室因为有我跟她镇守，侥幸逃过一劫。

过了两三天，我跟她还不死心，觉得上次是第一次作案，准备不周，心虚胆怯，没有把人家课桌翻通透，他的日记本肯定还在课桌里，不可能随身携带或者拿去寝室了。不甘心的我们决定再来一次奇兵突袭，就如约再次磨蹭地晚自习后留在教室，单独行动。这次他的课桌有了新情况，警觉的他，上次已经发现课桌被人翻动过了，桌面留下了预警止盗的言辞不说，桌盖上还钉上了一把小锁，牢牢地扣在桌体上。望洋兴叹、老羞成怒的我们两个，在明明知道他课桌里有蓝黑墨水的情况下，抬动起满满当当的桌子，在地上左右180°各翻转了几轮，天知道这样一来，人家的桌子里怎样狼藉一片。

第二天，上学晨读了，发现了情况的他恶狠狠地把目光投射到我们的方向，我满不在乎地一脸"你能奈我何"的表情，再一晒牙别过头去了。于是我的探险寻宝之旅就此告终。但是有新情况了。在高一过去一半的时候，一天，寝室里另外一个高大发育较早的女生突然找我聊天，说，你知道吗，张果一连三晚做梦，梦见某某——那个学霸的名——了。我一听，蒙了，深信不疑。我想她不是天天跟我耳鬓厮磨地出双入对吗，我怎么不知道。原来她也喜欢上了某某啊，有点突然。我倒没有特别排斥或者感觉不适。因为我很笃定地认为，爱情是排他唯一的，真正的爱情建立在双方心心相印的基础上，源于对彼此人格和心灵美丽的尊重、爱慕，是相互对等的、两厢情愿的事情，真正属于你的爱人，别人抢都抢不走。何况是朋友之间，也不存在刻意抢不抢的可能。我那时还是对自己的直觉很自信，想他既然是钟情属意于我的，她即使喜欢上了他，也无所谓呀，我要不干脆以此为契机，去告诉他，让他做个了断，岂不更麻利痛快？于是，本来也没什么实质行动或者勇气接近他，找他私聊谈话的我，有天做了个戏剧性的举动。某个午自习，我径直坐到他对面，面无表情地盯着他，跟他说，你知道吗，张果喜欢你。他也诧异了，抬眼看了我一下，满脸疑问的神情：你不是骗我吧？我点点头，添油加醋地说了一句：她一连三个晚上梦见你了。他表示确认了，然后施施然地抬动身躯走人了。我败下阵来，心里都是蒙的：他不是喜欢我的吗？我跟他说，我的闺蜜喜欢他，按照情理逻辑，他应该跟我澄清，表明误会，他是喜欢我的呀……为什么他好像很高兴的样子？接下来的事，全班都知道了。就是他好像在闻讯班上最漂亮端庄的女生这么痴情中意自己后，喜出望外吧，这也是人之常情。谁不爱自己？谁不希望得到更多的爱慕、尊崇？总有人爱仇恨，但没有人会仇恨爱。情势的发展急转直下。一天晚自习，她不知道听闻了班上别人的风言风语还是怎么的，突然情绪激烈地冲出了教室，然后他在周边男生的怂恿鼓动下追了出去，两个人不知道说了什么。反正之后她跟他的事，我表示不想掺和，也没有聆听的兴致和机缘了。她的心底话是基本不会说给别人听或者说出来的。

我感觉成了一个被淘汰的人，曾经一度还以为自己是第一梯队的种子选手呢，出局得这样彻底，我还没回过神来，只能强颜欢笑，急于收拾自己的颜面和一手造成的乱摊子。后来我佯狂似癫，迫于在文章里发泄自己的郁闷激愤，为自己直觉的失灵，为世界的运行逻辑不是按照自己臆想中的运作而崩溃，为了我那想象中的心心相印的失落的爱情。后来我强行转移自己的注意力，又物色瞄准了班上一个形象阳光但是气质羞涩的瘦瘦男生，也是理工科的学霸。没有第一个才子男生那么才华横溢，但是为人率真有趣，形同邻家大哥，让人很觉亲切深有好感。于是我开始了另外一轮随缘飘荡，悲悲喜喜。刚好这个男生的家，跟张果外婆家是一个村里的，挨得很近。在某些个寒暑假，不死心老想深入虎穴去人家老巢里一探究竟的我，还撺掇张果带我去她外婆家，再想方设法溜摸去男生家里。不知道是看出我的行为太荒唐孟浪，还是有所觉悟的她不愿意再被人指使来去，反正她没有很积极地帮我张罗这事，而是借故打岔回避了我这些想头。

十几岁的时候，因为一直处于控制欲强，情绪大起大落、喜怒无常的妈妈掌控下，我的情商形同巨婴，不会察言观色，不会换位思考，冲动冒进，同样地控制欲强，爱把自己的意志想法强加到别人身上。我做事情不看结果和对别人的影响，不尊重别人的感受，还美其名曰"只求耕耘，不问收获"地只在乎过程。加上青春期的我身量短小，成绩滑坡，一心沉溺于文学、理念的世界，逃避现实，心理失调，做出来很多匪夷所思的事情。但是她呢，作为我身边最近的友人，说话做事比较含蓄，很多话也不会直接当面跟我说，我都没会过意来自己的所作所为到底产生了什么样的盲人骑瞎马的后果，只会傻憨地追自己尾巴一样奔着心里的一线光明、原地转圈圈，狼狈其行。她的出身和家教跟我估计有很大差别，先天的性格性情也和我接近于互补。她可能一方面欣赏我的忠于内心、敢作敢为的英勇，一方面看着我在现实里处处碰壁，也不知道反思自己的问题究竟出在哪里而抱憾。我的最大优点抑或说缺点就是，很清楚自己想要什么，直道而行。我有凭空搭建的一个七宝楼台，关于爱情，关于事业，关于人生坐标，我早早给自己设计了一条道路，而且以不撞南墙不回头的那种决心去闯荡，虽然现实中四面楚歌，处处碰壁，但是美梦一直有，还在伴我飞。而她呢，高二分班的时候，在我同学录上留言，说不知道也不介意自己想要什么，我才诧然，自己原来对她了解如此之少。一直都是我急不可耐地表白心迹，不管人家爱不爱听，一股脑儿地把自己的热望和想法倾吐给她，让人家充当我情绪的垃圾桶，我的梦想的听众、应声虫，我没有真正关心、在意过她的喜憎爱好。我的注意力全在自己身上，我也并不见得把她当成了那个真实的有血有肉的朋友，而是处处有求于她，把她当成自己行动的拐杖和顺手的工具在支配调摆。不知道是谁辜负了谁的深情厚意。

高二的时候，还发生了一件事情让人对她刮目相看。当时的政治老师色相眯眯的，老借故靠近漂亮的女生，对容貌和成绩不佳的学生明显另眼相看，让人无从尊重。有一天他课堂上提问张果时，两人言辞发生冲突了。她涨红了脸，在那里誓不低头地跟他杠起来，但是因为不善于公开敞亮地表达自己，她作为一个理科女生搜刮不出明白晓畅的言词，所以就犟头犟脑地杵在那里了，让自己为难也让政治老师气结了。我一直都把她当个忠实的没有反响也没回声的消音器，像一堵没有低微起伏、风吹草动的墙壁，其实她是个准确无误的镜子，照出了我的疏空自大、目中无人和眼高手低。

更加尴尬微妙的事情还在后头。大学后，我调剂去了×大学，她遵从第一志愿去了省会的师范大学。刚好我高中明目张胆表示中意的那个瘦瘦清秀男生也调剂去了岳麓山下的湖南大学，跟师大一墙之隔。本来高中后期有所疏远的我和她，因这层关系又走拢一点了。因为我再次有求于她，想借师大这一宝地、阵营为跳板，靠拢心目中的他啊。我又没有那胆量和独立健全的心智去单刀直入地接近心目中的男神，只能虚与委蛇地通过同学叙旧等方式曲线救国。她美丽稳重，是组织这种男女同学集会的不二人选。我才回想起来为什么高中时竞选优秀班干部和三好学生，她基本都是班上女生里的最高票选人物，而从来没有人提名于我了。我那时眼里心里只有自己，自己的事就是天大的事，而别人的真实感受和需要，对我来说，都是背景音乐和配色需要了。虽然我不是故意的，但是因无意而最确凿、质地不移。因为这层关系，她被动充当了连接我和湖大男生之间的信使，好像跟那男生寝室里的一个湖北籍男生也彼此欣赏，但终究没有冲破重重顾虑、阻难走到一起。我呢，不出意料，和这个愣头青一样同样内向青涩的男生也没法产生火花。大家都是不出书斋、不谙世情和人性的半大书虫，一切臆想中的爱恨情仇都止于书面和本尊三尺躯壳内，与旁人无涉，都是心头戏码，不干人间风月。

再后来，她居然正式恋爱了。对象不是那个已经去了西北的才子学霸，也不是湖大这个青年有为同学，更不是他那个潇洒儒雅的室友，而是她自己班上的一个貌不惊人甚至可以说短陋的小男生。他比她小个一岁半岁，汲汲钻营于班委活动等，是我那时候最看不上眼的世故又庸常的那种人选。我当时目空一切，对标的异性男生都以高中班级那些学霸、才子或者男神为标准，要么才高八斗，要么智商超群，或者是风度仪表不凡，阳春白雪，不会想到在美丽心灵、才气纵横和智商绝伦之外，也有生理需求、柴米油盐的安家置地考量，以及人情世故、人性的软弱等琐碎卑微的东西。她家境很一般，一个哥哥没有上什么学，早早地在南方打工，父母都是热情朴实的农人，其时为了给哥哥积攒娶妻成家费用，父母已经很辛劳不易了。她作为一个早早懂事的农村女孩，父母供她念完重点高中、重点大学已经是竭尽所有了，不可能支援她继续深造，何况她自己于学术上也没特别的高深追求，毕业即工作成家的念头于她来说是情理之中。那时就业形势已经很不理想了，一个一般学校的本科女生，家里也没任何背景，能在省会城市找个体面的工作都很难得。这个时候要是能谈一个知根知底，家庭条件也不错的男同学，把安家、工作的事都敲定下来，对当时的她来说，可谓明智的选择吧。

  我当时看不到这些，我的心里只有我的理想抱负，和北上求学的千秋大业，忿忿然于她的这种选择，感觉我又一次看走了眼，她不是我的真朋友，我们之间三观太不匹配了。她考量事情的现实程度比我至少提前了十年。我其时眼前无路、逃避现实，一再延缓自己的心智成熟进程固然是一方面；另外一方面，我作为文科生，多读了几本书，给自己树立了一个任重道远的人生坐标，在没有到达心目中的理想胜地之前，觉得追求的目标大有商榷的余地，做不到那么早就软着陆坠入烟火人间。当时还有个也处于青年期荷尔蒙爆棚，情绪冲动的小弟也中意上了美丽沉稳的她，好像还追来长沙跟她表情达意了，在明知道对方已经有了男朋友的前提下。我看不惯这种逾矩没有道义的行为，也不齿于他的色令智昏，都不清楚人家的底牌情况下贸然出击，就颇为不平地风言风语了几句。场景让三人都很尴尬。有一天，这位血气方刚也直言直语的小弟突然没来由地跟我说了一句，我发现你喜欢过的人最后都无一意外地喜欢上她了。这话简直就是火上浇油，伤口撒盐地冲着我来的啊。我没反思过自己的诸多无心之语也给别人造成了不小的心理伤害，没仔细考究他这句话是故意报复撒气，还是没头脑地自说自话，果然被戳到软肋地发了一通飙，还伴狂似癫地把当时高中班所在的Chinaren同学录给清空了，惹得不少不明所以的男生纷纷恶言相向。我不能装作什么事都没发生过一样按捺下自己的失意和愤懑，我也不能再次逃避自己的挫败和现实中的困顿，我更不能再粉饰太平，装作自己和她是无话不谈、三观一致的金兰姐妹。我还没有牵手恋爱过送出去自己的初恋，她已经和人同居，谈婚论嫁，她更早比我明白自己想要什么，并且看来得其所愿。而我心仪过的人，一个个都是落花有意流水无情。我改变不了、也还没接受自己貌不惊人，甚至先天失利、五短三粗、逃避现实这个事实。我只有再埋头努力，垫高自己，冲出这个困厄重重的圈子和困局，去寻觅、开创属于自己的一片天地。逃避现实终究是没有出路的。

我和她从此分道扬镳。最后一次小聚，记得是临近本科毕业时长沙各位高中同学决定聚一聚，所选场地就在她和男友同居的租房小屋里。湖大的那个男生红着脸出席了，我也直愣着眼神参加了，还有×大同去的另有心思的小弟，以及别的师大女生。她其时一张红扑扑的小脸蛋，可能有点不好意思在发窘吧。作为同学圈中第一个没有毕业就公而告之同居的人，她趿着一双睡拖，穿着一身家常的紫色毛衣，在那个简陋的小屋子里麻利热情地张罗个不停，招待了我们这一群愣头青似的干瞪眼的浑人。

后来她毕业之后，不知道什么原因还是跟那个男生分手了，去了深圳；我呢，如愿第二次考研成功来了北京，南辕北辙，各自过上了自己想要的生活。直到我也婚恋生子，跟她一样为人妻母，检点、适应起一个普通女人的家常生活的时候，她都是第二个孩子的母亲了，大女都十来岁了吧。她果然一直走在我的前面，比我先知先觉，习惯人间平常。因为秉性条件，因为出身环境（原生家庭），因为经历和选择的原因，我们沿着彼此的心迹逶迤前行。后来我发现，在我的成长岁月里，中意过的很多异性，身上都能找到她的神韵影子，就是那种比我更具有现实感的，善于聆听、观察别人，同时对自己有点不自信，对别人有点不放心，戒备心理强的那种人，但是他们又特别能干，懂得关照别人，特别有主见，他们正是我这样以自我为中心的人所缺失的另外一半，代表我希冀的互补的视角。难怪我当初对她一见如故，乐于跟她分享心事，她好像也没那么拒斥我的接近。我们是人海里失散多年的同性的亚当和夏娃，一对折翼单飞的天使，本来可以成为彼此的骨肉和血脉，组合成为完美匹配的一对；因为年少无知，因为性别忤逆，因为人生旅途的歧路复杂，因为成长环境的凶险、闭塞，没有人能对我们耳提面命，善意地呵护、指出我们彼此的迷误和缺失，所以我们才会在命定的初见倾心之后，又因为人事暌违错失交臂；在早春万木葱茏、大好蓝图尽可放手描画的时候，错过了彼此借鉴、学习，健全自己人格，提升心智成熟度，扩充彼此心灵的大好契机。我比她晚熟的十年，是我自闭于现实和自绝于人群，书本故纸堆里影遁的十年；她跟我渐行渐远的十年，也是侧身于柴米油盐、男权社会锅碗瓢盆中洗手做羹汤的十年吧……谁也说不上比谁高妙或者完满，而生活总有诸多的缺憾，人生没有重来的可能。

而少年情怀总如诗。如果还有选择，我愿意再次回到那个阴暗窄陋的小寝室，再次对那个沉静温婉的女孩说，你好，我们能一起走吗？

好大一棵树

"昔我往矣，杨柳依依；今我来思，雨雪霏霏。"从中学到现在，我认识听说的叫杨柳的姑娘不下四五个。这个名字让人想起女性婀娜的身姿，曼妙的曲线，还有一头瀑布一样浓密的、青春洋溢的秀发。文中要写的杨柳还真是这样人如其名，外表就是一典型的湖南水乡妹子，秀气端凝，大眼睛，鹅蛋脸，纤秾合度的身材，不胖不瘦，身量在平均海拔不过一米六多的农村学生为主的班级，也算中上水准了。她没理由不感到骄傲快乐，自信开朗。但是杨柳没有。高中三年，同在一个寝室的我，很少见到她爽朗开怀地笑，多半时候她双手叉着腰，略歪着脑袋，无可奈何地叹着气，或者对别人的提议和话题都打不起精神来，表以默认、否决的态度，很少主动生发什么兴致或倡议好玩的事情。

高一入学不久，初到寝室混了个脸熟的我和她，还一起出门办过一趟事，就是去县城崎岖的石板路大街小巷各店旮旯里，寻找实惠价廉的方便面。那个时候乡下出来的孩子，很多都头次住集体宿舍，功课繁重，又是长身体的突飞猛进时期，食堂里的荤菜价格昂贵，我们并不是顿顿甚至周周消费得起；食堂的饭点又很固定，傍晚五六点我们就结束了用餐，没有多少油水的伙食撑不起整个晚自习甚至延续到深夜的脑力消耗，我们经常下了晚自习回到寝室就饥肠辘辘了。有的同学家妈妈贤惠手巧，给打发了成袋的炒米粉带到学校来，用开水一冲泡就是浓香扑鼻的人间美味，便捷爽利；还有的同学家里离学校近，周末可以回家，改善伙食美餐几顿不说，还会用玻璃大瓶子甚至开水壶瓶胆提拎来一瓶瓶炒菜肉食，足够连续几天滋养胃囊和味蕾。我和杨柳，家都处在僻远的县城西边水乡，好像妈妈都是比较强势大大咧咧的个性，没有给予我们这种母性的无微不至的关怀，因此我们就双双出动去大街上找寻方便面了。

忘了那时候家里给的每月伙食费多少，大致一百五十块吧。当时我在食堂吃个不带荤的炒菜大约一块钱，另外还要买日用品和文具笔纸，这一百五十元真的是满打满算抠不出多少来买副食品了。何况我像馋虫转世，时不时还想打打牙祭秤点炒瓜子，拎一两斤最新上市的、板车推着在校门口叫卖的橘子或者水蜜桃回来。为了节省成本，我还步行去县城东湖边上的小百货批发市场，批量多件买回三毛钱一包的各种辣条，再一块钱三包转手卖给寝室里的高哥（罗卫）等同道中人以换取微薄的差价利润。因此，奔着怎么买到成箱的性价比高的方便面的问题，我和杨柳大动干戈，至少花了半天时间去学校周边的街巷各门店考察、货比三家地调研，最后考量，是买包装更精致、量大但是单价高的好"劲道方便面"，还是五毛钱一包，砍价可以压价到四毛八分的包装平实，分量也少了十来克的"北京方便面"呢？两个毫无头绪的青春少女，没有什么朦胧烦心的事，也不太爱捯饬打扮自己，刚入学亦还没调动学习积极性，竟然为了这点问题蹉跎了宝贵的周末一上午时间。

后来我们都扛回了自己想要的一箱子方便面，塞到床底下，便像有了压箱底的嫁妆那样心里笃定、踏实了。正式进入了竞争激烈又云里雾里的高中生活后，我跟她的状况大致雷同又略有偏差。她目标明确打算学理科，思路清晰，做事什么的不拖泥带水，也不毛毛躁躁，表面上看不出什么雾气水汽氤氲气，闷在锅里烧，有什么心事难处不轻易道给旁人听。我后来被理工学霸们碾轧得弃理从文，早早地缴械投了降，反而轻松爽快起来，当然言行也就半桶水激荡得晃荡响，更偏激闹腾、我行我素了。在寝室卧谈会上，我肯定是不甘寂寞的那个，有次为了要不要武力把台湾收归的问题，还恶言恶语狠狠地把怯生生发表了一句意见的蒋庆来给镇压回去了。在班级公众场合，我鼓吹女权，誓要某方面与不可一世的男生们比高低，既然数理逻辑领域他们设下了不可逾越的屏障，我就大力耕耘我的人文阵地吧。于是我恶补各种课外文学读物，吟风弄月，摇唇鼓舌，鼓吹女权，倡导言论自由，并且呼吁青春阶段，要拥抱生活，谈一场轰轰烈烈的恋爱，立下终身为之奋斗的抱负事业，培养自己健全的心智和人格，要为社会进步、人生幸福而读书学习，不要入了填鸭式、应试教育的桎梏，要多发抒人性，培养一颗敏感爱美、求善追求真理的心……我眼前无路地完全堕入那个抽象的、理念的世界去了，忘了今夕何夕，双脚云里雾里，完全没踩踏在现实大地上。而杨柳，毕竟是理科生的脑子，久经锤炼，有严密的逻辑思维和良好的现实感把关掌舵，她不会像我这样痴人说梦，大言不惭地鼓吹纸上太平、构筑一个镜花水月的空中楼阁，而是继续气定神闲地坐在教室跟理工男学霸们一样刷题备考，逾越一个又一个书山题海的障碍。

哪个少女不怀春？哪个少男不钟情？同是十六七岁的她，肯定也有自己的意中人和心头好，而且性格稳重内敛的她，所器重的异性跟我这样脑子里天马行空的人喜欢的还不是一款的，她应该是欣赏那种既优秀出众又热情善良的，有着健全心智和端正人格的男生，至于什么浮华的才气啊，独来独往不与人交接的高冷个性抑或什么故作高深的神秘感，估计不是她所中意的。她比我更有常识，对人生的底子看得比我透彻深刻，所以更早懂得构成幸福的基本要素是什么，而不像我凌空蹈虚地追求那些华而不实的东西。我那时候一心逃避现实追求超脱去了，她踏踏实实地傍着大地匍匐前进——后来据她说也是被学霸们碾轧得抬不起头来，但是她无路可退，只能硬着头皮迎头赶上。

高二的某个田径运动会后，我在操场边无意瞥见她穿着一袭粉红的套装，踩着一辆自行车在操场疯狂迅疾地兜圈子，好像安妮宝贝笔下的主人公似的，游走在放飞自我和克制隐忍的边缘，说不出道不明的心思，留不住又追不上的流年。十六七岁的时候，谁心里没有一点想望而不能得的美梦，莫名所以又无从排遣的忧伤？世界第一次在面前露出了狰狞残酷的面目，总有些东西是你逃避不掉又征服不了的；有些结局在你启程出发之前就已经决定了，埋伏在你的宿命一样的人生历程上……比如你的天资，你的容貌，你的与生俱来的个性，还有你的原生家庭……都是让人身不由己的。但是青春期以前我们浑浑噩噩，还不知道反思观照自己的模样；十六七岁，我们踢到铁板一样，直面自己的孱弱和局限了，发现自己在强手如林的世界里是这么不堪一击、庸常无足轻重的一撮，无人惦记，没人祝福，也没人来抚慰你的失意和创伤。那个无所不能的自我，像是从童年王国被放逐出来的巨人，死在了青春期的结尾。世界从来都不是以你为中心的，只是以前不自知，而今独自承受这种幻灭的失落，心事找不到一个发泄的出口。

成绩优异的同学还能维持一份独有的荣光，有一个臆想中的远大前程在远方闪耀；容貌出众或者才华横溢的同学，也有恣意做梦的权利，继续活在别人的爱慕和掌声、瞩目里，那些技不如人，也没有出众的禀赋和上帝宠渥的人呢？失意无关痛痒得像路边的野草、角落里的苔痕，经春历冬，无人打扫问津。杨柳不但要背负在班上默默无闻的现实，她家里还有另外一份因对比而产生伤害的重轭。她的表亲，亦即我们学校上一届的文科状元汤耀国师兄，天资聪颖，从心智到气度、才华都碾轧同一年龄阶段的周边所有熟知故旧，更不用说一个家族里老拿来作对比的表兄妹了。杨柳的姐姐，好像也是我们上一届的师姐，美丽高冷，看着很强势；她的妈妈，听她说，因为一连生了三个女儿，可能在农村面临的舆论压力很大，心底里觉得生不逢时、没有福运，于是把这种命定的对自己不公的怒火、压抑全部转发到孩子身上，可能她觉得身为女人、女孩就是受了最大的天谴，不被老天爷钟爱，不被姑婆祝福，心灵上背负了一个沉重的十字架……生活在这样动辄得咎、被人压制的环境里，于学业上平常稀松，于男女交际上，杨柳因为倔强耿介的个性，也不能像文科女生或者城市里开化活泼的女生那样大方轻松，并不很讨那些同样情商不高、内向压抑的男学霸们的青睐（我猜测的）。凡人都偏爱中意自己所没有的东西，物以稀贵嘛，我们班的理工男学霸都是农村出身的农家子弟，他们的生命里已有了太多的沉重、拘束，肯定会被那些相对来言美丽阳光活泼的东西吸引过去，像追逐光束的蛾子，没有蛾子还甘愿去呵护温暖另一只蛾子，何况也心力不足。

面朝黄土、背负青天是我们这种农家少男少女的共同命运，我们都有一个不那么轻松自如的青春年少。每个人背负着自己沉重的十字架，人海浮沉了近二十年后，才能跟过去那个紧绷的自己，跟这个对我们算不上友好的命运、世界握手言和。

高三后，我文她理，高考后她去了山东青岛，我留在省内一个院校，彼此断了音讯。后来听说她去了云南读研，又去了成都读博，然后跟山东认识的同班同学结婚生女了，是班上女生里面成家比较早的一个；而我呢，继续在逃避现实的路上踽踽前行，并没有沉潜到人间烟火中，还在做着我的虫蛹蜕变成蝴蝶的美梦，彼此之间可以说是沿袭着不同的生之轨迹平行前进。直到毕业将近二十年的现在，通过微信群多有言辞交锋，沟通来往，有很多会心赏意之处：她独自抚养拉扯女儿的魄力，坚持坐冷板凳攻读完理科博士的雄（雌）心，跟山东保守愚孝的婆家对决的勇猛，以及把山东老公调教管束得服服帖帖的强势，都让我刮目相看，不愧是地地道道的泼辣硬朗的湘妹子。

这还是高中那个身形窈窕，成日里怏怏地喜欢唉声叹气的杨柳吗？士别三日，当刮目相看，何况这一别二十年，她转战了大江南北这么多个省份城市，处处都能扎根生活，学业事业家庭和生育一个都没落下，自己还保养得那么神清气朗，并没有见倦怠老态。不同的是，以前那个不怎么言语，不愿说出自己意见和想法的她，现在主动活跃，快人快语，对世态时局和社会问题都有自己的鲜明立场和犀利点评，心智的成熟度和眼界的开阔，都非昔日那个不问世事的萎靡少女所可比拟的。她成了一个有自己的社会地位和职责使命的高知，货真价实的。良知一旦萌生了，就不能强行阻遏或者退缩回去，一个知性诚实的中年女性知识文化的传承者形象，就是现在的她吧。她终于找到、树立起了自己的人生座标，不再是那个期期艾艾，浮浪浅滩里找不到来路去向的扁舟一样的孤苦无依的少女了。

"昔我往矣，杨柳依依；今我来思，雨雪霏霏……"高中的时候我看过一本梁羽生的武侠小说《散花女侠》，很喜欢其中几句诗：大树凌云抗风雪，江南玫瑰簇朝霞，各随缘分走天涯。生若直木，不语斧凿。那个外表依依待人的江南的杨柳，终于顺应了泼辣彪悍的本性，长成了一棵直道而行、不语斧凿的青葱大树，扎根沃土，带给世界绿色的祝福和荫庇。为你曾经的失落孤独而心疼，也为你今天的枝繁叶茂而自豪、祝福。你的胸怀在蓝天，深情藏沃土……

红红好姑娘

红红跟我是一个乡的高中同学，初中我们不在一个学校，但彼此父母是认识相交的。那年高一入学报到还在赴县城的路上，她爸爸领着她，她穿着一身红底白点的乔其纱圆领衣服，下身一条黑色修身的裤子，身材窈窕，粉妆玉琢的圆脸，眼睛大大黑黑亮亮的，长长的睫毛像蝴蝶翅翼一样扑闪扑闪。其时她也没座位，用手吊扯着乡间巴士的顶环，侧颜秒杀了初次见面的我。听我家里说，她爸脾气火爆，是眼里揉不进沙子的人，偏偏在农村讲究有男丁继承香火、传宗接代的氛围里，一口气要了五个女儿，心气郁结。她妈任劳任怨，勤劳善良，老两口胼手砥足经营着一个几亩地的菜园，土坷垃里刨食，汗珠子滴地上，都是辛苦操劳一辈子的老实人家。她是五个姐妹中的老三，大姐最早考学成功跳出了农门，二姐没有什么念书的天赋，早早嫁做农妇，她作为聪明伶俐又秀美的老三，很得父亲深望，也期待着她能顺利跳出农门，成为振兴家业的一只金凤凰吧。

红红在初中学校肯定也是人见人爱的风云人物，秀外慧中，又麻利能干，把自己收拾得清清爽爽的，偶尔还说句顽皮诙谐的话，让人忍俊不禁，也显示出她冷眼旁观的洞察力和机敏。高中我们在一个寝室，又因为是说一种奇怪方言的正宗老乡，自然关系会比一般人近一些。更绝妙的是，初中升高中的入学考试，她总分第七，我总分第九，都被安排在了一个考场参加各种摸底、期中期末考试，座位算是平行的。我的所有关于高中的噩梦般、过山车一样的大小考试里，都有她的慧黠的圆脸存在，黑漆漆的眼神在闪耀，而且她前面坐着我们班头号天才型学霸——小彭勇，经常促狭刁钻回过头来调戏她，给我这样的进入高中后风中凌乱、被理工学霸们碾轧成面饼的人带来不少心灵冲击。

红红相比我来言是个更自信、条理清楚的人，目标明确地打算学理科，对那些云里雾里要言不烦的文科术语，她实在没那么多耐心，或者是记忆力不如我，总之没有疑义地她理我文，于学业上我们不存在什么竞争的关系。进入高中不久，她就发现了自己的白马王子——我们班高大俊朗的文体委员大彭勇，而且还颇勇敢地剖明了心迹。加上我这样的好事之徒煽风点火，多次唯恐天下不乱地穿针引线，给他们制造相互了解、来往的机会，甚至晚自习时撺掇大彭勇坐到她边上去跟她聊天谈心，还提笔捉刀地给大彭勇写洋洋洒洒的文章，想引得木石凡人动心，成为一个怜香惜玉的公子哥儿。可惜大彭勇终究不解风情，或者说心思单纯的他忙着应付好基友们的各种文体活动或者学业都来不及，哪有心情风花雪月。他始终是个不来电的绅士，保持适当的距离，彬彬有礼，恒温恒态，两人关系没有完成质的飞跃。红红这边多愁善感了，巨蟹女情绪化起来也是不容人小觑的呢，班主任曾经旁敲侧击地开导她，一干闺蜜如我也跟她谈心，共商大计，加上班上不少促狭的男生还老编排笑话她。她的成绩更不像初中那样遥遥领先，甚至一落千丈，成了强手如林的理科生中的弱势群体。我想那段时间，也是她动荡坎坷情绪化最激烈的时候，我自己也没好到哪里去。并且我的性格比她更激烈，我内向逃避现实，还自命不凡，总是以唯我独尊的心态来我行我素，鼓吹"众人皆醉我独醒，举世皆浊我独清"，压根拈不清现实中诸多轻重利弊关系，是个眼前无路的没脚蟹，就一头扎进文学的世界里。我刷存在感地给她出谋划策表白芳心，也没想到无意中会引起寝室里的另外一个心仪大彭勇的女生的反感，而且这样也是对别人的一种不公平。少女的心思本来就敏感脆弱，一个寝室的人沦为情场敌对关系，可想气氛之微妙压抑。这样的情况下，我居然还没有眼色识别觉察，兀自我型我秀。当我自己也一再情场坎坷，遭遇失意，一度找不到生活的信心和方向的时候，红红有天冷眼相望，说了一句：你以为你很差吗？我竟然铭记于心。

还有一次，我好好地洗了头面，穿了一件紫色的风衣，去到教室晚自习，日光灯明晃晃地照着，红红由衷地夸赞了一句——呃，你这样子真不错啊。那时愤世嫉俗，看满世界都是待砸的钉子的自诩为锤子的我，很少当面夸赞人家，尤其是这种女性之间的有塑料姐妹花嫌疑的充满脂粉气味的溢美之词，我本来最不屑参与了，但一旦真有人用到自己身上，顿觉神清气爽呢。

　　我跟她达成了很多小小的有阴谋家意味的同盟游戏。她虽然没有引得大彭勇同等程度的投桃报李，但因为自己的出众外貌和冰雪聪明，还是有不少小伙子对她一见倾心，纷纷来投石问路。情书拆得手软的她，有次跟我好气又好笑地商量，你反正能写，帮我回复别人书信好不好？我这边厢唯恐天下不乱呢，一听求之不得呀，何况她还有言在先，一封信一袋山楂片，作为润笔稿酬。我人生第一笔稿费就这样笑纳进账了。我没少给她代写过给大彭勇的书信，更多的是拒谢那些愣头青求爱者的绝情书，这更符合我的嬉笑怒骂、阴阳怪气的口味，于是写得手舞足蹈酣畅淋漓，借别人的场地，耍自己的拳脚。有次写得过了火，隔壁班一个傲气孟浪的小伙子，亲自当着她的面，把那封信放她桌上用打火机点燃烧着了。红红估计一脸蒙哭笑不得。信中我好像说，你喜欢我不要紧，喜欢我的人一直不少，但是喜欢归喜欢，也不必来写这样徒增人烦恼的信，你自己心里去想罢了，就像有得醇酒喝，何必还要下酒的狗肉菜呢？……如此乖张凛然，难怪男生要郁闷激愤了。

　　红红本人不会这样断然决绝地对待追求者或者男生的，她实际上也是个心底敞亮的、快言快语的湘妹子，不乏泼辣爽利的一面。加上高中那样多事之秋的青春期，情绪蒙蔽了心智，智商税担负到了极限，还没少被人捉弄过。比如，我们班大名鼎鼎的有志青年志伏，那天不知道发了什么疯，邀红红去田径场谈心，逗引她说起自己的情感苦闷和烦恼，然后居然用小录音机把她的说话翻录了下来，回寝室当作炫耀的谈资把柄。我只能说，男女生真是不同的物种，尤其一干理性自制的、深明大义的理工男学霸，看待我们这些旋涡中浮转一样的弱女学渣，更是鄙夷笑话，视为林黛玉转世，祥林嫂再生，悲悲戚戚，絮絮叨叨，就没个正经。天天无故寻愁觅恨，时时伴狂似癫，就想着吟风弄月找汉子……红红跟我一样，也没少承担那种路人侧目、师长批评的心理压力，成绩滑坡，感情失意，心态失衡，无人指点迷津，然后还形成了一个恶性循环，整个青春期的高中三年她都是在跟跟跄跄、找不着北的状态下过来的。那个时候，我和她同病相怜，没少互相打气、提携一把吧，我记得她最纯真的眼泪、悸动，她曾目睹我最狼狈失意的悲催、仓皇，同为女子，苦乐不由人的身不由己，感性、脆弱，沦为数理逻辑抑或弱肉强食的丛林法则下的弱势群体。

高三，我分班后算是名正言顺地避难去了文科班，远离这个强霸之气盛行的理科班。她比我悲催的是，跟大彭勇一起被发配去了楼下普通班，像是提前淘汰出局了似的，换作是我，估计又无异于遭受当头一棒喝了。她在班上的存在感可以说是被抹杀清零了，彻底出局。高考她发挥平平，去了省会的一所农科学校，我去了隔壁市的一个一本学校，我们还算差不多的境遇吧。大学四年直至后来的读研来北京前夕，我没少去她的寝室叨扰，吃她收存的各种美味零食，去品尝她们学校物美价廉的鱼头小火锅，跟她的爱慕者们一起K歌聚餐。甚至她和男朋友即后来的老公相恋相争的各种环节，我都没少充当耳食者和看客。我就是有这么多大把的闲散时间，而且很有好奇心去听闻别人的生活零碎——因为我自己尚未找到点着蹭燃的漆皮，所以成了那根无法燃烧的、没有重心的火柴头，哪里有光哪里有我，蹭热度，冒青烟，无所事事，游手好闲。还好我们的同窗情谊已是其来有自，源远流长，彼此可以说不嫌不弃了。她还是那么麻利勤快，寝室收拾得干干净净，学业上也不甘示弱地优秀勤勉，她一直拿着奖学金，做着班委团支书记，参加各种社团活动，广结人缘，而且一举拿到了博士学位，留在学校的农科院做起了科研工作。

作为一个外表精致秀气的美女，她的专业可是像袁隆平一样要求下田实验的土壤化肥系列，这倒和她的为人做事之道很相称。她能吃苦，脚踏实地，不流于空想，接地气，也从没想到要求乞于男人或者父辈的荫庇——农村出身的女孩也没这种福命。她在爱情上从来不肯委曲求全，为了权势或者别的物质条件淹没自己的感性需求，后来不顾家里反对，决然地选择的老公身无长物、学历平平，也是农村家庭出身的高她一届的师兄，本科毕业就离校工作了。她一直在守候、维护着自己甘之如饴的爱情，被自己（夫家）家世优越的大姐所不理解，也让一众条件优渥的追求者瞠目结舌。

在我自己也为人妻母之后，家务活干得七上八下，带孩子带得鸡飞狗跳、力不从心，与婆家、老公相处起来也是硝烟弥漫的火爆、剑拔弩张时，她淡然笑语地点拨我——你要让他赢。真是深谙以柔克刚之道呀，我一次次小觑她了。她的两个娃，都是自己抱睡拉扯大的，婆家和娘家老人都指望不上，夫婿作为资深精锐的销售，也是常年奔波在外。

生完二胎小娃上班后，她累得大把掉头发，还得开车困顿地接送大娃、哺哄小娃地全勤上班，曾经因为走神而跟人剐蹭，吓得回家后拖地压惊。那个芊芊弱质、多愁善感的少女，已经蜕变成为一个自我要求这么严格、苦撑硬扛的中年女汉子了。"容颜气质还如兰菊，心智精神已似松柏"，我只能给你赠送这样一句打油诗了：红红好姑娘，要加油哦！

"黄鼠狼"

　　"黄鼠狼"是高中班上的一个男生，真名叫杨舒良，我们班才子才女荟萃，不乏急智促狭鬼，经常有一些出人意料之举或者给人取精到特出的绰号。比如公认的刁钻促狭鬼滔滔，就喜欢把语文课本上《梦溪笔谈》中的某段话改编成乐曲——其时一中校园坐落在那个拥挤杂乱的小县城里，我们班教室刚好挨着校园最后面的围墙，市声尘寰声如雷贯耳，间或有那个悲怆低缓的莫扎特《葬礼进行曲》的哀乐从某个高分贝扩音器里头传出来，在校园上头盘旋环绕，余音绕梁入耳，三日不绝。这个时候，滔滔等一干城关调皮的男生就会踩着节拍跟着哼唱——二月采草药……班上的有志青年杨志伏，其时还没有遵从自己意愿改大名，用的是打娘胎里出来父母给取的名字"杨致富"，另有一个女生叫江庆来，也被他们编排成了农村粉刷在墙壁上那样的宣传标语：养猪要致富，请找杨致富；养猪要发财，请找江庆来。杨舒良得名黄鼠狼，也不奇怪了。

　　他长了一颗比较硕大的脑袋，肩膀宽阔，脸上布满了星星点点的青春痘，眉毛浓厚，经常仰头斜睨着眼睛做若有所思状，整个身形像极了一个大大的疑问号。黄鼠狼知性善思，化学课学得炉火纯青的，好像还一度成了班上的化学课代表。那时的化学老师姓宋，矮胖白皙，老带着半吊子讥讽人的笑容，不怀好意似的看着我们这些号称智商低下的女生，唯独眷顾那些智商超群的理工学霸男生。黄鼠狼勤思善问，当我这样的理工弱渣化学课上恨不得人间蒸发的时候，他有点那种不耻（上）下问，或者答不出来亦不以为意的为学而学的劲头，大有"宠辱不惊，看庭前花开花落；去意无留，望天上云卷云舒"的大将风度。不像我一味好面子，怕失败，经不起挫折，水瓶座的他，有种骨子里的冷静自持。

　　他经常在课桌上仰头斜视化学老师，像两军对垒似的，针对某些疑难问题发表自己的见解，侃侃而谈。化学老师作为一名北大毕业的高材生，纡尊降贵地落草到了我们这样的小县城，满腹经纶没得地方抒发，智商得不到牛刀小试的机会，终于有英才高足有胆有识地跟自己切磋探讨问题来了，本来略带讥讽的面容也舒展悦然起来了，熠熠发光呢。

"黄鼠狼"自己虽然长得其貌不扬，成绩在班上一干高手如林的同学中也只算中等凑合，但还真没有那种自惭形秽的劲头。心态平和，理性自持的他一方面不以貌取人，并不对班上那些众口交赞的好看的女生另眼相待，也不跟随那些喜欢起哄嘲弄人的人乱给人取绰号，做人身攻击，他对所有的女生都一视同仁，以礼相待；在成绩明显超出自己许多的学霸们面前，他也不卑不亢，并不以己为耻，对自己的定位很精准、立身自有分度。回过头来一想，比起那些心智晚熟的号称有超出常人智商的学霸来，他其实心态很平稳，有比较高的情商哪，这跟他的家庭环境和出身教养可能有关系。

他家是真正依山而住的山里人家，坐落在我们县城东部丘陵地带的鹅形山脚下。高二的时候，因为语文老师一句"地到无边天作界，山登绝顶我为峰"的卓然不群境界诗的讲述，从洞庭湖围子里走出来的我，深深地产生了对巍然耸立大山的向往。刚好听说黄鼠狼家在大山脚下，他为人又那么谦和厚道，好说话，且没有那种非此即彼的性别意识，对男女大限不像那些戒律森严的道学家气相的同学那样把持得那么严格，所以我毫不为难地和班上的另外一个男生，凯爷，拍板找个周末一起去黄鼠狼家做客、登临生命中的第一座大山。

某个周五下午的最后一堂考试，我心猿意马，草草地答了半个小时就收拾东西出考场了，凯爷和黄鼠狼过了一会儿也出来了，三人组成了一个奇怪的不言不语的组合出发了。后来我们坐了一辆柴油机驱使的敞篷小中巴，逶迤颠簸地在扬尘四起的乡间泥巴公路上跑了一下午，傍晚的时候到达了目的地。

出了车厢，仰面一看，一个微蓝凝紫的香炉一样的剪影矗立在前方，遮天蔽日，兀立突出，蔚为奇观，那就是我生命中第一座巍峨的山了，伟哉壮哉。到了黄鼠狼家里，他父母都是淳朴厚道的山民，话语不多，看见宝贝儿子带回来的县里同学，满心欢喜，简直要把我们当天上掉下来的贵客欢迎呢。因为当天来不及大肆操办，晚饭吃得简单一点，大家还围着煤油灯盏说了一会儿闲话，就相约睡去，第二天还得养精蓄锐爬山不是。山风吹拍得木质门板嘎吱作响，虫鸣蚁唱的，我在一种新鲜陌生场景中酣然入睡了。

第二天一清早，他父母操办了一桌山珍野味的菜肴，还用楠木竹竿的抬椅把高寿八十多的奶奶抬过来了。其时奶奶八十有多，牙齿落光了，嘴巴瘪了，当她从林间繁花草地缓缓而来时，那种场面感，让我有置身《西游记》里小妖们把大仙高祖请来吃唐僧肉的感觉。

茶足饭饱了，我们仨就结伴去爬山了。黄鼠狼轻车熟路地带着我们走一条羊肠小道逶迤而上，穿过林木繁茂掩映的山谷山腰，他一看就是此山此地的常客，赶路攀爬毫不费劲。我呢，第一次进行这样高难度的技术活，对体力精力消耗的节奏把握没有经验，很忐忑不安，怕拖了两个男同学的后腿，又怕认尿服软丢女生的脸，让人笑话，最后硬是凭着顽强的意志和不能丢人现眼的劲头撑下来了。傍晚的时候，下得山来，我们坐在山脚的一片被夕阳渲染得赤烫的草地里歇脚，回看身后的那座被征服、亲临过的山峰，间或点染着归巢的倦鸟，出岫的闲云，大自然的美如此引人入胜。后来我跟山结下了不解之缘，爬山也成了平衡能力、协调能力都不甚在行的我最喜爱的健身活动。

二十年来，我去过世界第一雄奇的珠穆朗玛峰，也去过清澈秀美的阿尔卑斯山，还去过梦幻瑰丽的喀纳斯山，更有"上帝的盆景"——黄山，还有无数不知名的野山。或鸟兽出没的，或繁花盛开的，或土质的，或石头堆垒的，形形色色，不一而足，但人生若只如初见的这样一个第一印象的鹅形山，毕竟是永生难忘了。黄鼠狼一家给予初出茅庐的毛头半大孩子的我们盛情款待，也让我没齿难忘。记得当时我和凯爷还赤诚义勇地对黄鼠狼许诺说，他父母给了我们这么隆重的盛情招待，以后他家有什么婚丧嫁娶的红白喜事，甚至他父母驾鹤西游之时，我们少不得要来回报一个人情、叨扰一下的。誓犹在耳，时日匆匆，多少个寒暑秋冬过去了，我跟黄鼠狼竟然再也没在现实中碰头谋面了。

应该说是高三分班后，我跟他就没什么交集了。高一高二的时候，我被班上的师生谬赞为才女，课堂习作没少被人传观评阅，黄鼠狼也没少发表观感。他的字体疏正阔大，像他这个人一样，不枝不蔓，不会说什么讨喜多余的话，跟人保持和而不同的距离，情绪也多半不悲不喜的，眉目疏朗，清清爽爽，不会给人压迫感和黏糊的感觉，自成一体。高考后，他据说是去了湖南常德一所二本学校，他可能也是有点偏科的那种，数理化尚可，语文英语估计有点着急。

毕业后他去了广州工作安家，再次在微信同学群里联系上，已经是世事隔山岳的苍茫中年了。看朋友圈，他娶了一个四川籍的贤淑妻子，生了两个眉目清朗的男孩，应该是班上同学里面成家生子比较早的。他做的是机械行业的工作，闲暇时分很有规律地打羽毛球健身？小日子安排得井井有条。偶尔在同学群里闲聊八卦，在一干不怒自威的男生们都不掺和女生话题的时候，他会出其不意但又很自然通脱地回应点评一下，发表自己的一番想法和见解，自自然然，态度也不轻不慢，就像多年前同窗好友之间的那种沟通闲聊一样。不用考虑对方的性别身份，不在乎讲话的人什么用心或者立场，就是清爽自在地发表一下自己的想法，我手写我心，直白清通。这么多年来，高中时不显得年轻的他倒也没变老，身形面貌基本还维持了原状，对同学的态度也一点都没变，也不曾说起自己的身家际遇如何，君子之交淡如水那样闲适从容。可以说，他是我们班常青树一样的存在了，岁寒方知松柏之志，他比一般人心智要早熟一点，活得也云淡风轻的，没有多余的念想，也绝不缺少人生该经历的分内职责范式，你来或者不来，他都在那里的距离；你升或者沉的际遇，他都不会改变自己的态度或因此游移。

黄鼠狼——真是永远的同窗挚友啊。杜甫的一首古诗我觉得可以附在这里了：

赠卫八处士

> 人生不相见，动如参与商。
>
> 今夕复何夕，共此灯烛光。
>
> 少壮能几时，鬓发各已苍。
>
> 访旧半为鬼，惊呼热中肠。
>
> 焉知二十载，重上君子堂。
>
> 昔别君未婚，儿女忽成行。
>
> 怡然敬父执，问我来何方。

问答乃未已，儿女罗酒浆。
夜雨翦春韭，新炊间黄粱。
主称会面难，一举累十觞。
十觞亦不醉，感子故意长。
明日隔山岳，世事两茫茫。

慧　英

　　慧英是我高中寝室的上铺室友。高一我初来乍到寝室，发现那些近里临窗的或者上铺的风水宝地已经被人捷足登先占据了，只剩下最外头靠近大门的一个下铺。我爸妈为了省钱，也没想到亲自送我来学校报到，而是让刚从县一中毕业、还要来学校办一点离校手续的玉仙堂哥领着我，从老家乡镇水管局那里下河，坐了一个柴油机发动的小汽船来县城。我们先顺着资江前行到南阳分渡那里，再坐两块钱的小木船，由渔夫撑着竹篙划拉到了对岸的南阳镇，再坐湘江河里的汽船行驶完下半程水路到了县城外的轮船码头，我就这么一路山迢迢水遥遥地到了县城。好在堂哥是就读过三年的老一中了，轻车熟路，不作逗留，带着扛着编织袋的我，从码头步行到了夏家园的老一中旧址那里。我迎面看到一个彩虹一样的石头水泥门面，形成合拱状。它上面雕刻了"公诚勤勇"四个大字。因为是开学边上，人头汹涌，门口的保安也没查得特别严，放行让我们进去了。

　　进入一中大门，是一条树荫遮天蔽日的水泥道，抬头还有星星点点的天光透析进来，闪闪发亮。林荫道上清风送爽，左手边是拉拉杂杂的老师宿舍楼区，右手边是一个陡坡，下面是一个凹进去的坑谷，一栋砖瓦平房矗立在谷中央。原来那是我们一中的学生食堂，食堂里面非常简陋，中间是一字排开一溜分包出去的炒菜摊点，当头是吃大锅菜的买饭菜的窗口。一个是卖菜的，一个是卖饭的。

　　高中三年，我因为囊中差涩，每个月才150块钱伙食费，除了从中省出部分来买零食、方便面以便晚自习后犒劳抚慰感觉永远空荡荡的胃囊，还要去县城各街道巷口的书报亭、地摊上扫荡各种盗版书、磁带。我那时通读的最高大上的字迹巨大又影印模糊的大部头有鲁迅和尼采。而我搜购到的磁带以港台流行歌为主，间或有些大陆的校园民谣以及欧美经典英文曲目。这些对步入青春期急需各种情感慰藉和精神指导的我来说，也是不可或缺的精神食粮。因此最后我能吃到嘴里的伙食费不到一百块吧。那时在食堂炒个素菜大约得花一块钱，一天下来就得三块，所以我不到特殊的喜庆、纪念日，或者除非经人撺掇邀约，很少主动去炒小锅菜吃，都是排着长龙队伍去当头窗口那里打大锅菜，平均一个菜五毛钱左右。我个头本来就矮小，所需的营养也没有那么丰沛无餍，再加上杂七杂八的方便面、廉价零食等佐餐，青春期非但没有瘦下来，还虚胖了一轮，很让我自惭形秽。

回到林荫道上，走过第一段，进入了一个铁栅栏构建的内门，从这里进去就是教学楼区了。平时城关的学生早中晚进出校内都要在这里出示证件，我们住宿的学生经允许一个星期也可出去放风一次。进了这道门，左边一条斜坡路通向北边的学生宿舍楼，楼前还有一个矮矮的逸夫图书馆，里面的藏书不是很丰富，平时也不会无偿任意地出借给普通学生，可以说形同虚设。宿舍楼一共四层，一到三层是男生宿舍，四层额外地在楼梯部加了一道铁将军把门——铁栅栏大门和锁——充当女生宿舍。平时上课教学时间，宿舍的大门都锁着，不让学生潜回寝室睡大觉或者偷懒。晚上晚自习后，这里灯火通明，大家趁着睡前熄灯前的最后时间，抓紧收拾洗漱或者补充点夜宵吃食——马无夜草不肥。我们都是爱美的青春期少女，绝无故意增肥打算，实在是因为从早到晚高强度地运转脑力，食堂没有多少油水的伙食支撑不了多久，在筋疲力尽地趴床入睡之前，有必要给无底洞一样空荡荡的胃一个交代，不然真的要在床上饿得翻来覆去呢。有的同学从家里带来了炒米粉，用开水一泡就成为稀糊糊了，香气四溢，勾人馋虫；我妈没有这种巧手，也没想到过要给我一些额外充饥的物资，我没有这样的福运，只能自己去大街上扛回来一箱箱物不美但是价廉的方便面了。把它们掰碎了干吃或者用暖壶里的滚烫开水冲泡了吃，爽脆柔韧，很有嚼头。高中三年吃了那么多方便面，以至后来的很多年头，我闻到添加剂或者各种调料包的气味都反胃。还有人家里更贴心一点，给打发了炒熟的肉菜或者腌鱼什么的，用玻璃瓶甚至暖壶瓶胆装着，一放可以放个把星期，直到下次回家再拎回来一批新的。我们吃完的汤料边角和食物残渣，有的掉落床脚下；有的扫出去堆放在走廊过道里，引起了寝室的常客——老鼠们的狂欢。它们搬运工似的在走廊垃圾堆和寝室角落间窜来窜去，光顾我们藏无可藏的零食。它们要么把鱼刺给搬回寝室里，或者爬到墙上，能把我挂在钉子上的塑料袋装花生米给咬散一床，战斗力惊人，十分猖狂。我那时游手好闲，经常逃课去逛大街小巷，还去东湖边上的小百货批发市场，贩卖回来三毛钱一袋的各种辣条鱼皮花生豆腐干等，再以一块钱三包的价格转手倒卖给寝室里的同道中人。

不管晚自习后寝室里怎么欢腾打闹，熄灯的铃声会准点响起，然后大家在一片惊叹声中发现眼前一片漆黑——熄灯了。还有人去卫生间排队洗衣服没回来啦，或者有人正坐在床沿泡脚呢。吃的吃，洗的洗，说的说，忙得不亦乐乎。我们一天到晚就这么一点属于自己的时间，好不容易把内务什么的整理清洗完毕，躺下床来少不得还要唠嗑一番，交流一下今天教室里的见闻八卦，讨论一下心里的疑难问题，或者抒发一番对某个老师、同学的感想。大家也不能没完没了地讨论下去，第二天六点钟学校就放响高音喇叭，让学生起床做广播体操不说，学校还安排了专门来四楼女生宿舍巡察的女老师。到一定时间了，她蹑手蹑脚地从走廊里穿过，听到哪个寝室声音高昂，必定要敲门问询一番，甚至出于好奇心或者女人特有的八卦心理，趴在窗户那里一动不动地听墙角，拣那些对学校对老师不利的消息听，再做打算。有次我的上铺，也就是最靠近外窗的慧英，无意中看到黑乎乎的窗户那里趴了一个硕大的阴影，还吓得失声叫起来了——这是风纪老师出勤了。

有一次，我们都去教室自习了，寝室无人看管，有外贼顺着栅栏铁门从护栏那里翻越过来，拿着一根长竹篙棍子，从没关牢的窗户那里捅进各寝室，把床上的衣物包袋什么的钩到手，再拿走其中的值钱东西。甚至还有一回，我们寝室遭遇了胆大包天的蟊贼。一个女生半夜上洗手间去了，就把寝室大门虚掩着，有小偷溜了进来，去她的空铺位乱摸乱拿，不经意摸到她邻铺熟睡中女生的手了，她吓得魂飞魄散地尖叫起来。小偷也吓了一跳，拔腿就往外跑，还轻盈胆大地沿着四楼的护栏上端跑，一直跑到当头的下水道大管道边，再抱着管道往下溜窜。因为女生们都已经惊醒了，声浪传开来了，二楼三楼的男生寝室听到风声，以讹传讹，以为突发地震了。因为每层楼尽头的铁栅门都紧锁着，急于求生的他们慌不择路，只能从洗手间的垃圾洞坑里往下跳。当时二楼是我们年级的男生宿舍，我班大大咧咧身手敏捷的黑班长，周年春同学，据说举着一把扫把从天坠落跳到一楼平地。

整个高中三年，这样半夜亮灯、喇叭大鸣大放，全校大吵大闹抓贼的事件发生过好几回。蟊贼们都是从田径场矮墙边翻越过来的，然后去空无一人的教室大扫荡，或者胆子更大的就瞄准住着文弱单薄女生的四楼寝室了，也不排除一近芳泽的狎昵心理吧。男生寝室虽然外贼少，内部倒有不少逾规越矩地从里面把堡垒攻破的捣乱分子。其时他们荷尔蒙爆棚，学校又管控严格，白天不让出去光顾三室一厅（桌球室、电游室、网吧、录像厅），晚上他们顺着下水道管子溜下来，再一个个效仿时迁、燕青飞檐走壁地翻出校园，去县城各录像厅、桌球、电游室大显身手了。据说他们在"星星电影院"的暗黑现场，场面火爆，有的动手演示，有的动口模拟发声，来了一场生理卫生知识教学观摩课——看少儿不宜的录像。

再说回到女生寝室我跟慧英的初次照面。我没得选择地在最靠外门的下铺坐了下来，打定主意在这里安营扎寨了。上铺已经有人高踞其上了，我仰头一看，她似从云端俯瞰着我，还热情大方地打了个招呼。一双黑亮油润的眼睛浮现在我面前。她有一张皮肤微黑的圆圆的脸，一头黑漆浓密的齐耳短发，身材也与我一般高，微胖，穿着一身红底白花的鲜艳的乔其纱衬衫，像那个时候很多乡下女孩的打扮。她眼里闪烁出来的自信热情聪慧的光芒让我印象深刻，也感染了初到陌生情境忐忑不安之极的我，让我打消了心里的许多顾虑和畏怯。后来她还自来熟地跟我说话了，介绍了一些她已经调研清楚的吃饭、打水、洗澡事宜。我也知道了她名叫慧英，是县里西部水乡挨近我老家的邻乡人，这样半个正宗小老乡的身份更加拉近了我们的距离。她的口音跟我那边的沅江方言几乎一模一样，而县城东部丘陵地带的很多方言我们乍听之下还听不懂呢。

当天晚上，我们两个约好一起去浴室洗澡，还特意避开了傍晚洗浴的高峰期。因为之前我们已经去现场调研观摩过，那个女生浴室是之前废弃的洗手间改造成的，没有单独隔开的框间，空荡荡的一览无余。那么多赤身裸体的陌生同人在一起搓洗对看，让乍从保守封闭的乡下进城的我们无法接受。于是等到万籁俱寂、杳无人烟的完全天黑时分，我提着从老家带来的锡桶，（上面还有我爸用大红漆写的端方楷体字大名），装了洗浴用品，跟随慧英，打着小手电筒摸进了女生浴室。就着手电筒的那点微光，我们两个相互打气壮胆，近似做贼地擦洗完了身子，穿好了衣服。一起摸过枪、一起打过仗的革命情谊因此结下了。

慧英性子刚烈豁达，不像我那样云里雾里的自闭善感，她基本上向日葵一样见天露脸给人笑容的。她虽然文笔也不错，用班主任太阳神夸她的话来说，"锦心绣口"，但出于志向还是别的什么原因，她一开始就打算学理科的。虽然很不幸，在我们那个理工学霸如云，形同绞肉机工厂一样竞争白热化的环境里，她的成绩排名可以说停滞不前，一直被人碾轧，自尊和少女明媚的笑靥因此也差点被粉碎。高三她还被从实验班除名，分派到了楼下的普通班，打入另册，最后高考上了湖南的一个二本——湖南中医学院。其实从录取率相对较低的农村教育背景来看，这样的成绩已经很不错了。无奈没有对比就没有伤害，我们班的李自寒等学霸树立的标杆太高了，省第十六名、岳阳市第一名显赫得耸入云端的成绩，太让班上别的同学仰之惭愧，自惭形秽。学校也没有专人来给我们做心理疏导，任意把我们放置在这样一个弱肉强食的丛林法则的环境里。让我们这些数理逻辑先天不具备优势，又身心发育更早地处于青春期的女孩子们，倍感压抑和沉重。我们自问是不是出于性别的原因，真的不如男生聪明，注定是二等公民？因为长相和家境、情商、家教等各种原因，我们疑神疑鬼，随时感受到周边特别是老师和异性同学们对我们的评头论足，指指点点，全方位地反思自己身上有无缺陷或者疏漏，很少去考虑环境、应试教育的体制弊端或者师尊、异性们是否有失妥当或者公平。我们惯于自卑自责，把性别歧视、教育不科学造成的伤害和精神负担大包大揽地扛到身上，成为心头一具沉重的十字架。

高二的时候，我心里一直堆积下来的对那种拼智商、死磕填鸭式的教学理念、做法腻烦透了，在冲动之下离开了学校，决定休学回家，不参加高考了。像高一我们寝室那个发育较早，有了少女心思的丹，在日记本里一吐衷肠因被男生偷看而遭调侃，自己心理压力过大自责过甚退学了，我眼看也要步她的后尘了。我虽然不怎么爱学习，但作文还写得不错，班主任兼语文老师太阳神颇为器重宠溺我。他接受不了我就此大袖一挥离校出走的事实，在我人去桌空的教室泪洒滔滔地讲了我一两堂课的好话，为我剖明心迹，指出我的思路正谬之处，还有我这么情绪激烈的前因后果，让同学们多担待我，然后告诫他们等我返回学校后，不要嘲笑议论我。而且，他怕我人小心窄，想不开，回家路上出什么岔子，还派了一个人护送我一起回去。那个人就是慧英。因为她最早在寝室里发现了我逃学出走的端倪，再火速赶去报告给当时的班长周年春，然后上达太阳神那里的。

一路上慧英以她一贯的温热宽厚的态度对待我，但又尽量小心翼翼地不触碰我的霉头或者惹我发飙，捅我这个激荡任性的炉子。直到完成一半使命，顺利地抵达南湖洲我的家，她亲热大方地跟我爸妈打招呼，绝口不提我为什么回来了。我爸妈粗心，竟然也想不到其中有什么异常的名目关节。他们兀自嘻嘻哈哈地做了一顿饭菜为我们接风洗尘，然后还不以为意地把我们打发送回学校。其时在回去的路上，我略微冷静一点，审视起自己的身世和处境，就知道自己是没有退路的，即使逃学，逃回家里又能怎么样呢？就能立地成才、如愿以偿、闭门造车成为一个世不二出的文学家？能养活自己、堵塞周边并不理解的亲朋好友的悠悠之口？甚至我能给自己扒拉找来一张平稳安宁的三尺书桌？

到了家里，直面家徒四壁的环境和父母无知无识的面容、无辜亲善喜出望外的神情，我更加在心底叹了一口气，收回那些野马脱缰一样纷繁杂乱的念想，老老实实地屁股着凳地陪他们吃了一顿饭，再跟慧英灰溜溜地返回学校，从此不做逃学的二想。

慧英那时应该也有很多烦恼和压力的。课业的繁重，少女心思的微妙波动，她不一定比我面临得少，不过她比我刚强自制，不像我完全以自我为中心地不管不顾，她比我隐忍成熟一点。有次她也在作文本里透露一些花季少女不该有的阴霾心思，太阳神和我等一干文友还大力劝慰了她一番，但是没有人真正地走入她的内心深处，因为她不轻易示弱和宣泄。一贯默默地自理伤口和充当别人的啦啦队或者抚慰别人心情，使得她自己被人忽略了。她那时和我，还有班上别的女生，貌似都注意上了才华横溢、天资聪颖的小彭勇。其时天真纯洁的我们，欣赏一个人就是完全不带功利物欲地赏识一个人的才华气度，压根不会想到附加的社会条件那些，就这么一点可怜无辜的心思，还要被外界视为不洁用心，受自己蒙昧的良心的谴责。乡村少女的弱势蒙昧可见一斑。没有人点拨我们该怎么做、怎么想，我们身不由己。心灵已经觉醒了，自发地选择它钟情瞩目的对象，舆论却告诉我们不可以。意识上我们有一种不洁羞耻感，更不用说现实中还要遭遇别的更出众、条件优越的异性的碾轧，让自己感觉没有立锥之地，一点朦胧情愫都是非分之想似的。

高三分班后，慧英去了楼下的普通班，我去了文科班，真正地分道扬镳了。大学期间，因为感念她的兰心蕙质和不错的文笔、爽朗的个性，我还主动跟身在长沙的她通过几封信，说的无外乎那些伤春悲秋的少女心思，高考劫后余生的反思、追念。可能她还是有什么打不开的心结，被损害被忽略之后的过敏心境，大学四年，她很少出现在高中同学聚会的场合。毕业十周年聚会，她没有出现，甚至主动淡出了大家的视野，都没几个人能找到她的联系方式。可能大家都忙于自己的个人世界，也没人刻意去找寻这个在班上总是默默不语、闪耀着一双如煤一样黑眼睛的、外貌也不是特别出众的她吧。按理说，我对她有所亏欠，因为那时我跟她还算走得比较近，还曾经在某个寒暑假，去柳潭风景如画的她家玩过，在资江边一个杨柳依依的河湾边，我们骑着自行车，像两只洁白轻盈的鸟儿一样在大堤岸上飞驰。

上大学后，我某次在长沙交通大学附近吃夜宵、聚餐的时候，在临近的桌上还偶遇了慧英。她当时可能也在跟自己的大学同学话别饯行，百忙之中跟我们打了个招呼，面上很客气，但是心底里感觉有距离地跟我们点点头之后就决然离去了。抑或是因为我们中并无人刻意主动寻访过她，让她感觉自己是被忽视、放弃的一个。自尊心强的她，选择了默默地转身。

毕业近二十年后，大家都尘埃落定了。同学少年多不贱，有的青云直上，甚至逸出了我们普通人的视线，去了大洋彼岸，去了另外一个天地；有的还在为温饱挣扎，混迹在都市底层的边缘；更多的是时日静好、男耕女织的普通劳动者，流自己的汗，吃自己的饭。在这个喧闹又荒芜的世间胼手砥足地讨生活，谁也不比谁尊贵或者低微。我们的人格是平等的，尽管我们的出身有高有低，天赋有强有弱，我们都是没人撑伞的，只能靠自己一路往前奔跑的孩子。慧英终于抚平了自己心头的某些褶皱和波纹，出现在了大伙的面前，来了一个华丽的转身。她曾经微胖的身躯变得苗条秀气，那时微黑的皮肤也光洁滋润了许多，换了一个青春朝气的发型，戴着一副圆框眼镜的她，年轻自信，满满的少女即视感。第一次看他们长沙同学聚会的照片，我差点没认出她来了。从外形气质上来说，她绝对是蜕变最大的一个，时光善待了她，因为这些年来她不甘放弃，力争上游，她从一个敏感可能带点自卑的少女，变成了一个坦然接受真实自我的心智成熟健全的理性女子。

同样作为狮子座的我，很明白一头被放逐的、找不到自己主场的狮子座女人的无边失落和挫折感。很抱歉这么多年来，我忙于家庭、为工作打拼，没有主动找寻过人海中悄然遁去的你的身影，但并不代表我从心底里把你抹去或者遗忘。你，一直在我心灵深处，在无边时光堆积的记忆之涯里。

凯 爷

凯爷是我高中班上响当当的学霸之一，曾荣获物理奥赛初试全国一等奖，制造了我们那个闭塞唯分数论的小县城里又一个自带明星光环的神话。他一笑双眼眯眯的，精神短刺的平头，情绪激烈，性格冲动，说话直愣愣地，不会看人眼色，经常被人逼急了梗着脖子说出红脸白眼的话来。比如有次班会谈心节目，类似于真心话大冒险，别的男生开玩笑调侃，你喜欢什么样的女生？他当下哑住了，在那样一个班主任明言禁止恋爱的氛围里，这样的问题问者其心可诛，答者言之凿凿，都是烫手山芋砸手里，避而不谈又显得很尽不够爷们儿，王顾左右而言他也不是他的作风。只见凯爷眉头一皱，伸直了脖子瓮声瓮气地回答——我的梦中情人，有头乌黑亮丽的长发！这是他的偶像刘德华对关之琳的爱慕之词，恰好也修饰道出了凯爷心中所想。高一，我和寝室里的好事女友晚自习后潜伏教室，有一搭没一搭地翻看平时心高气傲、神秘难当的男生们的日记本，遇到那些没上锁的就搂草打兔子——闲着也是闲着地瞅一眼，于是看到了凯爷的最新大作。他暗恋上了走读的城关的班花，还梦见自己用一个大脚盆洗脏衣服臭袜子，娇贵的可望不可即的女生一起跟他愉快地搓洗，初恋美梦在绚丽的肥皂泡泡里上升蹿腾……凯爷的心思藏不住，先是他寝室里的男生知道了，接而全班的人都知晓了。他倒没有任何言行举动去接近女生争取一把，似乎就是投射一把，过过嘴瘾，言语上亮明心迹好像就把对方据为己有了，别人名分上都不能跟他争夺一样。

凯爷家境贫寒，父母是甩手掌柜，常年囊中羞涩，曾经省下钱买了几两生肉又怕别的男生看到，揣在怀里拿到食堂花工本费交给大厨炒熟兑现，是那种黄鼠狼偷鸡一样的唯恐天知地知的神情；他跟班上有志青年志伏，性格颇有相似处，相爱相杀，还曾暗恋过同一个女生，寝室卧谈会时没少言语冲突吧。两人在高三毕业填报志愿后，水房里狭路相逢，志伏对凯爷的暴脾气，忍无可忍，冲他说——以后终于不用再见到你了，然后扬长而去……周末或者节假日，据说凯爷带引一干荷尔蒙爆棚的半大小伙子去县城录像厅猎奇，没少看岛国炮制漂泊过来的爱情动作片，方言里称呼其为毛片，因此他得了一个绰号"毛主席"，所在的寝室被人喊作"聚毛堂"。他的性情耿直，遇到看不惯的人事不假颜色，易燃易爆。同样情绪不稳定、偏激敏感的我跟他本来没有任何交集，唯一例外的一次是，在语文课本里饱览大好河山秀丽，从洞庭湖湖埫出来、没有亲自登临过任何一个土包包的我，高二那年听老师讲授了一句"地到无边天作界，山登绝顶我为峰"的卓然不群的境界诗后，我很向往，于是跟县城东部丘陵地带的杨舒良同学约好，去他家做客爬山，凯爷也热烈响应。约好出发的日子是某次摸底考试完的周五下午，我心猿意马，答题约半个小时就按捺不住交了头卷，没过多久，看到凯爷和杨舒良也不约而同起了身，于是三人组成一个奇怪的不言不语组合出发了。经过校门口的零食小摊铺，凯爷还无言地买了一袋白色炒瓜子给我吃，感觉是要省却跟我费口舌的麻烦，塞住我的牙缝似的。可那时的我，硬是求之不得啊，一把接过，连言谢也不会说的，津津有味地就嗑起来了。

辗转颠簸地坐了半天乡间敞篷柴油车，我们到了毛坯砖瓦结构、坐落在山脚下的杨舒良家，这次是真的近距离地到了山里了。晚上山风大作，拍得木质门板吱呀砰砰作响，几人还围着煤油灯夜话了一番，后来相商睡去，第二天还得起早爬山呢。第二天，同学家为了接待贵客，大肆操办了一桌饭菜，还用一台楠木制作的杠椅把八十多岁高龄、牙齿掉光瘪着嘴的太奶奶接过来了。穿过繁花野草地的林间，她缓缓过来时，我感觉是《西游记》里的小妖们要吃唐僧肉把高祖大仙给请过来了。这种场景太入画入戏了。

后来我们茶足饭饱再去爬山，对形势就有点估计不足了。我生平第一次爬这样具体真实的山峦，对体力和精力消耗的节奏把握没经验，一度累得叫爹喊娘，中途没少休息，最后硬是凭着顽强的意志以及不能让男同学看扁笑话的心态死撑下来了。傍晚的时候，下得山来，找个山坳草滩坐下歇息，我再回头看身后，金色的阳光迷离地穿过林梢，山野如梦似幻又像着了火，以及我头天下了乡间巴士举步前行的时候，一抬眼看到的地平线上矗立的那个遮天蔽日的青黛色剪影，都是人生第一次印象。人生若只如初见，一见终生倾心啊。后来我又爬过了许多山，最高的珠峰——远远经过，瑰丽梦幻的喀纳斯山，秀美清澈的阿尔卑斯山，上帝的盆景一样的黄山，许多名山大岳；也有许多不知名的，尚没有开发、不被游客问津的僻野之山，光秃秃的，植被繁茂的，鲜花盛开的，或者野兽出没的，土质的，石头的，不一而足，形形色色。唯独人生第一次登高爬山的记忆，没齿难忘。

因而我无意之中也跟凯爷有了莫逆之交的缘分似的，后来的许多人生际遇，没少把彼此的生活轨迹交织捆束在一起。高中我曾明目张胆表示喜欢的一个男生猴哥，和他同桌同姓，彼此很是欣赏相契。高二开学前的暑假，学校组织物理奥赛集训，猴哥家因为地处偏远的湖区，汛期中断了通信，老师通知不到他提前来校报道。凯爷自告奋勇地从县城出发，一直问路探访到镇、乡村、大队，一路问到猴哥家，喊着他共骑一辆自行车，两人走完旱路走水路地回了学校。有次周末中午在教室自习，我见猴哥一人坐在窗边学习，头脑发热，心血来潮就收拾家伙一屁股坐他边上去了，搞得人家走也不是，坐也不是。恰逢凯爷之后也来教室学习，见我们的情况尴尬，一个男生不好说什么，他示威似的把自己课桌掉了一个头，背对着我们，也闷声不响地自习起来。那场面真是无声胜有声。

后来我放弃了这个男生，隐隐地好像又喜欢上了班上另外一个走读的个子小小清秀的男生，跟凯爷恰好是小学初中同学，一个村里的，比较熟悉。凯爷在高中毕业、进入大学后同学聚会期间，还没少在我面前说该男生的好话，说他家庭环境复杂，他这么用功学习，不容易的，他之所以不太和一般人走近，独来独往，也是有家庭背景因素的，我们要多多体谅理解他。说得我母性意识大发，因此也结下了长达十来年、贯穿整个青春期青年期的一种向往、情愫。

他对人更厉害的影响还在后头呢。那时隔壁的276班，高三被拆散了，分了一拨理科生到我们班，其中有个气质不俗的男生，跟凯爷也是小学初中同学，一个村的。早在未谋面的时候，凯爷就没少吹过风，说其人是他们初中学校的男神，村里转一圈，众多女生会晕头转向，窃窃私语：这是那个男神谁谁啊，形同明星。高三分班过来后，我倒没觉得他多帅，就是有点神秘地爱笑。一天晚自习我从三楼文科班又溜到二楼来吃大锅饭，远远看到他站立在栏杆那里远眺俯瞰，刚好回头看到我了，估计也是听说过我的文名，兀自含羞又洒脱会意地一笑，旋即回过头去了。让人印象深刻，感觉好飘逸唯美……

且说到了大学，我隔壁班有个精致灵秀的芭比同学，娇小玲珑，又很端庄能干，跟凯爷貌似是互补的搭档。我动了心思要把他们撮合到一块。于是某个众人离校的暑假，我把凯爷从长沙召唤到了×大，当时校园周边一片荒凉，我们这种没脚蟹一样的内向女生又没有周边开房住宿经验，最后为了省事省钱，也是在一种兴奋神秘地拉近彼此距离、新奇好玩增多对异性了解的动机作祟之下，邀请他同宿女生寝室——其时我和芭比都没有恋爱过，甚至跟异性交往经验都无，凯爷好似也没怎么正儿八经恋爱过吧，都是那种一张白纸的、把同学当哥们儿姐们儿的论断、看法，权当女生寝室为硬卧空间了。我们睡一层，他睡上铺二层，还山聊海侃地说得不亦乐乎，一直卧谈到半宿就睡着了。第二天，起来后，节目还没消停，跟着一起去芭比家玩。她爸爸是军人，过世几年了，家里只有一位窈窕亲善的妈妈，对凯爷印象还不错，因为他也是国防科大的军官生——说他站有站相，坐有坐相，不愧是挺拔训练有素的军人小伙子，有点那种准丈母娘看女婿，越看越喜欢的意思……可惜，后来一年后，芭比和我一同考研来了北京，学路漫漫，眼前打开了一片新的广阔天地，她跟凯爷之间也就不了了之了。他后来跟我们班的一个文科女生结为琴瑟之好，也算婚姻幸福美满，有了两个女儿，视若掌上明珠，尽显性情好男人本色。

我跟他也有不少抵牾。比如后来读研后，班上有个QQ群，其时刚入世的不少人，有的如我愤世嫉俗，有的已经谈婚论嫁参加工作，看待问题更现实全面；彼此的人生际遇也参差不一，有的是体制内的建设者，有的是被禁锢约束的叛逆者，或者独辟蹊径的批判者，立场不一；同学之间说话直接又没有分寸，难免争吵起来，还势如水火地较真得很。我跟凯爷就是这样各不相让又都锋芒毕露的案例，半桶水都激荡得晃荡响。像大学的时候，一次在网上聊天，一言不和，他激动于我的霸道，吵了起来，脱口而出——你这么霸道，以后小心没人要！现在他有家室，抱得美人归，志得意满地求稳定求和谐，务实起来，也看不惯我还是孤家寡人的以个人主义为旨归的激进、独立不羁。于是又从个人层面攻击我——你没有孩子，你不会明白一个成年人的立场和思维的！感觉是作为剩女、大龄未婚女青年，连思考的权利都被剥夺了似的，受不了他这种狭隘偏激的大男子主义，我愤而退群了，于是因此中断了好些年的联系。

读研前后，他曾来北京出差过几次，都召集高中同学聚会过，也没少语重心长地从老同学情谊出发，对我提出过各种忠告意见。我记得他至少三次当面说过我要求别太高了。第一次他来北京，问我还有无文学创作，我说还在积极看书、了解生活呢，感觉还没准备好，他说，哦，原来你要求真的很高啊；第二次，他跟班上同学大婚，我从北京回老家参加婚宴，几个关系比较近的同学顺便小聚一番，他端起半杯葡萄酒，泪眼汪汪，在那里激动感慨地劝导我，别要求太高了，遇到不错的男生就可以了；第三次是，怀孕生子后，断了户外活动，百无聊赖的我找回高中微信群组织，在高考过去二十年的去年，一次感慨地说起父母对自己的影响，以及高考这些年来自己的感受、体悟，他一听，说你别要求太高了。言外之意是，我已经发展得不错了，在北京有车有房有工作，老公优秀，孩子聪明可爱，已经是中产阶级人生赢家，不要再怨怪父母当年的无知愚昧造成的你青春期震荡，高考失利……他就是这么一个貌似对人疾言厉色，实际一切都看在眼里、记在心里，热忱地关切朋友，然后有自己温厚持平论断的、待人也宽厚的人吧。

一转眼，都认识二十多年了，我现在嫁到的婆家，恰好是凯爷选择安家居住、工作发展、养儿育女的人生下半场归宿地，逢年过节还能偶尔碰面遛娃畅谈，这也是人生难得的缘分哪，人生若只如初见啊……缘，妙不可言。

李 淼

　　李淼是高中学校的文科状元，据说家里是公务员家庭，应该算班上的权贵家庭出身的典型。他曾神秘兮兮又不无得意地拿出一张红底六寸单人照，说那是李登辉，还是他家亲戚来着。我一直以为是个段子，没想到很多年后再次跟他求证，却是真实的。因为家庭条件优渥，父母双方、长辈都是知书达理人士，他作为家里的独生子，宁馨儿，早早地受熏陶要走学而优则仕、书生报国这条金光大道。他入学高中班的时候，几乎是班上最小的男生，比我都要小了一岁，也就十四岁吧。他身上总会发生一些轰动效应的事件来，道貌岸然的庙堂气和鬼马精灵的小弟习气在他身上轮番上演。有时他一脸严肃，挥舞手势侃侃而谈，纵论天下时势，毫不掩饰地抒发对文化精英余秋雨类的油腻中年男的仿效崇拜；有时早自习或者课间看着书，刷着题，突然他从课桌上站立起来，或者跟前后桌慨然一声，大发宏愿——我的梦中情人，是台湾明星范晓萱！

　　李淼那时个头小小的、小脸蛋、狭长的眼睛，老显出若有所思探究的神情，终日面对书本和理念世界的人惯有的内省的表情，一双眉毛弧度弯弯的，随着面容主人的喜怒哀乐，眉毛或弓或直的，活灵活现，表情非常丰富。他是我们班最早一拨知道自己想要什么的人，目标非常明确。他理想的学府应该是北大这样的吧，做个体制内的建设者，天下风云出我辈、舍我其谁的那种豪情和担当，简直要从他小小的身躯里满溢而出呢。高二的时候，班上展开过一次辩论会，针对学文还是择理的分班去向问题，班主任让几位成绩比较突出、志向又比较有代表性的人各抒己见。我们班是一中重点实验班，论总分排名，年级的前几席都扎堆在班上了；遑论各种物理生物数学奥赛的获奖选手，一时班上轻文重理的风气甚上。加上九十年代末，国家倡导"科教兴国"，尊崇科学技术，"学好数理化，走遍天下都不怕"的社会舆论都让理工学霸们自觉高人一等，只有智商不够出众，学不来理科的二等子民才退而求其次被分派到文科班似的。我们班就有五个这样的学理不成打算学文的边角材料，李淼是其中唯一的男生，责任更加重大，一根独木要撑起文科生残山剩水的半壁江山似的。

在群众议论纷纷尽显理科生的豪情和志得意满、雄姿焕发之态后，李淼从自己的席位上站起来，之前他都是一只手撑在桌面上，半侧着身子，做聆听和沉思状，并且心里在打发言的草稿吧——后来我想，他这种姿态习惯都是与生俱来的，像极了一个做报告或者被做报告的人，他天生就适合从政走仕途。我们那时看他上课回答任课老师的提问都打着手势，侃侃而谈，不像个学生，倒像一个领导，那也不是人家刻意为之的。而是他的家世、家学渊源和自己骨子里的文化血脉的传承显现，是一种本色当行的自愿选择。回到论辩现场，李淼站起来后，先打哈哈表示赞同前面各位同学的精彩陈词，然后他说社会要进步，文科生是方向盘，理科生是车轱辘，都不可或缺，分工不同而已，没有高下之分。这番话在那个时候闭目塞听的乡下娃的我听来，简直掷地有声啊，高屋建瓴，很有见识，虽然他也没来得及具体阐发为什么说文科生是方向盘。但因为比喻巧妙，言简意赅，竟让我牢记了二十年。日后，他真的成了造福一方的父母官，我也成了一个爱读书写字的出版人，历练了一些世情、变故，纵览了一点国事、史迹，自己有了一点思考、心得，觉得他的这番论断没有过时也不迂阔，算是确凿之言、不二定论。

李淼人小鬼大，虽然个头小，年龄也最小，在步入情怀见长的青春期后，也有了自己钟情属意的对象。对方据说是他的青梅竹马一样的小学、初中同学，一个胖乎乎的长得比较亲民但是据说很内秀的才女妹子。大名叫李亭。李淼非常高调地向世人昭告自己有心上人了，像大声宣布范晓萱是自己的梦中情人一样。这点非常符合文科生们热情洋溢起来就嘴上不上锁、把不住关的放浪不羁的风格。他跑到黑板前面，用粉笔大写英文字母——I LOVE LITING；因为喜欢月旦评一样臧否人物，发表自己的论断观感，他曾多次表示欣赏我班殷姑的雪肤花貌，有人就怀疑，李淼是不是爱慕上了殷姑了？这边殷姑还不明就里，听到这种风言风语，感觉被人诬陷的李淼，一冲动跑到殷姑桌前，脸红脖子粗地自明心迹——殷姑，我跟你讲，我喜欢的人是李亭！殷姑也不甘示弱地怼回去了，我没有自作多情！这就是我们班文科生男女之间无风起浪的一幕，让一干理性板正的理科生看得笑掉大牙，啼笑皆非。一般来说，文科生的形象思维比较发达，情绪激烈，感情丰富，心思细腻，在一起总有说不完的话，调不完的笑，有声有色。而且他们对人性比较敏感，好奇心强，对一切人情味浓的东西没有什么免疫力。李淼那时有个走得很近的好基友，也是城关走读生的滔滔，两人经常"狼狈为奸"，做点恶作剧调皮的事情，播风洒雨，无事生非。一次他们一合计，想看班上女生日记，就趁大伙去操场做课间操的时候，埋伏到男生厕所里，再溜回空无一人的教室，翻那些没上锁的日记本看，边看边啧啧发声，大开眼界。后来被人一通报告，告发到班主任兼语文老师太阳神那里。太阳神责令他们写检讨书，灵魂深处狠斗私字一闪念。李淼洋洋洒洒写了上千字，文笔精到，上升到意识形态的高度，义正词严地自查、检点了自己的秽行劣迹，表示下不为例，倒是让老师和滔滔对他的才华记忆深刻。

后来我考研来了北京，李淼其时也入读了北大，第一次北京的高中同学召集聚会，碰头地点是清华园。当时说起方兴未艾的互联网和各种电子设备，李自寒问起李淼，你的U盘多大？李淼一愣，从内心世界的神游中返回人间，憨憨地伸出双手比画——这么大。我这样的科盲都get到了清华同学问的是他U盘内存空间，而李淼的这种不问庶务，一心埋首于国计天下，在自我世界天马行空地沉湎让我忍俊不禁了。我们班文理学霸的终极对话就是这样展开的，可以说是鸡同鸭讲，用的不是同一种语言。

高三，我在文一班走廊，凑巧看到文二班的李亭托人转交给李淼的一封短笺，上面的字迹飘逸秀美，显示出信主确实有不错的人文素养。信笺内容摘抄了一首当时很火的新加坡歌手许美静的《荡漾》——我不想阻挡你在我心荡漾，如果连遗憾我都不会欣赏。不是对谁都如此纠缠，只可惜你无缘分享。我没有阻挡你在我心荡漾，时光会抚平我想你的波澜。痛哭一场，不代表悲伤……

那么问题来了，他们之间到底是谁引发了谁荡漾了？而且既然是写回给李淼的私密的情书，为什么要在教室走廊里不遮人耳目地任人浏览呢？这个疑问伴随了我很多年，还需要事主李淼亲自解答。也许少男少女，特别两个都是浪漫多情的文艺少年之间的你来我往，就是一种自己才知晓密码的游戏，出入行止都自带通关密钥和精分特质，相互完成一种投射和情绪的发泄。在那样一个"一切都好，只欠烦恼"的大把时光在握的青春期，有个才貌相当的人陪你出演一场对手戏，证明自己是人群中遗世独立的存在，也是莫大的福气。

后来李淼就再也没传出一点男女八卦的绯闻了。来北京就读期间，我对他的私生活知道甚少。参加工作后，他也很专业地恪守口风紧的职业信条，对自己的喜怒哀乐讳莫如深。偶尔从他只言片语的网聊中，感觉他是个很恋旧的人，听起的歌都是高中年代的老歌——李宗盛，郑少秋，张信哲……巨蟹男的本能选择。多少次他在那里一点也不含糊地表明对殷姑的欣赏赞叹之意——奇怪的是，从来没有见过他身体力行下水表白或者联系殷姑，甚至殷姑的微信他都是今年在同学群里说话时，边说边意识到去添加的。偶尔我们也打趣他，说起李亭那段陈年往事，他不加渲染，也不回应点评，似乎是很遥远的另外一个世界的事了。感觉他的整个人身心呈现一种暌违、忤逆的状态，说的、感知的和行动不同步，与世界脱节了，背负着一个保护层，隐居在自己一个厚重的壳里，需要很多距离、很厚重的地位功绩和掌控力做保障，他才能自如地面对、探视着外部世界。

作为老同学，我其实蛮关心他的个人终身大事的，因为知道他是个恋旧又注重感情的人，心底里不无天长地久对浪漫的期待。人到中年了，已经错过最绚烂的花季了，当下心智也比较成熟，条件也差强人意，该找个人生伴侣把酒话桑麻，分享心事、缔造经营小确幸了。他却非常固执己见，抱着宁缺毋滥、对外在附加社会条件要求很高的标准，坐视年华似水流过。或者，他还是那个心事当拿云的意气少年，压根没觉得自己已经人到中年。他曾在班级微信群里分享过一篇情感美文，女大男方九岁的姐弟恋，纯洁青葱，萌嫩粉红的少男心跃然屏上。所以我搞不清楚他是"公元前我们太小，公元后我们又太老，谁也没见过那一次，美丽的微笑"中的哪一头了。本身他也是个矛盾综合的精分体质。有时觉得他很老成，打着官腔，喜怒不形于颜色；有时他说着八卦说开了，就甩开膀子大撒把了，讲点稚气满满的话，或者发点近乎下三滥的段子和网图，让我惊呼：主席，注意格调、格调啊……

他在同学群里一开始是比较受排挤、误会的角色。因为我们班的男生大部分是乡下直憨男主的理工男，从小饱尝人间疾苦，并没有遭遇到世界和现实的公平善待，都是靠拼智商和死磕才能享受到现代文明、在城市里站稳了脚跟。而李淼这样的公务员家庭出身的小孩，一出生就含着银匙，坐享父辈为他打理、准备的一切高起点待遇，然后从事的又是体制内的工作，发号施令，指点江山，俨然是社会的主人翁。他说的术语、言论又有文人、官方的那套不脱离意识形态的习气，让直白、生硬、直面生活粗砺的他们乍听之下很不入耳。

一次同学群说起雾霾扰人的烦心事，广州的宇宙钢铁直男、IT码农凯爷生性激荡，情绪外露，说每到雾霾天他就满心烦躁，生理心理都受煎熬。当时还在湖南郴州大山深处基层调研的李淼，站在自己的立场，从自己的思维方式出发，劝大家再静心熬熬，甚至做点必要的牺牲，政府会想办法在经济建设后，还子孙一个青山绿水的……真是站着说话不怕腰疼，各人自说各话，划拉自己的如意算盘，别人的痛痒终究隔着一层皮啊。凯爷当场就燃爆了，甚至爆了粗口，问候了对方的先人，这让孝顺的、在满满的家庭挚爱中成长起来的李淼恼怒异常，当着全班同学的面，让自己这么下不了台，还遭受了人身攻击，李淼也毛了。两个人一下子势同水火，仇人相见似的。也说明了大家都还涉世太浅，不明白人性的曲里拐弯处和世道的复杂迷离处。政治利益，经济建设，环境保护，官方和民间立场、角力，各个延伸开来都是宏大的题旨，我们都是升斗小民，身在局中哪看得清来路去向、前因后果和善恶是非呢？同学之间仗着身份地位的单一、平等、透明，所以说话直接恳切抑或是不加注意，伤了人自尊都是值得反思、检讨的。

自然人向社会人的层层纹饰、演变过程就是人的成熟过程吧。不忘初心纵然是很理想唯美的，但人也有追求、体验斑驳复杂的权利和冲动，每个人只能高标准要求自己，却无权对他人的喜好、热衷妄加置喙，恶意揣摩、猜度。我相信李淼同学心地善良，念及旧情，绝无本意去伤害别人，更不会故意给世道犯难、添堵。他有他的心底乾坤，腹内丘壑，他的出身、立场决定了他不能也无法与草根民间打成一片，但不代表他的私德污秽，或者没有普通人的七情六欲和爱憎分明。学而优则仕，他曾是学院里的学霸，如今从政是他的一种职业诉求、人生选择，有它内在的运营逻辑和素养需求。他有时候说的话，从事的一些行为跟我们普罗大众难免会有隔膜、异质处，这并不妨碍他在公务繁忙之余，和同学们叙叙旧情，谈谈人生，说说理想，大家都殊途同归，百虑而一致地都是追求人生真理、真实境界的践行者。

先贤（范仲淹）有云：先天下之忧而忧，后天下之乐而乐。诗人（北岛）又说：卑鄙是卑鄙者的通行证，高尚是高尚者的墓志铭。然而没有英雄的年代，我只想做个普通的人。现代人就是剔除了身上不必要的振臂一呼、应者云集的英雄抱负，活出宇宙间唯一样本风采的独立自主人格的人吧。李淼同学，是个专业的，以从政为毕生抱负的很清楚自己想要什么的现代官员、高学历知识分子，对这些出处清浊、进退自如的分寸把握，我相信他自然胸有成竹。人生是一个过程，对理想的追求，虽九死犹不悔，然而生之过程又是不可逆转的，而且名利钱财终究身外之物，哪怕是赫赫功绩也没法携留带走。所以，身心的和谐交融，人格的磨砺，精神境界的体验，追求臻于至善圆融，方才是任重道远没有止境的。

如果你是一道光，自然会映照另外一束光；你是一棵参天大树，就会撼动另外一棵直道而行的大树；一朵潇洒自在的云，就会偶遇另外一朵云的灵魂。你对这个世界善意满满，倾注了更多的善念和关爱，世界就会回馈给你一个澄明醒彻的心境。而李淼不管以后地位有多么显要，权柄有多厚重，请不要忘记你的最终本色是一个向善求真的学人，给世界增添一道别样清冽的颜色，留下一个颠扑不破的名声，让大地、子民镌刻下你的功绩口碑，胜过皇皇巨册上一个虚应点卯的名头。

李自寒

　　敲下这个名字的时候，我的情感是复杂的，头绪也纷乱。在写完班上二十多人之后才来写他，好像有点刻意回避的味道。一度想过，多少次在群里急于剖析表白，并不是所有人对他都是喜爱、暗恋的，尤其是自己没有拿他当回事，是否有点"去掉一个最高分"、矫枉过正之嫌疑。匹夫何罪，怀璧其罪。他那样一个外表高大帅气，智商超群，为人也憨直实在的存在，竟然让他在成为班里无法逾越的高峰的同时，又成了一个被人暗中瞄准、打量、比较的靶子，是箭垛或者孤岛一样的存在。这对他来说，是福运还是负担？抑或失之公平呢？毕竟，他被抬高、架空成神，也没人问过他的意见想法。数理逻辑能力突出、善于动手刷题的他，并不擅长剖析自己或与人灵泛地沟通交流，"会做的不会说，会说的不会做"。他就是那样大山一样巍峨地静默着，给人投射下一片广袤的阴影，多少人活在他的绚烂光华的阴影里，因而对他不怀善意或者颇有微辞，可有人想过吗？他所承受的大山深处般的孤寂和生冷，以及不为人称道的压抑，对他膜拜、疏远的同时，又人为地把他孤立了，让他一骑绝尘、一战成神之后，继而高冷寂灭，与世隔绝。

　　李自寒高一入学的时候，按总分当之无愧地以第一名成绩分派到我们班，这说明他比较全面，九门科目都没有什么大的短板。但之前县里提前选拔过一拨语数外突出的所谓"尖子生"——那时大家都默认语数外拔尖才是真正的智商超群，我班按全校前十的名额分派了小彭勇和彭昊两位，蠲免了一年学费，没有李自寒什么事。所以舆论上，大家一致认为真正聪明绝顶的人是他们两位，李自寒的资质相对来说更平庸，靠"发死狠"起家，不是什么天才型选手，顶多算个人才，颇有要对他轻看、不以为意的味道。加上第一次月考的时候，以第一名成绩分配到我们班的他，总分才得了第20名。而我那次是第22名，通知单寄到家里的时候，正在餐桌上谈笑风生的我爸，拆开看了我的排名后，脸一虎，大手把桌子一拍，唬得我颜面无存。多年在他面前赚下的优异出众听话的掌上明珠形象，就此毁于一旦似的，我越来越看不起、怀疑自己，以后的名次竟然再也没有超出于它；而李自寒，我记得那次考后几天，他爸，一个同样木讷外表朴实平常的农人，亲临了县城教室，牵着他走向了课后讲台上的班主任那里，好像是殷切疑惑又不安地问询老师，到底出了什么事了，自己的儿子入了高中成绩就一落千丈了？

入学高中以来，以及之前的小学、初中阶段，李自寒肯定是个对自己期许很高的人。高中第一篇课堂作文主题是言志，自明心迹，老师念过他的一段，他说堂哥李志就是从这个学校走向清华的，他也要向自己的哥哥看齐，向梦想中的圣殿清华园发起冲刺。明白朴实无误，没有掩饰自己的雄心（野心），也没有刻意回避自己的功利心，像他这个人一样，朴实无华，目标明确，不多愁善感，但也绝不含糊手软，不要什么伎俩诡计，不走旁门左道。他是在他的生命早年，因为受个人生活圈子的限定和视野中北极星一样的前辈光华导向的影响，早早地迅疾地给自己设定了一条心无旁骛的路，再沿着这条路设计了一个最佳优化方案，砍掉了别的有碍他实现最大利益化目标的枝枝节节，过滤、根除掉那些模棱两可好像永无出头见天之日的软性因子的蚀刻，让自己坚硬如磐石，不折不从如钢。

他不是我们的上一届学长汤耀国那样的天资聪颖高于常人的"神童"——此人在稳居成绩榜魁首的同时，还红袖添香，住到了城关的女朋友家里，给人家补习功课，陪人家父母搓打麻将，谈笑风生，双商绝伦。自寒同学活得特别认真谨慎，兴许他没那个心力去享受生命中那些风花雪月的东西，或许他觉得一份无果无望的，给不了人家终身承诺自己也看不到头的感情，不如一开始就掐灭在萌芽状态。他没有那种长袖善舞的能耐和功底，可以同时在这么多人生重大主题之间游刃有余。他只是一个先天更愚钝一点，一步踏空就没有回头路可退，偏又给自己设置了一个高如星际的目标，后天需要全力以赴踮脚探身才能够得着的农家子弟。沉默得像广袤无垠的原野大地，朴实浑然得像大地上的野草泥巴。

月考后，入学分班时候的成绩大洗牌了，班主任对那些占用了尖子生名额分派到班上，实际考试又拖了后腿的人大为不满。他分别找人谈话各个击破，或者在课堂上大肆夸奖某些人智商高，值得大家学习膜拜，言外之意是另外的人既然智商不高，那得多学习啊——话可能没说错，就是早早给人定下了贤愚智拙的调子，让人心里颇不是滋味；他又对班上流露出来的一些男女生彼此之间看对眼的苗头严厉警告，说大家都是学生，不要早恋，会分心影响学习的。总之处处是雷区，条条是沟壑，什么都不能触碰，哪里都没法逾越，一时班上的氛围空前紧张压抑。好多同学之前都是初中学校数一数二的学霸，入学分班时也是班上的尖子生，排名突然滑坡了几十个名次，沦为中等生甚至差生，这种心理落差可想而知。从全校范围来说，更加是高手如林。隔壁班的刘璇，据说早慧优雅，年纪小小，不费吹灰之力，轻易地拿下了年级第一，更让我们班那些自视甚高的男生们忍受不了这种"奇耻大辱"。他们互相开着玩笑，攻击回应别人投来的近似侮辱、质疑的语言的标枪箭头，自己心底里也滚沸煎熬得像泼翻了的一锅热油，无处发泄疏导。

自那次月考完父亲来过教室之后，李自寒从此就没有周末寒暑假的休闲时光了。当时每周还没双休，学校周六还设置了课时，剩下的一天，很多人回家拿生活费或者改善伙食，一叙亲情，李自寒都是默然无语地趴在桌位上刷题看书，像一座日晒雨淋也不动弹的石头塑像。我印象最深刻的是某次全校田径运动会，老师大力号召同学们去现场观看加油，班上很多同学参加了项目，努力为班级争光。李自寒一开始不为所动，牢牢地锁定在自己座位上。教室里顶多就那么两三人吧，直到欢呼声如雷震动，热浪笑语响彻云霄的最嗨的时候，他才按捺不住少年人的心性，跑到田径场的上端，亲临现场高高地从下俯瞰。不知怎么的，我恰好就看到那一幕了，我为兴高采烈的人们而欣慰、祝福，同时也佩服他坚定不移的自制力和毅力，但同时，又为他这种压抑自己的处境感到怜惜。我总觉得，青春不应该是这个样子的。而他自愿地活成这个样子，有了这种选择，并不完全是因为他个人的原因。

李自寒并不刻薄冰冷，也不先觉先知，他也常常跟周围的男生嬉笑打闹一番，或者产生抵牾、是非纠葛。他们给他取了绰号"套中人"，一边在拿他的智商不如小彭勇说事的同时，一边挖苦他只会发死狠，冷漠自利，不关心周围的同学和班上的集体活动，甚至形同僧侣一样不敢动凡心，对那些明里暗里纷纷向他表示好感的女生不敢接招。有次他和同桌杨伟还口角了几句，杨伟其时成绩可以说是班上垫底的，爱的就是桌球室、网吧、游戏室、录像厅，没少被老师批评；也许杨伟上课或者自习的时候还爱闲扯几句，无形中会干扰到自寒的学习也不一定。恰好赶上当时某次生物摸底考试，试卷发到他们这一排的最后一桌李自寒面前时，只剩一张了。一贯冷面冷语的李自寒一愣，把卷子递给杨伟了——当下之意是，你成绩不好，做得慢一点，你先用。这就是他的风格，桃李无言下自成蹊。他的立场和用意都在他的十年如一日的行动里，身体力行，把自己活成了一个惊叹号。应对了罗胖（新东方老师罗永浩）的那句话：彪悍的人生不需要解释。

从第一次月考失手以后，李自寒的成绩再也没掉出过班上前两名了。有时是小彭勇凭着非同一般的悟性和与生俱来的记性压倒了他，抢得头名宝座。加上小彭勇的文笔精到出众，让一向粗鲁憨直的理工男自惭形秽，一时小彭勇成了全班的宠儿。李自寒有一年因为成绩突出，考了全年级第一，加上外形也出众，没有什么不恪守常规的出格言行——翻墙看录像啦，逃课啦，早恋之类的，学校安排他当学习标兵，在某个周一的升国旗宣誓仪式之后，在主席台上做一次学生代表发言讲话。之前，文笔一般般、辞藻也不华丽生动的他，好像还压力挺大，甚至似是而非地托志伏还是谁传话给我，让我帮他写一篇发言词。抑或是要求颇高、求全责备又很在乎集体形象的班主任太阳神提出的建议？总之他没有直接跟我说过这事，最后还是他自己恶补了一通作文、文学读物包括演讲稿后，炮制了一篇绝对拿得出手，也超出了他平时应有水准的演讲词来了。我还记得几个生动的细节，他说有时走进男生寝室，感觉是走进了莫高窟，一个个在自己的床铺蚊帐里席铺而坐或者各自为政地学习，但内务状况触目惊心……主题是响应主旋律，号召大家做四有新人三好学生，却写得一点也不枯燥古板，乏味刻板。像他这个人一样，偶尔也会百忙之中插科打诨一下，跟人家说说荤段子，或者自我解嘲的语段，并不是没心没肺的石头人泥塑雕像。

高二，班主任太阳神别出心裁，让同学们不拘格式、篇幅，我手写我心，每人写几首或者一首诗，再编辑整理出一本我班独有的诗集。李自寒写了一首名为《拥抱朝阳》的中等篇幅的诗还入选了。大意是，他要像拥抱美人一样去追求心目中的一个理想，人往高处走，靠奋斗改变自己的命运，争取更好的生活和明天，一点也没毛病。有一次，太阳神在那里警告，分班以后，只有五门主课了，语文中的作文分数占的比重越来越大，不把作文成绩提高上去，高考可要吃大亏。一直不怎么喜欢舞文弄墨的李自寒，这下引起了战略上的重视，据说买回来很多作文书和历年考卷高分作文揣摩、学习，生生地把文笔水平也提高一个档次了，让好多字句写不利索的理科生，或者舍不得下这么多工夫去打磨自己文笔的文科生望洋兴叹。他就是有这样超强的行动力和执行力。像党指挥枪一样，认定了一个目标，就不容许自己退让、失败。

他长期的高强度、高密度的耕耘终于得到了回报，成绩全面开花不说，物理数学竞赛什么的还拿回来全国比赛的名次，使得高考成绩锦上添花加了15分，最后如愿被清华大学录取，实现了高一初始许下的誓言。

我跟他，高中可谓真正的风马牛不相及，甚至相互不以为然，眼角都懒得扫视对方似的。我擅长的作文，他认为是雕虫小技，跟理工强项相比，于高考无多大益处，也不对平实理性的他的脾胃。我的高中所有作文习作上，从来没见他一星半点的评语，他的大作我也很少看得上眼，基本没留下任何印象。然后，还有让彼此看不上眼的一点是，我经常兴风作浪，晚自习时在班里像个害群之马，朝天花板上扔书本啦，踩着拖鞋从同学们的课桌上跑来跑去，甚至还在教室里放小蜜蜂等花炮，肯定让他这样一门心思清清静静地刷题看书的人烦透了。我呢，看不惯他功利心这么强，只晓得死磕刷题备考，没有自己的独到思想，没有横溢的才华，也没什么特立独行的鲜明个性，还没什么文质彬彬的气质、人文素养，一点也不像个纯真蓬勃的年轻人的样子，这么老成现实，生硬无趣。所以我高二分班的同学录传到他那里时，他也不客气地写了几句大白话——我们"友情"一词说不上，"理解"一义也只能靠边站，因此写太多的废话都是虚伪，心意到了就好！这简直是赤裸裸地划清立场和界限，表示不与为伍的态度了啊。我啼笑皆非，第一次见这么直白地给人写离别赠言的。他的粗鲁憨直没有机心和文过饰非之态由此可见一斑。在写到自己的人生理想的时候，他倒也不谦虚，大大咧咧地写下了"成为某某家"，这倒有点英气逼人、逐鹿中原的味道了。

分班后，我照样跟他井水不犯河水，没有任何交集。倒是高考会场布局的时候，因为高一入学时我们分班的成绩挨得比较近，学号也近，居然被分到同一个考场了。记得最后一堂是英语考试，哨声响后，监考老师从讲台下来，一张张开始收卷，他也应声而起，沉默地矗立在自己的课桌前面，用双手出乎本能地护着自己的卷子——之前老师还交代过，有的人用心不良，嫉妒暗算别人，可能故意破坏别人的试卷拉低人家成绩，抑或就是为了抢看别人的答案，争夺中会把别人的卷子扯坏。他周围有几个佻挞的城关的男女生，因为一个个知晓他是年级第一的人物，都出乎本能豁出来了一样真的冲向了他的座位，低头急疾地去找寻他试卷上的答案。他倒没有推开别人或者索性把卷子收起来，他就那么静默地站着，冷冷地看着这一幕，那种天塌下来也不惧怕的表情，或者是你看就看去，反正我的成绩不会因此被拉低，你别把我的试卷搞烂就行。这一幕让我印象深刻，又一次让我对他产生了更多的一点理解和敬意。

高考放榜，他没有任何悬念地成为我们学校的理科状元，据说还是湖南省第十六名，岳阳市第一名。也算前无古人，放了我们那个小县城的一个卫星了。他一战成神，去了清华，之后我的生活跟他可谓完全没有交集了。就大一末的时候，第一次弄到QQ号的我，初上互联网，小试牛刀，急欲找各路神仙磨练牙齿，提升战斗力，于是没少兴风作浪，冒充陌生人或者异性和好不容易联系上的高中同学们瞎掰乱侃，搞恶作剧。有次骗到北京的几个同学那去了，我那土冒傻气的话语估计让人一眼就识别了，何况身为文科生的我还不知道，人家有IP地址认证这个东西。他在那里反唇相讥，某某就当自己是个公主，骄傲霸道……还在那里对天发誓般自剖心迹，我家乡有群赤胆忠诚的好兄弟……我去，显得我是个无事生非、睚眦必报的不晓事的人了。两人话不投机，一拍两散，直接挑明身份估计更加找不到共同话题了，我贼溜溜地遁了。

后来我因为对清华园的某个同学产生了非分之想，动了心思要考研来北大，因为那样才显得我不是势利之人，不是为了成绩而高攀别人的，必须地位上平起平坐才能证明我的感情的纯洁性。北大的考研科目不列明参考书籍，也不提供历年试卷，我没有一点门道，所在的小城交通闭塞，资源匮乏，也找不到任何复习材料。百般无奈之下，我第一次放低身段求助于北京的两个清华同学。李自寒因为人高心大，跟我也没任何情感纠纷和往来，所以第一个求助之人就是他了。他倒没有任何推托，只是有点困窘无奈地表示，都快毕业了，在清华园待了三四年了，我们都还没去北大转悠过呢。敢情他大学四年，变成了高中加强版，农家子弟的朴实、捉襟见肘和理工学霸们忙于三点一线、灰头土脸的繁重学习压力闪现眼前。最后为了表示心意，他硬是给我搜罗凑买了几本古代汉语的书寄了回来，还力辞我回馈的书费，分文不收。

　　我的第一次考研没有一点悬念地落败了。第二次我调整了一下目标，择选了另外一所距离清华园最近的学校——北京语言大学，这次英语差了一分，好在总分专业成绩都比较突出，被学校破格录取了。来北语等待复试的那段时间，我在北京各高校同学那里借住打游击，也没少去李自寒寝室叨扰。当时看他孤家寡人的和尚样，他的同屋也是一个木讷寡言不跟人沟通的学霸，据说天天晚上打游戏到半夜，亮光一闪一闪地耀得对床的李自寒无法入眠。他还无奈地在床头挂了一件老旧T恤，聊当床帘挡一挡，被我拉扯前去壮胆的活泼漂亮的女同学取笑了一番。我那个大学同学，也是泼辣豪爽的湘妹子，在北语其时为研究生会主席，业务突出，成绩出众，性格开朗，外形也很靓丽，对李自寒一见倾心。刚好她跟发小的前男友闹感情危机，分手不久，我一心想把她介绍给自寒同学，感觉这是一门肥水不落外人田的好生意。她也颇为动心，每次去叨扰李自寒查找语料什么的，还颇细心地从北语带了香甜的鱼饼过去聊表谢意，据说李自寒称赞很好吃。在我八卦地套话，追问李自寒对她的观感印象的时候，高冷的他也说了大实话，说觉得她挺可爱单纯的，像个小孩。眼看一门媒婆生意又要到手，两人渐渐谈成入港，大事不好，同学的前男友杀了个回马枪，感性念及旧情的她心软之余跟人复合了，我嗟叹莫及，只好跟李自寒如实相告了。后来我又动了把另外一个端凝能干的本科同学——北师大的芭比介绍给他的念头，还带人家去清华园找他吃饭。名义上是品尝清华的伙食，实际上是看上了清华的人，无奈两个同样木讷被动的高冷摩羯还是不来电，就不了了之。以前听班上申公豹同学也评价过，李自寒人很单纯厚道，她因为某次学术报告去清华园找他们，李自寒热心地接待了，还对她赠送给他的、从会场拿回的一件简单T恤感谢有加，拿到手开心得很。

　　回到我初来北京复试时，有次北语的同学因为有事不能陪我前行，我硬着头皮一个人去清华找他借用他的寝室电脑——其时北京的网吧管理严格，按时计费的上网费用也高昂。我抱着占用男同学小便宜天经地义的心理，压根没想到这样会给人家添加不少麻烦。他照样默不作声地从老旧的10号楼寝室来清华东门接送我来去，穿过压抑阴凉的理工学霸们的宿舍走廊，我都鼓不起勇气主动找他说一句话。我那时自卑怯场得很，情商捉急，也不体贴别人，只泄气地想，你一个男生也不主动打圆场，挑点话说。然后我赌气地故意落在他后面好远，看他高大的身影在前面走着，推着他的笨重的男士单车，他不提载我，我也不愿意距离他那么近，后来半是为了找话半是为了提醒，跟他说，知道不，你走路时是斜肩，两个肩膀一高一低，很怪异。他说他也没意识到过……还有一次，他无意中说起，觉得刀郎的歌好听，我不客气地抢白道，哈，你的啥品位，刀郎的歌这么烂俗，他暗色的脸貌似有点发红了，辩解道，人家至少是自己创作的，像什么S.H.E之类的歌才轻浮浅白得很……我跟他的交往就是这么火星撞地球似的事故频发，各自为政，谁也不服谁，还都骨子里有种对对方的不屑、排斥。当然，他招待我是尽到了自己做同学的本分，是我那时敏感又自卑，老挑事一样找他帮忙，还对人没有好声气，占尽了女同学双标的便利。终于有天，在我再次短信里问询他另外一个清华男生的行踪后，他在那边发难了，他说，某某人割包皮去了。我擦，我以为我的眼睛出错了，还强忍住心头的诸多不适和想爆笑三声的冲动，强行装了一把小白兔：包皮？啥是包皮？你说他的皮包被小偷割破了？没大事吧？他没有回复了。

　　来了北京读研后的第一年寒假，我贴上脸去，要求跟他们两个男生一起回家，找清华的同学订学生票基本是弹无虚发，他们也没理由推托。脑子抽风又囊中羞涩的我，因为学校每个月只发260块钱生活补助，舍不得花大钱坐不能打学生折扣的硬卧，就点名要求坐硬座，还不顾他们的一再说请——他们历来都受不了那个通宵坐冷板凳的苦，都是硬卧回去的，总不能为了我打破惯例，一起傻愣愣地大眼瞪小眼坐回去吧？我在那里又开始以女性的弱势群体身份和一贯的混不吝做派闹腾，说那各走各的算了，不高攀他们一起回了。最后他们穿鞋的拧不过我这个光脚的，还是一起给买了硬座票。记得大提小包地在北京西站排队进站的时候，三个人还不怎么说话，李自寒更加是一副事不关己高高挂起的模样，我和彭昊还低水平、低密度地偶尔说几句，打破僵冷的场面。到了车厢，手里捏着并无对号入座标记票据的李自寒，示意我靠窗坐里面最舒服的位子，然后又冲彭昊点点头，安排他坐我边上，自己一声不吭地挨着人来人往的过道坐下来。他长长的腿，座位底下都塞不下地延伸到了过道上。我此时一颗小气志忑的心才落回胸腔里，紧张又不无甜蜜地跟身边的彭昊说了一些话。然后，我们对面坐的也是清华园的几个男生，我对面的那人，眉眼活泼，满嘴跑火车，在那里形容挖苦一个学历史的文科老乡的窘迫穷酸——移动的短信发给联通卡号的他，从不多作回复呢，一条网外的信息就要一毛钱。尼玛，这简直是当着文科生的面编排起和尚头上的灯泡来了。后来我跟他接上话来，兀自说得高兴，大鸣大放，把身边两个木讷不语的同班老同学给抛下了。半夜，他们在吃完一顿火车上的盒饭之后，好像还出乎意料地感叹了一句，原来硬座也没那么可怕呀，挺好玩的。

再后来，彭昊提前一年毕业离开了北京，李自寒在硕士毕业、工作落妥后，终于考虑到终身大事，接受了一个老乡介绍的同校学法律的文科妹子，过起了标准的二人世界，我们的世界就越来越找不到交集了。还有一个小事故，让我们更加渐行渐远。那时校内网方兴未艾，我仗着文笔还可以，在上面打擂台似的笔耕不辍，日更一篇，还撒泼嬉笑惯了，错把他家的私人重地当作自家后花园，一次跑到李自寒女朋友的页面上留言，说她是有才的女生里面最好看的，好看的女生中最有才的。一种说不出道不明的感觉吧，让别人听了蛮不是滋味，或者因此对我跟李自寒的关系产生遐想似的。李自寒愤怒了，第一次跟我私信留言，说我跟他乱说什么不要紧，但别跑到人家地盘上去撒野。超要面子又不懂得反思自己的我，一怒之下就打消了跟他继续来往的念头，从此井水不犯河水地各自过起路人的生活来。我的晚熟、以自我为中心、严苛待人、疏于律己可见一斑。

跟他现实中最后一次见面应该是我研究生毕业那年，他已经离开清华园一年了，一个老家的高中同学来北京出差找同学聚会，李自寒还客气地回了五道口，敲定清华北语中间的阿俊酒家设宴接待。快吃完饭的时候，我还在那里傻愣愣地等着他一贯买单结账——因为人家是男生嘛，理工男又有钱，我其时还没正式毕业。他突然用手戳戳我肩膀，一起买单去吧。我回过神来，脸都快羞红了，忙不迭地跟他一起去了柜台前面。散后从此再无联系。只有殷姑来北京工作那次还碰头过一次，分不清是在此之前还是之后了。其时我出于不忍还有一贯的八婆心，向他转达了某个马后炮的事，他书面回复了一句，可惜啊。不知道是体谅人的礼貌用词，抑或是幡然发现之后的由衷之言，总之，他已经尘埃落定，没法复盘走回头路了，我们也再没有音讯联络了。

后来，他在没有任何告知的情况下就离开北京，去了美国了。猴哥（高中另外一个考研来了清华园的男同学）在清华的那几年，我也很少再去清华叨扰他，几个同学各自忙活自己的学业、感情、工作事宜，彼此之间竟然很少坐下来叙叙旧情，检点过往。抑或我们都疲于奔跑，妄自尊大，活在自己的世界里，没心力也没精力探出头来，去反思一下自己的心迹、生之轨迹，打量一下彼此的处境和出身；没有意识到我们身上有很多相通的地方，也有很多值得学习的、借鉴互补的地方，兀自刺猬一样保持彼此的距离，不坦诚相见，也不相互体谅，没有温暖彼此，也不肯宽恕自身。活得那么紧张，剑拔弩张地对待这个不算对我们宽松友好的世界。我们都是无家的潮水，被皮鞭一样先天不利的命运驱赶着，逃离那个闭塞匮乏的小地方，逃离与生俱来的压抑沉重和自我为中心的讥诮狂妄。

人到中年，一切尘埃落定，也终于硝烟散去，回首过往，还记得高三的某个晚自习，若有若无的玉兰花香中，李自寒被窗外的某个女生邀约出了教室，站在理三班的走廊护栏那里，轻轻地跟人说了一会儿话，接受了别人递交给他的书信和一瓶子鼻药水，还嘱咐人家好好学习，别胡思乱想分心影响学习。那画面多年后回想起来，竟然如此温馨让人感动，又觉得其中有一种说不出的惋惜和无奈。为我们所有人的无所适从、迷惘失落或沉重压抑的青春，为生命中那些失之交臂的、遥不可及的美好与小确幸，为那一段本来该如诗如梦的锦绣年华，为我们年轻时奋斗过、沉醉过的一切，为我们的掺杂着热情、倔强又渗满了落寞艰辛的命运，干杯。为我们相识相聚、互相印证、成全过的缘分！

妈妈·家事

　　据说和爸爸关系更亲密的孩子会聪明一些。小时候我也爱和爸爸结成同盟，肆意搞小小的破坏，觉得妈妈是典型的管家婆，啰唆，厉害，功利，麻烦。比如她吃饭比较快，我们要嘻嘻哈哈，爸爸抿口小酒，妈妈是个急性子，自己放下碗筷必定催上一番：快吃，吃完洗碗，老不紧不慢的。看通宵运动会或午夜剧场，不感兴趣的她老催我们收工；中途还要几次三番地提醒关灯省电。

　　小时候家境不太好，精细过日子使得妈妈背上了苛俭的名声。老家队上还有传闻，说你妈妈当年往菜里面放油时不是用勺子舀，而是用草根蘸，夸张到近乎恶毒地构陷啊。妈妈胆子小又迷信，那时一刮龙卷风，她就在堂屋中央倒扣了大木脚盆，里面是一海碗大白米，说是祭拜老天爷求情的。后来我家住上楼房了，她以为房子高了更危险，爸爸不在家的黑漆的夜晚，她听着风声心里不踏实，背着睡得迷糊的哥哥，手里牵着一惊一乍的我投奔邻居家。我们曾躲在左边邻居家的茅草房里，妈妈觉得它矮小安全不招风，又成为老家人们一经典大笑话。更多的时候她领着我们厚着脸皮跟右边邻居家挤一挤，还记得睡大通铺的我曾被挤落到泥巴地上滚到床底睡了一宿。

　　妈妈因为说话肆无忌惮，想事情又爱走极端不理性留下很多"笑柄"，还被队上游手好闲的小青年合伙捉弄过。那时我们家单门独院地住在主路后面的竹林里，离其他住户远远的。爸爸已经调到乡政府上班了，有时候晚上不回家。家门前栽了一丛成人高的美人蕉，那几个小青年知道妈妈胆小，就在天黑的时候潜进了阔大的叶子丛中，等人迹罕少了，完全没风的情况下把叶子拨弄得直响。妈妈带着不懂事的我们躲在窗户后果然吓着了，不敢出来看个究竟，只好冲着屋门前喊主路上的乡亲救命。有个伯父在秧田里车水，喊了另外的人奔过来。那两个小青年，一个走投无路只好跳进了我们宅子旁边的池塘里，又被他们当落水鬼用草叉戳只好喊救命；另外一个趁混乱的时候跟在别人后面跑喊"捉鬼"。那个跳进池塘里的小青年几年以后因为家境破落和轻度的智障，在广东打工时没有路费回家，自己寻个车子迎面撞上去死了，另外一个目前三十好几了还是讨不起老婆的单身汉。

因为有几个小孩，家宅边上的池塘和竹林里边的坟墓也成为妈妈的一块心病。每到过小年和大年的清早傍晚，妈妈都要端着米碗，边绕着竹林池塘撒米边念念有词，说是恳求各路神仙鬼怪保佑或放过小孩。有阵子我和哥哥相继闹病，怪叫一声就晕厥过去。妈妈脸色张皇地向家长诉说，她梦见一个某某长相的老头面色不悦地警告她，在菜地里薅草的时候冒犯他了。奶奶想了一下，隔壁金满奶奶的丈夫恰好是那个样子，他的坟在我家斜对门的集体菜园子里。奶奶性格刚毅，不怕他的邪门，霍地舀了一尿瓢大粪泼在他坟头，还骂了这个老鬼不安生之类的话……后来我们也陆续好了。去年夏天爷爷午睡的时候也做梦梦见一个已故的先人来喊他，还动手在他嘴里掏了一下，醒来半边脸肿得老高，水米难进，令人担心地过了一个暑假。我们当时都以为爷爷将不久于人世了，奶奶眼睛不看见，终日垂头喃喃地念着什么威胁或祷告的话，但三四个月后，情况剧变，奶奶突然撒手人寰了。爷爷抱着她的枕头不让别人清理走她的遗物……我放假回家的时候奶奶的坟头已经草木萧萧了，爷爷领着我去磕头的时候还哭了，我牵着颤巍巍的八十多岁的爷爷穿过荒草丛生的乡间小路回家，好像自己牵的是个小孩……

妈妈说自己在娘家做闺女的时候，脾气特别暴躁。外公外婆一直在外面做小买卖或打短工，三个弟妹加上姥姥全交给她照顾。当时她也就十多岁，由于疲倦和力不从心，态度激烈的性子就养成了。父母不负责任，她心里也窝火，一次全家人吃饭时外公讲句什么话不入她的耳，她一气之下把桌子掀了。还在田头因言语不和用锄头伤过本家叔叔的额头。曾透露的最伤心的时刻是，1976年她在田里劳作，广播里忽然播放一个晴天霹雳一样的消息：伟大的无产阶级思想导师毛主席逝世了。塌了天一样，妈妈随着社员当时就哭了，还去队里的集体灵堂哭了好几天。

妈妈说她念初中时，是班上的宣传骨干，粉笔字写得可真漂亮，演宣传剧时也出得了台。我不大信，就像她说自己的初恋是个第一届恢复高考后考上重点大学的高个子青年，是妈妈主动提出分手的。她觉得没戏了。那个青年人不肯，答应分手后还求妈妈送他一张照片做留念，妈妈拒绝了。甚至他离村去上学的时候要妈妈送一程到村头，妈妈也不答应。唉，妈妈是这么描叙的。后来我追问她和爸爸怎么好上的，她说别人做的介绍，很传统的方式。妈妈在师傅家学裁缝——说到这里她老要打岔，讲自己如何灵泛，三天就出师了。不像你白云婶婶，学了一个月还把一条四边短裤缝成了咬边的麻袋。——爸爸的说法是，他被人家巧妙地安排去相亲，一眼看中了妈妈那头齐腰的黑发，哈哈。我老不敢想象，和我一般高的妈妈留个齐腰发是什么感觉，老妈当年还有这一路风格啊，呵呵。总之，妈妈一切描绘都要归结为是爸爸追求的结果。而爸爸的言辞是，当年真是……悔不当初啊。隐隐还透露出一个和爸爸一起工作的妇女主任也看上了爸爸，妈妈却没经过什么"战斗"就当了吴太太。

我们家的人都认为妈妈说一不二，是家里的霸王。而她在我面前偶尔说，我才是头号的"天牌"。有时候号称拳头捏得出水来，以她早年的脾气早把我怎么样了云云。我从小就喜欢和爸爸套近乎，因为他给我带回好吃的，从不骂我们，笑呵呵的脾气，而急性子的妈妈常恶言相向。虽然从幼儿园起，她起早摸黑给我们做早饭吃再让上学，不像其他孩子空腹出门；上初中了给我的单车打气，搬进搬出，上下阶基……我在外读书后，回家的晚上她总不厌倦地扯着我和她同床睡，哄我告诉她这一年半载在外边的事情，就像我小时候冬天晚上她说怕冷，哄我睡她床尾暖脚一样。啊，每次是她主动打电话来我寝室，我不在的话她就用方言着急地和室友交代一通，声音又尖又利。多少次我嘱咐她别大清早打过来妨碍别人睡眠，她下次还照样，听着我不耐烦地告说，她孩子一样委屈地辩解：怕你不在房间接不到。

妈妈恨不得我就在本地最好是镇上找个老乡恋爱结婚，留在岳阳或长沙工作；虽然我几次三番和她开玩笑似的说，我和您在一起合不来的，每次放假回来，底线是七天，过了一周，就开始局部冲突，冷战再热战……她还是每次打电话过来，都要吹上几句耳边风：千万莫找个外省的哦，到时放假回去不方便，一点时间全花路上了……最近几年她也小打小闹地买码啦，和所有村里的妇女一样，抢着看湖南经视的娱乐节目，执拗地说里面有信息提示……她不肯住镇上了，岳阳市区的房子更住不惯，刚五十出头就落叶思归根一样在离开老家十多年后又回去盖了几间小房子。妈妈可能真的进入老年了。在家的时候，我看她精神好极了，走门串院地打听买码消息，把很大的宝押在我身上，利诱我给她猜谜语，解码。我好不容易给出个准确点的答案，她要怔怔地想半天，再跑到左邻右舍讨论一番，探探别人的口风，哦，多半改了才肯定。我偶尔真说中了，她后悔莫及地家家去游说，我满女说对了，砍脑壳的我没听咯。下次照样要哄我给她看，给了结果照样还得改……

现在我开始主动打电话给一个人住在老家的她了，爸爸想得开，小住到岳阳市的姐姐家了。她会很兴奋地和我聊天，虽然重复的话题无外乎一套：缺不缺钱，谈恋爱没——别找外省的，晚上出去自习要注意安全，莫乱吃药减肥——我晕，她眼里我一直是小时候那个因为体重而愁眉苦脸说要减肥的胖丫头……听着听着，我照例表现出蛮不在乎和不耐烦的语气，她就很敏感地嘀咕，怎么妈妈开不得口呢。我是不愿重复一遍又一遍要她放心的话语。恍惚之间，觉得她才是一个要寻求我的保证才得以慰藉的小孩一样。问过一些女友，不少人说小时候暗地里更喜欢爸爸，随着年事增长，才和妈妈更加亲近起来，都能体谅妈妈的唠叨和琐碎、不理性了……

念师恩

　　高中的老师们作为县城高级中学的老师，堪称为人师表，他们都是久经考场的经验丰富之辈。有两位让我印象特别深刻。一个是地理老师陈杰灵，长得黑胖厚实，个子不到一米七，紫糖色面皮，有点传说中宋江的神韵。他爱人没有正式工作，在校门不远处的街巷里盘了个小店面，卖卫生纸日用品等杂货。师母倒是形象不俗，白皙高挑，在小城一众妇女里可以说鹤立鸡群。我们是去小街巷找盒饭吃的时候，偶遇地理老师坐在灰扑扑的当街店面里帮老婆看店，才知道他的家室的。他讲课最引人入胜，从来不拿课本，胸有成竹地伴随上课铃响走进教室，张口就来，要我们翻到哪一页，然后接着上节课的内容继续讲。

　　他画地球仪从来不用圆规，而拿一根完整粉笔为半径，两个手指在黑板上加以支撑，一划拉，嘿，一个饱满滚圆的地球就呈现出来了。我一直想学到这么拉风的一招。他根据我们当地的方言，发明了各种趣味记忆法，让我们便利记住形形色色的地名和专业术语。过了二十多年，这些小窍门让我记住的知识点还没弄丢。比如冰岛的首都，雷克雅未克，他说，班上不是有南湖洲的同学吗？他们问：回克（回去）吗？也回克。就像这个对答的谐音。恰好我就是南湖洲的，一听老师举我们家的方言为证，高兴得眉开眼笑。他见有人兴奋起来，也凑趣地继续说起了题外话，也就是南湖洲方言的事，也算一种乡土地理教育吧。南湖洲人讲毛巾，是说幅子；讲蛇和茶、爬，都是一个发音：拿。于是那边的人描述，一条蛇在地上爬呀爬，有人看见了朝它吐了一口茶，应该这么说：一条拿，在地上拿啊拿，有人看见了，朝它喷了一口拿……惹得同学们都哄堂大笑起来，我也一下子成了受人瞩目的焦点似的，顿时喜气洋洋，倍觉荣幸。虽然高三以后再也没学过地理，它也不是高考必考科目，但因为陈老师讲课风趣幽默，还是让我学得倍有劲头，为以后走南闯北无形中打下了幻想驰骋的基础。现在，我对着一张山高谷深的风景类地图还是会心跳加快，产生去探索登临的欲望，行者无疆，那是我想象中广袤无穷的疆域。

　　县一中另一位特级教师，是我们的物理老师吴老师。他年纪比较大了，教我们时已经在退休的边缘，个子瘦小，上唇还耷拉着几根花白的短胡须，有点特立独行、恃才傲物的样子。他讲话也别具风格，讲课的速度比较快，得打起十分精神才能跟上他思维的进度。南方的盛夏，暑热炎炎，那时候教室里连个风扇也没有。因为不会打扮买新衣服装扮自己，又开始青春期发育，我不敢穿裙子，反而穿着长袖长裤把自己捂得严严实实的，再怕薄衫之下线条暴露，又在外面裹上一件外套。物理老师夏天最喜欢讲的一句话是：心静自然凉。这时的我就有点顾盼自雄的味道——可不是吗，看我，还穿外套呢。但是有天下午第一节课，这个说法不灵验了，中午我可能没有午休好，下午在那样闷热高温的桑拿天，实在精神不济，眼皮打起架来。其时他在讲什么牛顿定律，用自己发明的口径说：要动不动、不动欲动，最后还是没有动……随着这个咚咚咚的节奏，我的头上下点顿，打起瞌睡来，突然眼前白光一闪，额头上吃了一截粉笔头，原来是吴老师发现了我的窘状，给了我一记"飞镖"，电光石火，手法精准。但他语言上倒没有表示什么，我的颜面得以保存，也立马惊醒过来，打起精神跟周公说拜拜。

　　历史老师也算特立独行的，很得同学们爱戴。当时我有个同桌姐妹，眉眼活泼，性格冲动，迷台湾歌手张信哲迷得"不要不要"的，她觉得历史老师就是湘阴版的张信哲，五官立体，双眼狭长，有股尊贵斯文气度。历史老师是乡下农村家庭出身，据说还因什么变故而身无分文，大学毕业没多久的他没有一点积蓄，在县城也买不起房，所以落脚在丈人家。岳父是个县城不大不小的官，有点势利，因此寄人篱下的他有点儿抬不起头的感觉。他性格本来就比较刚直激愤，这下更嫉恶如仇啦。这些小道消息都是我那同桌放学后骑车尾随跟踪他打探出来的。同学由崇拜他丰赡的学识风度进而同情他不幸的现实遭遇，由怜生爱更加激发了崇拜意识……不过几年之后，他境遇改善，逐渐心宽体胖发福起来，同桌见偶像幻灭了，气急败坏地形容他是——肢端肥大版张信哲。他在课堂上讲课确实感情鲜明，夹叙夹议，不是偷懒地照着课本念，特别说到近代以来一些丧权辱国的条约，讲到日本侵华造成的深重苦难，简直要慷慨激昂拍桌而起了。我后来学闻一多的《最后的演讲》，想历史老师跟闻一多的形象、性格是不是有点挂相啊。

夏天的夜晚，他有时也不回家，就住在学校提供的单人宿舍里，还招引男同学们去秉烛夜谈，说局势说天下纵横形势讲上下五千年，在他们单纯青涩的心灵里播下求知探索的种子吧。我深信，十几岁的时候，有一个鲜活具体的历史老师，带引我们对国家大事对民族历史产生浓厚兴趣，是一件很幸运适逢其时的大事，这不是枯燥的课本上一串死记硬背的数字、一条条教条的"历史意义"能替代的。

政治和历史在学科上算近亲，恰好当时的政治老师也是单身大龄青年，历史老师跟岳家闹得势同水火离婚之后，我们还一度好事八卦地想，他们两个要不要一起结伴生活。如果说历史老师是旺盛腾达的火焰，政治老师就是温吞缓慢的水涡，静水流深，不慌不忙，持重老成。她姓葛，据说也是农村穷苦家庭出身，还帮忙带养在家务农的哥哥的女儿，很孝顺懂事。她长得黑瘦孱弱，常年穿着细高跟的皮鞋，爱穿裙装，我小弟李永就曾打她高跟鞋的歪主意，想量一量它们到底多高。葛老师不能说长得好看，在我们那种温润宜人的鱼米之乡，女人个个鲜白如玉，她的肤色实在不讨喜，也没什么身材。更主要的是，她读书读成了高度近视，在厚厚的玻璃瓶底般的眼镜后面，一双眼聚光时就眯缝成线了，还有一个塌鼻梁和厚厚的嘴唇。哎，再没有审美意识和性别观念的我，都看得出她在异性心目中是没什么吸引力的。即使她性格再温厚，品德再贤淑，年轻的男人，尤其是我们那种闭塞的县城，没有多少条件相当的男人会想到欣赏她的内在美的。所以政治老师毫无悬念地单下来了。

她教授政治课也是一板一眼，绝不触及课本、大纲以外的雷池禁区，像她为人处世一样，端正质朴，不蔓不枝，也就没多少趣味，望之也不可亲……说得不好听，就是有点乏味，素淡寡然。她和历史老师牵手走到一起，也是我们的一厢情愿的善良愿望了。不是两个年龄相当、条件般配、出身相同的好人就能一起过好日子或者彼此产生吸引力的。

接下来该说化学老师了。化学老师姓宋，跟政治老师形象截然不同，他白皙矮胖，脸上老带着半吊子用意不明的含糊微笑，活脱脱一个弥勒佛转世。据说他还是北大高材生，不知道什么缘故屈尊到我们这样一个小地方县城里教学。他喜欢智商高的可以跟他巅峰对话的学生，一般女生看着那堆烦琐的化学方程式早乱了方阵，再面对他似讥似讽的笑容更加败下阵来。我就生怕他注意我，喊我起来回答问题或者上黑板演算习题。他最喜欢一个脑袋硕大求学好问、老爱主动举手提问的男同学，我们因名字谐音喊该男生叫黄鼠狼。每当看到黄鼠狼成功地吸引了他的注意力，师徒两人如入无人之境一一对答，华山论剑，我就有漏网之鱼、劫后余生的侥幸之感，心里一块石头落了地。

高中老师里给我留下最深重的阴影，也造成事实上损失的是，数学罗老师。具体来说是罗老太。作为一个性格鲜明、嬉笑怒骂嘴巴不饶人的老太太，她结合师道尊严和缜密的数学思维能力，以及具有洞察力的性别优势，把对我这种弱鸡的碾轧威慑力发挥到极致。她喜欢挑不自信没把握的人上黑板演算题目，估计是出于压力即动力的好心；她幽默风趣，密切关注学生一举一动，快到下课铃响的时候，看到我们急不可耐地等着去人头汹涌的食堂排队，就挑明了话说：哈，就把手伸到课桌里去拿饭钵子，去摸篮球了吧？我偏要拖堂，下次拿把小刀来割破你们的球，摔掉你们的饭钵子……本来可以在几分钟内收尾讲完的课，硬是被她开成了整风说教会。她把我在数学课上对数理之美的注意力，成功地转移到人身攻击或者无能展示的焦虑上，我一到数学课就提心吊胆，怕下一个示众沦为笑柄的人就是自己，如坐针毡，念叨着快下课快下课，还能有什么心思好好听讲？越神色不自然就越会引起她的注意力，我越害怕就越跟不上课程进度，以至于到了高三即使分班了换了个老师，数学还是拖后腿，高考差点没及格。有同样不堪其苦的男同学，给她取了绰号：康大叔。就是鲁迅小说《药》中一手拿人血馒头一手收钱的黑衣屠夫形象。我为同学的天才创意和联想力击节赞赏。她当年留给我的心灵创伤就有那么大。青春期的女孩，特别是内向敏感的林妹妹似的女生，心脆弱易碎得像玻璃，一点也不假。毕业好多年之后，遇到考研、找工作、找对象这些悬而未决、压力山大的人生大事，我都会做噩梦，噩梦的形式无一例外都是梦见在答数学试卷。密密麻麻又白惨惨的一张，看不懂，读不清楚，翻完一页还有一页，然后下课铃声马上要响起。那是我最燃眉急迫的酷刑，一次次提示了我的无能、沮丧、绝望和没有未来。王小波说，人的痛苦本质是对自己无能的愤怒，一张高中数学试卷，带给了我对痛苦的最直观感受。

最后要说到的是语文老师，也是我的班主任杨爹——太阳神。毕业后才发现大家对杨爹的感情很奇怪，复杂。他满面红光，体魄健壮，还是省级太极拳术获奖者。他某个暑假曾经在校园开设业余武术班，班上真有同学去学了，却没交学费，他也不好意思催收……因为他的气魄和脸色，我们尊称他为太阳神。太阳神年轻时据说是某地红卫兵首领，也是个风云人物。中年了从文授课了还是底气浑厚，性格坚定。他关注弱者，对班上女生格外关心，特别是对我这样情绪不稳定又爱舞文弄墨、天天林妹妹附体一样的，可以说优渥有加。但是他对班上男生特别是打算读理科的男生就不是和风细雨了，而是鼓励狼性竞争，用严格的标准和严厉的言语鞭策激励，培养竞争意识，让他们你追我赶，一个个像过河的卒子，只能拼命向前。他不赞成早恋，明确打压班上男女同学的早恋苗头，说高中阶段应该以大局为重，上大学后该干嘛干嘛，现阶段还是学业要紧。但是他没给出解答——哪个少男不钟情，哪个少女不动心，已经不可遏制地产生了情愫小火苗的少年男女，人为地去压制否决，会不会像筑堤防水，引薪灭火，适得其反？班上有几个城关的男生，成绩不理想，说白了是家里比较有权势走特殊通道安排到实验班的特殊生，他当着别人的面，对那些从农村考过来的勤奋刻苦的尖子生说，不要跟他们嬉戏打闹，他们跟你们出身不一样……出发点可能确实是好的，也不能说没有说出一些实情，可是在十几岁的少年郎听来，大家心里都不是滋味。他们本来只想在篮球场上挥洒汗雨快活酣畅地打一场球啊，成年世界的残酷法则大家不懂也不是很想懂。一个为人师表的蔼蔼长者，却说出了这么不留情面的话……难怪乎，毕业十年之后，班上同学组织同学聚会，没有人提议去看望或者邀请班主任参加，他明明从高一带班带到了高三，我们班也因为出了两个清华的理科生、一个文科状元生和几十个一本生空前绝后地笑傲整个县一中有史以来的战绩……我们毕业几年之后，听说他退休了，后来还中风过，县城里的同学包括几个成绩好的男生一起去探望他，据说他还是只认得成绩好的，并不记得他区分对待过的成绩不好的那个城关男生。男生发誓，以后再也不去看他了……

太阳神对我不薄，有时我甚至怨怪他太特殊对待，才造成了我畸形的心理，让我火上浇油般任性地发展文学爱好，作文语文一枝独大，别的科目一落千丈……我的作文他每课必念，声如洪钟，也不管我羞赧得无颜以对，双手捂着耳朵趴在课桌上，听着小女儿心思被宣告于大庭广众之下，恨不得挖个地洞钻进去；高一入学的时候，因为嫌我个矮动作笨拙，他提出不让我参加军训集结时的广播体操列队比赛，当然他自己不会出头，是示意班上的文体委员来转达的……班上有几个同名都叫彭勇的男生，一个就是这个文体委员，高大帅气，但是成绩一般，后来高三被分到普通班去了，另外一个彭勇是学霸兼才华横溢。太阳神高一时说为了方便起见，让他们俩中的一个改名，自己二话不说让成绩一般的那个改了。毕业后，文体委员还是坚持用回自己原来的名字。每个人都有不能抹杀、不能忽视的本我自我的存在啊，都渴望着被正视被承认被尊重，不被诋毁不被歪曲不被亏待，不多不少、不亏不欠、不捧不吹地被对待……

青年满哥

娟是我初中以来的同学兼老乡，我跟她的关系可以说源远流长。初中学校出女学霸，据我暗地里统计，她该是除我之外拿全校第一名次数最多的。她那时也愣头愣脑的，后脑勺齐崭崭地扎两把小刷子一样的小辫子，瞪着一对大眼睛，翘起噜噜的嘴，整日沉浸在课本和试题里，一副好学生模样。她不怎么注意打扮穿着，也对很多女生之间的私房话小八卦、扎堆闲聊不怎么感兴趣，基本都是推着一个笨重自行车独来独往的样子。初中三年我跟她没有同班过，只是彼此知道对方的大名，遥遥致意。初三，因为学校选拔一批物理奥赛选手集中培训，之后去县城参加复试竞赛，我和她都有幸入选了，于是有了共处一室的机会，彼此间了解也多了点。记得当时我跟她还有一个男生作为学校的代表，被物理老师带领着在湘阴县宾馆住宿了一个晚上，在等待第二天开考的悠长春日，我们几个少年人按捺不住对繁华县城的羡慕向往之意，就一起溜出去逛街玩耍。娟兴头冲冲地带路往前赶奔着，几句话说着说着声调就提高了，嗓门洪亮起来，还笑成一团。她是个心思很单纯、性格直爽的人，在女生中间基本没有什么人会跟她产生小肚鸡肠的纠纷。男生在她这里也不会有什么压力或遇到别扭害羞之态，纷纷和她称兄道弟，给她取了个绰号叫"青年满哥"。

高中我跟她都考取了县一中，还被分配到了相邻的两个班级。我在275班，她276班，寝室也是相邻着的，因此经常会串串门交换一下彼此班上的八卦。她跟我播报班上谁和谁好了，某几个男女学霸分别有什么性格和特点，以及谁是文学少年，谁神秘飘逸，气质如何如何。高三她分到了我原来所在的275理三班，我去了文科班转身认识了她原来班上的那些文科女生，可以说相互之间共同认识很多人，织成了一张关系亲密的罗网。

高三，我在文科班显得孑然一身形影相吊，跟那些城关的女同学也玩不到一块去，就多次溜到楼下的理三班来，跟她挤眉弄眼地厮混到一起，一块晚自习。她的后桌是李澎和柳勇波，因为两个都是从276班打包转来的小伙，眉眼清秀，娟没少跟我说起他们。特别是李澎，外号总理，外表正太清纯，内心逗比彪悍，是个比较闷骚的摩羯座，应该也是娟感兴趣的一款。一次，县里两个小女孩被人指使行乞到我们一中校园里来了，还专门赶在晚自习时来到理三班的我和娟桌前，手里拿着个明晃晃的大号饭钵子冲着我们，一副不讨到一点东西誓不罢休的执拗劲儿。当着全班同学的面，我俩颇感为难，也不好硬起心肠驱赶走这么无辜可怜的孩子，急中生智的我，把桌子底下自己备着打牙祭的两个青皮橘子掏出来，放到小女孩的钵子里，她们露出喜出望外的神气，也就满足地走开了。柳勇波那时还比较调皮，爱逗女生玩，看我也是个外表文静内心躁动的吧，径直走到我们桌前，边伸手冲着我一扬一送的，边唱当时很火爆的歌——对面的女孩看过来，看过来，看过来……276班当时一起打包过来的还有个很各色的男生，叫杨灿林，好像也是我们南湖洲的。他一脸青春痘，郭富城那样的短款蓬松蘑菇头，眼神桀骜不驯又满是沧桑压抑之态，也就十六七岁年纪，却好像经历了半个世纪的风雨尘埃似的。如那个时候流行的一句青春美文说的：十六岁，我已经老了。因为听说过我是个才女，多识得几个字吧，杨灿林某天晚上，神秘地招呼我说让我认个字，我好奇地一看，他捂着手又放开的是个"嬲"字，看这形状也不是个好字，我冷冷地说不认得，自认晦气地认输了。

娟虽然一贯嘻嘻哈哈，大条闹腾，荒诞不经，在山雨欲来的青春期，她终究也有了少女心思。据说她对理三班的数学老师蒋老师产生了好感。作为她的死忠闺蜜，为了一睹蒋老师的神韵风采，我还特地某天从文科班逃课到理三班来一起聆听了一堂数学课。只见蒋老师身着修身小马甲，头面整洁，身材高大，神态自若地拿着一根小教鞭，在黑板上指指点点地解说着题，逻辑清楚，思维缜密，那个说话的措辞语气也很温文尔雅，态度客客气气，不会露出那种居高临下的倨傲之态，也不会刻意逢迎学生讨个满堂喝彩似的，就是不卑不亢恪守其职地传道授业，难怪姐们娟一见倾心了。性格有点冲动鲁莽、快言快语的她，可能潜意识里就想找个这样理性自持又儒雅清正的异性弥补一下吧，像很多十几岁的男生会暗恋崇拜成熟年长一点的美丽女子一样，花季少女倾慕成熟端正的异性也是很正常的，只有经过这么一个阶段，才能完成成年礼仪式一样达成心智的蜕变。某个晚自习，教室里突然熄灯了，我和娟正准备从理三班教室收拾家伙回寝室。她打头阵，都要走到楼梯间了，突然忙不迭地撤退了回来，像被踩到尾巴的猫一样。我还暗自诧异，什么让天不怕地不怕的青年满哥吓成这样？定睛一看，远远地，原来是蒋老师在走廊那头就着电瓶灯还是路灯辅导某个同学做数学作业，正好横亘在过道中央，娟就像登临了三宝殿一样心头小鹿乱撞地蹑手蹑脚退回来了。

高中的她，比起初中时也没多大变化，还是不怎么注重仪表边幅，跟我一样，为了省事留了个青年学生头，连那两个小辫子也铡掉了。高中我们都不再是全校闻名的学霸了，甚至在班上竞争白热化、高手如林的状态下力居中游都很费劲；加上家境都很一般，父母也没什么见识，全靠第一次离家在外的自己在城里摸索，费劲地调试身心猛长、现实学业压力过大导致的不适，像无头苍蝇一样没少闹出荒唐笑话。有一天，说话也很直接的她突然笑哈哈地冲我说，谁谁谁，也跟你一样五短三粗……我有点郁闷，看她完全是无心说的，然而也是客观的说辞，竟然没法反驳，当时在我身边的果，还暗中捏了一把我的手，表示声援力挺、安抚我。可见娟的心智教养程度，跟我也差不多。

高中毕业之后的数个寒暑假，我去她家找她玩。她的家庭负担比我家重很多，一个妹妹才上中学的时候，因为脑癌还是什么去世了。她是家里长女，还有两个年幼的弟弟，成绩都一般，就不指望考上大学跳出农门了，在乡里要分门别户地砌房子讨媳妇都很艰难。她作为一个在乡里成绩算百里挑一的尖子生，一路上读重点中学重点大学，势必要背负起振兴门楣、帮父母分忧纾难的重担。她家里最大的收入营生是屋宅背后的几块鱼塘，爸爸妈妈起早贪黑地打草撒料放水灌水地侍弄着鱼塘，换一些农用家用钱以及充当几兄妹学费的活钱。遇上天公不作美的年头，洪涝了，或者干旱天，抑或是来了一场突发的瘟病，鱼儿跑塘了或者翻塘了，可就损失惨重，血本无归。娟没有什么心思去风花雪月，理性务实的性格也使得她不像我一样逃避现实。她当时那么朴素淳厚的形象，加上大大咧咧的男孩子一样的性格，偏偏说话还很犀利直接，让她少女时代的异性缘也不会比我好到哪里去。我们都是在女生的江湖里行侠仗义，单枪匹马地啸傲来去。每次我去她家玩，她父母都很厚道客气地秤肉杀鱼款待我，还贴心巴意地送我到家，我也不知道这样会给人家增添多少麻烦，一待就是两三天的还舍不得离开。

大学毕业后，她去了广东韶关的一个县一中当数学老师，对她和她的家庭来说，都是一个不错的类似于铁饭碗的工作了，而且专业、志趣对口，能培固终身，彻底跳出了农门。她在学校里，认识发展了一个男朋友，也是后来的老公，是个浓眉大眼憨厚的同事，也是广东本地山里人。据说家境比娟家还要窘迫，但是好在人品好，职业、脾性什么的门当户对，可以说有了个不错的归宿。那年我研究生毕业，因为之前的助学贷款还没还清，拿不到毕业证，家里一时凑不出这么多钱，我还求助了已经工作三四年的娟。电话那端她听着我的告解，二话不说，也没说起打欠条或者什么时候归还之类，只问我需要多少钱，然后风风火火地带着她老公，去了学校附近的银行，当场把钱转给了我。电话那端她还笑得震天响，在跟她老公打趣还有反复证实问询我，汇款的数目有没有搞错……姐们儿果然是姐们儿啊，这么豪爽仗义，也还是那样马虎大意。

高中毕业以后，很多年里我们都还像黄毛丫头一样沉不住气，也学不来文静的形容做派和举止。那时流行chinaren校友录，她第一次跑到275班所在的同学录，在留言板上点名找我时，大喊了一声，小狮妹，你在哪里？（她是射手座，我是狮子座，没错，火相三傻中的两大个）让班上一干男生都忍俊不禁地嗷嗷怪叫。

高中以及大学几年，我没少跟她一起闹腾作妖，侃大山，聊八卦，品尝各种农家美味，以及去师大校园找她玩耍时，她带我去苍蝇馆子享用各种味美价廉的炒菜。我们都是那种外表资质一般的女生，没有唯美浪漫的少女时代，只有苦憋搞笑的学生时光，相互需要，也很忠义地厮混在一起，支援着对方。性情相投，有很多共同的志趣和贴近的三观，也让我们感觉吾道不孤，情同手足。多少次，我曾经跟她信誓旦旦地说，等以后我工作了，经济独立了，一定来韶关找你玩呢。可直到我都嫁到广州了，竟然还没有践行过这种誓约。由于我的心很缥缈很高远，老像离弦的箭一样冲着天边地平线的方向奔去，以为最美的风景在最远的地方，对近边身旁好像可以唾手而得的风光反而最容易地忽略掉了。

后来我都懒得一年回去一次，回家的时间也总错开了寒暑假，这就让我们在现实中老是暌违错过了。再后来，儿女成行，身不由己，更没有机会畅叙闺蜜之情了。不过，我想，她一直在我的心灵深处吧。我记得她的偶像有小民哥安在旭等，内敛斯文的男孩子一直是她的心头大好。她喜欢看侦探悬疑小说，也很喜欢抽象思辨的各种论著，她的老公还是火相三傻的另外一个，白羊座。她的闺女都十来岁了吧，但少女时代的那些记忆都还在，温热情谊一直封藏着，岁月如酒只会把它们酝酿得更芬芳，悠长……"俗尘渺渺、天意茫茫，将你我两分开"，但是故人永远是故人啊，就像人只有一个故乡、一群发小一样，你是我永远的青年满哥。

申公豹

　　申湘音是我高中入学的第一个同桌。因为申这个姓氏少见出奇，我习惯性称呼她为申公豹，这个虎虎生威的昵称倒有点符合她的形象——风风火火，耿介出位，一双凌厉含有戏谑意味的眼睛，一头杂乱不已长短参差不齐的头发，走路的时候步子迈得很大，全身像安了弹簧似的有铿锵节奏韵律，整体说来像一盆热气蒸腾的火焰，恍恍惚惚，闪闪烁烁，热气袭人而来。她的青春期，行止乖张程度，情绪的夸张激烈度，跟我不相上下，因为敢作敢为，冒天下之大不韪地做了一些班主任明令禁止的事，可以说比我出位越轨了。要论敢爱敢恨程度，她说第二，没人敢认第一。

　　高一我们的座位靠近教室走廊墙边的第二排窗户。当时班主任根据身高什么的随机把我们分配在一起，我坐下来时她已经坐好"守株待兔"半天了，还眉眼活泼、冲动可喜地朝我一努嘴打了个招呼，感觉很精灵和善好打交道的样子。

　　她是家住城关的女生，父母都是机关单位职工，作为独生女的她可谓掌上明珠了，所以性格比较外向活泼，但是因为体质的原因，又有点精神敏感，老以一双含着疑问警觉的眼神问询似的看着别人。其实只是做个样子，实质上她做不出什么防范别人、心有城府的事情来。对我这种不修边幅，说话也不中听讨喜的乡下来的同学，她没有一点距离感和分别心，很快我们就因为对文学的共同热爱走得越来越近了。我跟她都喜欢听有趣的人说话，自己也说两句讽刺、拐弯抹角的看法，不喜欢那些看碟下菜、见风使舵太圆滑的人，都以为那样的人不值得深交，嘴里都掏不出几句实话真话，交流起来无关痛痒，没多大意思。当时初来乍到县城的我，眼看班上人才济济，各个都是各自初中学校一顶一的品学兼优的学生；她呢，估计也是第一次跟这么多乡下来的不假修饰、直愣霸气的男女同学来往，一个个生猛接地气，和她之前接触的城关同学比

165

起来有那么一些新鲜、闹腾的景象。

我跟她每天都对班上发现的新人新事大加评点，交换彼此的观感和意见。没过多久，她近水楼台，发现我们身后坐了一对"奇葩活宝"。一个是易雨，因为后脑勺平整像一块青石板，促狭的男生给他取绰号叫"砧板"；另外一个是眼神发愣，专门喜欢搞怪，小动作不停歇的李凉。易雨奇怪在，作为一个五大三粗，头颅方正浑身流露出"我是宇宙钢铁直男"神气的他，神神秘秘地写日记，还是带了小锁的那种，外壳是秀丽的风景图片，这让人心里像猫爪子挠了一样痒痒的。易雨跟女生说话时老以猫捉老鼠一样居高临下的态度，两眼笑眯眯的，含有一点宽容嘲弄的神情，但是有问必答，有求必应，待人很宽厚。李凉有点飘忽，一种心不在焉的状态，而且毫不掩饰对漂亮的女生的注意、青睐，老坐在桌位上扭来扭去，眼睛像瞭望塔上的扫射镜头似的在周边转来转去，感觉对我和湘音这样姿色说不上出众的女生没有很大兴趣。于是我们也绕开他投桃报李地多和易雨打交道，你来我往起来。光他那个小小的带锁日记本，就没少耗费死我们的脑细胞了。湘音还想着怎么搭讪跟他套近乎呢。第一次打交道是我们约好了，一起回头，冲着易雨莞尔一笑，说声嗨，就算是初识见面，多多关照了。

易雨在我的分班同学录上写的留言是——暴力是推动社会进步的决定性力量——FC者（意为复仇者）。所以他不是个怜香惜玉的男生。有时我们搞恶作剧把他惹毛了，他还击的手段可以说是惊心动魄的。他拿打火机把我们桌位挨靠的窗户纸直接点着了，看着青烟缭绕盘旋升腾起来，玻璃都有炸裂的危险，他也不慌不忙，笑看我们惊乍尖叫起来，得意得很，顾盼自雄。不过湘音比我勇敢多了，她也不去管，不退缩服软，要烧就让它烧去……后来快言快语的湘音流露出对易雨有好感，等后知后觉的我得知的时候，基本上全班的男生包括乡下来的那帮子住宿生都知道了。城关有几个咋咋呼呼喜欢掺和议论别人八卦的男生更唯恐天下不乱，煽风点火，还当面嘲讽湘音。班上形成了两个舆论旋涡中心，一个是城关男生围攻讽刺湘音；另外一个来自男生寝室，他们也许是狐狸吃不着葡萄就说葡萄酸，看着这么娇贵可爱的城关女生主动示好易雨这样土巴拉叽的乡下泥腿子，各个出乎意料又嫉妒眼红吧。那时已经经历过初战的月考摸底考试，在竞争激烈的情况下，大家都有点调整不好被迎头棒击找不着北的状态。易雨成绩还不错了，数理化算拔尖，语文英语也是中等偏上，加上副科成绩一综合统筹，还算班上十几名吧，在我们之前的位置。加上他的性子也比较火爆，平时住集体宿舍估计没少大大咧咧地跟人发生冲突，乡下少年，直来直去惯了，也没那么多讲究和客套，彼此之间发生口角冲突是家常便饭。平时父母对待他们也不是温文礼让，注重谦和恭谨的，所以大呼小叫、唇枪舌剑对他们来说就是家常语言。现在的易雨可以说成为旋涡中的小舟、靶子的中心了，男生们纷纷对他发泄自己的不满羡慕嫉妒恨，拿成绩来说事，拿他的言行外貌说事，再添油加醋地散布着他和湘音之间子虚乌有的什么绯闻事端，连带地把湘音的形象和做派也描摹得不堪起来。

总之，在我们那种变态火爆的唯成绩分数排名论的班级里，在那样一个闭塞、表面上清教徒一样严苛、对男女关系没有形成开明通达观念的县城里，十几岁的青少年男女之间有点什么接触来往都搞得草目皆兵，满城风雨，让师尊家长怒不可遏，如临大敌，好像这样就把一世清誉毁了似的。何况易雨承担了整个家族振兴的责任，事关一生前途的高考对他来说更是龙门一跳，不成功则成仁，他没有多少选择的余地。在那样内焦外困的情况下，他选择了退让，避让湘音发起的攻势。他有一挑担的山河岁月的大业要去承担，像至尊宝一样踽踽前行在漫天黄沙里，而湘音只能望洋兴叹了。不甘寂寞、好强任性的她，后来又在城关走读男生里面，发现了另外一个长相偶傥英俊，性格也热情开朗的男生，两个人很快对了眼，走到一起了。这下住宿的还有别的更加眼红的男生就转而群起攻击易雨了，笑话他被人抛弃了、活该什么的。十几岁少年们的刻薄、没轻没重、肆无忌惮不容小觑。对湘音的这种转变，他们也污名化，嘲讽她是水性杨花，早恋，出轨逾矩，不是清白纯情女生。最后，三个同学都沦陷在了风暴眼中心，成为班上那些男生的焦点话柄。

湘音文笔激越，锦心绣口，语文老师多次称赞她的文笔虎虎有风雷气，而她一直立意学理，在一帮愚直颟顸的理工科生中，她估计是最感性、有人文底蕴的了。她这种多愁善感的气质使得她跟周边压抑木讷的同学格格不入，反过来别人还讥讽她多事做作，老惹是生非、不甘寂寞地出风头。我想对这种精神上的苦闷她应该最有发言权了。多少人就是在这样的偏见和苛刻下，被迫成为一个"举世皆浊我独清，众人皆醉我独醒"的离群索居的人，转而更加内向地遁入到内心世界的镜花水月中去了。她父母关爱她，但是方式不是她所能接受的。他们是那种老一辈的体制内的成年人，循规蹈矩，安安稳稳的一辈子，从来没想到逆潮流一步，和周边舆论常情合度亦步亦趋。他们不曾想到自家的有诗人气质的女儿，因为身处青春期，多看了几本文学书，加上身处这样一个社会转型期，又在竞争激烈的高压锅一样的班级，重重压力之下，阀门有点顶靠不住地身心失衡了。

湘音很早之前就说暗恋上了高一的历史老师，对方是个慷慨激昂的有志青年，在给我们痛陈近现代屈辱史时，恨不得摩拳擦掌铁肩挑道义一番，最符合她这种理想化的多感少女的期待了。何况她那时崇拜台湾歌手张信哲，她说历史老师五官清秀立体，很像张信哲，这简直让她喜出望外。她先是毛遂自荐当了历史课代表，然后多次骑自行车尾随跟踪历史老师去城关的家中。历史老师也是农村寒门子弟出身，大学毕业后被分派到了县一中，作为一个寒酸的中学老师，家里负担重，买不起房子，倒插门住到了县城的岳丈家，经常被岳丈家嫌弃穷酸。因此心有激愤的他就更形之于色了，据说还在私下里备考研究生，想进一步攀登学术高峰，离开这个封闭势利的县城。湘音的一番用心别意和多次制造的偶遇事件，他估计是蒙在鼓里的。几年之后，他开始露出中年男子的发福端倪，清秀俊逸的面庞有了赘肉肿胖的痕迹，湘音大失所望，气急败坏地称他"肢端发福版张信哲"，也就失去了尾随的动力和热情。

湘音因为早恋和厌学问题，曾经跟家里发生抵牾，短暂地离家出走。忧女心切的申妈妈，还在三更半夜来我们女生寝室，找我问询她的境况，因为知道我们是同桌知交，希望从我这里探听她的心迹和行踪去向。可惜云里雾里、沉浸在理念世界的我让她失望了，我对湘音那个时候如火如荼的恋情和遭受的风言风语简直是一问三不知，枉担了好友的名声。我并没有对她有多少具体实在的关心眷顾，也就流于纸上的作文互评，诌几句打油诗。比如1999年美国轰炸南斯拉夫大使馆，语文老师就这个号召我们写时文短作，文体不限，湘音写的是——休要对我来称霸，伤口好了还有疤；你若还要太嚣张，那么我们分手吧……言简意赅，又生活化口语化，很符合她的声口气韵，让我哑然失笑，但是又被班上一些看不惯她这样"我手写我心"的人评为"厕所文学"。

班上的同学，因为出身、气质禀赋和性格的不一样，闻道有先后，术业有专攻，本来千人千面是好事，大家可以相互借鉴学习，百花齐放百家争鸣，形成一片云蒸霞蔚的大好气象；可我们被残酷地压制束缚在了应试教育的桎梏里，唯分数、高考马首是瞻，容不得学业分数之外一些活泼的生气和个性的抒发。她这样敏感早熟、情绪激烈的人受到了很多不公正，甚至可以说是残忍的苛评冷眼，这让她的言行更偏激叛逆了。整个高中三年，她就像一座蒸腾燃烧但是又找不到合理发泄途径的高压气炉，让她处于亢奋失衡的状态，周边的人还侧目相待，给她造成了进一步的压力。

高三我们分班就此别过，她的大作偶尔还被语文老师印刷成范文全年级流传观摩；然后据说高考她发挥失利，去了楚雄中学复读。那时网络手机都没有普及，我们音信不通就此失去了联络。直到几年后，因特网普及了，一帮中学同学辗转联系上，其时她复读去了北京服装学院，成为首都的一名光鲜靓丽的大学生。由于专业的关系，还时不时身体力行上台走秀彰显个性，这很符合她的个性小天后、我型我秀的气场。她还不无得意地经常给我寄个照片，包括跟倪萍等名人合影的签名照，或者去了清华园跟我们班一干学霸、成绩佼佼者的珍贵合影照，她都不吝啬地分享给了我。她还是那么一贯地慷慨仗义，古道热肠。我那时在湖南一所偏远的院校埋首古籍纸堆里，继续在渺无人烟的文学世界孑然一身前行，周边既没有个时髦人物提点我，也没有语重心长的师长教诲我。她从首都寄来的信笺给我开启了一扇外面精彩世界的窗口，让我和烟火人间保持一份重要的流通联系，打开了我的心窗和视野。

后来我还去她家做客过，寒假期间，恰逢我高中心仪的男生也跟自己的城关好友来湘音家串门，与他狭路相逢的我，窘迫得说不出话来，低着脸，声音细得像蚊子，脸上像蒙了一块红布。湘音略微知道我的那点心思，还不露声色地打圆场接过了我的话，帮我把尴尬的局面给化解开去了。她在北京期间，应该也有过短暂的恋情，这个时候的她，终于从高考阴影走出来，置身于这么活力包容的文明大城市，学的又是这么洋气注重外形气质的专业，她耳濡目染，接触的都是些大都市特立独行的姑娘小伙，思想更开明前沿了。这个时候她享受青春、忠于内心地谈个恋爱，也不会有人来指指点点、打压或者非议了，她终于开始自己丰富多彩的大学时光了。

几年后，为了心中的一个遥远的梦，也为了文科生那份家国情怀和拥抱生活的激情，我也辗转第二次考研来了北京，我们终于相聚在一个城市之中了。来到这所没有依傍的城市，第一个接待我的人还是她。她带我从北京西站出来，逶迤坐那个时候还是一票制的轻轨十三号线倒二号线，风尘仆仆地到了昌平华北电力大学校区的地下室一样的招待所。那时她刚大四毕业，开始了第一份工作，跟人合租在租金相对低廉的地方。她不惧把自己最狼狈窘迫的一面撕开给我看，只因出于一种对朋友、弱势发小的关心和担待。甚至为了临时留宿我打地铺，她和共处一室的男友发生了抵牾争执，再没有眼色的我也看出来，我让她很为难了。她尽了自己最大的努力来庇护款待我，而我形同土木、后知后觉。

后来我正式开始研究生生活，认识了另外一帮也在学校的、生活更悠闲、阳春白雪的老乡朋友，大家经常一起聚餐、户外、K歌，偶尔也喊湘音一起来参加。可能是彼此生活节奏不一致，操心面对的问题不一样，她并不很融入我的这个圈子，也经常因差旅在外，擦肩而过的时候就居多了。后来又听说她终于尘埃落定，经人介绍认识了一个热情倜傥的湖南小伙，两人奔着婚姻去的，最后走到了一起。她再一次大方不见外地邀请我去了他们处于通州的小窝做客，男女主人共同的艺术品位和慷慨性情使我有了宾至如归的感受。

再后来，因为考虑到将来的发展、安家问题，他们决定离开北京，回湖南长沙定居。说要走的那回，我们还一起在中关村附近聚餐了。她先生开着那辆银灰色的贴着米老鼠的小车，活泼又个性，很像他们的共同性格，并且他还把挂着北京牌照的它，长驱两千里一路开回了长沙……后来我们的生活圈子就更少交集了。我也慢慢地面临毕业、工作、择偶交际等问题，她按部就班地生子、职业拓展，跟亲友有了更多和睦相处的修正机会。那个叛逆激荡的不安分少女，终于在生子几年之后，沉淀成了一个温厚一些、现实一些的文艺女中年，职场上独当一面的女强人。她上有四个高堂，膝下有个承欢温厚的憨头憨脑的儿子，那眉眼竟然像极了她的沉默寡言的敦厚老爸。看来是个比较省心的待人宽厚的小伙子，以后估计能回馈给她不少深情厚意，不像我家的鬼马精灵——她本质就是这么一个仗义厚道之人，爱一个人，做一件事就掏心掏肺，甚至因情爱而自伤，像一个毫无保留的、不给自己留点退路和余地的孩子，没有人在她最脆弱、失去方向彷徨的时候，理解她，指导她，给予她最需要的包容谅解，或者仅仅为她正名、澄清一次，给她一个客观的注脚，理解一个文艺敏感的青春期少女跟这个世界最激烈的交手、初次碰撞。

所谓钟情，所谓爱意，都是一个美丽误会，她心底做着一个水仙花一样最纯粹虚缈的梦，甚至幻想中自己也像水仙那样出尘高蹈、傲岸，藐视那些不纯、不洁、不真实、和光同尘的一切庸众俗流，只有在幻想的爱情世界里，她能找到最本真的那个任情任性的自己。于是她以为偶遇的某个少年就是那个踩着五彩祥云来拯救她的白马英雄，把自己的绮丽幻想都投射到这个人、这份钟情上头去了，不惜与全世界为敌。直到一次次碰撞得头破血流，她才认识清楚这个现实世界铁一样冰冷的规则和严酷面目，也认识到了自己的位置和局限。越来越认命服从了庸常法度或者说人间烟火的氛围，成为一个进退有据、包容独立的中年女子，找到了和大众常人握手言和的方式，至少不用那么烽烟四起、剑拔弩张地冲突、抵牾了。

我又何尝不是呢，不曾长夜痛哭者，不足以语人生。可惜可憾的是，我的成长节拍一直比她慢一拍，她更早地孤军奋勇的时候，我在书海文牍里做着逃避现实的梦，没有为她摇旗呐喊过，没有给她一点微不足道的声援或者擦拭她的孤独者的泪血，一直理所当然地享用着她的先行者的足印和馈赠，没有为她做过些什么。并和旁人一样，对她的挣扎激荡冷眼相看……

如果时光能倒流，回到那年玉兰盛开的十五六岁，我会对那对窗边的少女唱一首这样的歌，写一封信，就像写给独一无二的自己，那个我的孪生姐妹，也是狮子座的你——

知道吗我总是惦记
十五岁不快乐的你

我多想　把哭泣的你

搂进我怀里

不确定自己的形状

动不动就和世界碰撞

那些伤　我终于为你

都一一抚平

那一年最难的习题

也不过短短的几行笔记

现在我却总爱回忆

回忆当时不服输的你

天空　会不会雨停　会不会放晴

会不会幸福在终点等着我和你

会不会是我忘记　还能勇敢地去淋雨

我们继续走下去　继续往前进

继续走向期待中的未知旅行

感觉累了的时候　抱着我们的真心

静静好好地休息

这些年我还算可以

至少都对得起自己

谢谢你　是你的单纯

给了我指引

遇见过很多很多人

完成了一些些事情

你一定　还无法想象

多精彩过瘾

谁说人生是公平的

它才不管我们想要怎样

很感激　你那么倔强

我才能变成今天这样

我们继续走下去　继续往前进

看这条路肯让我们走到哪里

我们想去的地方　一定也有人很想去

我们都不要放弃　都别说灰心

永远听从刻在心中的那些声音

感觉累了的时候　请你把我的手握紧

没有地图　人生只能凭着手上的梦想　Oh~

循着它的光　曲折转弯找到有光的地方

Lalala Lalala Lalala 那年的梦想

Lalala Lalala Lalala 人要有梦想

勇敢的梦想　疯狂的梦想

继续走下去　继续往前进

路旁有花　心中有歌　天上有星

我们要去的那里　一定有最美丽的风景

都不要放弃　都别说灰心

不要辜负心里那个干净的自己

痛到想哭的时候　就让泪水洗掉委屈

我们要相信自己　永远都相信

来到这个世界不是没有意义

我们做过的事情　都会留在人心里

会被回忆而珍惜

有一天我将会老去

希望你会觉得满意

我没有　对不起那个

十五岁的自己

师弟桑君

　　我就一个同门，因为他比我小半岁，我们导师下一届没能招到任何人，为了过嘴瘾，我就喊他师弟。他是湖北人，精瘦精瘦的，脸上长年密布青春痘，每天过得愁眉苦脸，自己取网名叫：忧心忡忡的穷人。

　　桑君本科就读于新疆石河子大学，18岁他从湖北最南的长江边上考到大新疆以后，因为家里贫困坐不起飞机，火车又嫌慢还得倒车，路上要六七天，大学四年他干脆都没有回家。一到寒暑假他就伙同留校的同学去沙漠荒野里远足，还跟当地人买土鸡改善伙食。他说在宿舍里条件有限，大家用清水煮一整只大鸡，也没放什么酱醋油盐的，火候到了，几双筷子同时下去，瞬间只剩下白森森的一副鸡骨架。他们也吃得很香，半大小伙子正是食量猛涨见肉香的时候。一年春节，他一个人坐靠在寝室上铺床头，突然感觉有人在猛摇床铺，后来才知道附近发生地震了。桑君大四报考了北京的研究生，第一次离开石河子来北京复试，出了北京西站顿感天旋地转，因为眼前太多的高楼大厦拔地而起，太密集的车流和人潮川流不息，让在地广人稀的新疆待了四年的他极不适应，目不暇接。复试完，他顺路回湖北老家，四年来第一次见娘亲，由一个嘴上没毛的半大小伙子长成了二十多岁的老成青年，他说妈妈看到他都觉得有点陌生。

　　桑君老觉得怀才不遇，世道不公，一个农村出身的还是学古代文学的青年在北京要立足谈何容易。本科的时候，同班一个豁达爽朗比他大将近两岁的女同学看上他了，主动向他靠近，最后造势让他表白确定了关系。他来北京后，女朋友也来这边找了份图书编辑的工作，一起在学校几里地之外的前八家村租了个平房生活。他觉得很有压力，愧对女朋友，因为人家拿工资了，他还是前途不明的穷学生，学校每个月的生活补助才两百多。小日子里，房租还有柴米油盐水电费都是女朋友垫付，尽管她作为一个名不见经传的学校毕业的小本科生，拿到手的收入也微薄得很。师弟经常满意地感叹，自己的女朋友就像大白菜，看着平淡无奇，实际上营养丰富，很适合居家过日子，心态又阳光。后来他们领证结婚，都没有刻意拍婚纱照，就是女朋友——那时已经成为老婆了，带他去了一趟北京植物园，趁着郁金香和丁香牡丹盛开的五月，穿着租来的白纱裙和西装拍了一组游春赏花图，权当他们的结婚纪念照了。没有一点委屈蹩脚的感觉，她觉得有滋有味，挺有纪念意义。

师弟高中时也算班上忧郁的青年才俊，那时有个漂亮矜贵的同桌女生，经常一起聊天。师弟以为自己有机会，跟人家表白了，结果被拒了。参加工作十余年后，也就是人到中年的35岁了，那个女生，现在也是中年女人了，辗转通过几个人打听到了他的微信加为好友。这是某天他例行找我八卦的时候说起的。我顿时也好奇了，问他，那你怎么反应啊？这么多年没联系了，人家突然加你？师弟说，好紧张，怕人家跟他借钱。当然他也是顺常地加人为好友了，一幕幕越来越狗血的剧情上演了。女同学先是叙旧，追忆当年同窗的日子怎么开心，后悔当初拒绝了他，然后诉说现在的生活怎么不如意，两相对比，过去蜜一样甜……师弟像接了烫手山芋，原原本本地跟老婆备案坦白了，他老婆倒是淡定得很，说你没动心就行。结果师弟又膘又慌，心里藏不住，还巴巴地跟我说了半天，说他是对老婆很忠贞的人，作为一个男人要对家庭负责，不能做对不起别人特别是自己老婆的事情，如何如何，听得我啼笑皆非，感觉他在灵魂深处闹革命，狠斗私字一闪念，找个人监督、为自己张本罢了。

读研的时候，我们一伙人一个比一个穷得叮当响。本校的食堂因为留学生多，物价要跟国际接轨，我们为了赚差价，就跨越成府路去对面的地质大学吃饭。每次到了中午都是车流高峰，有时等红绿灯等不及了，怕兄弟学校也下课了食堂人满为患，就冒着黄灯的危险冲过去，嘴里还念叨着：撞死算了，撞死算了。居然有惊无虞。我们的导师，是个憨厚迷糊的黑胖大汉，据说在院系里也因为性格耿直，不会来事，很不得志。他曾经被一个副校长打压排挤，遭受了不公平待遇。那个副校长退位后，导师单挑约见对方去学校来园，要讨一个说法。结果见面后话不投机，导师狠狠地一个饿虎掏心，一钩拳把人打倒在地，传为佳话。这样一个导师，讲课的时候像喝了一点小酒，乐陶熏熏的，双眼望天，自顾自话，也不和我们沟通，平时也见不上几面，对我们的论文写作和学业前景，甚至就业什么的，啥都说不上话，敢情都是逍遥边缘派。别的同学，打听彼此的导师是谁时，一提到他的名字，都是那种神秘莫测的，你懂的表情。——某某老师，人啊，挺好的，是个好人……师弟更加怀才不遇了。导师当年也破天荒地被人邀请去了百家讲坛讲过一次课，说的是武松打虎那一节。师弟从学校资源网上找到那个视频，在寝室里反复来回播放，说到武松进了酒店大吼三声，酒瓮嗡嗡作响那节，他说惟妙惟肖，寝室里都像有回声在震荡，谁说咱们导师不牛掰？！

师弟最大的志向是成为大学教师做学问，不过因为老婆比他大两岁，成家后养家生娃的责任迫切，就打消了进一步深造的计划。相反，因为急着贴补家用，在研一开始，经同寝室的一个信息学院高材生也是他同乡Z君提携推荐，师弟去了新浪实习，每天拿五十块钱工资。对那个时候一个月拿两百多补助的穷学生来说，这是很大一笔收入了。师弟实习了三年，毕业之后顺利地跨专业成为新浪的正式员工，月收入比我这种置身传统文化行业的高出一截。但是师弟心理压力特别大，一个学文学的男生去跟学IT的理工科码农竞争，可见他要多付出多少。他每天都披星戴月地上班、下班回家。因为北京的房租节节攀升，他们搬离学校搬离四环也越来越远了。说到他那个同乡Z君，插播一件轶事。这人跟交情颇铁的师弟性格恰恰相反，风流倜傥，万花丛中过，片叶不沾身。Z君智商高，能力也强，感情上潇洒如风，抱着你情我愿，合则留，不合则分的洒脱态度，直到有天他遇见一个女人。那个女人是学校里的风云人物，美艳大方，据说他们对上眼了，春风一度。后来在校园里遇见了，女人没点事似的，什么都没发生过一样跟他热情主动打招呼，Z君蒙了，回寝室后越想越委屈地哭了，终日放鸽子却被鸽子啄了眼睛，让我们白白地笑了一场。就是他这个能干前卫的哥们儿，辅助师弟走上了文科IT男的道路。

毕业后，我们三户还一起在林业大学后面的前八家租房了。我和Z君都是单身住户，虽然他有不少露水情缘，女人们来来去去，但没有一个人会在这种地方久留。

师弟却扎根在那里似的认认真真过起了日子。虽然那里没有空调暖气，没有卫生间，半夜内急了只能去小区外面的公厕，也没有浴室，只能去按次收费的公共浴室。然后，没有热水，每层只有走廊顶头有一个洗漱池，也只有冰冷的自来水。每家的单间不到十平米，进门就是一张床，床头就是对面窗户了。师弟家麻雀虽小五脏俱全，添置了黑白电视机，电饭锅，五斗橱，最后还有贴墙直达天花板的一个书柜。毕业以来，虽然没有从事本专业的工作，但他一直没有中断阅读本专业的经典书，还去网上淘了很多旧版书，最后发展成了旧书收购、转卖的副业，每年能创收几万块的营业额，自己也饱览了很多行业的原典、学术资料。周末他基本没闲着，赶早去遥远的潘家园淘书、浏览，手不释卷，一泡就是一天。也是在周末或者他老婆不用加班的晚上，他们两口子就在门口走廊里热火朝天地用电磁炉炒菜，电饭煲煮饭，还时不时喊我们几个邻居聚餐。我们就见机行事各自添置买来一个个现成的凉菜或者熟食什么的，多一副碗筷多一个菜。大家用一次性纸杯碰杯，喝着果汁当酒水，还相约都是前八家走出去的，人生起点在这里，相熟于微时，以后苟富贵勿相忘啊！

Z君还是照样洒脱不羁，在前八家时处过一个很中意的皮肤白皙、圆润活泼的女孩，那时她男朋友出国深造去了。Z君不介意对方不清不楚的身份，好像临时借用过来的女朋友，他还很想挖墙脚过来让她成为自己的正牌女友，把她带到前八家来过夜。师弟作为好哥们儿，一个男人对这种事情有什么看法？我还特意打探桑君的看法。他王顾左右而言他，好像对那个女孩并无微词，因为她脾气很好，偶尔看见他了，还很友善地微笑打招呼，对一个男人来说，这就很好了……我那时还觉得挺微妙的，这种女孩。最后她的正牌男朋友回来了，两个人还抱头大哭地道别，如丧考妣似的，至于事后Z君还有没有再去挖墙脚松土，去争取，就不得而知了。几年后，Z君也三十了，该成家立业了，最后他的导师牵线，给介绍了一个很单纯青涩的没有恋爱经验的学妹，走牵手、了解、恋爱的再正规不过的流程后，他们结婚了，生了个胖儿子。

而师弟从头到尾只谈过一个女朋友，就是他老婆。他初来北京上学的那年，女朋友还在外地工作，没有马上跟过来。那时我们上全年级公共英语课的时候，因为他严肃忧郁老成的气质，在这个语言类主打的文科学校男生堆里还蛮扎眼。我一个学习特别认真的老乡，还找我打探过他的情况。作为好事之徒的我，马上充当说客跟师弟添油加醋地说了一番，说机会难得啊，那个女孩那么优秀传统，都主动打听你了，对你另眼相待，你还不把握良机。他也听得很认真，很感动的样子。那个女孩是个学霸，三年后考上了新加坡国立大学的博士，毕业后成了南方一所重点大学的老师，正是师弟梦寐以求的学术人生典范。但感动之余的他，估计辗转反侧了几个晚上吧，很诚恳地跟我说，算了，我跟她估计还是没有未来的。一是我毕竟有女朋友在先了，虽然异地还老吵架；二是我自己的前途未明，她这么优秀，将来估计会有差距，走不到一块，别耽误人家了……

他前前后后想了那么多。最后什么都没做。

毕业好多年之后，师弟还有意无意地问起过我，你那个老乡怎么样了？过得很幸福吧？真是个有心长情的人啊。

毕业找工作的时候，师弟的简历上赫然印着他的座右铭：不惧怕平凡的人生。让我顿时对他肃然起敬，刮目相看。相对于一心求新好奇，标新立异的我，他这种老成持重的心态，可要比我踏实，耐苦耐劳啊……

太阳神

　　高中同学毕业十周年聚会上，我们在一中校园的操场上不期而遇碰到了当年的老班主任——太阳神，场面有点尴尬。作为民间太极高手的他，面庞红润，虽然年过六十，但是精神矍铄，没有比我们就读时衰颓多少。那个时候他声音洪亮，还说自己是"文革"时期的弄潮儿，地方红卫兵团司令员，江湖人称"湘江洪雷"，充当了挥臂一呼，应者云集的叱咤风云的角色。

　　高中入学的时候，他给我们的印象像个严肃、慷慨激昂的传统大家长，讲话声如黄钟瓦釜，印堂发亮。他号召我们一切以集体荣誉为主，鼓吹成绩至上，宣称高考形势严峻，千军万马独木桥上过，竞争激烈在所难免。他奉劝班上那些第一次月考发挥失常的同学，要痛下决心，迎头赶上，向那些智商超群的同学看齐——人家这么聪明，全面发展，你们成绩不好的还有什么游手好闲的工夫，别厌学光想着"三室一厅"，辜负了父母尊长的期望、拼死拼活为子女学生操劳的心力。

　　经历入学为期半个月的军训和短暂的一两个月上课相处后，很多同学第一次来县城读书，开了眼界，发现周边这么多才艺不俗，风度气质出众的异性；加上年岁到了，爱慕之心蠢蠢欲动，大家难免对周边的花花草草心猿意马起来。太阳神照微烛幽，防患于未然地发话了，高中阶段，是你们改变人生命运的最关键时期，能不能鲤鱼跃龙门就此飞黄腾达，改变自己和家庭的前景，就靠此一举了。他说，大家当以大局为重，那些闲心闲情，奉劝还是收一收吧，留作将来美好的回忆；或者，高中毕业后，读了大学，再去谈情说爱也来得及嘛。不要因小失大，丢了前途……一时间，谈恋爱在我们班成了犯难违禁的高难度、高风险动作，背离民心，千夫所指一样。哪怕一些发育较早，心思比较重的人有了这种苗头，也会把它们掐灭在萌芽状态；或者一些个性比较激烈，特立独行的人，不惜以身试法，也会因为高压政策带点佯狂作癫，反叛逆行的味道——实属冲破禁锢地属意行为，没有那种水到渠成、情窦初开、少年情怀总如诗的美好淡然了。于是一干半大毛头小伙子，吃不到葡萄又在舆论氛围下，视几个涉足爱河的男女同学为异端。他们对班上的一对对鸳鸯围追堵截，尾随他们窜身于县城大街小巷，搞破坏，闹恶作剧，或者进行言语攻击，泼污水，实施精神上的暴力和心灵上的羞辱。当隔壁班级为班上的一对情投意合、郎才女貌的同学纷纷送上衷心的祝福、和煦关爱的时候，身为同龄人的我班同学，却任由蛮横粗暴的性子野草一样滋长，刁难作恶的心态像脱离了角落的苔藓，日头风里滋生蔓延。

当时我们班的情境，堪称学霸集中营，人性炼狱一样的高压空间……我们班的竞争激烈到什么程度，据高考后的成绩，文理科年级前几名都扎堆出现在我们班，再加上本科毕业后前例学霸的示范作用，不少人在当年高考失利后选择了复读或者考研继续深造。最后我班共计出了三个清华的硕博研究生，一个北大的博士，一个国防科大的硕士，N个211和985学校硕博研究生，其中头号学霸还在高考中勇夺了湖南省第十六名，岳阳市理科第一名，开我们那个小县城历史上的先河。据官方统计报表，刚过去的2019年高考，整个岳阳市卷面分没有一个能上清北投档线的。而我们那届，是历史上高考扩招的第二年，一个农村非省重点的学校，能喷涌出来这么多应试教育下的尖子生，可见他们的身心被压榨鞭策到了什么程度。他们确实刷新了学校的应考纪录，也成了乡间镇里盼子成龙心切的父老乡亲众望所归的明星、骄子，身上被蒙上了令人眼花缭乱的神之光环。但是，接下来他们都幸福了吗？人生从此就高枕无忧，一路开挂了吗？或者对社会和国家作出了什么应有的贡献了吗？

太阳神作为陪伴理科班三年的班主任，可谓一举成名，功不可没。他麾下出了这么多尖子生，按理说他该笑傲江湖，独霸学林了。我们高考后，没有茶欢会，没有联谊活动，除了三个文理状元被校方和县城电视台采访表彰，别的同学都收拾铺盖回家了，各自奔赴或光芒万丈或者凄恻惨淡的前程……我把所有的应试课本卖了，得了五块钱，最后买了一个西瓜吃了，没有多少留恋，但有无数凄惶在心头地头也不回地离开了那个阴雨满园的学校，离开了这个让沤水的我一样挣扎、迷失了三年的地方。

我挂念心仪的同学们，有的一战成名，去了心心念念的遥远的北京，那个理工生心目中圣地一样的地方；有的沮丧失手，跟理想的学府失之交臂，并且在无人指点的情况下填报了一个冷僻的专业。从农村来的学生，纵然能把几本应试考题摸透、背得滚瓜烂熟，但是对纷繁复杂、瞬息万变的就业形势没有一点预知感应，也不了解大学专业的设置情况，不清楚什么才是自己真正感兴趣或者擅长的、有前途的。我们的一辈子就这样真正地拉开了高低云泥的序幕。

十年后，太阳神在这个他创造了光辉业绩的校园，偶逢我们这一拨让他披上了点石成金的战袍的所谓骄子，狭路相逢，他心里会有怎样的感想？当然，他最得意的几个门生，或因为已经负笈海外，远渡重洋发展，没能参加亲历任何一次同学聚会；有的毕业后形同陌路，竟然找不到一点留恋的人和事，彻底淡出了我们的朋友圈；有的还在为自己的尊严或者前途苦苦挣扎，身心交困，也没时间精力和心情出现在若干人看来，必然是衣着光鲜之士才有资格亲临的同学聚会。参会的约莫二十多人，占班上同学总数目一半的样子，而且没有一个人提议、应和去看望我们的班主任，太阳神。我不知道在校园里出现了偶遇这一幕后，双方的心里各是什么滋味……是谁该扪心自问，忏悔或者幡然醒悟一番？

我那时自闭羞怯、没有什么同理心，对现实也没什么精准感知。比如高一刚入学军训，我因为没有统一着装必备的白衬衫黑裤子，差点抹泪瘫坐在寝室床铺上，一筹莫展。还是同寝室的蔡侃同学，热心地借给了我一件白底带卡通图案的短袖T恤衫，蒙混过关……军训的时候，我因为矮小笨拙，奇形怪状的动作跟整个队列都不协调一致，多次引起教官和围观同学注目笑话吧。我自己也越挫越尿，心情沮丧失落到了极点。明明是一个青春期开始发育的，爱美敏感的女生，个子矮小就算了，心智还这么不成熟，动作也不协调，又懒又笨，简直一无是处……更大的打击还在后头，好不容易军训操练结束，该全校比试去沙场秋点兵了。某天中午，我正趴在人生地不熟的教室怏怏地休息，班上高大的文体委员，风度翩翩的大彭勇同学走到我桌前，含笑低头弯腰跟我说，跟你说个事。我诧异得很，他是女生心目中的白马王子一样的人物，温文尔雅，多少人想找机会一近他的"芳"泽尤可不得，如今找上我门来可有什么好事？

他有点为难但是尽量不刺激我，轻描淡写地说，太阳神授意他，转告我，我不用参加这次的广播体操集体操练了。我顿感五雷轰顶，一盆冷水从头到尾浇了个透心凉似的，原来我竟然是老师眼中这样的次品、废品一样的存在，集体活动都不带我玩了，就这样被宣布出局了……

刚入学的我，本来就惊弓之鸟一样，第一次脱离事无巨细操控欲极强的父母的庇护，独自面对异乡的头绪纷乱的生活、繁重激烈的学业压力，还有洪水猛兽一样的青春期的剧变，没有人指点我，或者给予我情感上的慰藉。生我养我的南湖洲，是个偏居小县城一隅的泥水地中的农村，新中国成立初才划分归属到岳阳市。它之前隶属益阳宝庆府，方言和风土人情都跟岳阳地域有差距。加上我生性自闭害羞，未语脸先红，说话蚊子嗡嗡似的，跟外界、新同学的沟通极为不畅。他们估计看我就像一个巨婴似的，刚从母胎蛋壳里钻出来，和周边的人心智、思维都不在一个频道。对我宽容担待者有之，嘲笑逗弄我的也有，或者不以为意，暗中轻视低侮者也不乏其人，毕竟每个人的出身、教养、禀赋都摆在那里，对外界的判定、反映也不尽相同。而当班主任率先在第一个集体活动中作出这种决定，还打着为集体荣誉的旗号时，我无话可说，连质疑反驳发难的念头和勇气、思考能力都没有，只有哀哀切切地自卑自怜，喟叹命苦，憎恶自己是多余的畸零人了。

就在我终日沉沦在灰心丧气、自觉无足轻重的浊流里的时候，太阳神又把我从黯淡低微的处境中拉扯了一把，强行推送到高光时刻的境遇中。他是我们的语文老师，出于他一贯的性格品位，喜欢那种纵横捭阖之气的文字，恰好我在课堂作文上的第一篇习作，就入了他的法眼。于是他按照自己的惯例、喜好，颇为张扬地在讲台上一字不落地朗诵了我的习作，敏感羞怯如我，害臊得捂住耳朵，趴在课桌上像被人践踏的野猫，哀嚎都没声响，心里一万个不乐意。女儿家的心思，妄念，自以为是的豪气，哪有这样被当作呈堂证供一样曝光的？

他顾及过我的感受吗？他没看见我，最大的当事人的反应吗？虽然我不敢抗争，或者有所非议，跟权威的师长说，呃，老师，我不愿意自己的私人习作被你这样当众朗诵啊，这样我感觉压力太大，但是我恨不得找个地缝钻进去的窘态不足以说明了一切吗？

他鼓励我们好好练笔，多多看书，同学之间互相评阅作文，都挺好的，促进彼此之间多多了解，但是犯不着非得把一篇多人围观过的青涩习作再拿去课堂上念一遍吧。我想起了舆论公器，照本宣科，高音喇叭，批斗会……一系列来势汹汹让人无处藏匿的场景，那个最卑微真实狭小的我，居然无处可躲匿。我只想清清静静地在白底方格子里写点自己的心事或者见解，我手写我心，这么简单，不想它成为必须让人洗耳恭听的范文，也不想成为标准答案，或者谁的模范，或者成为让人暗地里并不以为然的肉中钉或者刺头……他这样做，除了给我树敌，让我为他的私人喜好背书，让我置身于众目睽睽的压力之下，于我的学业发展，于我的写作水平提高，并没什么实质性的帮助。

我那时恰好是个虚荣心比较强烈的人，一看好不容易可以凭借作文在班上争得一席之地，那还不全力以赴地去博览课外书，着意打造自己的文笔啊。我脑袋里天马行空地净想着"宇宙的精华""万物的灵长"之类抽象的概念和高尚的字眼，完全不顾及自己现实的处境和当下的学业重轭，在逃避现实的路上越走越远。每次我写作文，心里会暗搓搓地希望得到一个最高分，真的得了最高分了，又被拿到讲台上去念的时候，四川妹子想情郎那样的——怕它不来，又怕它乱来，忐忑纠结得很……总的来说，我还是不愿意作文被拿去当堂念诵，他哪怕随便提点一下，说我的文章写得不错，推荐大家去看看就行了。犯得着这样大张旗鼓吗？

高中前两年，我的学业成绩可以说遭遇了一次次滑铁卢。我的战略高地全在作文上面，囫囵吞枣看了很多盗版的大部头著作，鲁迅的，尼采的，还有湖南文艺出版社出版的各种民国文人文集，以及云里雾里的青春美文，心灵鸡汤，只要是能弄到手的白纸黑字，都捞过来看，也不管是营养美物还是垃圾快餐或者精神麻醉剂。我对枯燥刻板的公式、空洞说教和死记硬背的数理习题、文史知识越来越抵触抗拒，一次次从课堂上逃学出走，去县城街头逛荡，坐五毛钱通票的环城车全县城流浪，像找不着北的败家之犬。我不知道外面的世界到底有多大，真实的生活是什么样子的，只有无尽的对乏味现实的厌恶和对空中楼阁的想望。

有一次，在又一回放榜排名的期中考试之后，我忍无可忍地冲动退学了。虽然回家后因为家徒四壁、封闭狭隘的农村处境提醒了我，从学校回来，还能往哪里去呢？——我又灰溜溜地返回了校园。太阳神那天早上，在班长周年春通告我的异状后，火速赶到校门口堵截了往外冲的我，我当时撒泼了，说，你要再拦住我，我就去跳楼！他吓得不敢用强了，委派我们寝室第一时间发现苗头后跟我形影不离的女生慧英，护送我一起回家；并且据说他在早上的那节语文课，滔滔不绝地说了我一个小时的好话。他具体怎么夸我，没有人完整地复述给我听，但是他交代他们，万一我从家里回到学校，千万别火上浇油地刺激我，笑话我，他还是知道我这人自尊心很强的。

他并不是一个真正懂得如何怜香惜玉的人，甚至说话都没什么技巧，有时会说出不近人情或者伤人脸面的话来。当时班上有个城关的男同学，父亲是教育局局长，作为系统内部的二代人员，因势导利地被分派到了实验班的我班，成绩却是班上垫底的那拨。其实他也有很多苦恼，一个人的数理逻辑发达不发达，能否适应这种应试教育，有很多天生的和后天的因素，并不是说主观上想学好就能学好的。太阳神武断粗暴地一概对那些成绩不好，貌似又不沉下心来好好学习的学生不报以好颜色，甚至在一次该男生和班上别的同学调笑取闹的时候，冷言冷语地说，××，你们不要跟他一起玩耍，他是家里有背景的人，你们农村的，除了读书，以后没有什么出路……这话出自一个平时看起来和蔼热心的班主任之口，让本来亲密嬉戏玩闹的两个同龄半大小伙子都变了脸色，猪八戒照镜子，里外不是人一样……多年后，太阳神据说脑溢血中风住院了，几个成绩好的同学加上家住县城的男生一起结伴去医院看他，结果据说他认不出该男生，只认得成绩好的那几位，男生又一次感觉心灵受到了伤害，发誓赌咒说以后再也不自找晦气地来看他了……

太阳神并不是每一刻都那样板正严厉，他有个小孙子，大约五六岁，正是那种"松下问童子，言师采药去"的年纪。他多次带着小孙子来我们教室早晚自习巡视，班上同学也是十五六岁的半大孩子，一看这么个脸嫩人憨的细伢子跟在班主任屁股后头，还时不时去捏把他的脸或者摸个头。太阳神也不加以制止或者说点啥，就打个哈哈说点家常什么的。他曾经不无自豪地说起自己是湖南省有级别的太极拳师，说得兴起还搬开讲桌，在讲台上猫模虎样地摆出了架势抡起了拳脚。高二那个暑假，他还应班上几个有志学武健身同学之邀请，办起了短期武术班。我们寝室的某个女生，因为有次半夜有人去洗手间没关门，小偷溜进了寝室乱抓摸人财物，捉到了她的手，吓得魂飞魄散，从此决定学武强身。女生也积极报名参加了太阳神的武术培训班，后来学完了，据说也没人提交钱的事，太阳神也没直接当面要，这事就不了了之了。一方面说明他并不是个很小气，财心特别紧的人；另一方面，也说明他要面子，拉不下脸来真的讲利字，伸手问学生要钱；或者说明他的思维不是很缜密，没有严格的人际边界概念，"好兄弟，明算账"这样的思路在他那里行不通的，义利之辨还属一团乱麻的状态。公和私、个人喜好和作为班主任为人师表的专业素养，在他这里也是马马虎虎的。他的私人憎恶很浓重，过于主观武断，粗暴蛮横，并不是能很体贴入微地了察人心的人。

　　他经常在课堂上对我们训话的时候，说着说着就脸红了，上头了，包含了很多感情的样子；动辄只许这样做，不能那样干，不给人一点商量回旋的余地；他对那些成绩好，智商高又乖觉听话或者优秀出众的学生，那是忍不住地偏爱担待，溢美之词讲了又讲，也不考虑那些成绩没有这么好，或者说成长青春期遇到了麻烦的孩子们的心境，没有及时了解他们的真实感受和处境，留给他们许多"没有比较就没有伤害"的难堪的回忆和心灵的阴影。在他的位置上来说，他是学校年级组组长，模范班主任和德高望重的骨干教师，肯定希望自己的班级能夺得各种荣誉，成为令人瞩目的优秀班级，而成绩，特别是高考分数，就成为最有分量的实证和说明，是他们夙兴夜寐的累累丰硕成果的体现；怎样赶英超美地让学生把成绩提上去，是他们喜闻乐道的事情。然后呢，在我们那个封闭的小县城，有这么多来自农村的高分优质生源。他们想改变自己的命运，鱼跃龙门成为端起"铁饭碗"、完成阶层跃升的人，高考几乎是板上钉钉唯一的、最便捷实在的出路。已经年近花甲的男老师，像他，想破脑壳估计也弄不明白，这些孩子为什么不铆足劲头好好念书刷题呢，这么显而易见的问题难道想不明白吗？他们还能有别的选择吗……

　　他不明白我们的身心压力有多大。一堆从农村各自初中学校选拔上来的之前都是全校数一数二的学霸，自视甚高，没有见过更多世面和生活常识，突然被丢到这样一个旋涡一样高速运转、只能成功不能失败的残酷命运谷口，要杀伐决断地PK掉身边一个个朝夕相处的同龄人，脱颖而出，成为那永远只是极少数的第一第二第三……论出身，比相貌，看才艺，谈情商，心理素质……每个学生都千差万别，有不同的竞技状态和兴趣志向，最后都以分数一刀切给人排优论劣，何其不公平又多么粗暴不人道。有的人初战告捷，尝到了甜头，信心大增，越战越勇；有的出师未捷，折戟沉沙，于是就此消沉下去了，怀疑自己，找不到信心了，情绪泛滥，开始逃避现实，破罐子破摔……然后后者不但不被人体谅理解，还要饱尝歧视，受人冷眼，他们心里的煎熬苦衷谁能明白。农村的家长不明白，自家的曾经也是成绩优异的孩子，为什么一到了高中就不思进取，成绩一落千丈；城市里的老师不明白，这些农村的孩子，以前不也品学兼优，到了县城怎么就禁不住诱惑，不好好念书光想着去"三室一厅"鬼混……不学好，还要带坏带偏别的同学，于是就更加不待见他们了。

高一开学不到半学期，我们班、我们寝室发育较早、心思比较重的某个大姐姐一样的女同学退学了，导火索是她在日记本里写了一点心事，被调皮男生发现大肆宣扬了；当然她成绩也很一般。隔壁班，一个同样偏僻乡野来的比较叛逆男生，公开向班上某个知性成熟的女生示爱，还在心情沮丧之下酗酒闹事，最后也是被劝退还是主动辍学了……隔壁班某个男生好像也是桀骜不驯那样的，课桌被班主任抱起从二楼丢下去了，他好像还召集了社会上的小青年要来学校报复……这些都是师长眼中的问题学生，不良少年。没有一个具有一定心理素养的老师能从专业角度出发，好好听听这些少年人的心声，从关怀、体谅而不是嫌弃的角度去感受他们到底在经历着什么，他们为何而挣扎、什么让他们歧路徘徊，永远地离开了一年之前梦寐以求的高中校园。

年少的时候，也是这么大年纪的时候，太阳神估计没有好好地在正经学校体验过这种集体生活。那时他是赤脚健忘的少年，江湖浪荡，被鼓吹跟天斗跟地斗和人斗，其乐无穷；胜者为王，败者为寇……"为有牺牲多壮志，敢叫日月换新天"的豪迈热情壮志的戏码，分分钟在他身上上演。而且他成功了，他风光无限，万众瞩目，也就不懂得弱者的卑微苦痛和失意者的沮丧万分。他更不明白有人压根就对输赢不感兴趣，只想清清静静地做点自己感兴趣的事，不是每个人都愿意、适应被卷进那种兵刃相见的肉搏战、高压战事的。很多事情，特别关于一个少年人的身心成长，也不是简单能以输赢成败来概括的。每个人都可以成为自己的英雄，或者选择不惧怕平淡地过一生。勿须别人来指手画脚，乱弹胡拨，拿着自己的曲谱，来调弄别人的初心。他甚至给还不识曲中意的少年学子们，定下了一个哀哀凄恻、自暴自弃的基调——缘自成败论英雄的唯一音强。

他没有心力，或者也没有反思能力去悔悟自己的功利、粗暴之心，我们也还没到真正参透世事，笑看沧桑的不惑之年，就像我们还不能直面接受自己的平庸。

高中的时候，他对女生其实还挺包容担待的，跟男生有点区别对待的怜香惜玉之情。有次他在教室窗外埋伏视察我们晨读情况，看到有个女生在开小差，走神发呆还是趴桌睡觉什么的，他把手头的纸张搓成一团纸球扔了过去，近乎恶作剧地提点了人家一下，也很少当面给女生难堪。可能骨子里他就是个大男子主义的人，觉得男生要奋发图强，出人头地靠个人奋斗改变自己的命运；女生就不用那么拼搏，他对女生要求没那么高了，女生听话温顺不惹是生非就最理想了。他觉得女生思想别开小差，别早恋，别作怪作妖……文文静静稳稳妥妥地读书写字才是最正道的。我的作文那么受他赏识，语文成绩一直也挺好，可二十年过去了，我并没有成为什么家，身家也是一文不名，但我还是爱读书写字，并接受了自己的庸碌和天资平凡，我们是否也该接受他当年的势利、武断横暴和偶尔不吝真心地对我们倾注的感情，就像接受千人千面的人性纵深度、坑洼崎岖的缤纷生活一样。

"滔滔"不绝

滔滔是我高中班上的一个城关走读男生，高中寄宿的我跟他直接打交道的时候不多，对他的了解更多来自毕业后同学间口耳相传的八卦，以及同学群热聊、话疗时嬉笑戏谑的心画心声。

滔滔身材健硕，皮肤比较粗暗，坑坑洼洼的布下了青春痘后遗症，鼻直口方，头型有点像美国漫画角色辛普森先生，习惯性理一个怒发冲冠的板寸头，精神MAN。他还是我们班的足球队中坚，王者球队巴西队的忠实拥趸，可以说是一个限量版的宇宙钢铁直男。滔滔眼神坚毅，不说话的时候，抿紧的嘴拉长成一条横线，满脸肃静，隐隐地发出闲杂人不得靠近的指示灯信号。有点那种"孤标傲世偕谁隐"的冷峭、壁垒森严的味道。但如果你以为他是个沉默寡言、不跟人交往、落落寡合的人，那就大错特错了。作为月饼中的五仁馅、星座中的处女座的滔滔，是个本色当行的话唠，男人中的祥林嫂，公鸡中的战斗机。据我看，他的吐字速率可以达到一分钟几百字吧，而且喜怒形于色，手舞足蹈，情绪激昂，那种"我就是控制不住自己"的一泻千里的气势，让我这种习惯笔谈、现实中弱鸡的蔫不拉叽的女话唠望而生畏，闻风而逃……

滔滔据说是个早熟、心有丘壑的男生，在很多直男直女傻呵呵地不会察言观色、只会我型我秀；或者一根筋地头脑发热、冲动型做事，也不会顾及后果和靶心效应的时候，滔滔很早就学会边做边放烟雾弹，"不为BITCH动真心，不为口号去献身；领导面前要伏小，遇事先把水搅浑"地低调行事，言行分裂——比如说课外时间没少参加各种辅导班、开小灶的他，一到班上就大吵大闹，笑说别人发死狠只会刷题，智商低下；初中就暗恋上了班上一秀外慧中的女干部，跟小愣头青们的直白或者畏畏缩缩不同，他不打无把握的仗；他草灰蛇线地设埋伏，装作每天和女生同路的一路闲聊，陪送到某个地段，就脚底抹油一溜烟钻别的小巷子另回其家了。当然，这些早年的传闻都是我从男生们的八卦闲谈里了解的，还有待求证。

滔滔高中给我的直观印象就是生命力旺盛，叽叽喳喳，大大咧咧，像个浑身长满了刺的大刺猬，或者说是扎手辛烈的榴莲果，看着其貌不扬，品尝起来回味无穷；说起话来话中有话，辛辣诙谐，细思让人忍俊不禁，足见话者别具匠心的洞察力和发达活跃的心智水平，是个有丰富内涵和一流辨析能力的有头脑的人，身心都很健壮靠谱。滔滔后来说起，自己家教甚严厉，父母体罚责骂是家常便饭，是农村父母鼓吹棍棒出孝子调教出来的案例。这估计造成了他千锤百炼的良好心理素质和皮实坚韧的脸面，让他勇于自嘲兼讽刺挖苦别人。倒不是说他心含歹毒，存心喷洒负能量，而是一种船过水无痕的口腔肌腱牵扯的本能，说过的话不一定过了脑子。

他高中曾和我们班文科状元的李县长结为相互抬杠调侃的搭档，一起笑傲江湖，一起惹是生非。其时滔滔前座的女生温柔亲善，是个发育比较早、心思也比较细腻的姐姐一样的人物，对口无遮拦、大大咧咧的滔滔一直好言好语，担待包容。不知哪天，滔滔和李县长动了什么心思，想看看班上那些骄傲神秘，矜持漂亮得像白天鹅一样的女生们的日记，就趁十点钟做课间操的空当潜伏到了男生厕所，埋伏起来，铃响后饿狼进村似的窜到了空无一人的教室，近水楼台先看周边课桌女生的日记，一下就翻到了前桌女生的。第一句话是，我堕落了。滔滔还以为踢到铁板似的看到不该看的东西了，有非礼勿视的内容来了，他浑身打了个激灵，接下来却无非是上课不专心听讲，思想开了小差，多看了某个男生几眼——这样的絮絮叨叨，没有一点干货。

在我们那个封闭的小县城，作为全县重点中学的实验班，我们班可能荟萃了全县数理逻辑最发达的尖子生，形同学霸集中营，弱肉强食，一些脆弱感性的女生初来乍到这样竞争白热化的环境里，极不适应。且身逢多事之秋的青春期，情窦初开，情绪泛滥，身不由己兼无人指点，那个女生都没坚持读完高一就辍学了，留给我们一个永远的遗憾和念想。这使我第一次感触到，人生路漫漫，山一程水一程，有些人注定了就是陪你某一程的过客，悲莫悲兮生别离，乐莫乐兮新相知。题外话扯远了，回到滔滔身上。他喜欢捉弄女生，前排的碧玉妆成一树高的杨柳同学，据说没少被他拉扯发丝；而我们班冰雪聪明的殷姑，更记得他在座位上唐僧一样念念叨叨，誓要让周围的牛鬼蛇神厌烦而死，不得安生。他还鼓起腮帮子，运气做蛤蟆形状，再噗噗地喷吐出来，美其名曰屁功。

将近十年后的某个柳絮飘飞的春天，滔滔作为刚毕业的新晋IT男，还来京城游玩，又是杠友搭档李县长作陪。其时李县长已经上了北大，两人都是如日中天的大好青年了，一见面一勾搭，还是那么沆瀣一气、抠抠搜搜的你抢我答，唇枪舌剑的没个正经和成年人容止。滔滔当时来得仓促，没有换洗的衣裳，还让我领着去学院路附近的超市发买T恤，我所知道的也就是这种大卖场给广场舞大妈大爷的折价批量款式了。三个人都没有什么男女大防概念，也没有什么捯饬形象、收拾自己的天赋本能，就在那里掂量着几件灰不溜秋、土不拉叽的过季T恤，像买折价大白菜一样拍板了。然后我又兴冲冲地领着他们去清华园，想从最近的东门进去。其时芙蓉姐姐刚依托方兴未艾的网络、以清华园为大本营，闹得风生水起，带领了一干网红卖人设，博眼球，学校可能觉得有辱水木清华这一雅正高端的形象，就开始设立门岗，验证行人了。我作为一灰头土脸、不修边幅的进城的乡下学生妹形象，享受了绿色通道待遇，简直可以跟清华园中的学霸理工妹们莫辨雌雄了；但是脖子上套着卡式相机的滔滔，因为刚换完社会青年系列的暗黑铁血的T恤，板寸冲天，面容桀骜沧桑，加上李县长戴着框边眼镜，蛇行鹤步，两眼闪烁，两人蓦地成了偷拍狗仔加护航打手的无良组合，保安火眼金睛，说什么也不肯放行。最后没办法，已经进了园子的我，只好一通电话喊来了端正帅气的学霸同学，加以保证来访客的身份，才得以放行。感觉滔滔和李县长经此一劫，无异于遭受当头棒喝，杀了威风。清华园本来是许多理科男心目中圣殿一样的存在，初来乍到，以貌取人，如此生硬排外，让人气短。

我不知道一个人的皮相和内在之间有无什么辅助因果的关系。因为自己也算一外貌党资深会员，还美其名曰看气质、看气质。一个人谈吐不俗，灵魂有趣当然可以吸引到人，但要是人生来就自带不讨喜、不那么赏心悦目的躯壳呢？难道不是被天谴了一样踏在了起跑线的负一端吗？以前看瞿秋白的日记：如果人有灵魂，又何必有这个躯壳；但如果要是没有，有这样一个躯壳又有什么用处？作为一枚先天不利，可以说五短三粗的矮小女生，在敏感多虑的青春时代，对这一句话可谓深有感触。一个人的出身，包括禀赋、家世，外貌，性格，是自己没法决定的，而人终其一生，却不得不为此背负一身的原罪。像耶稣的苦难之路，都要经历十几大关，才能放下沉重的十字架。有的人生来智商绝伦，而有的天资平庸；有的人生就一副光彩夺目的好皮囊，却生性冷淡、自私自利；而有的纵然品性高尚，心灵美丽，却被蒙上了一个黯淡无光的外壳；还有的生在一个通情达理、富有远见的家庭，从小在关爱和正面教育中茁壮成长，有的却贫民窟出生，身处冰窖和看不见未来的暗黑的底层……一个人又怎么才能通过自己的诸多努力完成个人的自我救赎？或者是终其一生奋斗，你也不能改变容貌伧俗、身量短小抑或是家徒四壁、背负生活重轭这样的现实的时候，灵魂还能优游娴止、超脱翱翔吗？

年少孟浪的时候，我对人亦有很多偏见，有很多不切实际的幻想和苛评，因为那时候目空一切，心里只有自己，自己的一点幻念和悲苦，自己与生俱来的局限造成的贪嗔痴苦，很少会运用脑髓、放出眼光去换位思考别人的处境和感受。作为一个同样没有那么多完美人生设定的人，也算经历了一些挫折和求不得、爱别离、怨憎会的凡俗之人，随着阅历和年岁的增长，我越来越会被滔滔这样的谈锋机敏，说话方式别有新颖意趣的人吸引过去，抬起杠来好像是棋逢对手，酣畅淋漓。

距离上次去清华园小聚又十二年了。其间我们现实中并未曾谋面。后来发生的一系列事件倒让彼此的命运轨迹有了更多交错。他和我们高中班上另外一个城关走读女生工作后走到一块了，结为了秦晋之好。那个女生，高中时本来也没很多交集，也不是班上的学霸或者众人瞩目的白天鹅一样漂亮出众的女孩。印象中记得她每天早上都带着家里的水煮蛋来自习，边剥蛋壳边和李县长斗嘴回怼，麻利率真。但我跟她出于对登临攀爬的刺激的挑战，抑或是对好山好水的向往，一起组织去县城郊区爬过一回野山。我们还遭遇了迷途，大雨滂沱中都恣意痛哭、最后绝望之余铤而走险——一屁股坐地上，从将近八九十度的陡坡上顺着水流冲出的沟壑滑下了山谷，找到了归路。后来女孩学了理，我学了文，她还被发配到楼下普通班去了，从实验班被开了籍、除了名。这跟滔滔第一次高考发挥失利、去了复读班的经历有得一比吧，并且他们最后可能也都去了楚雄中学，再次成为同班同学。高二分班的同学录上，还能翻出女孩的青涩稚嫩但是很真诚热情的笔触——愿你以后不惧艰难险阻，永攀人生的一座座高峰！GOOD LUCK~

毕业二十来年后的同学网聊场合，他们两个人夫唱妇随，时常出演双簧剧，深有默契，妙趣横生，有那种多年夫妻成手足的亲昵、形同血脉亲情的感觉。他们终于找到自己的幸福了，一对在茫茫人海里寻找彼此肋骨和血肉的折翼天使，结合成一个完满的整体。虽然都不是那种生来就完美的、有很多天赋傍身，或惊才绝艳，或容貌脱俗之人，但都有一颗不亚于任何人的热爱生活、真挚的心；而且在青少年时期都有过一段不堪回首的丑小鸭般的经历，他们没有那种傲人的可堪挥霍的资本，只有小心努力地奔着幸福去踮脚翼求的决心。

那些天赋异禀笑傲江湖的人，开场就是巅峰，乍经挫折就一蹶不振了，等着另外一个从天而降的神祇或者命中注定的奇迹发生；那些年轻的时候朱唇粉面的，习惯了临水自照、顾盼生辉的人，随着光阴消逝变成了迟暮的美人，而且还没学会去爱惜别人，只等着别人来献殷勤、青睐有加；那些又好看，天赋又很高，然后顺风顺水走得很平很迅疾，战无不胜，一切应有尽有的人，又少了一些生活迷途、歧路生发的热情和别开生面的风景和回忆——老天爷好像赐予人的许多不劳而获的东西，暗中都标好了价码。而那些一开始走得很慢很慢，步履艰难的孩子，学会了笨鸟先飞，懂得了感恩和谅恕、惜福，收获了一颗识别善良、怜惜弱小或者善于体会生活中的小确幸的心，此心光明，亦复何言？他们虽然走得很慢，但是从不撤退，也很少迷失，像是那些经霜冻后犹然开放的迟桂花，历久弥香，回味悠长。天意怜幽草，人间重晚晴。滔滔和文文，我看好你们，要幸福哦~~

我和我的摩羯座B型血女友

　　"虽然没有谈过恋爱，但感觉通过展望爱情懂得了很多事情一样"。第一次近距离接触她，是在大四毕业留校考研的暑假。隔壁班的她过来窜门子，窝在浅灰粗麻的旧蚊帐里瓮声瓮气地说。哦，原来芭比是这样感性多思的小女人啊，我们都意外地笑了。因为同系不同班的人一起上大课的时候，她留给人的多半是冷面寡言，洋气时髦的都市女孩的印象。她第一批烫了波浪发，戴上大圆圈耳环，穿的衣裳也精致得体，还化了淡妆。平时看人的时候眼睛一眨都不眨，很少有笑容，也不会主动在路上和一起上课的人打招呼。但那个暑假她搬住到我们寝室，和剩下没走的人度完一个暑假，我对她的看法完全改变了。后来我们一同在外面租房子考研，一道来北京，一直到现在还保持紧密的联系。

　　她长得娇小纤瘦，精致洋气像个芭比娃娃。而我在她的调教之下从最初的完全蓬头粗服终于艰难地有了点起色。她走路很快，腰板挺得笔直，拎着或挎着个小坤包，我就会活蹦乱跳地在她身后或身边开足马力赶上来，嘴里说个不停，眉飞色舞。后来在我那个人际圈子里，我走路的速度也是天下无敌了。考研的时候，经常是急性子的我先起床，跑到她窗外喊，芭比，起来了！等我洗漱收拾停当，她还要慢腾腾地描眉涂霜做做"美容"工作。我老想不通，老大，我们是去教室占位子考研，打扮得美美的干吗呢？何况教室或校园里多半是本科的学弟学妹，而我们已经是毕业了的一茬黄花菜了。

　　有时候我好奇地看着她用各种笔，刷，管，瓶，涂涂抹抹，她收工的时候就"奖赏"给我一个小物件。甚至我也心痒了动员她帮我拔眉毛。第一次修眉，我夸张地在她手起手落动镊子中惨叫连连，我要求还不低，一定要港台明星宣萱那种"弓形眉"。眉形出来了，眉梢眼睑都隐隐发赤，灿若云霞了。镜子里面一张粗枝大叶的脸还真的依稀有个谱，奠定了边界一样。一直到现在，她是我的"御用"形象顾问，溜到她学校就让她给我修修眉……

我们一起去大学北门外和联建区的经典TV吧看碟，多少世界名片联结着共同的记忆。日本的《情书》《阴阳师》《源氏物语》……韩国的《春逝》《野蛮女友》《千年之恋》……越南的《三轮车夫》《青木瓜飘香》……用"古今中外"来概括也不过分。她的初次心动，追求者，心仪对象，每一段小插曲，萌芽状态的，阴差阳错的，急刹车的，还属未知状态的，我都略有耳闻。她的老乡，中学同学，大学知己，我也都认识许多了。哦，我们还串游互认，我的高中老乡基本上她也"如雷贯耳"了，还给她从中物色过数个男朋友人选，讨论起这些逸事就都笑弯了眼。

我是狮子座O型血的，她是魔羯座B型血的。她比我细致，严谨，做事更有效率，含蓄，但有保守、被动的倾向，我们相处时，我更快活，胆大，有创意，乐观吧。反正常是我在一边煽风点火，出鬼点子，事后又跑来收拾残局，鼓舞士气的，哈哈。在二十三岁那年的情人节，我们相互调侃取笑对方是"迟桂花"，叹一阵世道人心不古，好男人都去哪了；年岁晚了，恨嫁；又壮志未酬地相互砥砺匈奴未灭，何以家为；宣扬以做个独立成熟的女人为首务。

我觉得当我们站在同一阵线，携手起来时，隐隐有天下无敌的气势。比如，每次我和她联手打升级扑克牌从来没输过，虽然我们单个的牌技都soso。尤其是在假期来京或回家的特快车厢里，咱们携手打遍大江南北，畅行无阻地通吃。

人说魔羯容易吃定狮子，而O型血又容易吃定B型血的。所以大家基本上是心存敬意，没有明显地西风压倒了东风，或东风压倒了西风的支配欲望，因平衡而和谐。比如，她也不总是临危不乱、镇定自如的。那年冬天我们租住的房子在学校北门外的山坡，寒风呼啸，摇晃得门窗山响，像有不速之客企图破门而入一样。我们隔着一堵墙，我习惯早睡早起，她要开夜车。睡得贼香的时候隐隐听见风声中挟裹着我的名字。第二天风过天亮了，她有点不好意思地交代，昨晚看书听到窗框震动，突然害怕，不敢出门，只好窝在床头喊我。原来是这么回事，一个平时看上去有条有理，冷静的人突然乱了方寸的样子特搞笑，可爱。

去KTV唱歌，她是高手，我会凭记忆帮忙找出很多稀奇古怪的老歌或影视金曲让她尽兴发挥；到班主任家蹭饭吃，她入得了厨房，回厅室时又是班主任树立的正面女强人+贤妻双栖形象。我是反面典型，一边夹着她拿手的老干妈排骨，一边跟着挤眉弄眼地夸她，芭比真能干。因为我曾喜欢过的一个魔羯座男生长得像何炅，她还在我2004年生日那天送了我一盒何老师的《栀子花开》的磁带。我们卧谈会到凌晨零点，平素不是很爱嘻嘻哈哈的她忽然用英文唱：happy birthday to you……happy birthday to dear xiao hui……还天真地用手打着拍子。我也哈哈地笑了，那时候寝室里已经只剩下第二次考研的我和她了，但那个生日过得一点也不落寞。

　　那年元旦前夕，我们去看碟她忘了拔热得快，被子让水汽弄湿了，捡出去晾在楼顶又被风刮落掉到雪地里，脏污冰冷。恰好赶上她妈妈情绪也不好，加上第二次考研的种种压力，母女俩通着电话都在哭。我不记得当时具体做了些什么，反正是一个劲地想给她打气，让她振作起来；起到了多少效果也不知道，那份心思却赶上了为自个考研做冲刺的意念。然而就在那样努力扶持别人保持平衡的心理状态中，我自己倒也安然无虞地坚持到了最后。

　　我觉得友情的最大意义就在于，你心甘情愿地为对方付出的时候，自己并没有感觉失去什么；反而在这种付出中找回了一个更强大，更好的自我。我怀疑人世间的每一种真爱都是这样的。

　　有时候我觉得自己像一个被她指点的，傻乎乎不通人情世故的小孩，比她弱势，她比我成熟，能干；但有时候她愁眉不展，在理想和现实之中摸索，碰了壁不知道下一步怎么迈开的时候，我就会满脸笑着跑到她前边加油，肯定地说，芭比，你是最好的，最棒的，我相信你会实现自己的梦想的。而我心里确实是那么想的。至于要说"动听"的话，因为这个时候，我觉得她也是个躲进了阴暗角落，需要笑容释放阳光和希望的不自信的小孩。

　　我喜欢正面的魔羯，给人一种认真、朴实、人生是可靠有谱的感觉。魔羯的负面形象有压抑、冷酷、固执等消极特征。但B型血的魔羯结合血型特质行走在理智实际与感性理想之间，有小小的摇摆，不确定的部分空间，活得真实，勤勉，又不乏性情温暖的底色。

　　祈求老天爷让我下辈子在适当的时候，遇见一个魔羯座B型血男生……

霞 霞

  霞霞是我高中班级理科女生里面最像文科女生的、文雅聪慧的女孩子。她入学的时候就戴了一副无黑框眼镜，说话细声细气，上课回答老师提问也是有条有理，侃侃而谈，还辅佐以手势，一派女秀才的斯文气韵。她头发还长长的，没有剪成千篇一律的学生头，多半时候扎个马尾辫，偶尔编织成了麻花辫子，显露出繁忙学业中的她并未完全忘记、忽略掉她的女儿家心情和巧手灵性。

  霞霞虽然也是从乡下来城里读书的学生，但因为姨妈家在县城里，距离学校不远，所以她没有寄宿，高中三年一直借住姨妈家，以便有个清净的学习环境和方便的饮食起居照应。所以平时除了上下课，放学之后她就背起双肩包文文静静地回家去了，跟我们一干寄宿的同学私下里也没太多交集。不过因为我是个游手好闲的百搭的货，加上早早被老师们默认学文，又被同学们谬称为才女，喜欢巨细无遗地批阅同学们的作文，跟不少颇好此道的人还是有蛮多笔谈交心的机会。霞霞聪慧热情，恰逢多事之秋的青春期，文静内敛的她也有很多少女心思付诸笔底。我很看重她的文笔，她也很欣赏我的特立独行或者我行我素，多次在文后力挺、支持我，偶尔还会看着我身心交困，不被人理解时告慰我：不在乎天长地久，只要曾经拥有……或者点拨我，你既然这么喜欢文学，你就把文学当作主业好了，把学业当作副业，这样你就能两者兼顾一起抓了……她的这个忠告别出心裁，让我灵光一现，那种唱反调的、偏不学习的心神为之一震荡，还真能好好沉下心来忙活点高考的事了……

  霞霞心思细敏，对很多人事看在眼里，记在心里，作文本里偶尔流露的对同窗们的点评都颇能得人神韵。有次她说申公豹，是一堆熊熊篝火；讲殷姑是晶莹剔透灵秀之人；说我呢，从小有个愿望，有个叫晓辉这样的哥哥，然后，祝我就成为一块顽石，保持自己的锋芒和性格，不用为谁而改变自己……她倒是很早看出、说出了我的虎头虎脑本色和女汉子气性……我那时喜欢逃课在县城各大街小巷游荡，乡下孩子第一次进城，不管是去大草坪淘买港台流行歌磁带，还是去各地摊摆点浏览盗版书籍，或者去东湖小百货批发市场买批量廉价的零食辣条，我总能在市井烟火气息中发现很多生活乐趣并流连忘返，感觉好过在压抑枯燥的教室里木胎泥塑般遭受应试教育的戕害、荼毒。有次我偶尔听霞霞说起喜欢风筝，刚好赶上她阳历2月底的生日了，春风荡漾，晴空乍蓝，于是灵机一动，在一个推着板车贩卖自扎风筝的老头那里挑了最大最流光溢彩的一只凤凰回来，送给她做生日礼物。那个凤凰的翅翼和尾巴都宽大长长的，粉红色和金紫色为基色调，雍容华贵又飘逸霸气，一看就是百鸟之王的范儿。言下之意，我也是祝愿她一飞冲天，成为女人中的王者、凤头吧。风筝是中午买回来的，一时她没法带回家，也不能放课桌底下，就挂在了靠桌的墙上，占了满满的一窗户那么大的面积，让我心里很是得意。也不知道一贯低调素净的她，心里会有何感受。

霞霞在我们班一干乡下女生中聪慧文雅，气质也出众，入学不久就引发不少男同学的爱慕之情。先是有志青年志伏，发挥自己的丹青特长，以两元人民币图案为蓝本，用水彩笔画了几尺见方的一幅少数民族仕女图暗地里送给霞霞。但此事被有同等心思的凯爷逮个正着，还抖落出来，于是全班同学都晓得志伏的心思了。凯爷据说也在碰了不小的软钉子之后，忍痛让贤割爱，上大学后，也在长沙就读的他，把自己的室友，一高大帅气的东北小伙子介绍给了霞霞，两人一见钟情，结为伉俪。咱们班的理工男深藏不露，潜藏了很多藏龙卧虎的高手，就算暗恋一个人，有的沸沸扬扬闹得天下无人不知，大鸣大放；还有的出师未捷身先死，就像志伏这样遭人暗算破了功；还有的不露声色，埋伏隐藏起来，只待风头过去了，伺机而动，比如OMISH同学。OMISH同学在高考后去了西安，千里迢迢，修了一封英文书信，寄给长沙的霞霞说是要探讨磋商语法问题，掩耳盗铃，声东击西。冰雪心肠的霞霞不可能将计就计跟他扯麻纱，话桑麻，OMISH就此灰溜溜地打退堂鼓了。最后，霞霞还是肥水流了外人田，嫁做东北妇了。

霞霞高中时侃侃而谈，很有小老师气派，果然高考填报了师范学校，立志成为一名人类灵魂的工程师。年少的时候，她最大愿望是成为一名山村教师，给大山深处的孩子们送去光明和希望。初谙世事，乍入现实的她，在毕业后，因为家庭负担重，母亲多年身患重病，身为长女的她，只有选择就业谋生，争取经济独立。为了回报父母恩情，也为了保卫、存续自己的爱情，更为了人格独立，她必须走上这条出离校园、步入现实的路。她第一份工作应聘去了天之涯海之角的海南岛，"少年远游无百里，一饥能使走天涯"，那时还在父母庇护下忙于第二次报考研究生的我，很佩服她离家千里谋生的勇气。其时她男朋友还在长沙校园里继续深造，异地恋爱也要承担不小的心理压力，我都不知道她是怎么保卫自己的爱情的。大概两三年后，顺利取得教师职称兼有了一定工作经验的她，又为了亲情爱情，应聘回了长沙周边的株洲一个私立学校，继续兢兢业业地当起了辛勤园丁。这个时候，已经有了一些生活积蓄和现实经验的她，成家条件也成熟了，就跟相恋几年的男友结婚办宴了。我那时已经考取了北京的研究生，收到她的请柬后，还很兴奋地去了她家参加了婚宴，并且有幸成为亲临现场的高中同学中的唯一一位。

当时她婆家因为远在东北，并且因为门户之见好像不是很赞同这门亲事，以为自家儿子堂堂国防科技大学的博士，又身高一米八，最后不通过父母首肯，擅自找了一个这么小个貌不出众、工作学历也很一般的南方姑娘，生活习惯也不一致，对她颇有微词地横挑鼻子竖挑眼吧。所以霞霞的婚宴上，婆家人一个都没出席，可能气氛有点尴尬微妙。我那时连恋爱牵手的经验都没有，也不是很懂这些人情世故的门道，也瞧不出那些场面的破绽显示出的生存艰辛之处，憨傻傻地跟着一起吃大菜、行大礼。我看着霞霞穿了一身紫红色的裙子，蹬着高跟皮鞋，鬓上还插了一朵标识新娘子身份的大红花，风韵嫣然，比起高中那个文弱青涩的相貌，真的成熟很多了。她到了一个女人最好的时节，应季开放得鲜艳欲滴。

我那时刚参加完第二次报考研究生入学笔试，可以说前途还是渺茫，感情也没着落，非常迷茫失意。霞霞突然没来由地感慨似的跟我来了一句，呃，我发现你好优秀呢。啊？我都没反应过来，她干吗突然这样当面夸我？也没顾得上引申开来问个究竟，我到底优秀在哪里。然后，她又没头没脑来了一句，而且我感觉，你以后肯定是个好母亲。我这下哑然失笑了，连男朋友都没个影，而且自觉是个男人婆，粗声粗气，大大咧咧，马里马虎，怎么可能就当个好母亲了！婆婆妈妈那时对我来说，可不是个好词美差。

霞霞总会出其不意地说句让我很意外，深有启发或者值得回味的话来。高中时，很不修边幅，内务卫生也做得马里马虎的我，一次跟她凭栏站在教室前面看风景，她突然压低嗓子，悄悄侧向我耳朵，告诉我，闻到了一股什么样的异味。我脸红了，又感激她的直言相告和为我好的满满善意、诚意。一般的人才不会冒这个当面说穿别人缺陷的风险了。只有真心为人着想的人才会这样，还采用最委婉顾全人面子的方式。据说拗相公王安石也是个一心沉溺在内心理念世界，不擅长修饰仪容举止的人，形同疯子，稀里糊涂，老心不在焉，然后于政绩于学问上做出很多时人理解不了的事来。有道学家或者政敌讥评他是欺世盗名、哗众取宠之辈，也有深为了解他的私德品行和来龙去脉、又怀着对人最大善意的人理解他的苦心孤诣和秉性后，才会和他的这首追悼孟子兼自明心迹的诗产生共鸣——沉魄浮魂不可招，遗编一读想风标；何妨举世嫌迂阔，故有斯人慰寂寥。在我最狼狈不堪，无人施以援手和引导，沉溺在自闭的世界的时候，霞霞作为一个比我早慧那么一点的聪慧的女生，以她微妙的女性旁观者的方式，给过我诸多的心灵慰藉和道义上的支持，也给过我不少冷眼明慧的点拨。回想起来的一切，都成为我"人生得一知己足矣"的珍贵记忆和感动。

回到中年，她已经再次努力争取到了来长沙私立名校工作的机会，举家安顿在了长沙。在大儿子都已经八九岁后，又在今年要了二胎，一举得男，我调笑她，以后有福了，得当两回婆婆了。也不知道那个看起来身量不高，文弱敏慧的她，是怎么扛得起这样没有婆家支持，娘家爹妈也老病多年的双职工家庭的。她实在太爱孩子了，才冲破一切阻力和困难，毅然要了二宝吧。而我这边，一个计划外的孩子，加上公婆倾力相助，都把我搞得鸡飞狗跳，内忧外困的。人到中年，梳理原生家庭来龙去脉、生命意义和此生归宿的时候，产生的一些心理危机，让我辗转反侧，如痴如狂地简直要成为离家出走的娜拉了。我终究还是那个狂飙突进的、心里只有自我为主宰的狂放的丑石，不愿弃置自己于不顾，去为别人做牺牲，做改变，霞霞这个时候要是看到了我的境况、心迹，会怎么点评、指正我？无从假设和追问。

去年端午节，为了寻找初心，我特意回老家一趟，翻阅那个时候的作文本和日记，还想约长沙的一些旧友聚餐K歌，放飞自我兼叙旧情一把。忙于亲情回老家途中堵车，回来又恨不得三头六臂给孩子做晚饭兼辅导功课的霞霞，实在是分身乏术，私信跟我告假开脱。我明白她的中年困局，也惭愧她的拳拳母性和对老小的责任担当。我所做的，好像就是一次次离家出走，解决不了任何现实中的问题、麻烦，一次次让别人为我遮风挡雨，负重前行。我像一个任性的永远不想长大的孩子，眼里看不见风雨，只想背转身去面朝阳光，把阴影留给那些为我担心，为我谋略或者奉献的人。我做不到她这样和风细雨地对待身边最亲近的人，也做不到像她一样用心用力地靠自己的双手披荆斩棘，洒自己的汗，吃自己的饭，早早独立地经营自己的学业、工作、爱情和家庭，一步也没落下。我是云里雾里放光彩，后知后觉，任性纵情地凭老天爷偶尔眷顾我的善心过活，多少次险象环生，人海颠簸。她呢，明眼慧心，步步为营，很早就双肩扛起生为长女的责任、生活的负轭，纵然也有资格做最绚丽华美的凤凰于飞一样的梦，但是她绝不逃避现实，把阴霾和一地鸡毛推卸、留置于他人。

结束铅华归少作，摒除丝竹入中年。愿你我出走半生，归来后还能百忙之中小坐相对，闲话生平，笑看流光轻逝，追忆如梦前尘。

想起一家人

小时候我胆小怕人，窝在家里不大爱出门。老家隔壁住了一户人家，当家的是个四五十岁的会计，喝过几两墨水，有头有脸的人物，脾气也变得有点古怪了。可能我那时候老实巴交，脸蛋、浑身上下又圆滚滚，胖嘟嘟，他特别爱捉弄我，逮着我了就一把揪住，手比画在我脖子上割喉管似的说要杀了我炖肉吃，而我每一次都鬼哭狼嚎起来，百试不爽。尤其有一回，妈妈试骑农村里那时比较稀罕的单车，我豁着牙欢天喜地地在后面跑，妈妈渐渐练得上手了，一溜烟车轮滚出好远了。我一回头，发现会计不怀好意地出现在后面了，哇的一声大哭起来，撒开脚丫子喊着追赶妈妈去了……

后来，我大了，他也不好意思再吓唬我了，何况他自己也是当爷爷的人了。他家是我们队上最先住上大瓦屋的，七八间红砖房，垛得扎实又宽敞，四儿一女，人丁兴旺。可惜好景不长，后来发生的一切都是口传耳闻里别人转述给我的，因为随着爸爸工作调动我家已经搬走了。

他家最先露出破败相的是源于他有个脑筋不大清楚、常装疯卖傻的老婆。她年轻时据说有几分姿色，和一些不三不四的男人互通款曲，弄点小恩小惠。会计一是管不着，二是懒得管，或者，像《红楼梦》里的贾政那种头面人物，为何偏弄了个赵姨娘那样的小老婆呢？家事难说。反正老婆子老了也不安分，培育出一个长相不俗但明显比娘糊涂的女儿，是真正的没心眼。她带着女儿到处找婆家，每每收了别人彩礼放人家鸽子。后来她们遇见强悍的主儿，来个霸王硬上弓借女人肚腹生了儿子，就把她净身留衣撵出门了。她又去了别人家，一连生两个女儿，男人意犹未尽，还要圈住她的人，当娘的就教唆女儿装疯胡闹，唱小曲儿，搞破坏乱摔东西，甚至点火烧床帐，终于被赶出来。最后，才三十岁的女儿老相毕露，像一把榨干腌制的咸菜了，就老老实实地跟定了一个四十多岁一身蛮劲的单身汉。老娘还嫌人家屋里寒碜，煽动女儿挪窝没有成就甩脸子断了来往。傻女儿倒舍不得老娘，过年过节的搂着娃崽提着时新果品回娘家，眼巴巴赶回来，饭都吃不上一口，撇着嘴拖着饿得直哭的娃儿回去了。

老会计毕生积蓄都搭在那八间瓦屋上了，没料到后来他四个儿子一个比一个不肖。慢慢地农村家家户户盖起了楼房，四大金刚却窝在老子的大屋里个个养成了懒汉。大儿子借着老子的余威，顺当地娶到了一个精精瘦瘦的老婆，心思也精细得很，吵着闹着马上分家了。头胎生的孙子，退职的老会计当作心肝宝贝，家里母鸡刚下的热乎乎的蛋捧着送到小乖孙的嘴里，说生吃下去可以强身健体。孙子十岁左右，就和娘亲一样，没把"老家伙"放在眼里了。

二儿子只能降格找个有点问题的老婆了。据说她年少的时候有几分聪明，考到县城的重点高中，但命乖数奇，终于没能跳出农门，还落下了心病，洗衣服的时候突然拿样作势起来，唱道她本是孟姜女，被秦始皇看上了……嫁过来后天天吃药，性子时好时坏。说她疯吧，从不吃亏，说出来的话呛死人，句句顶有水平，还把我奶奶的拐杖拖回家了。说她装的也太不人道了，毕竟人家天天要吃药，把一个本来薄若蛋壳的家底吃得片瓦不存。两口子跑到长沙找活路，男人干体力活拉板车，女人收拾得头面整齐，倒也精神翘楚，能说会道地当起了高干家保姆，工资比男人还高。好不容易存下上万元，又闹毛病了：男人寻思多弄点钱，回乡买个小三轮拉客载人，禁不住越演越烈的买码风熏染，瞒着女人包单、双数，小赢了一把。女人知道了，凭她的那点陈年墨水，夫妻俩一起研究码经，很在行似的气焰不弱地下了一笔大赌注，果然赔了。小车被庄家扣押了，女人死不认账到处骂骂咧咧，脑子是迷糊还是清醒永远是个谜了。

老三到底无人问津了。他快三十时，郁郁不乐的老会计咽下了最后一口气。他走的时候，只有我爷爷一个老伙计在床边，据说是在老泪纵横的光景里走的。老三手脚不稳，没少吃过邻里家狗肉、鸡蛋，一不留神，零星毛票什件也会跑到他兜里。还有一点最让人不放心：没进过几年学堂的他到了一定年纪，看见姑娘女娃神情有异样了。我小五的时候本来要铁下心来减掉娘胎里带出来的一身膘的，都是这种顾虑打消了我晨练晚跑的念头。老子死后，大哥二哥都自立门户了，老娘手脚闲不住地还在领着妹子走江湖。老三和老四也说不上几句话，各自为生，住在瓦屋东西两头，院里野草长得很深了。老三某年开春随队上的人南下打工了，一年到头住在工地上，连过年回家的路费都赚不起来——实在也是没家可回了。两三年后，传来了他被车子轧死的消息。大哥二哥摩拳擦掌地分了两万元偿命费，老娘和妹子一分也没有。小弟的份额存在大哥手里，也不知什么时候发放。他的骨灰用一口倒扣的瓦缸盖住埋在瓦屋后的菜土里了。关系熟稔一点的同伴透露，他是自己走到大街上看到车子来了迎上去碰死的。三十五六的人了，要老婆没老婆，要奔头没奔头，哪天去撞死算了省得干净——平时和同伴扯谈时他老这样说。

老四是真正的脱缰野马了。一个人守着雨水涸潮，野草包绕的瓦屋，养养鸽子，马上吃了；买来炊具蒸蒸发糕、包子做点小生意，过一阵东西也丢光。他眼看奔三十的人了，梳个油光水滑的小分头，手指上箍个黄铜戒指，专拣姑娘小伙多的地方扎堆。老四过个半年消失一阵，到外面打打工，学几样时新做派，半年后又回来买买码，摸几把小牌。

我年底回老家的时候，瓦屋已经残破得像牛圈了，有几间都裂开走形了。老太婆已经回来了，浆洗做饭地一个人消受。半夜大清早，她在长满野草的院中央溜窝子，唱花鼓，还一声声叫骂死去的老鬼丈夫……

生活像洋葱，一瓣瓣剥开时总让人落泪。只要你想想，再想想……宇宙以其不息的欲望将一个歌舞炼成了永恒，这欲望有个怎样的人间姓名，大可忽略不计。（——史铁生）

兄弟李永

　　李永是我高中同学里面的小弟，高中跟他接触并不多。他个子高高，身材纤瘦，五官有点像港剧《流金岁月》里的罗嘉良，眉目端正，深情款款的，沉静如水。李永心思比较单纯，成绩也中等，是个百搭万能的角色，跟男生都比较相契，对女生也都温文有礼，并无距离感和高冷不适的违和感，所以人缘特别好。他在一众硝烟弥漫的学霸纷争、唇枪舌剑地三国混战中，像一剂清凉帖药，退散硝烟，弥合沟壑，起到定海神针的类似奔腾385的良芯装置的作用。当时男生给他取了个绰号叫老表，是说他别出心裁地画了一个腕表在手上，这样的举动很憨态可掬，童趣盎然。高中的政治老师葛老师皮肤暗黑，说话细声细气，因为个子瘦小，喜欢穿一双白漆皮的高跟鞋，目测有一分米高吧。讲课的时候她还老爱在课桌空距间走来走去，笃笃作响。李永一次俯下腰身地用小尺子去测量了一把，发现鞋根精确数目为12厘米。他就是这样经常会搞点让人意想不到的小动作，而且面无表情，冷幽默风格地，并非哗众取宠地夸张做派。在我们那个帅哥才子学霸层出不穷的班级里，李永这样各方面平平并无太多亮色的人，像一滴水融入了人民群众的汪洋大海，高中给我留下的直观印象也就这些了。我跟他的正式交往从大学开始。

　　大学他理我文，被调剂到了同一所省内院校，在二线城市一个荒郊辟野的大丘陵地带。独在异乡为异客，我和他自然就单线联系起来。那时他在南苑联建区，号称和尚庙，全是理工男生宿舍楼；我住在北苑山坡上的女生宿舍。穿过号称占地三千亩的校园，我们第一次碰头约定在学校大门进来正对着的图书馆台阶上。其时我在寝室里吹得震天响，说我这个高中同学一表人才，堪称一枝花，寝室里有好事之徒的姐妹还装作偶遇地跟我一起上图书馆，充当电灯泡一起会见了他。我那时口笨舌拙，他也是不紧不慢的从容样子，并不急于表现自己或者说直抒胸臆，第一次会面就在这样客气、生疏略带不自然的氛围中结束了。我们三言两语，分别交换了彼此班级的通信地址。

那个时候网络还没普及，手机更是我们这等农村穷学生想都不敢想的奢侈品；而每个寝室公用的一台插卡电话机，在经受几档情侣热线后，轮到我们这种没有恋情、名不正言不顺的单身人士的手里已属不易；何况我跟他都不是口才流利之人，面谈都这么木讷精简，电话聊天更加局促不安了，分分钟流逝的不是时间，是电话卡上的钱数啊。那时分布在大江南北的游子学友们，纷纷鸿雁传书给心头的那个他她，我们没人惦记，也不甘寂寞，自力更生，决定跟风一把——别人有信，我们眼红，我们有的是时间和精神，遂约好每个星期或者十天半个月地在图书馆前碰头一次，交换用学校专制信封装着的信纸。多则五六张，少也有两三张，密密麻麻全是字。遇到实在抽不开身的时候，就贴邮票寄到对方班级信箱里，也不管收发邮件班干部的惊诧莫名的眼神。

英语扯了他高考后腿，大学他还得迫于过级的压力，那时也在硬起头皮备考英语四级了。信里面实在无话可说时，他还大段大段地摘抄英语杂志上的格言警句和美文。理工男绞尽脑汁搜索词句的囧相也算跃然纸上了。全校的选修公共课，我们一起选了一门经典电影鉴赏课，听起来就好看、好过的样子。期末毫无疑问是我帮他一起完成了交差作业，交一篇鉴赏读后感应付了事。他们院系据说去院刊或者校刊上发表文章还可以加两个学分，我又捉笔提刀地以他的名义发了几篇散文，我人生第一篇正式发表的文章还挂的他的名呢。他喜滋滋地跟我说，因为他的大名见诸报端，他们院系的女生对他仰慕至极，见到他还窃窃私语，这就是那个写得一手好文的李永啊。在我，心里暗爽的是，据他转述，他们寝室的男生说我的文笔是同级刊物里最上乘的。

大一"国庆"前夕，我们一起去校门口搭乘班车回家。其时我俩都睡眼惺忪不修边幅，能躺着绝不坐着，能坐着绝不站着，都是那种顺其自然，自由散漫的人。我和他一起蹲在公交站牌下面等车，一人一双拖鞋，脚边还搁置着我的一只蓝白格纹编织袋。一个黝黑脸抽着烟等车的大哥挪过来跟我们闲聊打招呼——今年广东那边的行情怎样？把我们当务工回乡的厂哥厂妹了。我和李永也没觉得受辱或者郁闷，相视无言一笑，他还淡淡地回应了人家一声。据说他家境很一般，还有个弟弟低我们一年级，也是高三、大学期间，花钱正是凶猛的时候。所以大一还是大二，还听闻他勤工助学，帮南区的校内矿泉水站送桶装水上北苑小区，得爬上一个上百米徒直的山坡，穿过半个校园，就这样，扛一桶水才赚一块钱。

大一我还没转到中文系，其时所在的管理系寝室，文理生都有，室友们的性格比较活泼多样，也有人爱搞恶作剧。她们老听我在那里吹嘘李永如何如何帅，有时卧谈会酣兴正浓，就临时起意，撺掇我打电话到他们寝室，逗弄得一伙同样长夜漫漫无心睡眠的男生们嗷嗷乱叫。我室友捏着嗓子喊让李永接电话，他温和地问，这是谁呀？室友腻歪地说，我是绿林女呀，小果冻，还是杀猪人——都是刚申请到QQ账号的我用过的花名，荒诞不经，没个规矩。他已经猜到是我们寝室的人干的好事了，还在那里呵呵傻笑。他也没少在信里给我抱怨形容过他们班的女生如何彪悍讨嫌：一个个眼高手低，纷纷表示看不起班上的男生，颇以被调剂到×大来为耻；班上组织出去郊游烧烤，女生一个个不参与不帮忙倒罢了，抢起鸡腿来却无比积极神勇……我那时还认为，男生照顾谦让女生不是天经地义吗？男生不是比女生能干成熟吗？怎么还会暗地里这么多抱怨计较呢？那时我也颇看不起班上的诸多男生，他们也是高考战场上的失败者——被调剂筛选才会沦落到这种偏远之地的三流学校来的吧，脸上就写满了失意两个字；然后个个胸无大志，平平庸庸，没有惊才绝艳，没有傲人的智商，连一个出众的让人可以YY一把的潇洒仪容都没有，我实在对他们提不起精神来。我参加班上的集体活动都不来劲，宁可怀念着高中的那个强手如林的班级，继续保持和高中同学的热聊。其时我一直以为，朋友是不在乎优秀不优秀，出众不出众的，聊得来，人有趣，或者对人忠义，诚实，没有什么人品上的大的缺陷，三观比较接近，都可以成为我的哥们儿、朋友。而我能够心仪爱上的人，必定是可以让我崇拜起来的，能HOLD住我的，某一方面比我强势的，可以让我学习、提升自己的人物。所以之前我暗地里注意留神的都是班上众人瞩目的那些风云人物，不是学霸就是才子那样的，可以碾轧一群人，颠倒众生的那种出挑人物。我呢，见贤思齐，以他们为标杆，努力奋斗，拉近彼此的距离。我从来没有质疑过这种论点的正确性，也绝对接受不了"不如怜取眼前人"这样退而求其次的心理，或者是闲着也是闲着，不如周边抓一个对自己不错的，或者条件还可以的先谈着、练练手这样的心理。爱情在我心目中是神圣的不容亵渎的，不能将就。如果我自欺欺人，去欺骗别人的感情，对自己对别人都是一种怠慢。所以我在心目中已经有了一个遥远的他的前提下，对李永一直是当邻家弟弟看待的。我那时心里有个关于爱情的理念公式：爱情=崇拜+怜悯，这样我才会觉得自己不是纯粹出于势利抑或同情去喜欢对方，双方人格平等，势均力敌，才能棋逢对手，谈出一场精彩绝伦的对手戏来。但那时的我，没有一点人生历验，对异性的了解更是止于纸上谈兵，也没意识到每个异性个体是不一样的。那个势均力敌的"势"和"力"没具体到个人，也没具体到心智成熟程度和个性差异上，而是以自我为中心，想当然地以学生妹的心态去定位。我所看重的，就是品学兼优，成绩出色，才华熠熠。至于什么外表呀，家世呀，物质条件呀，都是庸俗的、不堪一提的，在核心价值观面前，这些或者是剥离在外的枝枝节节，或者是芝麻瓜子的小儿科，总之可以忽略不计。我没想到别人特别是异性的观感或许和我不一样，因为我一直沉浸在文学的或是书面的、理念的世界里，以为那些三观是放之四海而皆准的标准——要不怎么能印成书目流传于世呢？不都是先哲前人的智慧忠告结晶吗？我以为爱情是可以从书上学到的，面对还不够好的自己，只有多提升自己，多求知努力，才能配得上心目中的他，能寻摸到爱情的圣殿。

从高中到读研的六七年，我可以说在所谓的情场上屡战屡败，因为各种各样的原因。自己要求过高，不切实际固然是一方面，暌违数载异地千里也是一方面。还有更重要的一个原因是，我的心智发育成熟度比实际年龄慢了一拍，形成了恶性循环：越遇到挫折越逃避到了内心世界，越逃避现实就越不敢迈出第一步。这样导致我不能有效地积累实战经验，不具备跟有感觉的异性相处交往的经验，怯场自卑，不能平视自在地从战略上藐视对方，从战术上重视对方，结果束缚住了自己的手脚，临阵逃脱，溃不成军。

高中的时候，我并不是很明白自己想要的到底是什么，仅仅因为对方优秀就表示中意别人，实际上又没有迈出步子接近对方，或者有改善、提升自己的行动；但是因为口无遮拦，没有城府，又闹得满城风雨，陷自己于不利的被动的局面，而且这种事一而再再而三地发生而不知反思悔改，可以说是不智之极。李永有次轻描淡写，无意中说了一句——我发现一个有趣的事情，你喜欢的每个人，最后好像都喜欢上某某了。某某是我们班的一个比我早熟，比我好看的理科女生，我跟她一度因为互补而走得比较近，是一个寝室的室友，也是我高中的第一个闺蜜。那时缺少家教、情商低下的我，对于人与人之间的边界没有把握得牢准，心不设防，也不了解人性的复杂纵深面，以己之心度别人之腹；我更加没有考虑到异性的心理需求，想当然地认为大家都和我一样。我认定了爱情是心心相印的情感交流，具体来说就是笔谈、对话，不在乎容貌不在乎各种物质条件；更没有意识到，爱情的另一面会故作神秘或者有政治关系一样的尔虞我诈——争夺主导权，有时候越主动你就越被动，失去了神秘感和挑战性，别人也就不会珍惜轻易得到的东西了。李永因为家庭教养和阅历以及人文素养的关系，心智成熟程度跟我相比，估计差不了多少，也没意识到当面说这种话，对我造成了多大的冲击和伤害。我当时因为自尊心受损和面子问题，一怒之下把高中chinaren的班级群都给清空删没了，把一干不明因果的男同学都激怒得罪了，跟李永之间因此也生下了不少的嫌隙。

作为一个朋友，我认为他够格，他曾经在我最失意彷徨的时候，推荐了两首歌给我，一首是孙燕姿的《一起走到》，另一首是陈洁仪的《天冷你就回来》，足以显示对我的关心和爱护；还送过我一盒张国荣的卡带以及许巍的《完美生活》卡带，我们的音乐品位类近，他最中意的女歌手貌似是王菲和刘若英。但是作为异性知交，我和他彼此势不均也力不敌吧，我觉得他没有深沉的性格、城府，没有卓越不群的意志和透过表象看本质的深刻的洞察力；他可能认为我没有美丽的外表，没有宜人高挑的身材举止，也没有落落大方的神情和流利自然的谈吐，并且很孤僻晚熟，没有可以引导、包容同龄男性的情商和风度。这些都是那些个女生所有而我所无的，所以我们可能在不经意间相互轻视忽略了对方这方面的心理诉求和微妙的自尊，真的是把对方当纯哥们儿看了。

他在那段多事之秋的青年期，也没少在感情上受挫，因为家境一般，成绩一般，才识也一般，而他能欣赏能看上的女生，也是班里最出众的，分别对这些方面有自己高标准要求的主，所以他屡屡碰壁，也不知道具体原因在哪里吧。我记得当时冷眼旁观，看他明明知道对方有男朋友了，还执迷不悟地去追求碰壁，连对方手里拿的牌底牌面都不了解，就忍不住脱口而出说了一句：我看不起你。我们可以说是对彼此的伤害达到了半斤八两的程度，谁也不能埋怨谁了，因为年少无知，因为自以为善心、我口说我心的耿直，因为对人性弱点的无知和以偏概全的自我蒙蔽……

　　离开湖南来北京后，我跟老家的这伙同学渐行渐远地拉开了距离，因为眼前打开了另外一片更广阔的天地。在对人性对世情有了更广更透彻的认识后，以前的那些贪嗔痴苦再看来就是螺蛳壳里做道场的杯水风波了。以前是"只缘身在此山中"，当你有了心力破局了，热望不再成为痴恋，迷思不再成为迷思，恩怨也就不再萦绕于心。回首过往，皆是馈赠，是让你去体悟、成长的足迹。人生之路，屐痕处处，在那些白衣飘飘的人之初，最本真无碍地跟这个世界碰撞交手的日子里，我们曾是同路人。我们一起牵手同行过，一起并肩作战过，留下了不可磨灭的记忆，而这，比什么都重要。

一　平

　　她是我高一入学时第一个印象鲜明的女生。当时我们在军训操场上，九月的湖南，还是酷暑难当的初秋天，烈日炎炎，大家都穿着白衬衫黑裤子，一个个刚入学还没来得及上课认识彼此的名。她又是城关走读生，不跟我们共寝室，所以更加不熟悉了解了。当时男女列队对阵互见，练习踏步、立正、稍息各种简单动作。我这样天生笨手笨脚又怕出丑的人如临大敌，个头矮小又免不了被挑出来放在最前头，想隐匿都没地缝可以钻。在让我们转过身来男女同学面对面审视队列阵形后，大眼浓眉的教官突然随意喊出女生队伍里面一个人出列，让她走到队伍两侧，横过来看大家的站姿是否挺拔笔直，队列是否在一条直线上的整齐划一，这个被他挑中的女生就是一平。她有一双在人群里特别出众显眼的大眼睛，娃娃圆脸，但是神情比较严肃冷淡，所以那张圆脸一见之下并不让人觉得甜腻好亲近，反而有点公主似的矜贵不可侵犯的贵气。然后呢，当她笑起来时，就像寒冬腊月的天空阴霾散了，一轮满月放出了光辉，或者像冬日暖阳终于露面了。我猜要是个男人，肯定很想多逗她笑笑，因其稀有而珍贵，笑与不笑对她来说，前后判若两人，有云泥之别。当时她估计也是发怔，咋地就被人相中来做裁判了，因此并无笑意，紧绷着脸，尽职责去了队伍一头察看队列。其时她也有点近视吧，眼睛眯成了一条缝，刚才杏仁那么大的瞳孔转眼就拉长挤扁了，正像大中午眯起眼睛准备睡觉的波斯猫似的。这个印象实在太深刻，是她给我的人生初见记忆，甜美、冷冽、矜贵。

　　后来正式入学了，一直到高三，我们都有幸在一个班学习，还是学理不成都习了文的文科生。甚至大学都被双双调剂到了一个学校、院系，我们也可以说缘分深厚了。因为年少无知，出身背景迥异，性格也不是一类，那时可以说是朋友知交又是竞争敌手，是彼此掂量学习的对象吧。特别是我年少时，性格比较偏激，敏感内向，一度还觉得她比较实际、冷淡，世故精明，不愧是城市官宦家庭的小姐，跟我这种土生土长的乡下粗野丫头比起来，是另外一个世界的物种，我们注定是聊不到一起的。特别记得高二的分班同学录上，她给我留言，说某个早自习，我们一起窃窃私语，她感觉是走进了我的内心，称夸我古灵精怪，什么事情不明白，什么人看不透。我当时有点被谬赞、捧杀的感觉，一直认为人情世故方面自己不太精通，她这样谬托知己，我很不自在，好像她夸的是另外一个人，还不客气地在她的同学录里反驳回去——也许你自以为是，我呢，阴阳怪气，莫名所以，我们终究说不到一起……汗颜，这也是那个年纪的为赋新词强说愁的半吊子文青的乖张戾气了。

等我在人海浮沉二十余年之后，心智也算进入了中青年阶段，总算沾染习得人间烟火气，才知道她身上确实有很多值得我学习拜服的地方。比如，她大方，不扭捏作态，识大体，拎得清场面，上得了台子，为人处世很会照顾别人的情面，是我们班女生中最像薛宝钗的人选了。她有才华，但是不矫情任性，知性敏慧，一度担任我们班的历史课代表，论辩什么史实时局也是有条有理；文笔风趣，用词精炼，和我的一味沉浸内心世界、吟风弄月不同，别有一种理趣；她多才多艺，歌喉精湛，大庭广众之下清唱什么的张口就来，不怯场。我记得以前班级活动，她唱过一首粤语的《万水千山总是情》，还曾惟妙惟肖地模拟郭沫若《屈原》剧目中婵娟一角，气喘吁吁，娇声俏语，得人深旨。

高中头两年，班主任倡导同学之间互批作文，她作为文学爱好者，也是理科偏废，立志学文的人，没少跟我互相切磋、观摩作文，还不厌其烦地相互点评。我记得她曾用"书记翩翩""高屋建瓴"等溢美之词夸奖我的文笔；又曾在我撰写的为女性鸣不平，鼓吹女权的檄文之后，大写长文力挺我，激愤之处，称一帮颟顸愚直的男性为"披着人皮的狼"，用词这么尖利，在她实属第一次，让我刮目相看，啼笑皆非。女生与女生之间潜意识里免不了有各种攀比、倾轧的时候，但外敌当前，尚能结成同盟一致对抗强敌，维护女性的尊严和生命平等的大义，在我来说，是值得一交的朋友、义人，至少大节不亏吧。

她的强势，是另外一种格局的，就是不逃避现实，精明利落，辨清楚各种利害关系以后，拎得轻重，游刃有余的那种；而我呢，比较理想主义，总觉得世界可以是另外一个样子，回目关节还有别的书写的可能，所以想从头来过，廓清凡人心目中的迷障、歧误，另外重振一个朗朗乾坤、青天皎皎白日。那时候我对人性、现实了解太浅薄，只觉得跟她立场比较迥异，格调言行也不是一个层面上的，难免觉得格格不入。虽然她从没给过我难堪或者抨击、苛评酷语，甚至还一度邀请我去她家用餐做客过，我高中拉拉杂杂买的许多课外文艺书，因为寝室课桌堆积不下，还寄放到了她家书柜。高二分班后，高三进入文科班的分班考试，我第五，她第六，我们又被分到了一个班级，不可不谓情缘深厚了。

记得那年暑假后高三开学报到的头天，我穿着一件桃红的衬衫站在文一班走廊，她也含笑逶迤而来，还把手轻按了我肩膀一把，说了句，好漂亮合身啊，这件衣服很衬你。这就是她的作风，永远不会令人难堪，拣好听的话让人听。我心里一阵窃喜，又有点惴惴不安之后的释然，看来这件新衣服还可以穿出来呢。

高三大家都冲刺高考去了，也没了作文互评的环节，于是大家好像火烧火燎地过完了一年，反倒没什么交集似的。高考，我调剂到了省内的×大学，她好像没能上一本线，被调剂到了另外一所市内二本。据说她复读去了。大二的时候，赫然听说她第二次高考，也被调剂到了×大，我们又成为校友了。我在文学系，她读的新闻系，很符合她的一贯志愿——高中的时候，她作文里有写，崇拜的偶像是金话筒倪萍，落落大方，知性爽朗。她的志向就是主持人抑或是被称为"无冕之王"的新闻记者吧。

大学我照样是籍籍无名地在角落里看书、思考的独来独往的物种，她好像因为专业和志向的关系，成了我们院系的风云人物。一是加入各种学生社团，竞选院系学生会主席，风生水起，她的情商和口才、交际能力都能使得她如鱼得水、脱颖而出；二是她可能为了弥补复读失去的那年，卧薪尝胆，加倍用功努力，三年就修完了大学的学分，最后还一举考研去了广州的暨南大学，也是一所以新闻传播学为主打的重镇学府。我那时因为懵懵懂懂，无人指点，还是顺其自然混日子的状态，见她这样精锐翘楚，换了一个人似的，顿时觉得压力还颇大，然后因为生活节奏不一致，交往的人群也不一样，还是没找到很多共同语言。大学三四年，我们反而不如高中时相知相契。也可能是人进入后青春期、前成人期，彼此的三观发生了动荡剧烈的变化，都在摸索重振，在寻觅自己和这个世界握手言和的方式，我们慢慢地步入了不同的心之轨迹，各自朝着那一线光明奔去了。后来，我来了北京，她去了广州学习、工作、安家，更可以说是南辕北辙了⋯⋯

直到命运的车轮再一次把我们载奔到一起。后来我在北京认识、携手的夫婿居然也是广州人；我的婆家和她现居地在一个城市；而她的老公居然是我们高中同班同学，我很敬重、熟谙的一快言快语的理科男生，我还受到邀请，回老家参加了他们的婚宴。既然是同班同学结成的美眷佳偶，自然少不了经常被人调侃戏谑一番。而我的一贯识人宗旨是，物以类聚、人以群分，既然她的老公这么热情善良，说明她的心底里是有这一侧面或者需求的，不然两个人也过不到一块。当我自己经历了婚恋大事，职场摸鱼十来载，特别有了孩子，经历生育之痛和婆媳关系等磨炼之后，锻锤得更有人间烟火气了，才渐渐醒悟，她只是比我更清醒早熟悲观而已，更早地认识到了现实弱肉强食的丛林一面。一个女子要以文明冷静的头脑来权衡利弊轻重，务实地为自己争取立足之地，并尽力闯出一条独立平坦之道，缔造经营困厄重重的生活中的一些小确幸。

去年，也是我们高中毕业近二十年后的本命年，我第一次携带孩子南下，去她家做客。其时她已有了一对粉妆玉琢的女儿，大女都有七八岁了，可以说是久经考验的"老母亲"了，举手顿足之间既不乏老母亲的雍容温厚，也不乏职业女性指挥若定的干练，还有进退有据的中年女人的时髦精致。我还是蓬头垢面，永远静不下心来好好捯饬自己仪容的仓皇形象，她又是烫染短发——后来听说是因为二胎后，掉发厉害的弥救之举，又身着仪态万方的修身裙袍，方方面面没有把自己怠慢、落下，一如既往地优秀周全。

虽然有两个孩子还得全勤上班，她也没委曲求全如我一样求乞于长辈来照看，自己请了老家脾性还算投合的堂姐来做帮工。万一赶上堂姐休假或者猪队友老公加班、闪避，她一个人应付两个小娃，咬牙切齿地扛，难以名状地拉扯，以她干部家庭独生女的娇弱身姿，我都不信她如今身手这么了得了，一个人可以抵我两个还不止。女人的强韧和潜能，绚丽蓬勃的纵深面，真是不容人小觑。我又一次为女性同胞的顽强意志和不让须眉的生命力、能耐而自豪。潜意识中，她还是高中那个让我不得不叹服的同学、对手，身上有很多值得我学习的闪光点。人与人，铁磨铁，我们有过分歧误会，也有岁月荏苒的光阴交错中沉淀下来的情谊相契。人生旅途漫漫，有这样相识相知一生的畏友、诤友，也何尝不是人生一大快事。特别到了生命的近黄昏阶段，大家有了各自翱翔、深耕细作的领域和天地之后，随着觉悟和眼界的提升、扩大，渡尽劫波兄弟在，相逢一笑泯恩仇。我相信我们的友情会像一坛辛辣醇厚的老酒，越来越甘纯。

殷 姑

　　高中班级人才荟萃，灿若星河。单论外表，就有很多让我眼睛一亮的女孩子。其时我是乡下妹子进城来，一贯不修边幅以女学霸形象示人；加上我妈勤俭保守惯了，一直给我洗脑吹风说，女孩子别作怪光想着打扮自己，一门心思念书才是乖孩子。因此我就成了那样一个老土古板的很不爱捯饬自己的女生，光奔着内在美去了，没花什么心思也拙于打理自己的形象。到了高中，我十五六岁了，终于榆木疙瘩开窍，开始注意班上的异性，顺便也知己知彼地留意那些出脱得让人刮目相看的同性了。我暗暗地考究自己在班上女生中算个什么样的定位。思来想去，班上第一个让我印象深刻的女生是姿娜。刚开学时，城关走读生的她梳着直达小腿的麻花辫子来到教室，身高也有一米七以上吧，目测她的头发至少一米四五那么长，让人惊为天人。我第一次意识到女生还可以在自己的仪表上面花这么多心思，女为悦己容——就是图自己高兴，不在意有没有捧场者。虽然后来我班钢铁直男绰号牛的众神排行榜里，慧眼独具地把姿娜名列最佳仪表榜榜首，并侧身于其他各奖项明细中，姿娜入学时满头耷拉的发辫可以说是蓄长已久，并非刻意讨谁的欢心。这从一个侧面反映出我这人封闭保守，女性意识还没有觉醒；或者说我太唯心理想主义，光想着理念世界中美好的心灵、高尚的人格、卓越的才华、伟大的灵魂这类虚头巴脑的东西，没有想到人应该是灵肉并重的。赏心悦目的外表和美丽心灵应该相得益彰，并非势同水火。男生和女生更是不一样的物种，多为视觉动物。十几岁的时候，你让一个没有多少文化素养没有经历人世沧桑的男生克服下半身思考物种的本能，穿越一个人的皮囊去发现异性美好的内在？真是逆天而行啊。长话短说，回到高一的现时场景，班上另外一个女生也是走读的城关生也闪亮了我的钛合金眼，那就是文章主人公殷姑了。

　　殷姑其时一头如瀑青葱的秀发，偶尔别出心裁地扎块手绢，特意放得均匀松垮一点，达成那种云鬟翠鬓的效果；皮肤雪白水灵，嫩得似乎可以掐出水来；身材也骨肉均匀，纤秾合度，有一米六三四的样子吧。一双眼睛灵动滋润，经常含情凝睇不语状，她不是那种聒噪闹腾的女生——不像我一样傻愣愣的，想到啥说啥，殷姑一看就是冰雪聪明的，会带着冷静自持的目光去审视那些接近她的异性。或者说，她从小聪明美丽，习惯众星捧月了，非常矜持高冷，什么样的吹捧和迎合没见过？资质一般的异性也入不了她的法眼，毛猴蝨贼们的伎俩她一眼就能识破。我一直以为她才是班上名正言顺的女神，因为她的那种美人如玉在云端的距离感和疏离意识，让她像庄子笔下的姑射仙子，冷然灵秀，不能以凡情俗状视之。

殷姑的天资聪颖是有目共睹的。我们那个县城一中的实验班，高手如林。初三末县一中为了选拔智商高的学生举行了一场语数外竞赛，全县几十个乡镇中学共有上千名学生参与，殷姑据说是第十一名。我们班按名额分派了前十名中的彭昊、小彭勇两位，蠲免了高一一年的学费。殷姑不幸名列十一，一方面说明她的实力非凡，天资突出，另一方面让人扼腕叹息，总觉得有一种缺憾楔子一样嵌入了她的命运里，就像她偶尔给我的一种观感——而谁又能说谁的人生里不存在一些缺憾？没有一些求不得、怨憎会、爱别离或者五阴盛的苦难悲欢？如若太完美的人生设定，就真的成了不接地气的神仙美眷，不存在于烦嚣尘世中，从而也找不到人性的出口了。

现在，在我们都已为人母的中年，一切尘埃落定后，殷姑在家乡省会城市成为两个美丽可爱孩子的母亲了，那些少女时代的前尘旧事都消泯在另一个世界里似的。按理说，她是云端的霓裳仙子褪去了华服美裳，收拢了自己的羽翼，返回人间担当起了一对天使的保护者角色。不知道她心甘情愿否，午夜梦回时，那些凌虚高蹈的如梦如诗的少女情怀呢？情归何处？

殷姑第一次月考摸底考试，爆冷门晕厥在物理考试的现场。因此总分也垫底排列在全班倒数第一名，据说她的前面一位是周一周公子。监考老师把她背离了现场。后来据殷姑自己解释，她拿到物理卷子之后心灵遭受了暴击，这简直是故意刁难羞辱人智商来了，一贯以学霸自视，没有失手输过的她好像坠入了另外一个平行空间里，深深地怀疑起自己来。宁折不弯，只为玉碎不为瓦全的她无颜以对，就此崩盘。而我记得，那次月考完毕，老师在讲台上一张张发试卷念分数，每个上台领取成绩单的同学或像待宰的羔羊，或像凯旋的战士。物理我考了七十多分，居然是班上女生中的第一名。我不知道学好物理的门道在哪里，也不知道凭啥说物理能学好的人才算智商高。高中数理化三门课，一开始我并不都视为畏途。教授物理的老吴老师，是个说话冷幽默的老头，说起牛顿定律时经常说什么"要动不动最后还是没有动……"某个夏日炎炎的午后，在课桌上仰前靠后的急欲会晤周公的我，额头上准确无误地吃了他一击粉笔头。因为他不是那种尖酸刻薄、故意给成绩不好学生难堪的人，所以物理课我一直还能听下去，成绩也还算理想。但是数学和化学两门课就不同了。数学老师罗老太，据说是刀子嘴豆腐心，但我GET不到她的豆腐心。我那时自闭害羞脸皮薄，最爱面子，她喜欢突如其来地喊人上黑板演绎题目。我个子矮小不用说，还不爱打扮修饰自己——也没那条件，每个月家里给150块钱伙食费，吃饭之余买点方便面或其他零食、文具就紧巴巴了，哪有闲钱闲心逛街买衣服？何况还要去地摊上扫荡买回各种课外读物。因此我的数学课就是在提心吊胆中过来的，很怕跟她眼睛产生对视，怕她注意上我了咋办，最后心血来潮喊我去黑板上演算题目，我又答不出来出尽洋相咋办……恶性循环，以至于越来越畏惧上数学课，越惧怕成绩就越提高不上去。数学课经常安排在上午的最后两节，快下课的时候，有些男生心猿意马，忍不住去摸桌子里的篮球和饭盒，这时罗老太站在讲台上发话了——你们就想着赶紧下课去食堂吃饭吧，我偏要拖堂，让你们排不上队；你们想去田径场打篮球是吧，我拿个小刀来，把你们的球割破……这简直是恶意刁难了啊，哪有和蔼宽厚的师尊气度？她那时身躯微胖，还喜欢穿一身黑色的西服，满脸横肉有点凶神恶煞的样子。班上男生江永据说暗地里称呼她为"康大叔"（鲁迅小说《药》中的屠夫名称），真是道出了我的心声。

　　化学老师矮胖白皙，脸上老带着一丝若有若无的讥讽笑容。方言里叫"鸟咩子"笑。据说他是北大毕业的高材生，也不知道怎么沦落到了我们那种穷乡僻壤的县城中学。他开口闭口就是智商、智商，经常用嘲弄的目光看待班上一些没有急智或者答不出艰深疑难问题的女生。他最得意的门生是智商超群的小彭勇、彭昊等，还有侃侃而谈，能跟他说到一块的杨舒良同学，是那种按捺不住的厚爱啊。我这样摆明了要学文的女生，估计在他看来就是个旁听打酱油的了；问题是既然已经摆明了以后我不蹚化学这趟浑水了，那就放过我，一别两宽不也挺好吗？不，人家为了显示优越感或者纯恶作剧的心理，时不时还搂草打兔子似的叨扰我一下，喊我去黑板前解个题目，真是让人如芒刺在背，不得安生。我高中数理化学成这样，就是带着这样的血泪心痕的。

每个学生的发育程度不一样，性格也各异。有的人外向活泼，形象思维好，语言能力强，记忆力好；有的沉默寡言，数理逻辑发达，性格又比较沉稳，或者说神经粗壮大条，因此每个人偏重的科目不一样；再一跟任课老师相契投缘起来，就更加如虎添翼能把这门课学到精深地步了。殷姑的语言天赋好像也挺好。先是她外语一贯出色，被选任为班上英语课代表。日后她读大学选读了日语，还去了日本留学交换一年——算是我们班第一个放洋留学的同学，这是后话。她那时沉湎于港台日韩流行文化中，先是被热播的韩剧日剧中的偶像张东健、木村拓哉等迷得不行；后来据说又喜欢了香港的郑伊健、谢霆锋，总之都是那种眉目英挺、文艺儒雅的优质偶像。然后呢，她自己据说也有一个荧屏美梦，想成为一个电影明星。她悟性颇高地对着剧场中演员们的口型声气练习发声，自己也能做出那种吐气如兰、气喘幽微的效果，上课回答问题的时候，还调皮别致地加以运用。我觉得她的发声特别沉静清晰，吐字咬词不同寻常，声声入耳。这让我这样在大庭广众之下话都说不利索的土包子大开眼界，觉得她真是个绝妙灵秀之人，别出心裁。她的文笔也挺不错，我记得一次翻开她的作文本，开头几句就是"人不为己，天诛地灭，虽然我会为一只死去的蜘蛛而哭泣，但我是深信这句话的"。我那时理想主义，老想着像赖宁、雷锋一样去无私奉献，充满爱心，打磨为人民、为公义的人格；第一次看到有人在作文本里这么敢写，这么冷静自持，公然宣称人性自私，人应该为了自己而活，再一次对她刮目相看了。

就像我那时沉湎在作家的美梦里无法自拔一样，殷姑也沉浸在电影明星的梦里出不来。她特别钟情外表好看的各款神仙，包括现实中据说短暂地迷恋过的异性，无一例外都是眉目清朗的好看男子，是个不折不扣的颜控、外貌党。她那时水深火热地追剧，追星，还真的报考了北京电影学院的表演系。进了初试的她，来北京参加复试时，因为没有一点门道关系，也没有专业的指导老师，终究还是名落孙山了。这些心理激荡和闹剧一样折腾的事迹，无一例外地会影响她的应试高考成绩。第一次高考，她没能上重点大学，后来去楚雄中学复读了一年。然后据说她心心念念那时在内蒙古草原拍摄的《射雕英雄传》，周迅、李亚鹏主演的那个，就填报了内蒙古大学日语系，算是彻底淡出了我们一干高中同学的视线。她本来就是个比较清冷孤傲的人，很少主动去联络、麻烦别人，她有她的冰雪聪明的自立和孤高自许的自尊。我这样没心没肺地跟市井凡俗中人都可以打成一片，和男生可以称兄道弟的人，高中的时候简直跟她没有什么正式的交集，感觉像两个世界的人。

机缘凑巧，大约是2008年，我刚毕业参加工作那年，她从苏州还是哪里跳槽来北京工作，做的也是日语翻译类的工作吧。那时北京的高中同学或毕业去了外地，或者马上出国，分离四散了。好不容易来了个老同学，立马我跟她打得火热，还去了她租房的北二外附近陪她一起搬家或者双宿双栖的。其时北京的房价因为搭上了奥运这趟火箭，已经扶摇直上了。她过渡性租住的一个小窝就在二外边上一个高楼的阳台间。阳台间以落地大玻璃窗为墙，伸手可摘星，但是她不以为意，还兴致盎然地在和我说各种星闻八卦和生活里的琐碎趣事。絮絮叨叨，连带比画。既流露出一种呼灯篱落的人间小儿女情怀，又有那种不食人间烟火和不知疾苦的出尘脱俗之感。她还是像那个谪居人间的仙子啊，仙气满满，若非群玉山头见，会向瑶台月下迎。其时清华园还有我们的学霸同学，也是高中时很多女生心仪的李自寒同学，高冷帅气，殷姑的几任同桌都毫不含糊地表达过对他的膜拜。殷姑不知道出于一种什么心态，让贤或者成人之美的心愿，抑或是她的孤高自许不容她自己主动出击，去向心目中也有一点好感的异性表明心迹？而是借他人之酒杯浇自己心中块垒？她都很起劲地参与了同桌们对男神的议论，八卦，甚至编导策划了文科班同桌给男神的书信书写和礼物馈赠。而我是一个完全以自我为中心的，爱我所爱，选我所选的那种二愣子角色，有不撞南墙不回头的执拗劲。我一直觉得自己喜欢的就要去争取，管你男生还是女生的身份，干吗非得等别人来靠近你呢？山不过来，我就过去。那些年里，我频频出击，越挫越勇，倒是给班上增添了不少欢声笑语和卧后话题，自己也留下许多或啼笑皆非或者心酸的回忆。

据我猜测，殷姑的家庭环境、教育估计跟我的有得一比。她父亲，她说过是巨蟹座，也是某个中学老师，她又是掌上明珠的独生女，才貌都脱俗，父母是不是把她也保护得格外好？她像温室里的花朵，加上小乡镇老师的正统古板、教条主义，宣扬的是一种类似于禁欲主义一样的育女观，简直要把她当隔离凡尘俗世的、坚壁清野的仙女培养啊。殷姑对异性或者对人的青春期身心发育的常识，不一定比我健全成熟。我是浑头浑脑，后知后觉，她是以偏概全，刻意回避，我们都是晚熟的、逃避现实的一对，辗转无根的孤蓬一样的芊芊弱女子。

那个时候，她突然透露了一点点，她其实高中时也对班上的某个学霸动心过，因为对方的高大帅气的外形恰好也是她中意的款吧，更不用说人家有目共睹的优秀了。我一听还蛮为可惜的——你为什么当初不跟人家表白呢？说不定人家也很欣赏你呢。我怀疑高中时我们班没有几个直男不被殷姑的雪肤花貌加上冰雪聪明迷得晕头转向的。要是我是个血气方刚的小和尚，也要动了凡心呢。她在那里振振有词地分析，人家心里不一定有我，我也不是班上的女神啦，你看我毕业后，没有人主动联系找起我。李碧华说，爱是不会放过的，既然喜欢我，他们为什么不来找我？我晕乎了，你那个时候不是去楚雄复读，然后又去内蒙古读大学了，当时没有手机没有互联网，大家连你的联系方式都没有，你又从不出现在同学聚会场合，鬼去哪里找你啊？她不做声了。

其时学霸同学刚临近研究生毕业，有人从中撮合给他介绍了一个学校里的学法律的妹子，也是那种相貌平平但比较活泼热情主动的，他已经名草有主开始二人世界了。等我出于不忍还有义勇之心把殷姑的心事婉转转达的时候，内敛沉稳的他淡淡地说了一句，可惜了啊。我不知道这是一句男主的礼貌托词还是良心发现，一段本可能成为佳话的少年情事最后镜花水月一场空，就此错过，甚为可惜。

人生没有如果，许多事也不能重来。追忆似水年华，并不是为了戳人伤疤或者拿别人的揪心过往、失意缺憾当作酒后茶余的谈资，而是尽可能带着一点悲天悯人的诚意，探究命运之所以成为命运的来龙去脉，往者已矣，来者犹可追吧……因为我们都已经是人到中年的处境

青春散场

了，过山车到了顶，大限和终点遥遥可及，白发无情侵老境，青灯有味似儿时。而我们的孩子已经茁壮成长，笑着跳着奔向他们的不可知的命运。特别是我们的女孩子们，如果她们的青春期，也有了类似的困扰或者梦想：她们的无话不谈的闺蜜，或者朦胧中意的男神，怅然不得的念想……我们是该鼓励、帮助她们实现梦想，忠于内心，追求自己的一个梦境，还是坚定温和地打消她们的念头，告诉她们那些都是因不了解自己、不了解对方，不了解爱情和现实的运营逻辑产生的幻念，真实的生活不是这样子的？生活不在别处，而在你踏踏实实地一步一个脚印奋斗后的风景里，在你的汗珠泪水和笑颜里。在那些失之交臂的缺憾里，也在午夜梦回的每一个追忆心碎里。有得有失，有风有雨，有甜有苦，历经百味。旁人可以陪你风雨兼程一站两站，但没法帮你背负起整个人生；父母只有自己全心投入，运用脑髓、放出眼光地审视过自己的生活后，现身说法指给孩子一条平顺真实一点的路，但也不能包办或者应对他们即将面临的不一样的时空和命运。

　　每个人有自己的出身局限和艰难处境，在生活的暴政和苛严面前，没有人能做到全身而退、全知先知；那些号称无所不能，百战百胜的常胜将军，又少了些许岔路迷途的生之记忆和别样的风景、热情。一切过往皆为陈迹，生命的求存的上半场已经哨响剧终，尘埃落定；而下半生，是求真悟道的一场。记得殷姑那时说信佛，又想习武，她总是这么跳脱、别具慧心。以她的悟性，我相信她能善待、无悔人生这一场修行的。也希望她永远记得、珍藏好自己的那对仙女翅膀，在午夜梦回、在子女都能独立前行的时候，找回自己那方翩翩起舞的空间，听从内心的声音，逆风飞翔，无悔这一生。

"砧板"哥哥

　　"砧板"哥哥的后脑勺是平整的，板直方正得像一块青石板，所以男生喊他是砧板。他是我高中结识的第一个异性朋友。高一分班进来，他是我的后桌，而前排全是女生。第一次晨读，他在哼哼唧唧地念唐诗，我同桌是一个眉眼活泼、性格冲动的女孩，也是有摘抄名言警句习气的半吊子文学青年。她冲我狡黠地笑了一下，努嘴示意后面有个"异常情况"，然后，一齐回头打个招呼，我们就这样认识了。

　　开学后的第一个"国庆"前夕，砧板哥把大小行李全拎到桌位底下，将下碗底大小的黑塑料电子表供在桌子上，和同桌扯开破嗓子倒计时：十，九，八，七……他们在等着下课放假走人。有时他们言语玩笑出格了，就动手。而砧板哥的暴烈脾气远近有名，一不留神就子弹上匣走火了。他同桌见势不好拔腿就溜，砧板哥会双手撑桌腾空从座位上跳起来，带翻了椅子也不管不顾地去追，有时还抢起椅子作势去砸人后背。他在我分班时的同学录上留下警句：暴力是推动一切事物发展的决定性因素。签名：F.c（复仇者）。让人哭笑不得。这么脾气犯冲的人，另外一面又暗地里喜欢文学，什么唐诗宋词常随口吟来，还弄了个带锁的小日记本写日记，让我们极为好奇地玩尽了玄虚。

　　他喜欢用猫捉老鼠般居高临下的态度逗弄女生。不过他的爪子实在太野蛮，用力太狠了，换了真的脆弱神经纤细的小女生，没准会被他气哭。他和我同桌开玩笑耍酷，就用打火机点燃她身侧的窗玻璃纸，烧得黑烟缭乱，玻璃都有爆裂的危险。晚自习我们有时比试疯狂劲头，我用树叶吹口哨，他二话不说抓起书本就朝天花板扔放鸽子，引来别的学习的人一片咒骂声。

　　砧板哥数理化很不错，语文碰运气，英语靠边站，在我们班那伙理科生强人辈出的行列中，于是只能算中等偏上的主儿了。高一时，感觉他很有抱负，非名校不上的劲儿，也表现得很懂事，大局为重的样子。

因为我同桌对他发动感情攻势，他都招架住挡回了。我充当了一下跑龙套的红娘角色。

高二，我同桌失去了耐性，在感情得不到积极响应的失落下，迅速和班上另外一个男生打得火热。砧板哥的心理也失去平衡了，他并非对我同桌没有好感吧。而且，班上男生的言辞刻毒是出名的，他们"落井下石"，竞相刺激他，反过来说他是被抛弃的角色。说者有心或无心，听者肯定是有意的。他脾气本来就孤烈暴躁，一时和许多男生的关系好像弄得很紧张。

毕业后，他进了中南大学。我去长沙玩的时候，会尽量去找他，拉他出来和大伙一起玩。他们寝室的人来自天南地北，每人一台电脑各自为政，他除了对着电脑玩游戏，基本上没其他消遣。生活没规律，人也发福了，和长沙的高中同学好像也不太来往。某年国庆，大家相约一起去广场看音乐喷泉，走到半路上他可能觉得没多大意思，一言不发，掉转身径直往回走。气得一个泼辣直率的女生大骂他"混蛋"。

大学毕业那年，他一冲动签约到云贵高原某处最荒僻的重工业基地工作。后来觉得太冒险，他交了违约金，胡乱进了大学老师在长沙开办的一个小公司。工作的技术含量不高，工资也很低，一个月一千多吧，活命就可以的那种态势。那年"五一"前夕，我和另外一个湖大的同学去他工作地方找他玩，走在偏僻破烂的小巷子里，灵机一动，给他挑了一枝活力洋溢的红色康乃馨。他的蜗居杂乱逼仄，属于荒凉闭塞的郊外出租房小区。下班回来，他还是一个人对着电脑玩游戏，饱一餐饿一顿的，抽屉里偶尔有个卤鸡蛋、辣凤爪打发打发。

想起高一的元旦，同桌送他礼物了，他回送了什么，我对他开玩笑，不能厚此薄彼呀。他大度宽宏地问我想收到什么礼物，我说鲜花吧，我从来没收到过别人送的鲜花。估计把他给难住了。晚自习后，他遮遮掩掩地拿出来两枝包扎精致的绿色菊花。faint，平生收到的第一束花居然是菊花。

而现在，六七年后，轮到我费尽心思为他挑花，想为他打气，带来一丝节日的欢乐气息了。希望我的朋友都好起来……

致　富

　　致富在高中时就戴上了啤酒瓶底般厚的镜片，他摘下眼镜用布片擦拭时就斜睨着眼。他还有厚厚的嘴唇，被人嘲弄时也不在意地憨憨地笑，依然我行我素做出一串令人匪夷所思的事情来。

　　致富当时的同桌是我们班的头号学霸和才子小彭勇，不但数理化完胜别的男生，文笔也是一枝独秀，而且嬉笑怒骂地喜欢打击嘲弄别人平时压根看不到他怎么努力，不论单科还是总分成绩却都一骑绝尘地把别的理科生文科生甩在后面。作为一个靠勤劳"致富"的天赋没那么卓越的同桌，致富想来承受的压力不小，何况小彭勇还老取笑他蜗牛一样缓步前进的解题速度，或者取绰号戏弄他的怪异举止。

　　致富能有什么样的怪异举止落下话柄呢？他是个特立独行的多面手，爱好广泛，堪称多才多艺。他课桌里藏匿着宝贝口琴，下课铃一响就弹跳起立，单薄的身材撑得笔直，横刀立马般吹奏的是雄壮的《义勇军进行曲》。任凭周围群情汹涌，或挖苦喝倒彩或者架秧子起哄，他都不为所动。到了吃饭的点，致富会雷打不动地从课桌里掏出脸盆大小的黄搪瓷饭盆，不走教室后门，一定要绕到讲台前的黑板边，装了弹簧似的有板有眼地昂首挺胸去食堂打饭，头上还有几绺一耸一耸的毛发，像个机器人。致富还善描丹青，油画水彩画素描都有所涉猎。那时他暗恋班上一个斯文秀气、文绉绉的学霸女生。为了打动芳心，他匀出宝贵的学习时间，花了几天几夜，挥毫泼墨制作了一幅一米见方的水彩画送给女生。结果人家打开画卷有点不知所云，啼笑皆非，因为他画的是两毛钱人民币上的戴头饰的女人，也不知道寓意何在。他热爱文学，给自己取了个笔名叫蓝雪来，在高二分班同学录以及平时相互批阅的作文本上，都署名蓝雪来，留下自己大段大段的心得、读后感以及赠别寄语。高二，班上同学厮混熟了，小组与小组之间流行下五子棋，致富兴致盎然，棋艺也不输于人。记得有段时间他坐在我邻近位置，和班上一个牛高马大绰号叫"牛"的男同学切磋完棋艺，又探讨顾城的朦胧诗。他们把一本诗集批注得满满的，翻得皱皱的，考究那句"你看我时觉得很远，你看云时觉得很近"到底是什么意思。

致富还是体育健将。高中三年，在我们那冬天阴冷潮湿、夏天酷热难当的南方小城里，他不分严寒酷暑，穿着白衬衣在学校田径场坚持长跑三年。他的高考目标是东北那所以军工专业闻名全国的高等学府，他说先要锻炼出强健的体魄，以适应那边的气候。

致富做到了。高考后他如愿以偿考到了哈尔滨那所学校，一直埋首攻读到博士学位，其间很少回家也很少联系中学同学吧，他一直有点闲云野鹤的世外高人范。高中的时候，宿舍里的男生有的爱说荤段子，有的粗鲁放肆地讥笑他与众人格格不入，让他憋积了不少老火愤懑。据说高考完毕填报志愿的那几天，他在宿舍水房偶遇一个平时比较爱攻击针对他的男生，丢下一句：以后终于再也不用见到你了！扬长而去。十几岁的男生个个骄傲火爆得像公鸡，哪怕平时一再标榜自己有涵养，与众不同，看似超脱世外的他也不例外。

致富还做过一些让人大跌眼镜的事，说不上诙谐，也说不上恶作剧，只让人觉得他并非水晶般透明不染尘埃。比如，有次男女生寝室联谊，到了他们寝室，白花花明晃晃的日光灯下，他以口琴伴奏，诱劝我唱《美酒加咖啡》；我们寝室还有个俏丽秀美的女生，当时暗恋上了班上高大帅气的文体委员，为情苦恼。致富知道后，怜香惜玉地说要跟她谈心开导她，约了人家去田径场边谈心。好家伙，结果他偷偷地用装了磁带的小录音机把对话录下来了，而且主要是他问她答，充分说明这人也不是心底一片纯白明洁啊。

致富去了哈尔滨上学以后，基本消失在同学的视线里，没有参加过一次同学聚会，也没有来过同学录报道，但给高中时暗恋的女生写过信，所以大家还能间或得知一些他的消息。据说他在哈尔滨杠上了滑冰，每回旋转几百次地勤学苦练，在业余选手里已经跻身全国两百强，还组队去天安门广场滑过旱冰。他的大学生活过得很丰富多彩，文体活动全面开花，还学了小提琴，以及交上了艺术学院学舞蹈的女朋友。后来听说他博士毕业后如愿分配到了西北航天军工单位，成为国家科技强军领域的肱骨人才。

高中入学二十周年之际，大家一窝蜂地策划同学聚会，一一盘点起班上同学的去向，自然不少人想起了这么特出有能耐的致富同学。竟然没有一个人知悉他最新的联系方式。后来网上一搜索，有人惊呼：致富是不是改名了？他十八岁办理身份证时，可能觉得爹妈取的这个名字太接地气，跟他一贯高蹈的阳春白雪境界差异太大？据说是改名叫"志伏"了。亏得当时班上还有个女生叫"庆来"，有好事之徒把他们俩的名字编排成打油诗写上了黑板——养猪要致富，请找×致富；养猪要发财，请找×庆来。再搜志伏的大名，赫然在国家军工航天系统某所的先进人物榜里，还有关于他的先进事迹的专文报道。志伏不但博学笃行，品行高洁，还以身作则，一周七天在办公室度过，每个月加班八天，提携后进，教诲单位的新人不辞劳苦。他彻底把自己拔高升华了，一点也不"伏"了。

直到有男生通过单位电话联系上他，把他邀请到班级微信群里，他开口说几句就销声匿迹干活去了。熟悉的腔调，熟悉的味道。他说这么多年来披荆斩棘，勤于工作，劳累过度，心脏和肺都产生了一些问题，目前都是服药调养；他说如果能够重来，他必然调整生活态度，不为了工作而工作，而是劳逸结合，张弛有度吧。后来有天晚上，致富突然来班级群里怆然发声，说单位体检时赫然发现肺部有状况，还得进一步确诊，只希望不是恶性肿瘤，真情毕露，语气凄凉，炸出来不少终年潜水的老水鱼，大家一一送上对他最诚挚的祝福和祷告。毕竟前一阵子他才当爸爸呀，父母都从老家搬到他的工作所在地，娇妻也是水土不服的随军人员，孩子还那么小，他又那么拼。没想到奋斗这么多年，淡出大家的视野这么多年，遭遇最艰辛困厄的险境的时候，不请自来到群里发声呼救的竟然是他。

当年跟他有言辞冲突的、在水房诀别的男生，自告奋勇地私下联系致富，一路追问他的最新病情和家庭经济情况；当年那些嬉皮笑脸没大没小的男生女生，成立了班级应急委员会，商讨怎么分派人员，调度物质、精神资源去慰问致富同学。人到中年，众志成城，同学们立马组成了一道密不透风的屏障，打响了一场面向无常命运的狙击战。我们共同走过一段岁月，这比什么都重要。致富从一条怪陋奇异的蠕动的毛毛虫，升华拔高成一只翩翩起舞的蝴蝶，中间的艰辛努力自不待言。同学们看到了最艰难不堪的那部分，当他化蝶后，我们不希冀均沾他的光荣和梦想，我们只揪心他累不累和疼不疼。因为我们相识于微时，打毛毛虫的巢穴时代里就不陌生，我们永远是一条壕沟里的战友，共有一个冬眠羽化的美梦。

周年春

　　在这个河清海晏的太平盛世里，说到为人民服务的奉献精神，说到我不入地狱谁入地狱的先锋模范作用，我想起了高中班上的那些善人、活雷锋们。他们之中有满面笑容，一天到晚阿弥陀佛一样念好人经的王要，还有厚道仁义、有求必应、有问必答的Omish，更有正气凛然，包公一样满面秋霜但是秉公仗义的文主周年春同学。王要和周年春都被任命或者被公推担任过高中班的班长。一班之长，从道德风纪层面来说都是金字塔的顶尖了。他们以身作则，在我们班那群毛猴孟贼不断惹是生非、挑起争端的大环境里面，他们几个苦口婆心，跟你头头是道地说道理。他们不做无谓的人身攻击，也不含沙射影地秀智商碾轧讥讽那些反应稍微慢人一拍的同学；他们不促狭傲慢，不仗势欺人，不随便调笑捉弄女同学，是主持公道的定海神针一样的人物。他们偶尔还被班主任喊去谈谈心，借机估摸一下班上男女同学之间的动态状况，充当一下风纪警察，但绝对不是为了打小报告的，而是起到表达民意、上达天听、传达圣旨、调解阶层矛盾的作用。他们的受人爱戴、信任，跟成绩没有一分一毫的关系。高中班里有的是笑傲江湖的学霸，但学霸们学业繁忙，也冷面寡言，不爱跟人沟通，或者是匀不出时间来料理头绪繁多的庶务——让他们当班干简直是拉虎皮做锦旗，扛锡枪杀蛤蟆，两头都费劲，上下不对口，自然没人做这种提议打算。

　　周年春成绩一直很一般，虽然他好学，也不乏勤奋，可能是天赋如此吧。他的志趣也不是那种终日皓首穷经拘泥于应试教育的蠹虫。他急公好义，雄辩滔滔，关注天下大事，喜欢琢磨各种形而上的抽象问题，在作文本上作指点江山的长篇大论的雄文，或者不吝于在别人的评语后面一而再再而三地复盘跟风发表自己的商榷之论。有次我被他没完没了的再评复评又评惹毛了，就提笔不客气地在他文论后面留言说，文如其人，果然啰唆。让他紫涨了面皮，很是哑口无言了一番。

　　周年春曾经被班上的调皮鬼们称呼为"包公""周黑鸭"——因为他的肤色黧黑，是背朝青天面朝黄土的典型玩泥巴长大的农家少年。他一头齐刷刷竖直冲天的板寸头，眼睛滚圆硕大，经常深思好奇状，显示主人内向地神游到某个慎言大义中去了，或者接下来要发表一通纵横捭阖的大报告。他高中三年最爱穿的衣服是休闲的横条T恤，可能农家少年最爱的另一款式——白衬衫实在不衬他的肤色吧。多少次，作为一个理科预备生，他在历史或者政治课上侃侃而谈，在寝室里也高谈阔论，显示出这种野花要比家花香的副课、业余爱好先声夺人、后来居上的韵味。落归到现实中，学数理化选门技术型的专业毕竟更适合他这样一穷二白家庭出来的农家子弟。纵论国是在某些理工学霸看来简直是华而不实的花拳绣腿，又不能当饭吃，高考更不会因此加分。所以周年春可以说是我们班理工男中的一个异数，因其有那种君子弘毅任重道远、明道不计其功的味道。

　　如果做比拟，春秋战国诸子百家中，他最像孟子吧，没有孔夫子那样雍容温文的一团和气，也没有长袖善舞地游走于诸侯之间的纵横家技巧和手腕，但是自有一腔浩然正气，还有那种"民为贵社稷为轻"、睥睨王侯的自重气魄和舍我其谁的道义担当。我一直认为，他是我们班理科男中最具理想主义风范的人。虽然他的文笔没有小彭勇精到华丽，思辨天赋也没有李淼那样纵横捭阖的层次，当然也不像我这样的多愁善感，情绪泛滥，但他毕竟有一腔殷切拳拳之心的。尽管他的才能有限，出身立足起点也有局限，不能施展自己的一番抱负信仰，但他毕竟是个严肃认真地思考过、关心过苍生黎庶的厚道之人。希望老天爷像保佑所有吃饱了饭的人民一样，给他一个顺利一点、不那么艰辛的人生，让他的付出有其回报和应有之得。

　　高中的某个暑假还是毕业那年，开展同学家大串联活动的时候，我去过周年春家。他家在偏僻的柳潭乡，一个绿树掩映的田园砖房里。其时他爸妈据说双双在外务工，剩他在家带着年幼的妹妹上学、料理家务。家里可以说家徒四壁，最值钱亮眼的就是那台黑白起麻花信号不好的十五英寸电视机了。二楼的没怎么装修粉刷的地板上，搁放着各种庄稼人家的农具和摘收回来的谷物、红薯什么的。他很木然地坐在一个小木椅上，还不断地向后仰靠几下，炯炯有神的大眼睛边看着前方，边有一搭没一搭地跟我们几个来访的女生聊天，边还瞟着电视里的时政新闻。他一点也不怯场生硬，或者显示出喜迎贵客的对女同学另眼相看的刻意之态。周年春的心态一直挺平稳理性，什么时候都是君子之交淡如水、一视同仁地对待班上任何一个同学。不论性别，不管成绩好坏，更不在乎出身和样貌等，我蛮喜欢他这种大同博爱、没有分别心的态度的。

虽然高中的时候，他因性别意识的驽钝也曾经给我心灵造成过一番伤害——他有次神秘兮兮地在讲台黑板上写字，然后捂着招呼我过去看，结果，好奇害死猫的我自然中计了，落入眼帘的几个字让我面如死灰地退了下来。他写的"矮冬瓜"，捉弄那个时候面庞臃肿，身躯短小的，处于青春期又最敏感在意异性评价的我。我心里恨恨地想，亏得我平时还挺尊重你的君子风度和秉持公道的班干气相，你还为"老"不尊，做出这样尖酸刻薄不仁义的事来。多年后回过头来一想，这实际上是他晚熟童蒙的表现，他并不觉得女生的外貌体形有多重要，这样的评头论足对我的杀伤力有多大。他就像逗弄小猫小狗或者捉只蚂蚁丢水里看看反响那样轻涮了我一把而已。全是无心之过。

高二的时候，因为学业压力，因为厌学叛逆思想的发酵，还有各种说不清道不明的少女的烦恼，我起了逃学回家的冲动。那天早上我从四楼女生寝室冲出来，恰逢周年春从二楼男生寝室下来准备去做广播体操，随行的邓慧英赶紧跟他报告我的思想动态。周年春一听，紧张地撒开脚丫子，跑去老师宿舍楼区找班主任太阳神，还叮嘱邓慧英牢牢地跟紧我。最后他们在劝阻我无果的情况下，放我回家散散心，再殷切地等候我的后续行动。周年春的憨直淳朴之心一直没有变过，由衷地把班上的事当自家事，像对待兄弟姊妹一样平等关心每一个男女同学，更不曾因为毕业后天各一方而淡漠了这份同窗挚友情。

高三后，现实中我其实很少跟他因为同学聚会碰头过。但为研究生毕业后的户口档案问题，我多次叨扰已在岳阳市上班安家的他。不管什么时候接到我的电话，他都是热情直率地表述自己的即时状况——或者正在厂间，抽不开身啦；或者刚回家，家里有点事，明天去给你跑腿啦……没有一点生分见外的表示，也没有迎合邀功的作态，原原本本，恰如其分，实实在在。我因此也没有感觉到给人添麻烦的心理压力，更不用说剥削别人劳动力的负疚了，就像面对一个多年不见的手足一样，宾至如归妥帖自然。

他还曾在大学毕业后，被作为劳务人员外派去印度以及墨西哥等发展中国家工作过，可以说见了世面，正好满足了他游历天下的鸿鹄之志。那一年暑假，我从北京回到岳阳的亲戚家，联系了多年没曾会面的周班长，还怂恿他带路，领着我爸妈一起去岳阳县郊区的张谷英村游览。他高中的时候本来就不显青葱稚嫩的面相，在将近中年后倒也没再老化沧桑，还是那么经霜耐冻的长青之态。他以世交晚辈的身份出现，热情自然地张罗着买票、带路、餐饮招待等事宜，还拿起老村的长如蟒蛇的特异豆角挥舞戏弄，显示出童心未泯之态。

高中的时候，一次半夜里男生寝室遭贼了，大家在不明状况之下以讹传讹，说是突发地震了。男生们在走廊尽头铁门上锁的情景下，走投无路，纷纷从另外一头的洗手间垃圾洞里往下跳，以为跌在垃圾堆里也不至于毁了身手。据说周年春情急之下还举着一把扫把从天而降，他这是脑补模拟降落伞着落还是幻化为宫崎骏动漫《魔女宅急便》里的小巫女，骑着扫把当座驾？真实想法已经不得而知了，憨直淳朴的他经常快人快语，说出做出这样一些让人忍俊不禁的事。

他还喜欢做月旦评一样对很多时势人物发表自己的看法。在我们凭感性印象说数学罗老师凶神恶煞，对学生的态度太恶劣时，他秉公直言，说曾经去过罗老师家里，跟师尊两口子交谈过，对方都很客气礼貌，是民主亲和的高知，可能就是"刀子嘴豆腐心"，课堂上要求严格一点也是为了学生好吧；在班级微信群里曾经剑拔弩张，理工IT男凯爷和文科从政的李淼同学吵得不可开交、兵刃相见的时候，虽然一介平民身份，但从不以自己清贫之态为意的周年春，显示出了老班长的和事佬敦厚作风和澄清是非的明眼犀利功底。他说同学之间因为立场、身份不一样，会抱持不同的政见，争辩几句也很正常，但不要因此伤了同学的和气；不要因言废人，也不用因人废言，大家理性沟通，世界和平……最好少在私交场合轻率地发表政论相争了，争不出输赢结果和是非对错的，徒增纠纷云云。

周年春朋友圈里经常显示他出差了，奔波在省内外厂区之间，推销的还是重型机床等工具磨具。他的生活还是比较清苦疲累的，也很少有闲暇在同学群里跟大伙侃侃而谈，做一士之谔谔状了。他已经成了一家人的顶梁柱，不是那个意气风发纸上谈兵、杀敌一百万的青葱少年了。有次单位放寒假前夕，我百无聊赖地在群里说三道四，就等着筹划假期干什么，好像很忙的样子。周年春横里杀出来，开了我一句玩笑，说是呢，忙着聚餐，忙着串门，各种忙不赢。他忙里闲暇之余，估计还是一直关注着班上同学的近况，脉搏随着大家的喜怒哀乐而跳动吧。什么时候，大家又能真正做到太上忘情，忘记年轻的如花岁月，我们一起嬉笑过、奋斗过的那段时光呢？

04章

闲情记趣

搬家或变迁

搬家原来是这样的：三教的搭车到北苑；二栋的卷起铺盖到四栋；联建区的脱离青灯佛影到五栋又重遁空门；九栋的公民"争后恐先"赖着不想动。24号到校，一直到9月1号，学校还没拿出确定方针。三教停水停电停伙食，好像我们是不食人间烟火的超人。9月1号把家当行李运到北苑，发觉1栋4层人声喧哗，"狼烟"滚滚——电路起火了。从一楼搬起套被冲到顶层，大四生怒目相向："谁说让你们搬进来？就不走！"如闻河东狮吼。

搬之前怕进人多费高的公寓，搬时怕朝夕相处的室友被拆分得七零八落，搬了发现有"豺狼当道"，搬后还要居安思危——一纸调令，又得成落单候鸟。

那天阳光甚好，校门口的六路车破例开进北苑，初秋的阳光映着扇扇玻璃窗，是暖洋洋的橘红。一张张似笑非笑的面孔，一堆堆陌生又亲切的行李，让人想起记忆中人满为患的火车站。据说月台就是那种人山人海往来翻覆足可以抹杀过往痕迹的场面。只有坚强的人才可在月台上目睹送别情景不迷失方向。告别旧地方，我有那么多伴哭伴笑的主张，心里反而只剩下迷惘。"无端狂笑无端哭，纵有欢肠已似冰。"因为没有达到那样深情的境界，所以体验到的永远只是一份边缘人游离在真诚与矫情之间尴尬的心情。也许写出来的文字都足以抹杀一部分力求洁身自爱的自尊。

一年前带着恐慌和好奇的心理在这临窗临树的上铺安家落户，一年之后离开时留心的只是红得眼帘模糊的夕阳。人道情多情转薄——而今真个不多情——离别见得多了，心里就不再苍凉。

真该写写室友二十岁生日晚上的笑脸和烛光，（今年的相聚已云淡风轻，不以为意），写写第一次接到分别半年的高中好友电话的欣喜（现在懒得告知他们搬家后的新号码），写写军训十天和衣而卧时汗水与泪水气息弥漫（走过新生军训场只有窃笑和庆幸），写写统考前夕的挑灯奋战（而今只要突破六十分大关），写写卧谈会意兴盎然时的手脚并用（现在一脸漠然地戴着耳机听同样意兴索然的歌）……在校报上看到过一篇《一个城市的背景》的文章，留意于那份超然和淡定。想起我的作为大一新生的背影，一转身离开的，令我一辈子难以忘记的，纯真无邪的背影。

居住问题尚未谈妥，数个院系之间相持不下时，我是有一份窃喜的。愿意想象有大一新生一脸气愤与无奈地站到寝室门口，稚嫩的脸上，写着夸张的表情：学姐学长们怎么可以这样霸道、世故？愿意看到他们从校门口一路跌跌撞撞地摸索到目的地，才发觉"高处无所有，世事久相违"。当年我们也是这样为一些琐碎枝节所伤，在这些点滴遭遇中成长。

愿意想象院系之间领导们为分配住宿忙得焦头烂额，甚至钩心斗角（作为一个学生这样想有些自作多情）。然后院系之间男生们各自为营，大打出手，女生们不论刮风下雨都穿着高跟鞋去看热闹，并且理直气壮。

忽然想起鲁迅先生一个奇妙的比喻。一个闲人在街面呸地吐口唾沫，蹲下来仔细看如同有蚂蚁上树。围观的人越聚越多——远方的人看见这里有人群，圈外的人看见里面有人堆，踮起脚的人看见下面有人倾着身子，俯腰的人看见有人蹲着……蹲着的人不动声色地想：那是我的唾沫。这样的典故本应留在这样的文章的最末，忍了忍终于想说破。

一个人无聊得近乎沉重地在大街上走着，想起了一种类似"浮萍漂泊本无根，天涯游子君莫问"的生活。梁朝伟说："人生是一场童话。"因为这句话，我喜欢他。只是又想起高中时，有一个人满脸憧憬地说，要去大西北看"秋色从西来，苍然满关中"，还有"大漠孤烟直，长河落日圆"，而今，任身影淹没在南方小城霓虹灯影里面的人，也有她。坐在四楼大教室里。窗外，天阔云舒，阳光似乎都被带走……

所有的看似呈阶梯状往高处延伸地追求，是那么艰辛又毫无头绪；所有的分花拂柳或者踏雪而歌的行程并非皆遂人心；是谁说青春总能热情和豁达地挥洒淋漓？是谁愿意把光阴的故事读得泪眼迷蒙？

有一只孑然并不忧郁的候鸟，一种与心碎无关的了无痕的际遇，一段自恋与疑畏并存的独白，一个岁月轮回殊途同归的结局。是关于乡愁和理想的主题——一个人的天荒地老。

……蓝蓝的天在红红的艳阳上面/曾经的笑脸/到如今不曾改变/那时候你曾许下心愿/说未来日子相见/牵牵手一放已是多年/还在梦里面。

总有些事/是聪明如你也不能预言/总有些话语/是年少时不能了解/总会有一些简单的遗憾/简单得一如从前/总会有一些一些改变/随着这岁月变迁……

狗不理

小吴某天溜到小张家窜门子，小张家养的京巴，训练有素地在即兴表演。打个响指，它就前脚腾空，水淋淋的葡萄眼眨巴眨巴，礼貌地打招呼。主人小张脚掌在地上画个一百八十度，小狗也趁势就地一个驴打滚。小张啪啪击掌两下，小狗一个箭步冲到门口叼来轻便拖鞋放到客人脚下，屁颠屁颠地煞是逗人喜爱。

小吴乐得合不拢嘴，弯腰抚摩小狗憨厚壮实的圆头，扯扯耳朵："真通人性的家伙。"小狗煞地一哆嗦，狂退一大步，紫涨了欺霜傲雪的脸皮，仰天狂吠："您干吗折腾糊弄我了，还往死里损？我吃东西只求肚子饱，不会挑三拣四，吃得生灵涂炭，果子狸、猴脑蛇头都敢下筷子。也不会贪图腹欲撑得像头猪，无视别的同胞饿得像张纸。我更不会吃人不吐骨头……

"我穿的是自力更生自家织就的一件换季衣裳，克寒克热，不像你们女的施展'画皮'功夫成天歪着嘴脸在动物毛料、蚕宝宝丝茧上打主意；也不像你们男的恨不得扒光天下女的衣料——越少穿越好。你们的保安受人指使，看见穿戴不亮眼的人就撵，还栽赃给我们，说我们——狗眼看人低。

"我卖死力给主人家表演逗乐子是因为我懂得知恩图报。呃，猫那贱丫头一身媚骨，吃了人的还冷不防用爪子挠人，你们就宝贝她，瞅着她到处拉稀偷偷地用沙土掩盖起来，还觉得那是香的。你们人就是这样不分好歹，犯傻犯贱，骂了我们狗肺，狗眼，狗腿子，狗主意——所有下水都端齐一锅煮了，还要说我像人？这不是往死里损我？我容易吗我？！"

狗脸岁月

"一串腊肉、风干在屋檐下，就像我的童年、倒挂在枣树上。"大一同寝室的大姐阿黄，曾经在校园里被一个小诗人纠缠上，给理科生出身、不喜文艺的她强行塞来自费油墨打印的诗稿。这是我记得最清楚的一句。她接过来后啼笑皆非，回寝室念给我们听，我们没心没肺地笑趴了，在自己的床铺上直打滚。

要考毛泽东思想概论的时节，全寝室的人发动足了马力，熄灯后把凉席铺在寝室前面水泥地上——我们是一楼的，路灯刚好照着这块。我们趴在凉席上派嗓门洪亮的人负责念资料上的多选题选项，其余的人猜蒙答案检验自己的火候。全校的人在那一段时间都忙活起来，各个八仙过海去打听不同院系老师画出来的重点论述题。小弟是化工院的，他们住的"联建区"（外号"和尚庙"）是不同院系男生聚居所。他近水楼台弄来了机械、建筑等院系的资料，我们一综合，只要上了五个老师批点过的，就是"五星级"的必考题，发死狠背熟。

某次上全校性质的选修课，播放世界经典电影再写影评，人头攒动。我们早早坐定，室友突然死命地扯我袖子，帅哥，今天晚上的头号帅哥终于亮相了！她指着门口一个探头探脑拎包进来的高个子男生，定睛一看，是我小弟。莫非我久入芝兰之室而不闻其臭了？

我知道他爱吃甜熟烂腻的东西，斗嘴老斗不过我，在图书馆门前会晤时文静得像个大姑娘，还可怜巴巴地告诉我，又向哪个女生表白遭拒绝了。或者，他的女班主任好像很器重自己哦，安排他坐她下首监考，结果监守自盗地他连连偷瞟老师试卷上的答案。他又得意地说，班上男生谁也不服谁，选班干时得票最多的人是八票——竟是最没抱负没官志的他。最后他学习委员、宣传委员、副班长荣任一身。还有，班上八个女生做好事，彪悍无情，一边瞧不起男生，一边在野炊烧烤时抢男生烤好的鸡腿，下手那个狠！她们霸着班费买的篮球，男生差点和她们抢得打起来了……这样叽叽歪歪的男生我会认为他帅？！

既然别人认为他帅，我就极力撮合吧。于是某次半夜，我撺掇一个有意于他的室友捏着嗓子给他打匿名电话。他们寝室也谈兴正浓。我们用的是免提，看来他们也不例外，身后助阵示意的不乏其人。"你是谁？"他警觉又温和地问。室友不正面回答和他磨叽。"哦，我知道了，你是那个'小果冻'的熟人吧。"我在一边瞪眼了。我曾到处招摇行骗，网号叫过"杀猪人""绿林女""孔乙己"等，"小果冻"也是其中一个。一猜就猜到头了。

有一阵我迷上QQ聊天，不会打五笔，就凭两个指头戳来戳去舌战群雄。别人盲打是不看键盘，我的盲打是不看显示器。下了网一般是晚上十点多，我从菜市场拎袋炒瓜子一路趁着夜色边嗑边扔，过尽了坏学生的瘾。

隔壁寝室曾有个外系的女生，山东的，阔脸，不妖媚，胸很平还穿睡袍去食堂打饭。上大课之前，她也爱用兰花指拈着瓜子边吃边吐，身边多半有个本班的低眉顺眼的男生，她称呼他为"小宝"，清秀斯文，是她男朋友。传说大一开学个把月后，她的班主任为了笼络感情，拍拍她肩膀示意："这个山东小伙可不怎么壮实哦。"原来把她当男生了。我们宿舍楼的门卫也曾把她拒之门外。她恨恨不已地牢牢管制着有怨言的男友，一上他们寝室就坐到他腿上，把别人吓得逃之夭夭。毕业后，她做主押着男朋友一起报考广西一个僻远学校冷门专业的研究生，结果她第一他第二如愿地双飞过去了。

我们寝室成天四处打听好笑的人和事，渐渐地大家达成共识：同院外系的一个男生，长得两头尖尖暗色的脸，爱穿格子衬衫，一碰见他我们最近肯定要倒霉。百试百灵。鉴于脸形，叫他是"槟榔"，于是"槟榔来了"成为让室友们花容失色的一句暗号。

还有院里的一个学生干部，入学不久写了篇赞美×大的散文，受校长接见，青云直上了。她走路从来目不斜视，腰板笔直，咚咚的脚步很重。她成天戴个耳机听英语，离开自习室时自顾自地把门狠狠一带，地动山摇。更要命的是她拉得油光水腻的披肩直发，前面还要留一排卷毛刘海，两侧各扎一条麻花小辫垂下来，类似八十年代武侠片中的女主角。我盯着她摔门而去的背影盯了几次，终于灵光一现迸出了"铁板烧"的外号，还就此传开了。

我们大二的美学老师，师大音乐系毕业，院里莫名其妙地把她安排过来教深奥的美学理论——是认为音乐等于艺术，和美学挂钩？还是认为她漂亮？我们百思不得其解。男生倒是很欢迎她的。他们可以忍受她一节课从头到尾照念教材抄笔记，也可以忍受她把"鲸鱼"念成了"穷鱼"——类似中学时，一个凭教育局长老爸开后门进来的女老师，把杨贵妃读成杨贵己。男生认为她活泼可爱，她有很多脸红或吃惊的小动作——因为老被我们挑错。她已经是四十岁左右的半老徐娘了，处处按着琼瑶女主角装扮来，还是清汤挂面的直发垂肩，穿粉红或雪白的套裙、短裙，手机挂饰和提包都是超可爱或巨显豪华的，男生认为她有青春不老的好心态。我们终于对班上男生彻底绝望了。

有个男生不招人喜欢，打某室友主意，另外的人规劝她擦亮眼睛，尤以一个女生呼声为高。他听说了，来找她论理。论理是吧？那个女生二话不说，抄起走廊里的撑衣竿扑赶他，夜色中他边喊话边逃跑，在校园里转了小半圈，逼急了冲上了阴森森的情人坡。女生本来心里也很害怕，出于面子问题加上恼怒心理，一赌气也追上去了。最后他逃难进了学校管辖区的青山派出所才把这事了结。 大一我们曾在冬天风高月黑的晚上抱着铺盖去TV吧看恐怖片。第一部是《午夜凶铃》，我三分之一的画面没看完整。老用手搭在眉毛上，一有个动静就捂眼扭身，惊悚的镜头全部漏过。还有一部叫《鬼水凶铃》的，没那么刺激，挣扎着看完，果然有后遗症。——我的床头摆放了饮水机，半夜偶尔被咕噜咕噜的冒水声惊醒，就联想起水里面纠结打转的毛发、断臂残肢，赶紧捂紧了被子……

男生宿舍还有过女人留宿，半夜有人上厕所看见女人在洗漱以为贞子现身，拔腿就跑。师大的同学告诉我，一个中南大学够压抑的男研究生，穿裙戴帽混进了她们宿舍，看人在卫生间洗澡，从二楼一路看到五楼才被识破抓获。北京高校的宿舍治安确实算不错。

我们那时烧热得快是常事。有天我边蹲着等水开边和人聊天，无意识地用手去摸摸水，看热度如何，脚底下一阵发麻，才回过神来水是导电体。考研的时候，和同伴晚上去看录像调节情绪，看完一部还意犹未尽，想想已经有九十点了，就回房。扭开门，面前湿气腾腾，白雾缭绕，热得快还在冒烟，壶里的水已经见底了。床上的被子和衣物拧得出水来。再晚回来两个小时的话后果严重——出门的时候忘记把它断电了。

大学四年我过的是最人模狗样的生活。因为非身处名校高等院府，所以从来不以"天之骄子"自居，自定位为被踩在底层的小兵，没有摆大架势的由头；因为是中文系的，老认定可以随心玩乐，嘲笑一切看不顺眼的人和世界；本来我又不是拿奖学金的优等生，日子大把大把地花，成天琢磨着如何过得新鲜有趣……和死党拎着手电筒去凶杀案件层出的情人坡探险啊，在伊甸园向阳的山坡上躺着再抱成团滚下来，或是一伙人吃完生日蛋糕后搭着肩背大跳兔子舞，还有和考研同伴特意冒着大雨，蹚水去夜猫TV吧看《本能》，炸雷声中光脚拎着一条小命，豪情又刺激……是为我的狗脸岁月。

故乡的鲜味风味

周末跟家人去吃湘菜，点到了藕尖和芦笋，这可是一般饭馆都不会有的正宗湖南水乡风味啊。一股思乡之情油然而生，我匆忙躲进逍遥往事中。

故乡到了这个暮春时节，触目所及是连绵不断的紫云英花毯还有灿烂金黄的油菜花。村庄里屋前屋后，小沟泛绿，池塘漂亮，波光粼粼，终年常青的杉树乔木像卫士一样守护着家园。菜地里的韭菜割了一茬又一茬，豌豆苗儿绽放如新，还有地米花儿处处开——又叫作荠菜，就是民谚中说的"三月三，吃鸡蛋"中用来煮鸡蛋的草叶吧。还有土话中喊的猪耳朵草，马兰花，似菜又不用专门花力气侍弄，生命力顽强，春光明媚中在沟边田间肆意蔓延。包括我们小时候上学放学途中，在偏僻少人行的野地里采的地米菜——地衣，也是可入口的食材，接地气，满坑满谷的。红红晶晶亮的电泡子，比城里大棚精心养护的草莓要鲜嫩、甜蜜，可惜眼拙的我老不小心就采到蛇莓了——据说剧毒的土蛇从它上面爬过，或者流了毒液在上面据为己有，使得它剧毒不能入口。水沟边密布丛生的刺梗灌木，初长成或者才发芽抽条不久的鲜嫩的梗儿，剥掉皮也可以嚼出丝丝青草香的汁来。还有个别人家为了观赏种植的美人蕉，阔大的可以做芭蕉扇玩的叶子，一手指长的嫣红或者粉黄的花朵，不但好看，摘掉花蒂，底部有个小孔，还能吸到甜美的汁液，简直如糖似蜜。那个时候家家户户门前屋后都有各种果树或者花树，其中有桑葚这一大美食乔木。不用特意爬树去采去摇落，春风蹁跹中，树下草丛里就能捡拾到紫雾雾颤巍巍熟透的桑葚果儿，掸一掸灰，吹弹可破的柔嫩，都不敢洗，一洗果肉就破了，水都染色发红了。还有一种叫苋菜的，炒起来也会渗出紫红色的汤汁，夹到饭碗里马上把白米饭染色。小时候吃这样的菜让我又喜又怕，小孩子的心情就是这么懵懂善感。

那时候隔壁邻居家背后的大菜园里种了齐人高的栀子树，一天可以开几十朵，莹白芳香，奶奶说她小时会采栀子花当饭菜吃。我们不馋吃它了，但会大清早把它采摘页后放进封闭的蚊帐里，一到晚上睡觉时满室的芳香呢。曾经，我有一个敬畏的五年级时的语文老师，当时她三十岁了还单身，个性要强，还跟我妈同名，我感觉对她有特殊的感情。从来不爱跟老师拍马屁的我，无意中说起可以摘到栀子花，还很仗义地应允说每天给她带两朵新鲜的去。结果有天邻家大哥板着脸听闻我的差使之后，满是不屑的口气——干吗要给老师送花？以后不让摘了。我顿时觉得心情很受伤，也蛮对不住老师，还好她听信我的解释，也不强求于人了。三十来年后，我才隐隐感觉那个邻家大哥因为家境贫寒，自己也没上几天学，潜意识里对乡村里象征权威和高等阶层的教师团体带有一种嫉妒仇恨的情感；而我又是一个远近闻名的女秀才，成绩数一数二的好学生，他更看不得我投桃报李，拿着他家的物产去献我的人情吧？可惜我年幼的时候还是阅世太浅，丝毫不懂这些人际微妙的关系，只会傻愣愣地埋头读书，以为书念得好了，老师自然就喜欢，家长满意，也不用去看谁的脸色，世界尽在我掌握中，凡事都有了交待。

继续回到吃，池塘里长的茭白可以拔起来生吃或者炒着吃。那个时候肉还是稀缺物，来了贵客或者逢年过节才有得买，清炒茭白也是一道美味了。家家都有一口池塘用来寒冬腊月干塘，一年的腌制腊鱼靠它出产，售卖掉肥鱼大鱼还有了补贴家用的活钱。更不用说圈里喂养的大肥猪了，精心侍弄，养到两三百斤，大年早上还没天亮就鸣放鞭炮宰杀了。然后猪血拿脚盆装起来，各种下水盛起来，灌肠的灌肠，分付人情的捡送出去做人情，大扇的肉是卖给贩肉师傅的，猪头和猪尾臀就腌制成腊肉留着慢慢吃。最后猪血还有猪肝什么的各种内脏煮成一大锅，答谢来帮工的杀猪师傅以及亲朋好友、乡亲邻舍。杀猪需要几个人摸黑进猪圈捆绑猪的四蹄，再把它放倒了抬起来，掀翻在门板铺成的桌面上。屠宰师傅的尖刀要亮，锋利，用力要稳准狠，白刀子进红刀子出，朱红的鲜血就泛着白沫喷射了出来，漏进门板下的脚盆里。场面激烈，猪会凄惨地嗥叫，我都不敢直视，尤其听大人们神秘地议论，最怕是遇见五爪猪了——也就是猪蹄上有五个脚指头，这样的猪脾气暴烈，被视为凶戾不祥之物。万一它垂死挣扎中踢人一腿，简直要出人命的，不死即残。

到了年底的时候，忙完了一年农活的青壮年劳动力们，聚在一起。

那时还不流行出去打工，大家基本也没别的消遣，就会倡议舞龙灯，唱三花妹子花鼓戏了。还有家家必制、通力合作杵臼地打糍粑，做米豆腐，还有晾晒各种瓜果干、红薯片。荸荠在那个时候从湿地里挖起来，洗净或者晾干风干；甘蔗也早就放倒了，埋在土坑里保鲜；橘子还会丢进谷仓里风干，看着它的皮金黄起来瘪下去。年头年尾，妈妈们炒瓜子花生做糖，还是能端出不少让孩子们眼前一亮的美味来的。过小年开始我就盼着妈妈炒瓜子了，炒完放笸箩里冷却的时候，经常等不及就伸出手去抓一把，也不嫌烫，不怕黑乎乎的铁锅灶灰以及炒煳了的瓜子壳上的黑灰脏染了手，留下了偷食物证。

还记得上初中时，中午的伙食都是通过在学校分饭解决。每学期家长背一袋米谷交到学校充当孩子的主食物资，通常八个学生分组成一个饭队，生活委员连同劳动委员每天抬着几锡盒饭到教室，当天的值日生用筷子或勺子把一平整的饭块划分为八大块，每人挖走自己的完事。男生饭量比女生大，光那点平分的例饭经常吃不饱，于是小组组长或为了开玩笑，或是真心谋私，就会把那个分饭线暗地里拐弯，斜下里插到别人的领域去了。

学校也养了猪，潲水都是我们这些学生中午吃剩的剩饭剩菜。有一年年终杀猪时，还回馈给学生一桶猪血下水汤。两大委员喜气洋洋地把冒着热气的食桶抬来教室时，我们趴在围栏上看着他们远远地从操场逶迤而来，不禁喜上眉梢。说到带饭制，其实主要带的还是菜。在我家，我和哥哥就差一个年级，妈妈每天摸黑起早，要给我们兄妹准备双人份的菜，再拿个麦乳精或者什么营养品的玻璃罐装着。最高级的菜就是韭菜剁椒摊鸡蛋了，一个月吃不上一两回。别的无外乎什么腊八豆啊，各种炒咸菜啦，比较下饭又没有什么淋淋洒洒的汤水类的东西。一次我一个同桌，上课时走神肘子从课桌上掉下来，把自己的课桌碰倒了，里面的菜瓶子滚出来砸个稀巴烂，因此她当天的菜也洒光了，只能光吃白米饭了。初中学校还分红过一次学校的美物。那是初一初二教学楼后面的橘园，看门的习爹分管这片橘园，平时他凭充沛的精力和利落、武艺高强的身手威慑着调皮捣蛋的小子们，使得他们不敢觊觎没有成熟的青果。一旦开园开采的日子，他还会每班挑几个高大健壮的小伙子帮他一起采摘，然后为了奖励毛头小孩子们这一年的表现，就用班级打扫卫生的铁皮桶，装了大半桶青皮橘子分发到每班，一个学生也能分到一两个吧。说到橘子，伴随了我整个童年的味觉记忆。我家村上也有一个橘园，恰好是姑婆家看管的。我小时候没少去她家叨扰，住进那个时候很稀有的看管橘园的小砖楼——一间房罢了，矗立码起的两层，晚上他们家就守在二层上面，便于瞭望视察整个橘园周边状况。姑爹是个很慷慨热心又幽默，喜欢小孩子的老年人，记忆中老是兴头很足的笑眯眯的样子，热忱地由衷地欢迎着我们这些小把戏来家做客。我这样老实乖觉的，还真没滥用过他们的信任，没有偷摘过一颗他们家的橘子。我爸其时也已经去乡政府上班了，一年至少有一次会背回来一麻袋橘子。然后我妈神秘地吩咐关上大门，把袋子拖到卧室，再把麻袋口解开，往地上一抖搂，哇，滚圆柔软的或泛黄或者青皮的橘子满地滚，甚至滚到了床底下，掰开一看，里面都快通红了，熟透了，脆甜多汁，富足了我整个童年的记忆。

说到吃，还离不开跟着哥哥们去野外旷地的各种扫荡。那时我们成天打打杀杀，嬉戏玩闹，所有的活物只分两种，可以入口的和吃不得的。上下学途中，要沿着一条小水沟穿过家门前的田野，每到秋冬初春干涸的季节，水沟里会有懒洋洋的泥鳅，还有各种小鲫鱼、大螺蛳蚌壳等。哥哥们就会随身带着塑料袋，摸鱼抓泥鳅，忙得不亦乐乎。快到学校了，他们把装满了水连带着活鱼泥鳅的塑料袋找个偏僻的田埂背弯处藏起来。农闲周末，他们主动拿着竹篾片做的篓子，装在有蜿蜒的径路，也就是据说鳝鱼出没地的窝穴附近，再过个半天一天的时辰去检查成果。结果真有小到指头粗，大到小孩手腕大的鳝鱼们成为瓮中物呢。夏天的晚上，他们提着自制的煤油灯去水田里抓青蛙——又号称田鸡，还有泥鳅以及涨水时节混进稻田里的各种美味活物。目标所及，更离不开人家的瓜地果树，还有水里的莲藕菱角鸡头米，土里的红薯豌豆，屋檐下的桃子橘子柚子。我是个没有什么战斗力，但是又对他们死忠、不离不弃的跟屁虫，经常跟他们沆瀣一气，分工合作。他们猴子似的上树下水，摘果摸瓜挖藕，我就躲在挑好的大草垛缝隙中，帮他们看管书包，连带放风盯梢。一旦发现主人或者什么过路人来，我就打信号喊他们快跑，然后他们家刚好都没有妹妹——以哥哥为老二的四人帮，都是本家吴姓的队上的，都宠溺地默认我为妹妹，优先会把摘下的瓜果让给我看着，让我边看边吃。那迫不及待的大口啃食，伴随着双眼溜来瞟去的形容，也可以说是我童年的精彩一幕吧……

他们中一个最小的哥哥，按照辈分我该叫他叔叔，可是我们一起玩大的，后来他因为升学考试不利还降了一级跟我同班，我更加不可能称呼他为叔了。每次见了他，我就打马虎眼，含混地糊弄过去。他家那时养了一群鸭子，可以说是殷实人家。我家挨得他家最近，我妈急性子，早早做了饭把我们打发出门后，兄妹俩一转身就到了他家，眼巴巴地等着他不急不慢地吃饭，经常有金灿灿的鸭蛋炒饭，简直是另一个阶层的佐餐啊。我和哥哥都盯得津津有味，好不容易等他吃完了，另外两个小伙伴也到齐了，于是就五个人一起上学去了。这些年来，彼此的人生际遇发生了很大变化，我和哥哥上了大学又离开故土来了省城或者京城工作。最小的那个慢性子哥哥，他父亲管束很严，逼着他也读了个当地普高，无奈还是高考失利，最后去了广东打工。他做蓝领也很勤勉用心，在康佳电子干了几年，家里又催他回去成亲务农。幸运的是，他在厂区认识了一个中专毕业学医的平江老乡妹子，情投意合，一起回到家乡，她开了一个小药店，他开起了面包车拉活，并且家里还置备了收割机等大型农用机器，全面开花，小日子也算过得红红火火。那时候感觉他爸，也就是辈分上我堂爷爷，潜意识里很想培养他家这个儿子学有所成，落个出息，好和我以及我哥旗鼓相当；但是我们尤其是我的成绩一直比他好，他从我哥哥的同学留级到变成我的同学，还是没能跳出农门。尽管他心灵手巧，人也很厚道勤勉，可能是少了一点考试的运气吧。有年放假回家，路过镇上停车场的时候，看到他的小面包车停在那里，生意冷清，他百无聊赖中在和别的司机们玩牌小赌，顿时心里一阵难受歉疚。我猜想他这样去过大城市，有过求学梦，最后二十多岁又得回农村待住一辈子的人，心里肯定有所不甘吧？每次回家，我爸妈都会喊他来陪餐，跟我爸下棋。他还兴致盎然的，话语也不多，意态殷勤，倒是没有沾染农村中年男的世故油腻。只能希望他的儿女们以后能一偿他的夙愿，来花花世界、万丈红尘一一试水，见见世面，最后心甘情愿地选择自己想要的生活了。另外两个哥哥，境遇更加不顺遂。一个也是初中毕业就辍学了，去长沙打工时认识了一个益阳的妹子，很快结婚了。后来生了孩子之后，家庭变故，夫妻失和，女方给过他一次挽留的机会，他被妈妈给瞒住摁住了，错过了那次机会。后来他独自在家抚养孩子，心情沮丧，人也发福臃肿不堪，一直没有再婚振作起来。另外一个哥哥，比较精明，跟随家里哥姐去海南打工从事家庭餐饮业，也找回来一个漂亮的老婆。婚后生了孩子才知道老婆身患乙肝大三阳，因为没来得及做母婴阻断，刚出生的乖巧漂亮的女儿也遗传了肝炎。他们家的孩子都是长年累月地丢给家里老人，一年到头在外打工。我过年回去偶尔跟他们碰上一次面，都是意兴阑珊，态度有点讪讪的。在我是不知道怎么开口问询他们的生活事例，因为我一直在学校，升高中，上大学，最后还读研来了北京，而他们，在红尘摸爬滚打多年，儿时的那份青涩亲昵也早已不复存在，等闲变却了故人心……这是令人惆怅的，也是意料之中的事。时间的河，慢慢地流，带走了、改变了故乡的风景和一张张熟悉的面孔。谁在黄金海岸，谁在风烟彼岸？希望大家都能过上自己想要的生活，至少不用颠沛流离，万紫千红之后能得岁月静好。我也只有在这样一个一腔乡思蓦然翻飞的下午，才会数起念起故乡的那些美味风味、人情，跟往事干杯，小酌一盅吧。

关于"大天王"

　　高二时我的同桌是一位胖乎乎、行动利索、嗓门粗大的女生，男生有人给她取绰号"推土机"。身为班团委书记的她一般说来外向豪放，有次每人收取团费三块太费力，我给她出馊主意：你去向那些棘手的男生每人要三元的饭票——这个他们掏起来方便又不心疼，然后我用钱全买下来。结果是她巡逻一圈真的捧回了一堆花花绿绿的劣质饭票。

　　就这么一位看来风风火火的团委书记，看上了我们班"四大天王"之首的大天王——年少的时候瞄上了一个人，有人会深埋心底，不敢轻易启齿关于对方的一切，而像我和她这种聒噪起来半斤对八两的八婆型女生，是恨不得全世界的人都来分享我们的喜怒哀乐的。刚好那时我已经换了心仪的对象，我们二人成天拿着班上三十多位男生琢磨来研究去，核心人物无外乎她的"他"，和我口中的那位艺高胆大的猴哥。一不做二不休，我们编排了班上"帅男，个性男，才气男，风度男"诸类划分的花名册，结果他以各单科列首，总分绝对第一的优势毫无争议地处于四大天王之首。呵呵，就是我文章的主人公——"大天王"。

　　大天王号称有一米八一，在南方男生中绝对算高个。肤色黝黑，我现在偶尔心血来潮还会脱口而出喊他"小黑"。高一按中考成绩分班，他是总分第一名分进来的。我那位同桌是第二名。每次考试都坐在他背后，难为她还正常发挥经历过一次次期中、期末考试。开学军训的时候，因为他个子是鹤立鸡群，女生一般都会多看几眼。我第一感觉是这男的说不出地冷漠矜持。但是我又发现站在田径场大树下的他，T恤一边腋窝处脱线了，短袖都垮下来半截，还冷酷个屁。军训完毕，马上又到了10月末的学校田径运动会，他是学习委员，身为班干部的他按理应观战助威，但就他一个人没去，窝在教室里自习。后来民情激愤，要求把他的职务撤了。第一次月考，分班第一进来的他好像得了个20名，他老爸来学校了，拖着他去班主任老头子那里说了话——尖子生是不好当的啊。从那以后，他成绩再也没下过班上前二名。

他的位子在教室最后面，平时不怎么和女生有来往，尤其是我这种神神怪怪，不务正业的"非良"女生。要不是同桌成天在我耳边聒噪，说他怎么优秀，怎么有型，我很少去注意班上有个这样的"高级货"。同桌下课后，为了看他凭栏独立的侧影，居然强装上厕所从走廊一趟趟经过！有次她想调换桌位坐到他前边一近芳泽，人马未动，有所发觉的他据说愤而出走，冲出了教室不回座位以示抗议。直到同桌打消了这个疯狂的念头。高三班上分进一个高高瘦瘦的男生，同桌发现他的侧脸有几分神似大天王，心绪一动，转而把他发展成为男朋友，一直到现在。

高中三年关于大天王，我的印象总结起来是：成绩好。冷。孤独。挺拔。正直。常见场景是站在二楼栏杆边一动不动看远方，看操场我班的排球比赛——但是很少下楼去现场看。他的一个室友在日记本里这样说他："作风"有问题，当众亲吻漂亮女明星照片；思想上，寝室轮流分派的提水的活计他推托不干；灵魂深处，私字当头；还有，骄傲任性。某次他坐在床边吃饭，一个平时爱开玩笑的男生，也是他同桌笑嘻嘻进来，说厕所来厕所去厕所怎么怎么啦。恶向胆边生的他硬是把手里大半盆饭菜扣向了那个男生。唯一听到的关于他人性化一点的逸事是：生物考试发试卷到他们一桌时，具体是发到他面前，只剩一张了，等下一批要耽误不少时间。他把试卷主动让给了学习没他认真的同桌，他们就此和好。

高中女生里，我所知的对他动心的女生少说也有半打，真的敢敞开心怀表白的还没一个。直到高三，一个文科班比较开朗顽皮的女生动用哥们儿关系间接向他示好。大天王在众目睽睽之下抽出高三宝贵的晚自习一刻钟，陪那个女孩在走廊栏杆边聊了些啥。没空手回来。别人打听到他有鼻炎还赠送了他一瓶高级药水。啧啧。他面色坦然地当众用得很舒坦。

大天王在高考的时候，我老记得，临窗的他站立起身欲交试卷时，周围围着数人要抢看他的卷子，他就木木地看着别人，一如既往地面无表情，脸色、眼神都黝黑之极。似乎又只是我的一种记忆错觉。六年后他自己说没这档子事。一个人，一件事情，经过不同的记忆，版本可以相差多远呢？所谓历史，提供给我们的只有叙述人的立场和口吻。

六年后，很多暗恋他的女孩男友都已经换过几个了，大天王还是彻头彻尾的光棍一条。女孩子的青春总是短暂，大家可能连拭目以待，看他到底要找个什么样的对象的耐心都没了。

　　大天王现在就读于清华计算机系，手机号码是133……哈哈。

立霾说

　　其实也没多说话，没少喝水，突然觉得嗓子生锈了，哑哑的，硬硬的。早上出门，戴眼镜的以为镜片沾灰了，没擦干净，视野怎么也不清爽；没戴眼镜的，以为视力下降了，天地间可不都灰蒙蒙的。二十四节气多了一个，立霾。就在供暖的这几天，11月中旬，如约而至，忽如一夜浓雾来，千树万树柳絮飞。本来是灿如白玉盘的月亮变成了铜锣，暗红倒不至于，只是变得褐黄。平时不敢仰视的中天骄阳倒变得含蓄温婉起来，犹抱琵琶半遮面。一夜之余换了人间，人在仙境走，车在雾中泊，高高低低一脚跟一脚，虚虚实实一程接一程。

　　地铁车厢俨然变成了急诊室，一个个口罩遮面，如临大敌，苦大仇深，眼神透露出紧张疲倦、累觉不爱的神气。怨天怨地怨政府，自己都嫌弃，也就不对周边的庸碌大众报以好脸色了。风和日丽原来不是陈词滥调那样信手拈来，老天爷给点颜色看，凡人真的要诚惶诚恐的。天气好坏，不但影响人的心情，也影响到了生理肌能反应。君不见，听探子播报大风已经到了张家口，正在办理进京证时，喉头都没那么刺痛了，脸部肌肉也松弛了，呼吸也匀速起来。谁说只是心理安慰？看得见摸得着吸得进去的红利啊。

　　冬天的心情，一招一式都靠老天爷赏脸。据说北欧国家社会福利程度全球最高，小国寡民，世外桃源般的没有兵火之灾，没有剥削压迫不公，资源、待遇优渥到让人不思进取的地步，但那里的自杀率也是最高的，是因为冬日漫长，极夜对神经系统的考验使人不堪重负。可见天地之间愁云惨淡，风云变色，是会移情作用于人的心灵和精神的。何况还是有毒的灰霾？它让人产生囚徒般的困顿心理，感觉处身于集中营，一个个缓慢地沐着毒气浴，再等着毒发身亡的那天。那一天，说不上是哪天，也许在你升职有望，感觉成为人生赢家的时候，一纸报告单击碎了你的喜讯；也许你半生竞逐的功业告一段落，准备悠游岁月，栖息林下，结果你的支气管和肺气泡却鸣金收兵，未老先衰了；抑或是你上有高堂，下有娇儿，你乃一中流砥柱，社会精英，但不能让他们呼吸到一口新鲜空气，不能让他们过上几天舒心明媚的日子，给老人一个清晰绚丽的夕阳红，给孩子一个纯净美丽的童年。你有再大权势，赚钱再多也没用。

甚至你还得眼瞅着孩子休学在家，蹙着细嫩的眉毛，憋着通红的小脸，在你面前咳嗽挣扎。你心如刀割，痛恨过敏的怎么不是你？孩子是无辜的，那么谁是罪魁祸首呢？你思考起平时很少考量的问题，总觉得那些是肉食者谋的大事。你只是一个本分勤勉的中产阶级，有房有车有稳定上升的职业，有老有小。你的G盘已经只容得下医嘱、天气预报和一家老小。只是这些年来的天气预报越来越像噩耗了：先是从冬天开始，后来蔓延到春天秋天，甚至夏天也有那么几天不透亮的日子；先是一天两天看不见阳光，后来一周雾蒙蒙地也习以为常，再后来，整个冬天要是刮个大风之后能一睹太阳的芳颜，简直像过节。

开始，他们抓的替罪羔羊是私家车，特别是挂着外地牌照混迹于京城的不法分子。赶走了一拨一拨外地人和车，在空荡荡的限行高速路上，霾并没有丝毫减弱；下一个替罪羊，他们说是郊区的农民不识大体，没有全局观念，私自在家烧煤烧秸秆过冬，断送了首都人民的洁净冬天。他们得增强体质，抗寒抗冻，为全国人民的首都的完美冬天作出牺牲和贡献。后来煤改气了，对私自烧煤烧农作物的民众也罚款处置了，冬天并没有给你好颜色看。后来又说是建筑工地操作不当，甚至郊区的小手工作坊排气太多，人烟嘈杂。断水断电驱离他们，断舍离大法之后，立霾节还是不期而至。

虽然大家已经众说纷纭，但事实只有一个，驱霾最有力的尖头兵还是西北风。看来"解铃还须系铃人"这句古话是颠扑不破的真理。一个冬天多喝几天西北风足够让首都人民在朋友圈喜笑颜开，在外地朋友面前直起了腰板，不用自我解嘲说"贫贱不能移了"。那些候鸟一样辞了工去了边陲之地的青年中年文青们也心有戚戚，倦鸟归巢又一次飞蛾扑火。并不是每个人都有北漂的勇气和福气啊。北京何尝不也是一场流动的盛宴。十八岁的时候，如果你能来北京上大学，与中国最热血聪慧的青年男女一起成长；二十多岁的时候，如果你能来北京就业，谈一场见过世面或者有思辨深度的恋爱，青春张扬到极致。你有多大的憧憬，就能忍受住现实对你最大的嘲弄和诋毁；三十多岁的时候，如果你在北京站稳了脚跟，买一所五环以内地段的房子，生养一个北京户籍的宝宝。想着凭一己之力，把你们山村或小镇或十八线城市或二线省会的家族的根晋级乔迁到这万众瞩目的首都来了，足以达成你人生的一个巅峰……有那些惊心动魄刺激肾上腺激素的愿景做铺垫，冬日霾这个灰色的布景足以让人视而不见。直到你慢慢老去，生命越来越像一袭外表光鲜，然而里子开始脱线剥落的睡袍，一日接着一日的无关痛痒的小事出现在你宏大的叙事里。

那是：老父母久治不愈的咳嗽，冬天奢求的芬芳暖阳；小孩蓝天骄阳下明媚的笑脸，抬头追寻鸽哨的咯吱笑声；你的清爽利索的喉头，洁净如洗的鼻孔，更不用说几天不用换的围脖衣领。这些琐屑像跳蚤白蚁，噬咬着你的壮丽愿景和宏大叙事，让你的人生规划越来越找不到强有力的论据。在外地亲友面前，你调侃自嘲，说这是生化危机的京华版，你早已百毒不侵；其实在单位每次组织的体检中你都开始心虚了，孩子轻微咳嗽一声也足够让你肉跳心惊；你一到这个季节，就自动地浏览南部沿海城市的就业居家信息，幻想着哪一天也来一场说走就走的搬迁，但是孩子的学籍呢，全家的户口和爱人的工作呢，你自己的职业规划呢……

雾锁重楼。最开始有霾的那些日子、年份，你愤怒控诉，嬉笑怒骂，在朋友圈和网络上奔走相告，想向有关部门举报告发什么，引起有关部门的重视，以为上达天听就有一劳永逸的解决办法。后来有天你看到新闻里某某要人在巷子里亲民状调查民生，背景是熟悉的配方和味道，你知道这条路其实是不存在的——或者说，前途是光明的，道路是没有的。后来朋友圈里能走的人都走了，在外地混不下去的转了个圈又都回来了，再也不抱怨叫嚷了，徒给人添笑柄和佐料嘛；你也学会了冷幽默，用调侃自嘲来化解，总比被别人嘲笑怜悯强啊。能浏览能逗你发笑的段子都看完了，慢慢地你也学会了遗忘，对着地铁车厢灰白背景的玻璃窗上凸显的那张冷漠脸，你也情意缱绻。好死不如赖活着，当一天和尚撞一天钟，再熬熬，再坚持一下，没准明天风就来了，没准哪天产业完成升级了，问题就从根源上解决了。或者政府找到一个强有力的突破口，抽丝剥茧地把症状诊断清楚了呢。

　　于是你就蜷缩回自己的内在世界，拼内功，拼体质，拼心态，觉得日子也没那么难数了，大大小小，或玲珑或凹凸，一串串地从指缝间溜走。该干嘛干嘛，毕竟生活中有比PM2.5刻度表更吸引你或者更重要不可或缺的东西。而无所不在的霾从天地玄黄、鸿蒙初开的三维空间里，从你的青壮年、老之将至的暮年，从不同的时间维度里向你袭来，袭进你十几岁的时候以为华美绚烂，二十多岁的时候以为完备皮实的生命长袍里……

留在心底的笑

多少年了，任日子飘渺地闪过去不留一丝痕迹。有许多心绪已渐渐消融了，有许多曾对我有意义的人物也悄悄地逝去了，唯有那些想笑却终未能表露的感觉仍像白鸽一样，在心灵深处升起，盘旋又回落……

最小最小的时候，总爱搞恶作剧。看着蜷在墙角睡懒觉的大花猫，忍不住蹑手蹑脚凑过去，揪着它的根根抖擞的胡须，直弄得它"喵呜"惊叫一声蹿起好高。也会用一块两块糖果逗弄小堂妹，让她充当我的"活画板"，在她的脸上用墨水笔涂长长的眉毛，勾勒出弯弯的唇廓，寻找一种痛快淋漓的感觉。直到今天，每当在书纸空白处不经意地划拉出半张人脸来时，总会忍俊不禁地想起小堂妹那张鲜活的眯着眼睛嚼糖果任我挥毫泼墨的脸，我曾是多么顽皮啊。

很小很小的时候，心里总有一种邪邪的感觉。看着本已规范整齐的物件，总想把它弄得一塌糊涂。挂在墙上的漂亮女明星画片，非要用铅笔尖戳几个洞。后来这种"恶作剧"意识延续到与他人的交往上。我不能忍受别人把我当好孩子看，这样会压得我喘不过气来。恨不得与天下人为敌，才可以不必小心翼翼地维系让别人看的形象。偏偏那时的小学老师"不识相"，硬要把我当珍奇宝贝看。我也颇为狡猾地在表面上装得比庙里的菩萨还要正经古板，肚子里却满是花花肠子。只要背着他们我就眉飞色舞，大吵大嚷，比猴子还要精灵快活。平时也爱玩些投机倒把的勾当，于是经常冒出"病假""作业本留在家里了"的案件。我竟然会一本正经地作假，这种我行我素、自行其是的风格也许是从小磨炼修养而成的，我竟有点得意。

渐渐大了些，爱看一些行侠仗义打抱不平的武侠书籍，我的性格更趋向于戏剧化了。多么羡慕种种惊世骇俗绝技的我，对那些啸傲绿林、义薄云天的游侠佩服得五体投地。常一个人走在上学回家的林荫道上，不觉兴起了"此树是我栽，此路是我开。要想过此地，留下买路财"的猖狂念头。我更热衷于那种"神龙不见首尾"的行径——作了劫富济贫的大案后，在现场留下一首理直气壮的打油诗或者一个标记，让人看得目瞪口呆。印象最深的这样一位侠士是"一剪梅"，它还一度成为我自诩的绰号呢。不过我干的只是在同学的课桌里丢死蛇，半夜和一伙人到所厌恶的老师窗台前滚火球的拙劣小事而已。最令我耿耿于怀的是"花蝴蝶"这一作恶多端的恶贼，可惜了那个好名字。而今偶尔看见一两个捧着武侠小说不忍释卷的"后起之秀"，不由心领神会地感到妙不可言。

长大至今，也受了一些不大不小的委屈，可恨我又是拙口笨舌地懒于言辩，只好凡事往肚里吞了，竟也修炼成一副难得的"雅量"。每每家里有什么好吃的影迹无踪了，妈妈总是咬牙切齿地指着我的鼻尖，我也居然像真的拿了一样肩膀一耸，两手一摊。后来尽管常在老鼠洞里发现残迹，我也不再多说半句。妈妈这时就骂死骂活地咒老鼠，我倒没事似的，心里忍不住苦笑：下次若还有这种事情，第一个挨骂的必定是我。别人说我馋，我也不否认，甚至常常一个人嗑瓜子到半夜，只是我从未向人伸手去要，也懂得该在什么时候什么场所吃。

我挺欣赏自己乐观得过了头的一面，别人眼中再坏的事我也能想到好的一面去；我很善于体恤自己，没有观众，无人喝彩，就自己给自己欣赏，生命原本就不是为了取悦于人而存在的。我为什么不在自己的小小世界里飞舞，欢笑一生？但当别人关怀，帮助我时，我根本笑不出来的，太多的感动让我无比凝重，不敢不忍有半点轻视怠慢；当看到有人卖乖献丑，我也冷笑不起，自感还没有那样残酷刻薄，同生为人的我多半羞赧得低下了头。所以，最令我真正开怀的倒是一些无关痛痒的，说不上好坏的小事，小事而已。那些忍俊不禁，不曾成形而又真实存在的笑意真是让人无比轻松，舒适。皮笑肉不笑会很苦的。

也许今后孤身独行的天涯路会有更多风雨，但我会珍藏心底那份想笑的感觉，挥洒所有的淋漓。我坚信，只要心中有意趣有笑容，就无须太多的一路顺风，自己能创造奇迹，无须别人的记挂与恩赐。

驴行记

　　最开始我产生户外的念头，是迫于腰间赘肉逼人。那时我毕业参加工作不到一年，住在前八家那种违建公寓里，没有暖气，热水都没有，一层楼一个洗手池，还是刺骨冰凉的冷水。然后公寓楼里不带洗手间和澡堂，也没有煤气炉，连做饭的电磁炉都摆不下，进门就是一张单人床，床的那侧就是窗框。冬天，大风呼呼地在外面呼啸，小风嗖溜溜地从窗缝里钻进来，穿骨入髓。于是，每天从学校吃完食堂洗完澡回来以后，我一屁股坐上床看起了书，实在没有别的娱乐消遣，就边看边吃零食，吃得最多的是瓜子，看倦了就倒头大睡。这样一个冬天下来，腰腹部挂起了圆整的救生圈。那时还没有男朋友没谈过恋爱，心里很介意形象问题，正儿八经去健身房又没那么时髦洋气，于是想多运动运动，爬山户外总行吧？

　　一开始瞄准的户外组织是绿野网，平民低廉接地气，北京郊区当天来回的线路比较多。某个地铁口清早七八点集合，晚上五六点给拉回来。曾经试图自己坐地铁倒郊区长途公交去玩，结果日程如下：以某次去红螺寺的经历为例——六点多起床，七点多到东直门郊区公交枢纽站，排上了队，好家伙，黑溜溜的蛇形长队。那时还没有开通京平高速公路，916都得经过郊区二十多站才到怀柔县城。八点多轮到我上车了。出市区就花了近一个小时，北京城内二三环周末那拥堵盛况，尤其赶上天气晴好的周六，人山人海，都要去郊区透透气遛遛腿。自驾车轻便利索，在车流里窜来窜去，直到把高速路变成停车场，公交大巴更加笨重难以通行了。

　　快十点了，公交大巴上了去怀柔的主路，结果这车是输送村民回家的大动脉，沿途二十多站，每站必停，开开走走，折腾到十二点多才到怀柔县城。这时我还不能直达红螺寺，又是一阵打探，找到了去红螺寺景区的怀柔小旅游巴士，等到车，到了目的地，已经下午一点多了。更绝的是，等我买完门票，随便吃了点干粮，一看景区外公交站点告示，有趟红螺寺直达东直门的公交车，但下午四点是末班车时刻，意味着我冲进偌大的一个景区，上山下山逛寺庙，就不到两个小时……

来都来了，票也已经买了，我硬着头皮还是进去了。噔噔噔跑了几百级石头台阶，快闪似的在寺里露了个头，也没顾得上烧香礼佛，连拍照都没心思，还是蹭蹭蹭地下山回转了。惊魂未定地坐上了末班车，心里才踏实。那时刚参加工作不久，没胆量魄力，没见过啥世面，也没漫天撒金随处布施的雄厚财力，还是想着安全回家，减少意外花销吧。

有了这么一次自由行的经历，基本就放弃了自己一个人出门的念头了。还是跟大巴团保险，五六十个人，前有领队的，后有收队的，那时北京郊区一日游基本统一收取车费五十块，门票可以自己购置，或者让领队买团体票，也有折扣。于情于理都比自己做攻略出门玩划算。后来我参加工作的年头久了，有些闲钱、年假和胆量了，就开始跟着绿野走长线了。而且户外这个东西真的会上瘾的，就像玩拼图，空间上，要把先是全北京，再京津冀，然后全中国的版图拼完整；时间上，要把每个周末，每个月份、每个季度、甚至全年的节假日包括年假都充分利用上，才会找到心理平衡和成就感。比如五岳吧，光去过泰山和衡山，就觉得另外三山在跟你招手，闹情绪——凭啥光顾那两座了，瞧不起我的道场？去过五岳了，还有三大仙山，以及归来不看岳的黄山呢……一两千米的山爬过了，不想挑战下带雪的三四千米以上的吗？最后升级直达巅峰——珠穆朗玛峰。毕竟世界高山巨人组都在国内，也不用出国门，想着也不是那么遥不可及。

名山系列去过了，不考虑下名川呀，湖海和大漠，草原以及古城小镇等人文景观吗……于是各种十大竞相出炉。只要入了那个圈子，从来套路得人心。以欲望为中心画圆圈，去的地方越多，画的圆圈越大，圈外空白地带也就越多。从毕业到参加工作的十余年后的现在，这个空白不但没有填充满，反而发现没去过的、想去的地方更多了……这还光限于国内呢。

户外美在哪里，为什么会让人欲罢不能呢？户外之美，美在每一刻都是崭新的。去一个前所未闻的地方，遇见一群素未谋面的人，出发前的憧憬，中途的酣畅沉醉，归来后的回味，有无数种可能。有志同道合的同龄人，三观和为人处世的方式都接近；也有冲击你的既有生活理念、让你耳目一新的奇人异事，原来生活还有诸多别样精彩。也会有规划外的事情发生，这时就考验人的应变能力和接受能力了。那句话用在这里也很合适：有足够的勇气去改变那些可以改变的，有宽阔的胸怀去接受那些不能改变的，然后更重要的是，有大智慧去分辨这两者。最后总得说服自己：不枉此行。人生如逆旅，我亦是行人。而我看见很多人的生命，只是经过，无所谓完成。

一开始我仗着年轻气盛，三天的小长假都会大巴长途出行。放假的头天晚上，我从单位直奔大巴集合地，坐一个通宵，通常隔天上午才能到达目的地。要是遇上堵车，行程会延误到隔天下午才开始，匆匆忙忙景区赶路一两个小时就出来。重头戏因此就安排在假期的第二天。第二天能玩上真正意义的一天，目的地多为一座名山，比如华山、黄山、三清山、嵩山这样的，我都是通过这种方式登临的。假期第三天，怕返程高峰堵车，一大早就掉头往京城赶了。然而车上的人也并无怨言，比起在城里浑浑噩噩从早睡到晚，消磨掉了一年不可多得的小长假，毕竟我们置身于名山的三次元空间了啊。回味的反射弧可以无限延伸……

后来我的身体慢慢熬不起彻夜坐大巴了，就改为火车出行。领队帮抢订来回火车硬卧票，于目的地所在城市集合，再在当地包车直抵景区。风险系数和艰苦度都减轻了不少。运气不好的时候，也就无非火车车厢里遇上了聒噪啼哭的婴幼儿，或者鼾声雷鸣的粗胖大汉了，那也自认晦气，怨不得别人了。迷迷糊糊总能睡过去眯上一会儿的，足够为第二天的奔腾窜跃充电续命了。

户外之乐，在于涤荡心胸，放飞自我。到了山里，在一群陌生驴友中，你不再是淑雅的女朋友，不是谨小慎微的职场新人，不是信用卡吃紧的北漂族，更不是孩儿蹒跚学步的等着买学区房、报补习班的娃儿他妈。着装贴身舒适，又无一例外都是户外装扮，你今天的头等大事就是爬上这座山，蹚过这条河，目之所及，心之所系，来一场视听的盛宴，身心的瑜伽，以及灵魂的狂欢。没有人说起股市楼市工资行情等市侩尘嚣的话题。要有无形中的攀比艳羡，也无非是驴龄多少年了，去过最高海拔的山头是哪座，以及最魂牵梦萦的旅游地是哪个……或者最想去的地方在哪里，互相一一交换驴友经历，期待奔赴下一个目的地。

有文化大师说，人一辈子最该把钱花在增进丰富人的体验感受的事物上。旅游，特别是身体力行的户外徒步，应该是很重要直观的一种吧。身体和灵魂，总有一个在路上。读万卷书，不如行万里路，行万里路，不如识万个人。而参与成员来自五湖四海的户外徒步组织，恰好把上述几种因素都结合起来。人是最美的风景，有了这些成文的或者不成文的理由，户外驴行就这么激荡着我的心灵，让我乐此不疲，一次次奔赴远方……而生活不只是眼前的苟且，还有诗和远方的田野，不正是说的驴行在召唤吗？

糗事一箩筐

上初中了，妈妈到处给我物色坐骑，终于从一个小偷那里弄到了一部小鹿一样灵巧秀气的小自行车，就这样我还没把它驾驭好。跑在大马路上，上学下学的小学生看到我费力笨拙地蹬车，都会叽叽喳喳地笑话："小人小车！小人骑小车！"有次和哥哥骑车去外婆家，我气势汹汹地在前面开道，哥哥乐得压阵观望。出现一个高坡了，我一咬牙蹬上去了。哥哥跟着上来，坡道下边光秃秃的渺无人影，妹子不见了。——我上了坡顶就慌了神直接冲刺到路边的小水沟里去了。鼻子浸到水才反应过来：单车把手丢了人栽倒了。

小学六年我都没有把踏步踏的左右脚分利索。一到儿童节前月，全校学生就排成长蛇阵在操场上操练。我个头矮老打头阵排前面。体育老师雄赳赳地一吹哨子冲着前排同学点头示意，我就冒冷汗，恨不得当场蒸发。所有旁观的女老师都认得我，还唯恐天下不乱地大声招呼："晓辉，把头抬起来！""晓辉，出错脚了！"现在我还本能地对咋咋呼呼的女人反感。

小学三年级的时候，班上来了一个温和亲切的代课老师，有一手绝活：背对着黑板用粉笔点点戳戳，可以勾勒出一只活灵活现的猴子。她上课从来不多管教学以外的事情。那时刚流行吹泡泡糖，我上课时冷不防地用唾沫吹泡泡，慢慢地练上瘾了。她的课堂纪律最宽松，我都打算把吹口水泡泡当作卖力对她示好的方式了。印象中她是有过惊异眼神的：这个脑门大，话语不多的小孩怎么嘴巴像鲇鱼，挂的泡沫堆子一天比一天多？幸好她从未点破。

高一，数学老师是个性格很强的老太太，嘴巴刀子一样不饶人，有不堪其苦的男生私下底里称呼她是鲁迅《药》中的屠夫"康大叔"。因为她微胖，爱穿黑衣服，尤其是古板式样的中性西装。我那时穿衣服也没主见，妈妈用农村中年妇女的审美标准装扮我，还振振有词地说我手笨心懒，穿深色衣服更耐脏。终于撞衫了：有天她在讲台上全身黑行头横眉竖眼地授课，喊人上黑板解题，我坐在下面双腿打哆嗦，头都要藏到颈窝子里了。我身上衣服的布料、款式、色泽都和她一样，老气横秋。更可怕的是，数学靠运气的我被弄得心里乱糟糟，黑板上的题看来是搞不掂了，要是她喊我去做，又做不出，罚我站在那里挨她数落，别人一看就会觉得我们是镜子内外的两个人。杀了我吧，很多年后，做梦还梦见过对着密密麻麻的数学卷子干瞪眼，最后焦虑得哭醒了。

都说女人爱逛街，我恰恰相反。从来不敢一个人去买衣服，尤其是五道口服装市场那种自由砍价的地方。首先我要偷偷打量哪个店主面目和善，最怕那种翻脸比翻书还要快的中青年妇女，先是扯着你看货，然后以逼慑的口气冲你问：出个最低价吧，你就说，最低出多少？我没一点行情意识。出高了怕自己充当背后被人嘲笑的傻大头，出低了——怀疑也不至于低得离谱，她便会不屑地扫你一眼，骂骂咧咧地打发叫化一样奚落你。遇见强横的主儿大不了硬起脸皮和她对视一场。我不，我会缩着脖子，像自己确实冒犯了她一样灰溜溜地出门，逃得要多远有多远，觉得简直是在自取其辱。从小，妈妈就一针见血地评说我，你啊，就会在自家屋里横，到了外面，鬼用都冒得。很不幸地，老是被她说中，所以很憋闷……

失魂记

　　中午我失魂了。砰咚一响，电光石火之间，呆若木鸡。是的，我手机掉洗手间蹲坑里了，而且是窄深的近一米长的管道拐弯处。冲不下去，也徒手捞不上来。手机侧端的闪光灯变红了，浸水的缘故吧，它在深水里一眨一眨，似乎在呼唤：救我，救我。

　　第一反应，清点损失。还好这个手机已经用过两三年了，行将报废，特别是被崽当玩具火车用，拿数据线拖着在瓷砖地板上行进以来，摄像头都模糊了，不能拍照，也不能扫码支付。而且他不拿来拖地匍匐前进的时候，就喜欢高高举起来狠狠地往地上砸，屏幕碎出了一道道美人纹，边框也有多处凹陷。之所以舍不得淘汰它，一是想着买个新的吧，同样有被崽摔坏的危险；二是我喜欢用旧物，朝夕相处都厮混出感情来了。手机里收藏了几年来念念有感的照片图片，有随手记下的想看的书，各种便利电话和账号密码。京东淘宝支付宝微信腾讯，联系方式太多，要记下五花八门的账号密码，脑子实在不够使，肉脑用来记银行卡密码就已经超负荷运转了。

　　虽然前几天天猫有折扣，买了同款新的手机备用，在老公一再威逼利诱之下还是没舍得淘汰的掌中物，终于自寻短路结束了它的使命。锈迹斑驳的机身是不值多少钱了，就是丢失的资料和联系方式，以及有可能错过的重要信息让我惴惴不安。比如正好有个姐妹分享不错的话剧，周末有票，让我第一时间回复她需要留票不；周末还报了一个户外线路，还没问清楚集合时间地点；刚联系的甲方，问对方能不能早一点到单位，好接洽工作；以及淘宝节购买的各款有翅精灵该扑腾着飞奔而来，快递小哥免不了要电联我啊。捞肯定要把它捞出来，我放低身段，微红着脸跟办公室的大爷求情赔罪，说给他们添麻烦了，还得麻烦水电工来处置打捞。

　　过了一个中午，果然是捞起来了，它已经开不了机了。还不知道内存卡能否继续使用。要是卡也失效的话，搭上的时间成本和信息成本更大了。工作日得去电信营业厅排队申领新卡，没有比这更烦心的了。几周前，周六和老公出门吃饭，觥筹交错，眼热耳酣好不舒爽。回到家，习惯性一摸身上，不好了，手机不见了。先是搜寻车上，没有落下；记忆回放，吃完饭就直接上车了，吃饭的时候还在浏览八卦朋友圈呢，那指定在饭馆无疑了。我们杀了个回马枪到餐厅，跟前台申请调出监控视频，刚好那桌子位于监控死角，也没服务员或者客人拾领申报，看来它是黄鹤一去不复返了。

没有人证物证，也不能咋地，我嘟哝着人性的可疑，把最大嫌疑落到了收拾桌子的中年大妈身上。推论是，那么破烂的手机，爱美追新的年轻小妹小弟是看不上的，只有不识货又贪小便宜的大妈才有见钱眼开的贪心杂念吧。老公思虑比较周密，说怕手机号被人利用盗取信息，第一时间赶到营业厅挂失申领了一个新卡，再打算去实体店买个新机子。不死心地我临上车前再次蹲下身去，从车外贴地察看副驾座位底下，结果看到我的手机一闪一闪地发着信号光。虚惊一场。

端午节回家的时候，在长沙北站倒换乡间巴士时，因为即时充电，数据线充电宝行李背包一堆，最后坐上了已经驶出去的巴士，我才发现随身的最重要物品——手机不见了。一想落在车站那样人来人往的地方，指定是找不回了。何况客运巴士也不可能中途停车或者返送我回去寻找，死心吧。反正目的地是家里，没有手机也坏不了什么事。然而到了家里，不死心用座机打自己手机，竟然拨通了。只要拨通，说明它多半没落入别有用心的人手里。果然，后来车站的工作人员接电话了，是他们在售票窗口拾捡到了它，也多亏它破烂的卖相，有碍观瞻，入不了任何人的法眼，兜转一圈还是回到我手里，破烂货也有春天啊。

防水防盗又防崽的手机，几经坎坷，颠簸一生，还是没逃过投水身亡的命运。这也不是它第一次遭水灾了。一年前的秋天，我去西安出差，居住的地方，宾馆里用的抽水马桶。我如厕时习惯把手机揣在口袋里，上衣口袋又比较浅短，起身时啪嗒一声，手机掉马桶里了。还好马桶的管道口比较窄小，手机半截入水插在那里。我烫手似的捞出它来，已经进水了，看着屏幕一道红一道绿的开始抽风了，然后条纹变成漫溢状、波浪状，最后整个屏幕黑了。人在异乡，没有手机，找路查询，联络家人，以及扫码支付都不方便。我当即借用同事的手机查询到当地最近最大的手机维修市场，跑去换了一块屏，送出几百"大洋"，才安安心心地出完一周的差。不然随身没有手机的日子，该是一种多大的酷刑啊。

没有用上智能手机前，我对手机的最大依赖就是接打电话，偶尔发个短信，渐渐地包月费都用不完了，特别一个月三百条的短信，怎么也发送不出去。原来是朋友家人都用微信互通款曲去了，压根没有什么人跟你互发短信了。后来，老公看不下去，强行把我的大s卡剪成了小卡，必须得换用智能机才能配套使用。从此入了智能手机的坑，一入侯门深似海，从此书籍是路人啊。智能机太勾人魂魄了。工作场合专用的QQ可以随时在线挂着；同事私下的联络情感点赞专用的朋友圈；更不用说朋友家人的随时推送——谁谁看了一篇高深的雄文；谁谁去了一个风景优美的地方，来了一场说走就走的旅行；谁家的娃学霸附体，乖觉伶俐；什么圈又出了头条爆炸性新闻；偶像倒了，明星挂了，网红下架了，潮流转向了，三天不刷朋友圈，颇有"山中方一日，世上已千年"之感。

后来又兴起了各种学习试听APP，抱着争分夺秒爱学习的幻觉，泡在手机上的时间更多了。微信读书，喜马拉雅收听，外语课堂，连健身步数手机都给你忠实记录着，无处不显示你的人生轨迹，以及你在朋友圈的排名进度。这场比赛，一开始就停不下来。谁也不想充当被人遗忘、落在原地徘徊不前的那个。紧跟慢跑随大溜，要跟上啊……谁丢失了手机，就失去了朋友圈的入场券，被剥夺了社交的权利，以及闪亮登场的可能。光阴的水漫溢过去，你被冲刷成河床底上无言的丑石。而现在群情激昂，丑石精神已经过时，它代表着怪陋，与时脱节、落伍难取悦于人。丑石也表示难容于人，不为人接纳赏识。

时代的列车轰隆隆地开过，我们都是被手机挟持的一伙。效率，速度，曝光率，知名度，更快更闪亮，容不下一点悠游闲止。求同一致，合群合作，才能双生共赢，太异质各色的，并不讨喜。不信你弃用手机一年试试，哪怕是一个月，就有被世界遗忘抛下的危险……

手机掉坑了，知我者，谓我心忧；不知我者，谓我何求……魂兮归来……

往事二三

天气不错，迎来了几个高中同学，听他们扯起了以往种种事情。经典内幕哦。两个冤家一样的男生，是《机器猫》里面大雄和康夫类型，偏偏关系黏稠，一个被另外一个吃得死死的。那时做课间操的时候，大雄下令，今儿个突击收查女生日记看，他们就躲到厕所里，等别人操场集合了再溜进教室大扫荡。后座女生的日记开头一句让他如今记忆犹新：我堕落了……他还打个激灵，接下来的却无非学业不认真，思想开小差类的絮絮叨叨。

我当年也不是省油的灯啊，我也看过男生的日记，是晚上在教室过夜，伙同寝室里的姐们儿一起干的那档事。一个现今在军队任教官的男生，暗恋上了班花。她是走读生，寄宿的他梦见有天洗衣服，满满一脚盆的肥皂泡，他的初恋美梦就在肥皂泡泡中绚丽上演……娇贵的、可望不可及的女孩一起和他洗臭袜子酸衣服……

我们那时还和一个显得很聪明，特别有才华的男生铆上了劲，很想搞清楚他那难以琢磨的脑瓜子里到底想些啥。夜宿教室的首要目的就是撬他的课桌锁读他的日记。第一次轻而易举地弄开了，没有找到日记本；第二次失手了，因为精怪的他发现桌子被人翻动过了，加强防备，用了把层次更高的暗锁，还在桌面上留了止盗预警的言辞。我们恼羞成怒，在明确知道他书桌里有蓝黑墨水的情况下，两人抬动他满箱满仓的桌子，在地上打了360度的滚，再扶直，这么一折腾，天知道他的书桌里面是怎样狼藉一片。第二天，开读上学了，见他目露凶光，朝着我们的方向，我一龇牙，别过头去了。

高中的时候，我都干些什么勾当……天真得无耻？悠闲自在得堕落？晚自习时，趿拉着睡鞋从别人的桌面上跑来跑去，放小蜜蜂、冲天叫那种小花炮，扯起课本朝天花板上放鸽子一样扔，还……大大咧咧地坐到心仪的男孩身边看历史书。鬼知道我背进去了什么内容，死撑出满不在乎的样子。那个男生偏也是班上有名的红脸王，女生回头问他数理题他都要别人转过去的那种。他居然没逃走，也正儿八经地学习了一个小时。下课铃一响，一个鹞子翻身从教室后门逃走了，周围的男生全部在起哄，我还得意洋洋，那时候的我是鬼上身了吧，我……晕。

我们给师弟过生日

今天是愚人节，师弟坚持要提前把生日给过了。我们都是穷得叮当响的文科生，还是中文系的……大伙跑到北语对面的地质大学食堂吃饭。现在我们都身是北语人，吃的是地大饭。有时候下课过街道碰到红灯，心急火燎的同阵线的人要冒着灰飞烟灭的风险跑过去，我也会念叨着：撞死算了，撞死算了。一赌气就冲过去了。居然每次都有惊无虞。有时候还忘不了取笑身旁的师弟："你先过吧，给我们开路，制造一起交通事故，剩下的同志就可以畅通无阻了。"

去年坐火车回家的时候，对座几个清华理工科的在不遗余力地嘲笑文科生："我一个读历史系的老乡，手机卡是移动的，每次我发联通信息给他，不回，一毛五一条的短信，还是网外的……"

理科生在大学校园里面混，脱贫的标志最低应该是有无电脑吧，我猜文科生的是有无手机。不在同一级别。

本科的时候，同寝室的姐妹巨看不惯班上的男生，中文系的男生。毕业找工作的动员大会上，我们吁天叹地，后座的男同胞拍拍我们肩膀："我们都不着急。反正现在社会上有的是富婆。"当然，大家都明白他在说笑。但也让人齿冷。

师弟例外。真正地任真与固穷吧。于学业任真（不是认真），生活上固穷。据说他每晚，临睡前瞅着对床一肤色白皙的男生，叹赏一声："张君好白啊！"次日早起，也必修课一样来上一句："唉，生活真失败。"

曾提议某个周末一干人去天安门踩点，这是北京所有盛大景点中，唯一不收门票的吧。可惜还没去成，好像来回路费要四块。有个姐们儿还晕车，去校医院购买公费晕车药要排很久的队，算了。

据说，大学所有专业中，理科瞧不起文科的，文科中学外语的瞧不起学中文的，学文学的瞧不起学哲史的，学哲史的瞧不起教育学的，教育学的学生没有歧视对象，只好瞧不起自己的先生了。可是北语，少哲史学，更无教育学，留着中文系垫底吗。

在地大开饭了，大家用勺子舀菜蹭来蹭去示好，拿兄弟院校的免费汤权且敬酒祝寿。以后要是有人做唐伯虎状，在我面前憧憬中文系的浪漫风雅生活，我们，把他当人肉包叉烧。

西风不相识

有天傍晚我往10号楼赶经过单车棚时，一个人影从小树林冲出来，朝我嘀咕了几句。咦，他是个欧美小伙，又高又瘦，全身黑的行头，柔和深邃的眼神，外观气质上依稀像电影明星裘德洛。第一个照面，我以为是接触过的学生，定睛一认，没见过，问路的吧？"你去哪儿？"说的是中文。"回寝室呀。""跟我一起去唱卡拉OK吧。"说得轻巧，他一条手臂已轻轻揽上我肩头了。我骇然地仰望他。"I like you."千真万确，英语听力这一秒没问题。我口语表达也出奇地利落起来："I don't like you."鉴于他至少比我高出一个半头，我高射炮打蚊子一样盯住他鼻尖一字一顿回答。"Why？"why？Why？拎着一连串问号我逃得飞快。这就是传说中的艳遇？古诗里面的盯梢——依稀闻道太狂生？平生第一次走在路上被异性搭讪哎，还是个俊美的白人小伙。种族意识，女人虚荣心，中了六合彩后的迷惘……各种想法在脑海里乱哄哄地转起了风火轮。

想起阿雅和吴宗宪有次主持综艺节目，论及女人在公共场合遭遇非礼时，一定要勇敢维权，比如，尖叫，阿雅樱唇微启，欲现身说法，"爽啊，爽啊……"搞怪的吴宗宪已经捧着话筒龇牙咧嘴代言了……这个，本来道义凛然的伦理问题被翻新成欲说还休的男女韵事了。我思量了很久。欧美国家青年男女也许认为这是罗曼蒂克的邂逅，小伙子勇敢地向姑娘发出了邀请，期待共度一个美妙的黄昏，人生驿站里平添几许旖旎风景。而且，"like"，性质没那么严重，探戈舞的一段前奏，试探形式，大可不必做如临大敌状，反而显得自己不够大方。问题是，我英语很烂呀，再掰下去怕词汇要——见底了。所以走为上计吧。极像某些自恋甚深小有几分手段的女人，欲擒故纵先拒伤痴情儿郎，令对方步步陷入城池，实际上是以退为进琵琶半遮面的障眼法。

从"民族气节"这层面来说，虽然你西方人洒脱奔放，到了中国地盘就得入乡随俗，凭什么站在马路边小指一勾，黄皮肤女人就要屁颠屁颠地跟你钻穴逾墙？问"why"的时候真该加上湘方言狠狠来一句："Because you are ——五八滥。"我乐不可支地在想象里追击了这个洋鬼子一句。

从人性本能来看，不是说人人都有个生理磁场吗？类似《圣斗士》中的"小宇宙"，不相排斥的人才可融洽相处。他往我身边一靠的刹那，我第一反应是如梦似幻啊，没有见到小强（蟑螂）的呕吐感。就和他搭话再共唱卡拉OK又如何，至少锻炼了英语口语啊。虽然不图发展出一段跌宕起伏的传奇罗曼史，好歹也可见好就收地坐坐过山车如坠云里雾里一回。各位老大，你们要是我，会怎么应付？——他确实面目不狰狞极像裘德洛（Jude law），也不像精神病院窜出来的……

小男生

　　我在图书馆认识他的。开始我在二楼自习，他来问我边上的座位有人坐了吗，说话不利索，黑亮的眼睛倒是笑意盈盈。后来我去四楼研究生阅览室，第一个冲进去，他朝我扬手打招呼第二个进来，也算有一面之缘了，我对他点点头。他没有研究生证，坐在门口书报栏里看报纸。阿姨看不下去了，问他是研究生、本科生、还是留学生。他嚅嚅地回答不出个所以然来，问可不可以站在门口看看报纸，不进去没关系。阿姨不耐烦地把他轰走了。她又过来点点我桌子上的手机，小心点，刚才那个男生冲你看了半个多小时，现在图书馆失窃现象严重。哦。

　　第三回我刚出馆门准备回寝室，夜色中有人打招呼，跟上来，又是那个穿紫毛衣的瘦长男生。我倒对他好奇了。他问我是这个学校的学生吗，急着回去吗？我说是的，读中文的。你是留学生吗？我看他与一般的人有疏离感。不，念日语的，大一。哈哈。我告诉他，我研二了。他摸摸脑袋不相信或不能接受的样子，我朝他扬扬学生证，见我马不停蹄朝前赶，他讪讪地告辞了。

　　这下尴尬了吧。连名字都不知道的小男生。本科的时候有美女室友在图书馆收到男生纸条，我一般认为那是阿猫阿狗类的游戏，或纯粹以局外人的身份聆听而已⋯⋯

　　过几天，我又坐在图书馆二层自习室。又有人凑到我桌前，坐在旁边了。是他。北语的黄皮肤又长得周正的男生还真少见，印象绝对深刻。既然大家都知晓大一和研二的底细了，如果太"作态"的话，觉得挺有失前辈身份的，那么聊聊天也无妨啊。他是1988年的，河北人，挺感性斯文的一个小男生。他居然告诉我，认为我很小；我也告诉他，我看他太单纯。九月份才上大学吧，大把大把的好时光捏在手里，愁着花不出去，没有毕业在即断层的迷惘，没有找工作的压力，没有被骄傲漂亮的女生拒绝过，也没和清纯的女生展开过马拉松恋爱长跑，更没被狠心世故的女人甩过……连奖学金评比的场面都没经历过的小男生啊。

　　我问他，干吗想找我搭讪呢？他小心翼翼地从钱包里掏出一张彩照，你和我以前的一个日本语伴长得特像。接过照片，我倒吸一口冷气，她也顶着个正宗的日本娃娃头，但神情明显比我苍老。她比我大吧？作为女人，本能驱使我这样发问。小男生点点头。我心里飞快地转着念头，不知道这是不是他的借口，哪有因为和语伴的发型像就一而再、再而三地找人搭讪啊？除非他是杨过，看到陆无双眉梢眼际像小龙女就千里护驾，但……还是玄。莫非那日本女人已成为他梦中情人了？我满腹狐疑地看着他。他倒面色坦然地收好照片又盯着我。

　　我不是没听说过现在的中学生早熟，很多人在跨入大学前把该做的事情都已经做完了。我也不是不知道现在姐弟恋时髦，什么金三顺啊，杜拉斯啊，王菲……传说十几岁情窦初开的男生最容易钟情比自己成熟，有亲切安全感，隐约流露母性气质的女人。唉，看他面相，比我苍茫啊，也没人说我有母性气质啊，倒是有一打以上的熟人告诉过我，我没女人味。除了叹气还是叹气，一个24岁的女人面对一个17岁的小男生，居然比他还好奇，拿捏不住分寸，脑筋短路一样有问必答，又不好意思拉长脸不理睬人家。这算怎么回事？

　　他启了启唇齿，老欲说还休的神气。问我该去吃饭了吧，我说还要先看书。他才准备走了，又满心欢喜地通报我，以后咱们会经常在图书馆抬头不见低头见，多聊天啊！啊！！

　　奇奇怪怪的人，无厘头的事情，一点也不浪漫可爱的剧情，没由头的人生。

由宰人想到的

吃自个的，吃出泪来；吃别个的，吃出汗来。

上午上导师课时，看着偎在一边的老实巴交的师弟，灵机一动对他下死命令：中午请我吃饭啊。吃鸡腿。瘦弱的他皱皱眉头：想起鸡腿就想起血淋淋的大腿，别咯。——好，那请我吃鱼，总可以吧？于是两人一起去地大食堂买鱼吃。一路上我念叨着，下课时分，排队买饭票的人估计特别多，我去排队，你去看鱼……老实人也反抗了：老说一条鱼，一条鱼，我还以为你要两条呢！！

赶紧安抚被剥削者的情绪：师弟呀，师姐过几天手头宽裕了，请你吃饭。礼尚往来嘛。你想想，你并没有损失吧。当你请我吃的时候，你就想着自己如何慷慨大方；当我请你吃的时候，你就想是占了便宜。这不平白地心情好了两次？他果然点头表示有道理。人是社会群居动物，一点都没错。

05_章

矮纸斜草

白马啸西风

　　金庸的小说里面，我自始至终都记得的是这样一段话：白马已经老了，但白马毕竟还能回中原的。江南有许多鲜花杨柳，有金鱼燕子，但这个倔强的姑娘竟如高昌人所说的那样：那都是好的，我偏偏不喜欢。

　　《白马啸西风》是个中篇，情节简单，线索单一：汉族姑娘李文秀因为父母被仇家追杀，逃难到塞外，在异域长大，恋上了青梅竹马的哈萨克少年。但是异族难以婚恋的现实使得她爱恋的人别有所爱；初谙人世疾苦的她又意外地在十几年后被仇家追杀，一直抚养她长大的"爷爷"牺牲自己挽救了她的性命。在"爷爷"临终时她才发现他只是一个用心良苦，乔装打扮的青壮年男人，在十来年相濡以沫的生涯里，他对她的情意已经表露在最后一抹眼神里……

　　人生的苦，说到底是抉择的苦。有时候我们没把握攥紧在手心里的一定是幸福，我们只是不断寻求自认为幸福的理由。所谓随缘认命无怨无悔遗恨之类的说辞，都是这种心态的表现吧。

　　是不是足够明智的人，就会根据对他生活最为有用与合适的东西来领会事物的真正价值呢？那么这样看来，那个哈萨克少年和"爷爷"都是比较明智的人。前者清澈利落的明智，后者深情无悔的明智，沉着老成。只有主人公李文秀是个真正活在悲剧里面的哈姆雷特式的人物。因为这种人思虑多于行动，对处境的感受和反映是以主观判断为依据，做出的"爱与不爱，要与不要"的抉择只怕也是经不起深究——To be or not to be, that's the question，也是个典型的弄不清状况的"文科生"啊。

冰雪聪明话浪子——叶开

　　一个人的价值是由他的对手而非随从来决定的。人生是戏场也好，是个竞技场也罢，情场上一个男人或女人的价值是通过他（她）选择的对象来体现的。但怎么选择自己的"对手"，怎样来出演这场"对手戏"，就要考验一个人的智慧了。

　　说叶开冰雪聪明，不在于丁灵琳有多么艳冠群芳，慧颖通透，而是丁灵琳的"条件"和他们的感情"深度""强度"都恰到好处。叶开在江湖风波中福尔摩斯破局解谜般的神通我就不赘述了，古龙以他全知的叙事角度必然会有圆满交代。还是从叶开的感情世界谈起。

　　林仙儿够蛊惑人心了，连有志青年阿飞也束手就擒——男人用下半身思考的神话又应验了。林诗音够有气质善良纯情了，脱俗的美貌加上如诗的愁肠，铁石男人也要动心，李寻欢就差点遗憾终生。上官小仙论外貌不下于林仙儿，兰心惠质的才情不下于林诗音，放到大观园里，论条件资质，曹老先生也要判她为上上品——任是无情也动人的蘅芜君了。 但是叶开全身而退。他知道，适合自己的才是最好，适合自己又真正拥有的东西更是最好。丁灵琳对他来言不只是个女人，还是一段相伴相守的人生旅程，命定的际遇——你可以和她小打小闹，旋即又握手言欢，就是不能放弃，改弦易辙。两者是良性互动的，有话好好说，什么都可以交流改善。

　　他若和上官小仙厮守了，倒是拥有威赫显盛的金钱帮了，感情也不出状况到白头了，但是夫复何趣？——叶开就不是那个微睐着眼睛，眼神清亮，在阳光下一袭白衣胜雪的快乐青年了。丁灵琳让他心烦心醉，也让他付出拥有，但不足以改变他的人生大体格局和本质音色——一种闲敲棋子落灯花的清亮，貌似优游，却需精湛底蕴才拿捏得毫厘不爽的举重若轻。

　　《水浒传》里一百零八好汉，你若问我最欣赏谁？答案是燕青。

只有他冷眼看破了王侯将相也好，偏安招安也罢的迷局，最后重拾他自由浪子身的行当去了。用陶渊明的话来说，就是"纵浪大化中，不喜亦不惧"，我喜欢这样的浪子，自己不成为世界的累赘，也不让非我的名利情欲牵绊了自由意志的浪子。也只有见惯了繁华世态，混迹过十里洋场的"过来人"的浪子才能有这种冰雪心肠。佛祖的前身是王子，华盖在他眼里不再比菩提树炫目；明清之际钟鸣鼎食之家世子张岱（有人认为他是贾宝玉原型），家世破败后还存湖心亭赏雪的兴致——见惯了场面的人，若还没迷失本性那就是淬炼七色为白色的至善至纯了。叶开无疑比外表桀骜实质脆弱的傅红雪成熟，也不比牺牲了爱情来成全友情的李寻欢"薄幸"。可惜浊世滔滔，多的是"眼花花，一肚草"的play boy，而不是这种看得通透，脚步又拿捏得稳的浪子。

古典是一瓶没盖的香水

要保存古典那点微妙芬芳的气息谈何容易呢，香水瓶的盖子都丢了。有人总结，古典的诗多半写精致美好的感情，（西方）现代诗写乖戾、恶心的生存处境，后现代的很多作品呢，没有感情，一番张牙舞爪、声嘶力竭的作派，或者是隔山打牛，玩转太极的文字游戏。

遥想千年前那个秋末，大势已去的唐明皇仓皇逃到山青水碧的蜀地，巴山夜雨不紧不慢地敲打着窗外檐前梧桐的阔大枝叶，乐师张野狐奉旨作《雨霖铃》……数百年后，一个叫柳永的失意文人，在柳岸烟波的离别中把晓风残月吟咏成万种风情。现在，纵然有迷惘、躁郁，去哪里寻觅一方满目清凉的胜地？"但凡有井水处，便有柳词。"可以从字面上来理解一层意思：如歌如诗的心情也离不开入画的意境。毕竟人是从自然里来，最后又回归泥土，生生死死都与自然肌肤相亲。

同样走在霓虹闪烁令人眼花缭乱的午夜都市，卡拉OK声里，男男女女在消费几百元一小时的感情。那一刻我们醺醺然瘫坐在皮质沙发上，玩味泳装女郎秀出的无边风月，恋恋红尘……嗬，什么时候起，我们只有进入了KTV包厢才敢放任自己的情感，对着《大话西游》匪夷所思的剧情才露出久违的笑容？什么时候起，我们变得如此小心谨慎，从不奢望爱情这个东西会像广场上空的鸽子盘旋降临？展望人世间的清冷虚空就像午夜街头灯火阑珊的时分。一个彻头彻尾的虚无主义者必定是实利主义者，日本人需要卡拉OK，他们发明了卡拉OK，可我们中国人呢？我们也有吐半口血，扶着丫鬟，去阶前看牡丹的刚忍与凄艳吗？——对美的偏执与自我意识膨胀的虚矫是如此相得益彰？

我们不会把一个正常体格的人催肥了去表演相扑，还予以国宝级的待遇，但我们吃猴脑，剔蛇骨，剁熊掌。多少中国人对这个已熟视无睹，还摩拳擦掌地跃跃欲试呢。什么时候起，我们把月亮看作煎饼，星星当作金币，或者是电脑开机了的显示灯，什么都不上心，除了自己的发式，擦得锃亮的皮鞋，月底的手机话费，年底的分红，对面MM含嗔似喜的眉目传情……

读辛弃疾的"却将万字平戎策，换得东家种树书"时，那是我心目中真正的古典情怀。他有梦想有抱负的，年轻时有过抗金义举——自募兵马，单骑入敌营手刃百余人，劫取敌将首领。镇守两湖地带时他变卖家产，善治飞虎营，后来因功高震主，小人嫉陷，遭冷落赋闲田居，沉痛愤懑是有的，金戈铁马，沙场点兵的风流都被雨打风吹去……但在稻花香里的溪头陌上，他又在饶有兴味地培植来年的一抹新绿，一缕春风。

青山遮不住，毕竟东流去，任他人事浮沉，仕途坎坷，都改变不了一个人向善、爱美的衷肠，我觉得这才是古典文化的精髓所在。

但现在呢，人们的观念好像是——笑贫不笑娼。社会上最崇拜的是精英，精英隐约又成了成功人士的专称，却无人追问他以什么样的手段，依据何种不平等的"背景""资源"获取成功。甚至成功都变成物质财富的等义词了。健康的心态，良善的感知能力，都无人过问，还能奢望古典情怀在这种人身上复苏吗？首先，我们失去了那种营造古典氛围的自然环境；其次，"义""利"之辩中，"情""义"似已败北，点点滴滴流失在人心的荒漠里……

花旦，青衣及其他

袁紫衣是个尼姑，行事随心所欲，缺乏逻辑，怎么也不像个出家人，倒像个爱耍性子的千金小姐。她比不得《笑傲江湖》中的仪琳，天真纯净，心中爱上令狐冲也不打紧，重要的是她时刻有一种出家人的最可贵的自我批判的道德精神，所以她会牺牲和自制。但袁紫衣所作所为不用思考，牙齿一咬就有了主意，处处透出古怪，露着矛盾。最后心中想："我是出家人，岂能再长时跟你在一起。"走了，始终没有转头回顾，只苦了胡斐，永远也忘不了这一段不堪回首的初恋。

但袁紫衣漂亮，年轻女人最大的悲剧便是没有美貌。像程灵素，以及由此而来的怯懦，这构成了她爱情角逐中致命的缺陷。尽管她聪明，能干，温柔，体贴，善解人意。程灵素相貌平平，肌肤枯黄，脸有菜色，身材瘦小，惟一可取之处是眼睛明亮之极，眼珠黑若点漆。

倪匡先生推程灵素为金大侠小说伤情女子之榜首，极有见地。程灵素问胡斐，"幸亏这蓝花好看，倘若不美，你便把它抛了，是不是？"这是聪明的试探，是有悟性的一问。胡斐没有答出来，王顾左右而言他。他只是一个正常的男人，他有着男人的弱点，他宁愿喜欢美貌的女子，即使这女子的才德并不值得称赞。

程灵素识大体，不奢求过分，虽然心中爱慕胡斐，但知其不可为之时，亦不去强求，只是黯然神伤而已。爱情是不能勉强的，这是程灵素的高明之处。得不到之时也不因爱生仇，这是她境界不俗的觉悟之处。她只是尽一份心意，忠实于内心的这一份珍贵的感觉，细心地呵护，这样的女子，应该是最知冷知热、最懂得爱的真谛的人。胡斐没有看中她，是胡斐自己没有福气。

相比之下，袁紫衣就藏头露尾，极其没有责任心地透支着与胡斐共处时的情感，无视时光自有来速的谜底揭晓的那一刻。因为她美丽，笑颜若花，一出场，胡斐就有些把持不住了。最后她说的偈语：一切恩爱会，无常难得久，生世多畏惧，命危于晨露，由爱故生忧，由爱故生怖，若离于爱者，无忧亦无怖。实际上她根本就不懂得什么叫爱，只是在若即若离地享受青春期爱欲萌发中懵懂鲁莽少年的爱慕和试探而已。她没有责任心，吝于付出，更不用说牺牲和自制。

京剧中有花旦，多为年轻女性，性格活泼开朗，动作敏捷伶俐，在表演中以做工和说白为主。而青衣又名正旦，在旦行里占据最主要位置，表演的是端庄正派的女性，或贤妻良母或贞妇烈女，唱功繁复，动作稳重，如珠蕴椟中，沉静明倩，时有宝光外熠。好像现实中不乏这两种类别的"女主角"，花旦和青衣谁能笑到最后……国情繁杂，难以臆说。

倒是有个名女人洪晃，游离于这两种角色之外。当年陈凯歌迎娶她的时候放言："娶老婆有三个条件：一是聪明，二是聪明，三还是聪明。"自得之情溢于言表。后来他有了大美女陈红红袖添香以及担任监制的"馒头血案"的发生。洪晃也在新浪博客留下了"馒头和前夫"的令人解颐的妙文。年近半百，她照旧生活得滋润生彩，摇曳多姿——虽然不漂亮。

谢天谢地，青春期会过去，荷尔蒙会下降，花旦有削发为尼的一天，国情在转变，洪晃这样的女人也生活得精彩无限……

江湖梦

　　小时候，我作为一个土生土长在农村又内向文静的女孩子，课外生活没有多余的选择，只能窝在家里发呆，无边地幻想，阅读也就成为最自然的选择。而那个时候资源有限，能借阅到一本被无数双手摩挲，翻得卷毛了的武侠书就是一场精神的盛宴。要是那本书不是盗版的，也不是三流小混混的游戏笔墨，而是一代武林宗师金庸古龙或者梁羽生的立意之作，我更要毕恭毕敬，喜出望外了。

　　记忆中的梁羽生文绉绉的，书卷气最浓厚，笔下着力渲染的文人侠士也最常见。无端狂笑无端哭，纵有欢肠已似冰。不用说名字带有墨香的张丹枫、金世遗，还有卓一航、练霓裳。跟温文尔雅的男主角形成鲜明对比的是，梁羽生笔下的女人倒有大女子倾向，比如《白发魔女》，以女主作为绝对的一号，这在三大宗师里面梁是首创，而且练霓裳也成了他塑造得最鲜明的形象。还有散花女侠于承珠，一代妖女，倒追痴缠界的鼻祖厉胜男……光这名字就货真价实，直指人心。看《冰河洗剑录》我最为厉胜男不值，她敢于正视自己的内心，知道自己想要什么，爱得热烈纯粹，不故作矜持，也不在乎什么礼法人言，活得很现代真实。相反，白莲花圣母谷之华温温吞吞，唯唯诺诺，误导了不少纯情男女，以她为道德模范，怎么配谈一场出乎情止于情的男女感情。于承珠作为一代顾命大臣于谦的女儿，身上寄托了太多微言大义，成为女版国家栋梁，江湖恩怨让位给庙堂高义，血肉没有在天山下纵横驰骋的飞红巾饱满。三代女侠，于承珠，练霓裳，飞红巾，还好梁羽生让她们一步步脱离礼法和宗法社稷男权的束缚，潜入个人的、女性的视野的层次逐步递增。

　　高一的第一篇课堂作文，我还以梁羽生的几句诗文结尾，借以表达青春期的志向态度，"大树凌云抗风雪，江南玫瑰簇朝霞"，我想成为梁羽生笔下的抗风雪的女侠，无疑是女权主义意识的最早萌发。

如果说梁羽生的武侠是早春小巷里烟雨蒙蒙时渲染出的一幅水墨画，文人笔致，清淡隽永，品位素雅，人格世界里"冀北秋风骏马"的雄浑和"杏花春雨江南"的温润无时不加以对照；那么古龙笔下的江湖就是真正的烟波浩渺处，天涯明月刀了。古龙的江湖，是神秘诗意的，一个令人神往的地方，充满偶然的随意的际遇。美人如玉剑气如虹，喝最烈的酒，谈最炽热的情，用最快的刀，杀最痛恨的人。古龙笔下的刀客，没有过去，也没有未来，起止闭合间，一刀毙命，断肠人在天涯。古龙的最精彩打斗场景，都是片断式的，短剧形式，不讲究故事的进展延续，也不注重心理的纵深挖掘，但主角着最靓的衫，运笔抹最浓的墨，气氛是一定要渲染的，刹那即永恒，弹指间生死已注定。

古龙笔下有最有型的刀客剑客，和最性感风情的女人。拖着瘸腿的傅红雪，黏着酒壶的李寻欢，摸着鼻尖的楚留香，以及转着眼珠的叶开……美丑媸妍不一而足，但都让人过目不忘。这是个性的魅力，人性的狂欢，古龙是个彻底的自由人文主义者。

金庸就犬儒多了。金大侠是正统的"侠之大者，为国为民"的信奉者，尤其创作中前期，他的江湖是和庙堂意义相对应的，集体主义之下无处容身的散兵游勇，乌合之众就汇聚成了江湖的风起云涌。"侠"到了最高境界，还是要以在野党窜身至庙堂的高义为标榜的，比如张无忌的光明顶，陈家洛的红花会，郭靖的襄阳城，杨过的一麻袋元兵耳朵。虽然作者曲笔说那是给小东邪郭襄的祝寿礼物，但我想没有一个十六岁的女孩家会喜欢收到一份这样的"厚礼"吧。金庸的侠在江湖飘，怎能不挨刀，负荷太多，思想包袱很重，随时都想撂下担子，"塞上牛羊，梦里丹青"，最好的结局也就是金盆洗手，淡出江湖。就像塞万提斯写《堂吉诃德》是为了反骑士小说一样，金庸写江湖的种种不堪负累，进退不由人，也成了反江湖小说了。只因为人在江湖，身不由己啊。

金庸早期描摹大英雄，有袁承志，李自成，还有霍青桐这样的女中豪杰，附赠了一个靠美人计上位得成大事的帮会领袖陈家洛；渐渐地男主角羽翼丰满，有贤内助堪称吴用一样的智多星辅佐，江湖儿女情演化成一出民族大义正剧。萧峰作为一个非汉族的顶天立地的民族英雄，竟然发现自己成了俄狄浦斯的中国版，一路追凶下去，最后剑芒指向自己的血缘出身；苗人凤那一刀是劈下去还是劈不下呢？哈姆雷特的江湖版又在上演：砍还是不砍，都是个问题；张无忌，爱的是周芷若还是赵敏呢？最后退隐是功成身退的明智之举，还是明哲保身放弃了社稷道义的犬儒哲学呢？这些都是值得探讨的伦理命题；杨过对小龙女，是带有恋母情结的仰慕，对郭襄，是有萝莉情结的呵护，性学家可以拿此大做文章。渐渐地，江湖儿女情长也不像早期《白马啸西风》里面李文秀那样的决绝，非谁不可——那都是好的，我偏偏不喜欢。令狐冲慢慢地淡忘了耳鬓厮磨的小师妹；东方不败，雌雄莫辨，可攻可守，双性恋同性恋的桥段玩得让人眼热心跳。

到了收官之作《鹿鼎记》，金庸的江湖完全沦为了成人版的寓言，武侠在这里不再是成人的童话。主人公名为"宝"，但不同于贾宝玉的含着银匙出生于钟鸣鼎食之家，韦小宝出生于烟花柳巷之地，姓甚名谁都不可考，不再通灵，而是浑浊鄙俗的市井小厮。韦小宝会收藏美女，见色起心，见一个占有一个，老婆有七个，却没有一个心意相通的恋人，江湖儿女情已经蜕变成色欲如斯。韦小宝作为一个小混混，把他的市井生活哲学带到了最高庙堂，无往不利，反而和最高统治者——最该一本正经的人发展成了拜把子兄弟，亲密无间，情同手足。最尊贵的和最低贱的，最严肃的和最嬉皮的，原来是相通相承的。他也没什么民族大义和奉为圭臬的人生哲学、道德戒律，他的师傅是最讲究仁义的陈近南，他的哥们儿却是师父处心积虑要对付的顽敌。韦小宝的人性第一次面临深重的考验，他没有戒律依照，没有教条束缚，凭着本能的冲动和情绪第一反应作出了一堆经学家和哲学家想破脑壳也编排不了的选择。

江湖到了这里，已经不再云深雾罩，让人不得其要领，也不让人想入非非，望梅止渴了。江湖中的主角，已是一个个真实渺小的血肉身躯，有七情六欲，沾沾自喜，得了点便宜就卖乖，吃了点苦头就叫爹骂娘，经受点考验就赌天咒地地发誓……没有人有那种全知全能的上帝附体而产生的自信，韦小宝自己都信不过自己。他得过且过，步步为营，做小伏低，见缝插针，才能在人事风波里平安脱身。江湖中行走的人，也不再想着行侠仗义，悬壶济世，硬核一颗心缩水贯注到身家平安，谨遵医嘱，天气预报，家里红旗不倒，外面彩旗飘飘。

江湖的仙气氤氲成了烟火气，江湖的晶莹透亮凝成了鱼目死光。江湖上的汉子，万丈雄心吞咽到了喉嗓子底下，妖姬们被收编成了大小妻妾，争风吃醋，童话是以完成了成人寓言的蜕变……写到这里，金庸先生也只能封笔了。反武侠大作，首推《鹿鼎记》，堪称我等人到中年的江湖梦终结者的晓喻宝鉴，当仁不让……

看朱成碧

"看朱成碧思纷纷，憔悴支离为忆君。

不信比来常下泪，开箱验取石榴裙。"

相传这诗是武则天暮年所做。若她一辈子只是个"武媚娘"，而没有背负上自己首创的那个显示万丈"雄"心的"曌"字，这首诗充其量是个无聊老妇人老眼昏花之际一声怅惘的叹息了，不会流传至今吧。

是否一个女人要求得越多，她的生活压力便会更大？付出了常人难以想象的代价，终于伸张了自己的自由意志，她的生命尊严就无比昂贵、凝重了呢？

虽然在外人看来她已经是高处不胜寒的孑然了，但她应该也可独享那份无限风光在险峰的别情独趣吧。

一个十四岁离开父母入宫时没掉一滴眼泪的女人，

一个打击政敌果敢狠辣，毫不留情的女人，

一个对付外寇入侵时寸土不让的女人，

一个首设殿试，提携寒门志士不遗余力的女人，

一个大度豁然，把宿敌的后人（上官婉儿）安置身边加以宠信的女人，

一个帝王之中唯一不给自己墓碑立字，任由后人评说的女人……

可以肯定的是，她是一个独一无二，绝对无法让后人绕道而行的女人，

生命个体中进化得让人屏息，惊艳了时光的一个标本吧。

可　憎

　　元曲里面戏称所爱的人为"可憎"，值得玩味。用原汁原味生活化一点的话说来就是"冤家"，俗话说的"打是情来骂是爱"的主儿。诗人爱在绝色佳人面前苦吟作颂歌，冠之以"圣母""女神"类的称呼，肉麻当有趣，谁受得了。

　　或许是他睁眼说瞎话，自己神思昏沉，发飙了捕捉到心口的一团烈焰就操刀弄笔，和所恋的人本身实际没什么关系。就像元稹，妻子韦丛病重将亡时看都懒得去看一眼，等她含恨而去了，惺惺作态地写悼亡诗：唯将终夜长开眼，报答平生未展眉。报答的结果是马上纳进新妇江陵。言辞夸饰之人，其情必伪。（我打定主意瞧不起穷酸醋大的文人——自己已经是酸菜缸里泡大的命了，还拿一瓶陈年老醋来下饭，我的胃还要不要活？）

　　退一步说来，即使他那一瞬间的深情和他的诗名相符，那也只能证明白纸黑墨交融那一刻他的情意玉洁冰清。凡人都是崇高一瞬间，平庸一辈子。如果硬要拈着那本风花雪月的诗册浪荡江湖博以情圣的桂冠，只说明这人不自知，抑或别有居心，所以不能上开口闭口溢美之词的人的当。

　　可以为了脊椎骨的拔高崇拜某位人格俊杰，可以为了眼光的明澈心仪某位思想精湛的大师，可以为了心怀的博大感动于佛祖圣母的慈悲情意；但在人世间走一遭，凡夫俗子地过日子，最明智的做法莫如找一位能让你产生"可憎""冤家"感怀的人了。

　　爱的对立面不是恨，而是遗忘、冷淡。这个让你偶尔抱怨的家伙，他身上肯定有某种东西让你入迷过甚至有所期待，但他有自己的人生出口，或者没来得及顾全你的感受——或者是你自己没端正好你的脚步，在无理取闹，于是你有点委屈地埋怨他了。能让你产生"冤家"感觉的人，证明你看重的不是他的社会条件、名号、物质等那些外壳，而是直抵本质的一个情感综合体。热恋中的人甚至称呼对方为"小冤家"，这就近乎对小孩的宠溺了。顽皮的"小孩"才具有生命活力，让你的生活生机勃发，日子过得有滋味。

记不清哪位作家讲叙的一个故事。朋友的父母相敬如宾，从来没红过脸，让外人无比仰慕的君子遗风啊。父亲走了，后来他母亲告诉那个儿子，亲生父亲早离开他们了，这个好爸爸是一个好心肠的——太监。这个故事太极端了。不提也罢。

在恋人面前有可能成为"冤家""可憎"的人，想来有几个特点：任情；有缺点——不伪饰，是树都有杈，是人都有疤；有个性，或者是某种意义上平等关系的反映，干吗恋上一个人了就得孙子一样迁就、伺候对方？偶尔地得要要脾气，憋住气，不妥协。这种人才不至于谈恋爱谈得天崩地陷，节节败退。并行不悖、不相覆灭的两个人才能保证感情源头活水常有吧。——伟大的无产阶级思想导师马克思说的，矛盾是一切事物发展的动力。

命若琴弦

　　《命若琴弦》是史铁生的小说。大概内容是讲述一个小瞎子跟从一个老瞎子江湖卖艺，用时髦的话来说就是生活在社会底层，没有光明，没有爱情和家的温暖，在人的尊严底线挣扎。师傅是后天失明的过来人，也许他早知道徒弟的命运将是什么。他告诉徒弟：只要你用心拉琴，拉断了多少根弦，你的眼睛就能好起来。徒弟记住了，怀着这样一种信念去生活。很多年后，师傅去世了，徒弟在人世间吃了不少苦，有怀疑也有憧憬，直到他拉断规划中的最后一根弦，他的眼睛并没有好起来。但他已经明白了什么是爱，什么是真正的生活。

　　史铁生的个人经历和一贯的作品风格让我被这篇小说打动。他在二十岁知青下乡时双腿突然残废于是返城，后来才开始文学创作。一个活蹦乱跳的年轻人，突然就被禁锢在轮椅上了。他有一个敏感、深爱儿子的母亲。《我与地坛》《合欢树》等篇章里都有这种母爱，以及与人世间温暖、信仰有关东西的呈现。

　　后来，史铁生已经是高位截瘫了，他还幽默地说：上帝觉得让我坐着还怕亏损，又安排我躺下来了。他自认为是那只甘甜香脆，让上帝特别钟爱而咬过一口的苹果。上帝让他不能动弹了，却给了他更多思考的机会。他的作品都有一种哲理的意味，减法的哲学。一个人富有，并不在于他拥有什么东西，而在于他可以失去什么。健康、名望、物质财富、外形都没有了的年轻人，是什么支撑他笑到了最后？我想了解这个问题，所以喜欢上他的作品。是他剥除繁缛发掘出了内心的"英雄"吗——意志力顽强、充满爱心、永不放弃的人。

　　爱是一种能力，是你自己才有的，别人没法强加给你，也不能轻易剥夺你的能力。爱生活（不等于享受生活），爱别人，都像一次次绷紧了你的心弦，而苦难就是那双最灵动、敏锐的手，智慧是灵感，这样才会有华章异乐的来临。所以安徒生梵·高们这些在苦水里泡大的人才能成为不朽的人。当然，不是每个人都有勇气和义务成为这样的人，知道有他们就行了。他们的存在是一种对照。

人和人不一样

　　最近纷纷扬扬地听说周边高校里有几个学子跳楼了。想起了以前看过的路遥的故事。有次他们几个青年作家聚会，有人洞若观火似的指着他们说，别看你们现在说是为了什么使命和信仰弄文学，到了一定时候，也是放不下名和利这两件东西，这是自然规律，谁也过不去。路遥陡地站了起来，说道：不，你说的不对，人和人不一样！那位朋友坚执不移，连声说：就是这样的！路遥再一次对他说：人和人不一样。可那朋友不听路遥说。路遥便去扯他的袖子，一定要他听，路遥说：人和人不一样，我小时候没穿过裤子，这怎么一样？

　　……

　　这样一句似乎有些词不达意的辩白让人心疼。路遥后来是肝功能衰竭去世的。据说他完成最后一篇小说的时候，狠狠地把手里的笔扔出了窑洞窗口，发誓说再也不碰恶心死人的文学了。其实用文学两个字去命名他的劳动是太过于轻佻了吧。那其实是如同人生一样艰辛的跋涉。王安忆如此评价——人生是这样沉重压顶，白纸黑字算得上什么？

　　生命就像是一场狙击战。……不要把自己的委屈和苦难什么的看得太了不得吧，多想想别人，有时候为别人或为了一个信念而活下去，撑下去，这是借口也罢，也是出口……

玩弄比欺凌更无耻

妻子岂应关大计，英雄无奈是多情。中国男人向来有把女人当衣服，弃之如敝屣的传统，并且故旧不如新颜色。城头旗帜改换了，罪魁祸首是女人，大王重意气，士气得高扬，妃子就要凄凄恻恻地充当马嵬坡下的冤魂。在被称作盛世的唐朝，还发生过军粮断绝后，守城将士把内眷妻妾炖做火锅犒师的"壮举"。

还有很多语出不凡、清新俊逸的"知识分子"，为什么到了男女关系的节骨眼上，就折戟沉沙地降格了呢？最典型的是元稹，明明始乱终弃，勾搭人家黄花闺女，后来为了功名赞誉，把旧情一笔勾销，还诽谤人家是惑乱心性的狐媚"尤物"，自己好在弃过扬新为时未晚。杜牧，写"商女不知亡国恨，隔江犹唱《后庭花》"时，我已嗅出了他的大男子主义苗头，轻描淡写的一个"红颜祸水"，就把社稷江山千秋功过的问题搞掂，确实快语如剪，难怪历来的文人乐此不疲了。在极力渲染的"名花倾国"的经典场面中，宣泄了意淫的冲动，摇身一变，又扮演了指点江山意气激扬的历史品评者角色。小杜还写过"落魄江湖载酒行，楚腰纤细掌中轻"，多么不可一世的男人。没权没势潦倒成醉猫了，还理直气壮地充当玩弄女色的风流阔少，女色在他眼中是疗伤的药，浇愁的酒，以千觞万盏来斗量的横波玉液。显摆什么，女人是你夸功的最后战场，还是挽救濒于崩塌的颜面的最后一根稻草？男人，尤其是自恋甚重的自命不凡的男人，特别是掌握了话柄权的文人，他们用樱唇、柳腰、莲足这些华而不实的装饰性特征强行要求女人，潜心深意地塑造一个个或楚楚可怜小鸟依人的弱女子，或委曲求全逆来顺受的奶妈——无条件成全、哺养他的万丈雄心或经世大计。他们希望女人依赖男人好糊弄，但又没打算为女人的依赖性承担责任。早些年流行的《小芳》不是唱得好听吗：自我感觉优越的知识青年返城归队了，你，善良且自然少不了漂亮的村姑，越纯朴越好脱手，谢谢你在那段艰辛的日子满足了我的爱欲冲动……

回到明清之际的文坛，"秦淮八艳"的招牌多么响亮。清军铁蹄势不可当，文弱士人能干吗？他们在干吗？做了两件最主要的事：一是结社骂街，二是合伙嫖妓作诗。于是，钱谦益有了柳如是，龚芝麓有顾横波，吴梅村有卞玉京……他们已经失去了经天纬地的主流身份，日子还要过下去，所以用审美问题取代历史责任的意义命题。男人再缩头乌龟任人宰割，女人的丰姿绰约在历史长河中是永不褪色的，千年后的男人尤其是文人依然会津津乐道于女人的发式、女人的愁绪、女人的pose……所以他们要抓住秦淮八艳的腰带找回一点历史在场感，省得青山青史两蹉跎。

王小波

　　某天在食堂里吃饭，抬头看到对面不远的一个长条大汉，斜眉耷眼的有王小波的式样。他长了一张"囧"字脸谱，斜分的搭肩的中长发，还有慵懒地带点对周边环境无所谓的神情。呵，我一直以为现实中的王小波是这种神气的。虽然他1997年就已经离开这个世界了，在我接触他作品之前好几年。王小波说："一个人最大的悲剧就是自己的无能。"他还说："社会改革的最终成果是人格的变化。不改革，一个人就不想不断地超越自我，生命必然僵滞；不开放，一个人就不想不断地开拓空间，生命越缩越小；成天胶着狭窄的人事纠纷。"

　　他服膺罗素的理性和注重人性自由的哲学。本科时代初读王小波的作品，觉得那种幽默、反讽、带点调侃的风格是一种心智清明、机智的人格的结晶，像他的某个作品的名字"一只特立独行的猪"——无往不胜，挟"人性自由和人格独立"之法宝，是战胜环境和现实的最尖锐利器。到后来再重读那些杂文，觉得他的乐观是理工科的人站在一块有纹路理致的甲板上，牛气哄哄地拍胸脯，天真和迂阔，以为掌握了一些原理和理论素养就可以改天换地——其实甲板的四周更多的是潜伏着的，汹涌着的不确定的礁石和情感骇浪。很多事情不是你努力提升心智、改良自己就可以把握的，比如：地震，金融海啸，还有所谓的爱情。

　　如果王小波能够存活到这样多事之秋的2007年、2017年，面对现在的情状，他会有什么样的奇思妙想呢？—— 也许会不停地摇着他的这张"囧"字招牌脸⋯⋯

袭人和孙小红

袭人也有爱有恋，但是她的爱很狭窄，她的恋也过于正经——正经，用心而不够认真。她使人喜欢，但是不能使人爱她。她在现实的世界里也不至于什么都得不到。可是只有别人需要她，她不能需要别人。从她身上所获得的东西如果失去，也容易得回来，或另外找一件东西来替补。这是个乏味透了、平庸的女人。

孙小红是《多情剑客无情剑》里面，陪伴李寻欢度过后半生的女人。以前忽略了她，因为她姿色不甚突出，完全被林诗音甚至林仙儿的光芒掩盖。最近重新翻阅才发现古龙的笔下还有这样的女人。林诗音一味地逆来顺受，退让，矜持，悲剧人生由她这样的善女人一手造成。但是孙小红明朗，坚定，果敢，还难得地积极主动。当然，幸亏她遇到的是小李飞刀这样胸怀开阔、领悟力超人的真男人，一般的男人可能会在她面前自惭形秽。

歌德云：永恒之女性，引导人类上升。一个民族与另外一个民族的较量，归根到底是年轻女人素质的比拼。因为她们才直接影响了民族下一代的质量。

06章

紫陌红尘

陇上行后感

北方少了一点南方的灵气，因为没有水的滋润，也就不能生云起雾，产生云蒸霞蔚的效果了。但是北方宁静、质朴和肃穆的气质，更接近于一个思考者、成熟者的心境吧。在南方，尤其是梅雨潮热的时节，人的感官触角特别容易往"多愁善感"的路子上走。大自然的一切，都有可能触发人心惊落泪的愁绪，真是无风仍脉脉，不雨亦萧萧了。亮得耀眼的阳光，白杨树林围绕着的静静的村庄，偶尔有几株红黄闪烁的果树，触目可见的成堆成片的土豆、玉米棒子，还有胡萝卜，北方的秋天是浓墨重彩的油画，一派大手笔。

车窗外不时掠过地里刨土豆的人，自在随意吃草的驴子、瘦马，倏地又是灰蒙蒙扑面而来的沙尘雾，人们的脸膛呈红黑色，头发因干枯和沙尘纠结成一堆堆，一绺绺。北方人的五官更鲜明紧凑，似乎南方人的脸蛋是汪汪地浸在水里的米豆腐，白嫩舒展，而北方人的脸是被风沙拍打摩挲紧凑起来的豆腐干，焦黄硬密，更显英武。北人如马，南人如舟。北人如山，南人如水。北方人更粗犷，随意，行止做派开合的幅度很大，感情的表露也更明显，粗中有细，元气充沛。而南方人秀丽细致的外壳下，涌动着一颗精致化了的，过滤过的灵魂。思先于行，后发制人。北方人善意与否，多半出自本性，他看你顺眼，或他本性热诚，给了就是给了，给得豪爽痛快；而南方人的对人好，总觉得有拐弯抹角在投资的成分。至少，受惠方不用尽心思找个法子变相地回馈会让双方都感觉不是滋味，会产生隔膜一样。南方人做事如水上行舟，容止周旋，回环止让，进退包抄。

北方的生活，是黄土地上一株向日葵扎根厚土，昂首向天，因艰苦而全身绷紧的力度，撞击着周遭的风沙尘土，要向命运讨一个说法；而南方的生活，是碧波清涟中浸泡出来的一枝荷花，没有哀哀无告的困窘，优容闲适，省下来的与自然做抗争的力气，全部倾注在柴米油盐、人前人后、家长里短的心思里。藕中多曲折，节节是回肠，它让你观摩惊艳，但就是隔着水雾的距离，见怜不分明，反不如葵花家常，窝心。

门头沟，潭柘寺

郁达夫写的"潭柘寺的秋月"，没有赶上，却遇上了这一院的夏凉。

我连带地想起很久以前的一个"理想"来——到某个深山老林里，守座古刹，当个姑子，打坐参禅，连带地煮一锅大白米粥，摆在庵前救济难民。这样做人的成就感和自在感都成全了，也不算一个废物吧。

没来由的喜欢绿色。老乡朋友还打趣：你真不该来北京的，生活在湖南多好。希望中年抑或老年以后，我能够在资江或者湘江边上有一幢自己的小房子，白首忘机，笑对鸥盟。

以前玩过一个有意思的用生辰八字称量骨重和命格的小游戏，得出的批词是：青衣贵人——僧道门中近贵之人，还蛮中意。有时我也会迷惘，生活在二十一世纪，是不是个错误。

去游潭柘寺的前一天，我正好在家里一口气读完了王水照的《苏轼传》，不是林语堂的《苏东坡传》，也写得朴实动人，很久没有因为阅读而流下感慨的眼泪了。以前我心目中的东坡，是一个狂放的人，不羁的人，生命力顽强的人，无所畏惧的人，"脱离了低级趣味的人"……超脱，阳刚，明朗，智慧……看完传记以后，却为他的苦难、脆弱、无奈和天真洒下一掬同情低回的眼泪了。以前看佛家偈语，人生有八大苦——生，老，病，死，爱别离，求不得，五阴盛，怨憎会。总结得这么仁厚到位，佛门人的一腔悲悯之心不容小觑。苏东坡一生最大的精神抚慰也许就是自然怀抱和佛老思想带给他的解脱了。所以他的诗文怀抱不至于像陶渊明的自悼词那样决绝——人生实难，死如之何；也不像沈从文晚年说得最低沉的一句话——我对这个世界没什么好说的……东坡在人世里遭受的忧难，从大自然的清风明月和佛老思想那里得到了一定的补偿，这是不幸中的万幸了……

或许正如那句歌词所说的：生命它总给人一些，又不给一些……

清明平谷行

一

清明。平谷。桃花。

塔山并不高，山腰有村民设置的木片栅栏——桃子成熟的时节外人也许就不便出入了。从山谷到山坡山顶，参差随意，到处有零零散散的野桃树，似云霞，如烟锦。连绵起伏的山脉，一山放出一山拦。这是平谷南边的浅近山群，朝北望去，重峦叠嶂已经有只手遮天的势头了。同学说那边的山，不只长了野桃树，还可以采蘑菇，拾捡核桃等野味。

"楼阁参差未上灯，菰芦深处有人行。凭君且莫登高望，忽忽中原暮霭生。"

翻越了几座山头，拣在一个最南的向阳的山顶坐下来歇脚。有黄澄澄的芦苇草，把它们压一压铺下来就是天然的芦苇席了。然后盘腿坐在草丛中，如梦似幻地发呆走神。

平谷三面环山，朝南望，是闹市，另外三面蜿蜒的山脉底下都是云霭重重，古人说的"万丈红尘"确实形容得贴切。头顶没有遮拦的炽热的阳光洒下来，四周的山风吹拂着蝙蝠般宽大的衣袖。如鱼饮水，冷暖自知。每次坐在这样的山顶，就忍不住想：老了，就寻觅这样的一处山头或者山谷，坐下来，不走了。

山脚几里外的十字路口市集上，间或有驴车驮着黑黝黝干瘦的老头老太经过。同学打趣说，一般驴车载来的水果最醇美地道，是住在大山里的山民自家采摘的好果子。

他们也难得出山一次，果子成熟的季节才现身几回吧。老头老太们蜷缩在驴车上，包着头巾，耷拉着眼皮，和这万丈红尘漠不相干似的。

二

再次出行，和同学每人踩了一辆自行车去附近的山脉逛一逛。目的地是几里之外的渔阳滑雪场。这里距离平谷集镇更远了，主干道两边已经很少有小店或者经商门面，只看见怀抱粗的白杨树苦然挺立，哗啦啦直响。

在一个岔路口拐进田野间小路，离开主干道，植被和风景也陡然转变了。路两旁都是新绿绽放的垂柳，平整的田野间竖立的是核桃树、柿子树和桃树。枝节傲然，昂然向天。已经有零星的土包和小山堆了，也有果树林立分布在梯形的山坡上。间或几个小坟堆。北方的坟堆也拙朴得很，没有水泥碑石，只在坟头竖立一个裹白布的树桩。

方圆几里不见人烟，只有很小很小的守林人的屋子。自行车在蜿蜒起伏的山路上尽兴地跑着，常常顺着一个坡度放肆地奔下去，旷野的风和午后骄阳泼洒在身上，助兴。脸像浸泡在红酒和金粉里面的苹果了，发酵发烫，衣袖中的身躯却是轻盈欢快无比。

十几岁即高一的时候，我有次翘课和人去汨罗爬玉笥山，路过汨罗某个小镇，第一次看到火车。站在山脚下看着一辆墨绿车皮的列车怒然奔走，带来远方的神秘气息，又向着未知的方向驰去，心里竟是翻天覆地的感动——走南闯北的火车，彪悍无所畏惧的火车，将来我也要像这风雨中不辞辛苦的火车一样奔赴他乡。

三

十几年之后我又坐在这样一个中学的田径场上。暮色降临，夕照还是温暖耀眼。操场上野草伴随着拉长的影子在摇曳，一只花白的小猫赶都赶不走地偎依脚下。我去风雨台，它也跳上来，我去升旗杆下，它也跟上去。清明假期，学校里没有一个学生，只有几个值班的老师。这个暮鸦投林的时分，我和它共有了这样偌大一座校园。

刹那间想起了几千里之外资江边上的那个初中小学校。同样地简陋，一到假期野草就疯狂肆虐地生长。同样肆虐疯狂的还有青春期第一次萌发的情绪，一些被夸大的多愁善感的情绪，现在都寂然无声。很想掏出手机来给遥远的某个人发个短信——跟他说，我现在坐在跟中学一样的一个校园操场上，想起课间操时看到的你的样子，十几岁的样子。最终还是作罢………

　　终究是回不去了。回不去了，又不能实现的一种愿念，唯一能做到的，就是埋在心底。

四

　　天空湛蓝。玉兰树在墙头日光下怒放。柳树像粘贴在天边灰蓝山上的金绿山水笔画。然后天光慢慢暗淡下来，校园外有了狗叫声。

　　星光渐渐地闪烁起来。晚上八点多推开门去柿子树下的露天水龙头前面洗脸，抬起头，月光和星光就溅进了眼眸里。

　　真喜欢这无边的夜色和风月星影……

万水千山走遍

……终于来到向往已久的草原了。傍晚时分，车子在昏黄朦胧的山间路上穿行，我昏昏沉沉地靠在最后排的窗玻璃上，任紫幢幢的林子把视野涂抹得斑驳迷离。

年少的时候，有过各种各样美丽的想象：

清凉有风的晚上，漫步在虫声唧唧的山道里，穿身干净休闲的衣裳，或身边走着一个沉默多于言谈的朋友，静静地看圆润明亮的月亮从林梢露出她的脸庞，自己就这样走进无边的月色里；

也曾幻想过，牵着一个人的手，霞光中一口气登上开满栀子花的山冈，看星光隐退，霞长云消……

还设想过，上了一定年岁了，住在一面向阳的山坡，最好是夕照中的满眼金色，坡下面有波光粼粼的水面，漫山的芒草摇来曳去，我啊，躺着，坐着，趴着都可以。嘴里叼着青涩发干的芒草梗，泛出的滋味像在梳拢一段段旧年的往事。仰面看天，云淡风轻，自己又仿佛融化进了无边的蔚蓝里……

长大了，没有发现过一处没有人声的景致，没有在恰当的时分遇见那个沉默得刚刚好的朋友，没有闲暇走上那条悠长寂静的山路，没有一方属于自己的可以纵身扑跃的山坡。可是这种万水千山走遍的梦想一直没有彻底忘怀过。只需有个支点，一根杠杆，我可以撑起那片渺无纤尘的白云蓝天……

在尘土里流泪淌汗赚面包，是为了支付那笔出境畅游的旅资；在人群里忍耐谎言像野风把篝火吹得噼啪直响，是为了赎回那方最私人隐秘的空间。只要一息火种，那种逸出遨游的梦想就会燃成熊熊的草原……

山在，水在，草原在，风在，岁月在。见证着我们来过，在这里自歌自舞且开怀，无拘无碍。我们像尘露中脆弱的小白花，向这悠悠昊天吹启纤细的誓言：我们存在过，我们来过，哭过，笑过，活过，爱过，我们无罪，然后凋谢。大自然不动声色地看你赤手空拳地来，最后踌躇满志或满腹遗恨地离开，一切心知肚明，冷冷地不发一言。她是人的最后一面镜子，照出你最真实的愿望，又洗涤了人由于各种欲望构结的罪孽。

> ……那一月我摇动所有的经筒
> 不为超度
> 只为触摸你的指尖
> 那一年磕长头在山路
> 不为觐见
> 只为贴着你的温暖
> 那一世转山
> 不为修来世
> 只为途中与你相见……

扬州慢

二十四桥月明夜，玉人何处教吹箫。文人梦中的明月、长桥、垂柳、红芍药，编织成一个明亮又斑驳的温柔乡。古扬州是有名的烟柳繁华之地，古话云：腰缠十万贯，骑鹤下扬州。虽然它也历经过清初"扬州十日屠"类的铁骑踏陷，但文人们乐意认知的扬州永远是吴侬软语、巧笑倩兮的温软膏华之地，竹篙青草、鹅黄柳绿的江南水乡里最幽雅、旖旎的避风塘。

李白的追随故人行踪、烟花三月中神游无限的扬州；杜牧的春风十里、青山隐隐水迢迢中旧梦难忘的扬州；还有姜夔波心荡、冷月无声，大有故国黍离之感的屡经兵火的扬州；这些构成了文人案头一再轻吟浅唱的扬州梦基调：永远是失去后求不得的怅然若失，隔着一个转身甩袖的距离，乍想起，豆棚瓜架雨如丝……

文人们魂牵梦呓地挥笔记扬州，多半是在它失去风华绮丽的盛貌，或欲做销魂浪迹游而不可得之后。他们抚弄的是自己行色匆匆的故事囊里的旧爱，好时光中的温情，空怀的壮志，残梦的幻灭，和大势已去的苍凉即景。

回忆之曲奏响的只是对现实不满的笙箫，载一船星火斑斓向青草更青处的往事里追溯，似乎就可以抖散忽略此时此地船舷、桨下的水藻、虫豸、残渣沉屑……古典文人游离于满目疮痍的现实之外时，最擅长玩弄的文字游戏在这里尽情发挥。

他们并不爱扬州，他们只是享受扬州。把扬州当作一个最富丽、精妙的道具来"遣兴生思"，为文造情。就像偷窥犯、暴力犯以各种手段侵犯了一个妙龄女子，也像一个巨富，倾囊掠尽红颜的韶华，然后贴上"私有财产，外人不得觊觎"的标签，而最温柔多情的文人，充其量也是眼睁睁地看它历经兵火、人事变迁、容颜荡佚后，顿足长叹一声：念桥边红药，年年知为谁生！趁机抒情。

玉人，玉人……为人莫作妇人身，百年苦乐由他人。玉人们的芙蓉面、柳叶眉，月下灯前启唇弄箫的绰约身姿，是男文人一厢情愿编撰的盛世浮绘，像凸现在泥胎土塑的瓷器表面花团锦簇的纹路，华丽而不真实。真实的一面是，一个来自底层卑微的粗糙土坯，要经历多少道巴掌的搓揉、拍打，酷火烘烤，冷风吹剥，才有了光彩照人的一个"印象"，这个美丽的器具命运又何其脆弱。被供奉起来是禁锢，错手摔伤了是狼牙突兀的血泪惨烈。光鲜的外表，坎坷的身世里结合了上帝的疏忽和用意不明的上帝的慈祥。

……

想起三岛由纪夫的《牡丹》，取材于南京大屠杀中一个日本军官对数十上百的女人性犯罪后杀害，再栽植同样数目的牡丹，垂垂老矣中坐在风情无限的牡丹园里，沉湎于往昔杀戮、施虐的回味里。这里没有牺牲者的血泪、呻吟，只有施虐方的意淫和快慰。在看不到"丑陋"者的眼眶里，我们也读不到何谓真正的"美"。只有感官刺激，零星模糊的风物片断串游起来的一个残梦而已。受辱者的恐惧、绝望和耻辱已经被篡改成一个个男女韵事，色情横生的香艳"逸事"。文人擅长操刀弄笔，他们在话语平台上一次次粉墨登场，这也算败德文人行止无端、事迹荒唐的一个铁证吧。

一路向西——2014年春节西藏、尼泊尔行西藏篇

> 哪条路、哪道水，没有关联；
> 哪阵风，哪片云，没有呼应，
> 我们去过的城市、山川，
> 都化作了我们的生命。
> 我们的生长，我们的忧愁
> 是某某山坡的一棵松树，
> 是某某城上的一片浓雾；
> 我们随着风吹，随着水流，
> 化成平原上交错的蹊径；
> 化作蹊径上行人的生命。
>
> ——冯至《十四行集》

好像一切盛大的布景展开时都会有个冗长缓慢的前奏。T27（北京—拉萨）这趟闻名遐迩的列车在夜色中喘着低沉的粗气一路向西。经过了山西，层峦叠嶂，经过了宁夏，不毛之地，多沙多戈壁，到甘肃境内已经是西出阳关无故人的苍茫了。赭褐色的被黄河冲刷得千疮百孔的坡土，触目所及没有飞鸟，没有村庄，没有人烟，电线杆都寂寞得可怜。

人说逢年过节，只身赴藏的人无外乎三种情况，"失业的、失恋的、失心疯的"，对一个女人来说，只身来藏更显突兀奇怪了。大过年的抛家别室。（在此要郑重地感谢老公和爸妈的开明豁达，让我没有后顾之忧地展开了藏地旅程。）

从小在江南水乡长大，我见惯了草长莺飞、春光明媚的小桥流水，对波澜不惊的盛世光景也有深深的眷恋，但天性中总觉得成长背景里缺乏一种粗犷雄奇的底色。像《射雕》里黄蓉描述华筝公主时说的：你们是大漠展翅盘旋的雄鹰，而我只是江南柳树底下呢喃的燕子罢了。说到杏花春雨江南，对应的马上有塞北秋风骏马，这是中国文人心头的朱砂痣和明月光，少一极都觉得失衡、不完美。梁羽生小说里，让天山侠女和江南女子对照时用了一联：大树凌云抗风雪，江南玫瑰簇朝霞。我，作为一个身高不满五尺、体重不足百斤的饮惯汲足江南烟霞的小女子，要来领略感受漠北、塞北、藏地、云端和雪山茫茫处的风景了！

同行的临时结伴的驴友，有两个女人到了青海境内分别有头晕和拉稀的状况。在我火车卧铺对面的两个女孩子都是回家过年的青海本地人，凌晨两点多在格尔木下车了，她们也还没去过西藏。格尔木海拔两千八百多米，属蛇的刚过本命年的女孩子说自己每次从北京坐火车回家，过了西宁都会呼吸吃力，浑身酸痛，有高反症状。听说我一路向西去藏地，惊羡又害怕。隔座一个五大三粗的男士添油加醋：他从小在格尔木长大，现在回家爬个二层楼都要花五六分钟！说得我心头一惊。火车在格尔木停靠了近半个小时，到凌晨三点，我所在的一号车厢内乘客所剩无几，空荡荡的，乘务员开启供氧设备的操作声清晰入耳。然后火车再次启动了，庞大的铁躯在短短两个小时内由两千八百米攀爬到了四千多米的高海拔区了。在火车上待了近三十个小时以后，我已经对时空转换感受模糊了，疲乏地一晚上沉沉睡过去，错过了可可西里无人区，错过了昆仑山脉和玉珠峰、沱沱河等。只记得半夜窗帘被风和火车振动掀起时闪现的藏青色夜空和寒光凛凛的弯月。

我被列车清晨广播唤醒时已近八点，窗外还是黝黑黛蓝的一片，已经进入四千五百米海拔以上的藏地高原区，这里天亮比东部晚两个小时。"不敢高声语，恐惊天上人"，就是此时惴惴不安又兴奋新奇的我心情的最好写照。八点四十分，火车放缓速度经过了唐古拉山脉。这里以前据说曾有停靠点，因为有游客出车厢后禁不住美景当前的刺激，手舞足蹈太过兴奋后竟然倒地不起，后来就成了不让人驻足的禁区，火车不作停留。但是乘客们有幸能在车厢里看到霞光中苏醒的唐古拉山，那是怎样的一种海市蜃楼般奇观啊！在车窗的西北方向，远远矗立着一列山峦，不动声色，凛然庄严，在藏青色的晓色浮雕底版上泛着金粉和银白的光，凹凸有致，光色错落交相辉映，仿佛遥远天界一种巨大神灵的波斯猫一样的眼睛，顾盼生辉，诡谲神秘，又天真得不染尘埃。在平原烟树繁花地长大的我，这一眼就被震撼了，心折了，觉得即使前面有千难万阻，这一趟肯定也值了！看完唐古拉山的瑰丽景象，如同吃了一道丰盛的大餐，我心满意足地继续和衣而卧，为半天之后抵达拉萨积蓄精神。

车窗外掠过巨人臂膀般挽抱的群峰，绵延不绝，更远处有被冰雪渲染了白头的巨人，两鬓如霜。天是湛蓝透明的，是久违了的让人沉醉其中不含一丝杂质的蓝。在北京浸淫了一个冬天灰霾的人，面对这样的天色，只能说老天爷太赏脸了。下午四点左右，列车抵达拉萨站，我和驴友们拖着拉杆箱出站，脑袋感觉有点沉甸甸的，腿脚轻飘飘的，心惴惴不安的，进入了一片新大陆的即视感，登月的人也是这样迈开第一步的吧。清新干凛的空气灌入了肺腑，也许因稀缺更显珍贵，我赶紧贪婪地吸完一口接着一口。

我们决定省钱，提拎着箱子挤1路公交车去宾馆。车里的面孔显示多为藏族人，黝黑粗质的肌肤，油亮瞪愕的眼神，神情是凝然质朴的。偶尔夹杂个别背包客装束的汉人，也多半友好热情，主动地招呼，以过来人身份介绍注意事项。进入高原果然得惜力，拥挤上车的过程里我提攥了行李箱一把，就面红喘气了。同伴为我占了一个座位，坐下来才轻松一点匀口气，得以观察街景。从火车站到布达拉宫广场这段，街面辽阔，干净整洁，有蓝天白云作背景，亮堂堂地万物生辉。

已经是下午四点半了，却像大晌午一样有明丽的阳光泼洒下来，公正无私，使得景观纤毫毕露。想起一路同行的一个中科院地理所的藏族学人，因为工作需要研究青藏生态环境，常年在北京西宁拉萨几地奔波。我们问他是不是很想到北京安家定居，在京城做学问，成为北京人一步登天。他连连摆手摇头，我最喜欢拉萨了，北京待得太憋屈，难受，雾霾天不用说，房价也高得离谱。去北京工作的日子，提搂礼物跑了领导家半年才争取到一个年租三千的宿舍落脚，出去租房买房的花费都是自己难以承受的。走在拉萨富丽堂皇的阳光瀑布下，我体会到人家为啥有那样的心态了。

去宾馆放下行李，已经是傍晚五点多了，还是煌煌耀目的天光朗朗，我决定去布达拉宫广场瞻仰一番。拉萨出租车市内短途基本都是十元送到，司机还会在途中搭载别的客人收个四五块，面无异样，看来是轻车熟路的流行做法了。

用一切字眼都描摹不出的布达拉宫赫然在目了。一张明信片矗立在眼前，二维变成了三维。那样逼真的像印刷出来的完美匀称的蓝天背景，几朵闲适潇洒舒卷自如的白云，白玉般的不刺眼的白宫，朱红的不张扬的红宫，规则又不死板的条条框框线条组成的房子、窗框，镶着含蓄内敛的黑边，错落有致，一堆从材质、线条、色块和结构各方面都挑不出违和感的物体组成了这么一个浑然完美的存在。老老少少、贫富贵贱（从装束上看来）的藏民沉默又生动，急促而有序地围着布宫顺时针方向转走，有的念念有词，有的转动经筒，有的满面喜乐，还有的肃穆庄重。布宫像是一个巨大的旋涡眼，吸引着，触发着每一个人的喜怒哀乐各种情绪。

我去布宫前面的护栏摆出剪刀手留影拍照，一个年轻的藏民冲到我面前龇牙一乐，扮了个鬼脸又逃之夭夭，让人哑然失笑。刚到布宫广场的时候，安检口如临大敌地检查身份证和箱包，看到迎面汹涌而来的朝拜队伍，也让游客装扮的我感觉自己是个异类，擅自闯入别人私家重地，唐突无礼。这个年轻人的举动疏解了我的紧张情绪，像一个不慎闯入别人家殿堂的人，但没有扰乱人家的盛大仪式，他们也不介意，没有不适，因而我也感觉自在了。由于行程安排，布宫和大昭寺都是安排在从尼泊尔返回后的最后几天去逛的，我得其内蕴也是在十几天之后了。

布宫里面经幡垂地，酥油飘香，人头簇拥，不让拍照且没有空余地盘桓。一路上要经过几个逼仄的仅容两人通过的陡直木梯，所以我都是嘴唇呈半圆状地睁大眼去看去听，不敢掉以轻心。有个同伴见信徒和游客布施香火也按捺不住，拿出二十元面额的纸钞和宫里的红衣喇嘛比画着换一元零钱。年轻喇嘛二话不说，积极地开箱倒柜奔波了几个地方给她换了一堆五角壹元的零钞。他是出世的，又是和善近人的。个别十几岁二十岁出头的喇嘛，蜷缩在游人如织的廊道上念着经文，心无旁骛，眉目澄洁，真想偷拍下来那样的神情：任他风雨如晦，我自岿然不动。

我不懂藏传佛教各教义，不懂纷纭的派别条陈，不识宫里面罗列的各尊者塑像，更不清楚各图案、花纹、文字蕴含的意味，还有名贵稀世的各种宝石美玉、黄金白银工艺作品也看不出门道分量，像入了瓷器店里的猛牛。这个是好的，那个是妙的，世界上我不懂不识的物什太多，要懂得谦虚、存敬畏之心。盛装端热油，卑以自牧，闻着入鼻浸心的酥油味，在满目珍奇、鎏金异彩中这样告诫自己。

去布宫三公里以外的大昭寺的时候，本以为在前者的威仪盛名之下，大昭寺要黯淡得多。进入八廓街的大昭寺广场，前面一列长长的朝拜队伍，我诧异现在正是淡季怎么就要排上队了，布宫都没有这么火爆啊。大昭寺广场不像布达拉宫广场那样戒备森严，反而摆满了各种褥具垫子。顶礼膜拜的、五体投地的、叩头起身的此起彼伏，人气比布宫可要旺上很多。后知大昭寺原是西藏第一寺，文成公主入藏时观测地理天象，认为藏地形同魔女（罗刹），大昭寺所在位置恰似魔女心脏，便建寺镇压。寺内还供奉了文成公主带来的释迦牟尼十二岁时等身赤金塑像，弥足珍贵。释迦牟尼教义原不提倡偶像崇拜，传世的真容真迹也是稀缺，这一尊塑像还是从印度本地传入大唐的。信徒们趋之若鹜也不奇怪了。

大昭寺里还有许多慵懒到骨子里的流浪猫，喵喵地藏身于座椅下，或者旁若无人地在僧堂里闲庭漫步，可见平时养尊处优，人畜无害的。我这样的俗坯，既惊诧于大昭寺门前槛外信徒跪拜叩头时捣出来的没膝的深洞，惊诧于庭院里摩挲光滑得石壁石砖，惊艳那一盏盏芳香四溢的酥油灯，也惊艳凝神驻足在一层壁画上一帧观世音画像前。那是我有生之年见过的最有气韵、心仪的观世音画像。女性气质一览无余，清雅之中透露出宝相庄严，不枝不蔓，洒脱曼妙，无牵无挂，像一个自由自在的灵魂和你迎面相遇——你有什么放不下的心事吗？否则怎会不远千里来觐见朝拜呢？她好像在这样询问每一个朝拜者。她不像蓝毗尼的如来尊者塑像那样指天画地，唯我独尊不可侵犯、不容质询，而是温文近人，与人无碍的。也许这就是盛唐气象的遗风流俗之体现吧。大昭寺兴建之时，这尊观世音画像也许出自文成公主麾下的某位中原工匠之手，在异域得以薪火传承盛唐风韵。"金刚怒目，所以降服四魔；菩萨低眉，所以慈悲六道。"而她，不怒不愠，不伤于怀，只是淡然悄然默然地倾听，生而不有，为而不恃，功成不居。

我们是一群没有信仰的观光客，以旁窥者的身份闯进了这一片雪域高原。在藏南的扎什伦布寺，五世班禅灵塔前，最虔诚的叩拜、最璀璨的珍宝都被藏民们供奉出来。走上三五步都气喘吁吁的我，看到年轻的喇嘛不停地折身俯拜，觉得他在以命相搏，发自身心地顶礼膜拜啊。这几千米的海拔差距，不但阻挡了一批肉身游客来势汹汹的侵入，也保全了一片圣洁的家园。绝艳似怜前度意，繁枝留待后来人。俗世滔滔，商业文明、现代文明大势所趋，逐浪淘沙。据说藏地以后政府会推行国民教育，所有人从孩提开始统一在学校接受普及义务教育，寺庙僧侣教育将被边缘化以至于取缔，寺庙将成为纯粹的观光旅游场所，文化教育的功能不再。也许他们的下一代、下下代会觉得万物有灵、灵魂不灭、轮回因果都是虚妄的，只有真金白银才是真凭实据，像我们这一伙千里跋涉过来猎奇、观光消费的无神论者一样。这样的藏地还神秘独特，让人感动、肃然吗？

我们的越野车司机索拉，一九八三年生人，一路上相处熟了就和人掏起了心窝。第一天清晨六点从拉萨发车的时候，他先画胸指天地用我们不懂的藏语祈告一番，然后为了提神就播放车里的藏语乐碟了。因为窗外还是漆黑一片，天空繁星闪烁，没有路灯，也没有集镇人家，一干乘客都被高反折腾得昏昏沉沉。索拉甚至自哼自唱起来，肩膀一开一合地伴随着音乐节拍而动。我们到了精神好的时候和他闲谈，一问一答如下：

问：索拉，你结婚了吗？（恰好同车的四个女人全是中青年女人，包括2个单身的，于是话题重心便偏移到了婚恋方面。）

答：还没有呢。（后来听他的车队朋友说，索拉不但已婚，还有一个满7月的小孩。）他是那种一本正经地撒个小谎不露馅的滑头，但除了这个，别的谈话内容应该属实。

问：你为什么还没结婚？喜欢什么样的女人？

答：干这种司机的活嘛，常年奔波在外。老家在羊湖边上的小村庄，公司却在拉萨。我要找那种当我在家的时候，一心一意对我好的女人。当然，在我出门在外的时候，她可以去玩，去找相好，但尽量别让我看到。别人说什么，我不会计较。我相信她说的。

问：离婚在你们这里是大事吗？离异的女人好不好找对象？

答：不会。离异生过孩子的女人受欢迎，说明她们身体不错，生育能力挺不错。

问：怎么看待分手？

答：分手和好都是各人的选择。在一起有好的时候，不好了觉得过不下去了就分开了。我曾经在公司谈过一个女朋友，她后来和别的人好上了，我就随她去。

问：要是分手了的人又来找你，你会怎么办？比如那个和别人好了的女人。

答：会给她一次机会，不介意她曾经去找过别人，再相处一下。要是问题确实存在她身上，我受不了了就分手。

问：女人结婚时嫁妆和彩礼是怎么论的？

答：男方给的彩礼就是青稞酒和一些糕点肉食等。女方家根据财产数目和家中兄弟姊妹多寡平均分配各人份作为嫁妆。要是女方不愿意嫁到男方家，男人可不带财产上门作女婿。在日喀则地区，几兄弟找一个老婆的事还略有耳闻。那种家庭里，女方在家主事，男人分工出外干活。放羊的、打柴的、耕地的各司其职。有了小孩以后，喊兄弟中的老大为爸爸，别的都是称呼为叔叔。

问：丈母娘挑女婿财产身家吗？找对象的时候是通过媒妁之言吗？讲究门当户对吗？

答：在我们村里，看一个人的社会地位和受欢迎程度不是根据他的财产，而是看他的品行和人缘。比如爱不爱帮助人啊，做事能干可靠不，以及性格好相处不。以前的婚姻多半是媒人介绍的，好多人婚前都没见过面。不讲究财产多少，田地牛羊多点就多点，少点的话够生活也好。别人不会因这个看不起你。姑娘小伙相互对上眼也是看人才相貌等。

索拉杂七杂八地描述着，我们听得入了神，思考咱们大都市的人为什么把日子过得这么累，有个姐们儿最后来了句：那是因为他们有地，城市里生活不下去了，回家种地放羊照样过下去。

索拉说他和车队的另外三个司机是铁杆哥们儿，出车的话只要能四个人一起行动，少赚点钱也没关系，因此甚至不接受某些需要把人分开的活。带他出来开车的尼玛，大他两岁，被他尊称为师傅。四个人每到停车休息的时候，就合拢成一个小圈子，谈笑分享家里带来的奶酪肉干，踢踢踏踏，好不快活。饭桌上有点小事他们也能笑得不可开交，索拉甚至还从椅子上滑跌下去了。

从拉萨到尼泊尔入境处同行的几天，司机伙食都是乘客负责的。到最后一餐我们也不知道他们究竟爱吃些什么，不爱什么。除了知道藏人不吃鱼之外——因为水葬的人最后多半葬身鱼腹了。不管我们依照天南地北的口味点什么吃的，他们都说没问题，这个好，吃饱了。

路过羊湖的时候，索拉让车队稍作休息，回了一趟自己的家。一个年轻的女藏民提着几暖瓶奶茶出来比画着倒给大家喝。我们不知道行情，问多少钱一杯。索拉在旁边说，不要钱的，请大家喝。原来她是索拉的妹妹，端出来的奶茶有甜的和咸的两种，香醇滑腻，齿颊生津。索拉还从家里拎出来一小麻袋热烘烘的土豆，个个乒乓球大小，圆丢丢的。两个手指一摩挲，皮就剥落了，露出金黄的土豆肉，软糯可口。这可是海拔四千五百米处高原上生产的土豆，寸寸瓷实，浓缩的都是日月星光精华吧。索拉还说他们哥儿四个相约发誓戒烟，于是再也不抽了。前头说到的带他出来开车的师傅尼玛，一九八一年生人，家里已经有三个小孩，说是因为家里有了孩子，再也不忍心抽烟。他们经常熬夜开车为了提神喝浓茶、咖啡和红牛，嚼口香糖，虽然烟草的诱惑力更巨大，但既然已经对神灵相约发誓，自然是不会违约了。

尼玛还跟我们说起他的一些不平凡经历。他肩颈上斜挎至腹腰的一串金刚菩提已经传了四代，每天摸捏，随身不离，视若性命。他曾被村里人邀请操刀天葬，据说心性纯笃、品行端正的人才有资格充任。他还在藏区越野车比赛里斩获第二名的好成绩，多次被去阿里转山的人聘任为向导。依他自己的体力，围冈仁波齐圣山五十公里转下来得一天，充当向导陪游客的话得两三天了。他记得有七十多岁的港台老太太，一口气转完山下来没有用过氧气瓶。阿里山区平均海拔四千五百米以上，植被荒芜，含氧量极低。游客在转山的路途中付出了性命代价的屡见不鲜。有个二十七八岁的印度女人，有孕在身，转山途中就没能活下来。还有个七十二岁的印度老妇人，转山下来当晚就过世了。她是一个人来的，家属希望把她的遗体运送回去。很多司机不愿接这个活，当时盛夏七八月，尸体已经开始腐败，尼玛觉得总得有人来干这个差使。他就日

315

06章 紫陌红尘

夜兼程地把老人遗体从阿里运送到了与尼泊尔交界处的樟木口岸。星光下，越野车载着异国不知名姓的老妪遗体一路狂奔，尼玛说后来回想起来都不知道哪里来的勇气。也许是使命感吧：老人的遗愿和家属都想让她以自己所属的民族文化仪式葬归家园，总得有人来干这个事。到了樟木口岸，老人的儿子经尼泊尔赶来，两个男人完成了交接，语言不通的印度男人领着尼玛去商场买了一身崭新的衣服把他身上的旧衣服换下，尼玛不知道这里面有什么讲究。

说起天葬和烧尸文化，在尼泊尔我们也远远观望了印度教徒的白烟缭绕的烧尸庙。活人在河水里沐浴，往生的人骨灰从河岸撒落，死生的界限不再泾渭分明。在尼泊尔，烧尸的活计是贱民专任的职业，在西藏，操刀天葬的则是尼玛这种声望操行没有瑕疵、心志纯洁的人。能被过世之人的亲友邀请操刀天葬，是很荣耀的。

索拉和尼玛以及另外两个兄弟，对他们来说，爽朗笑声就像阳光雨露那样普照充沛。以索拉的话来说：钱是纸，赚赚就会有的。快乐的心，幸福的生活不是靠金钱堆积出来的。他们与世无争，信守自己的一套道义。对人不设防，宽厚待人，敬诚任事。其实我想问他们：你们在海拔几千米处无忧无虑地生活着，活在一个我们看来类似真空的环境里，如果遇到了强梁的人，偏执狭隘地要改变你们的生活方式，用黄金或者教条；如果遇到诡诈多端不守信义的人，巧取豪夺你们生活中的资源和心爱的东西，比如蓝天白云珍稀物种和圣湖、圣地等，该怎么办？

在汉语言传统语境里，西方世界是极乐的境界，代表没有苦恼和生老病死的轮回的终点。在西藏的某些地方，在索拉、尼玛他们身上，我隐约看到了极乐世界的影子，但另一方面又觉得这种境界太过脆弱、虚渺。人的大脑，人的欲望，是多么混沌复杂的存在。有几千米高的海拔做屏障，有巍巍圣山、茫茫雪域为壁垒和净化，就能抵挡浊世滔滔欲望吗？并且，欲望并不可耻，求生存的，求配偶的，种族延续的，独特性展示的，在这块土地上同样酣畅饱满地挥洒出来了，以他们的诚挚洒脱的方式。过十年、二十年再来藏地，看看老索拉、老尼玛或者小索拉、小尼玛的生活方式以及思想情感状态与而今相比有何变化，想必很有意思。

"一个人需要隐藏多少秘密，才能巧妙地度过一生。这佛光闪闪的高原，三步两步便是天堂，却仍有那么多人，因心事过重，而走不动。"（仓央嘉措）在这片极乐世界，遇到失意的事，他们会说这是上苍、神的安排；遇到强梁、横霸的势力呢，他们会认为这是对人的考验、磨砺……但要是遇到执意改变他们生活方式的人，迫使他们放弃原有的根深蒂固的观念信条，他们该何去何从呢？……火车回京的路上，对座的一个男士也刚从藏地归来，说他一个三十二岁的大学同学，过年那天倒在了珠峰南侧四千多米海拔的地方，像尼玛见闻中数不清的转山路途中奔赴另外一个世界的人一样，他们不觉得这是祸事。

我爱这藏地的皑皑白雪，闪闪佛光，爱你壮阔雄浑的胸襟、掠过额头的雄鹰；爱你不假以颜色的冰清玉洁、不俯首称臣的傲岸身躯，爱你心肺流淌的琼脂玉浆，爱你四季变幻莫测的瑰丽风光；爱你男人们的雄健豪放，女人的洒脱典雅；爱你裂帛入云的嘹亮歌喉，也爱你幽咽凝涩的潺潺涓滴。我爱你，丰富多彩的异域世界；我爱你，神秘莫测的别样生活。

一路向西——2014年春节西藏、尼泊尔行尼泊尔篇

"Namaste"，（百度君，就是告诉对方，"你是爱，丰足与平安；我也是爱，丰足与平安"）在加德满都的大街小巷，真的会有陌生人相遇一笑这样打招呼，"你好""再见"，两层意思都蕴含其中。拉萨海拔三千六百多米，然后经过海拔五千多米的日喀则定日地区，四千多米的聂拉木地区，就到了两千八百米海拔的樟木口岸。而加德满都距离樟木海关直线距离仅九十余公里，海拔一千三百多米，沿路却都是蜿蜒迂回的山路，关卡重重，至少经历五道卡哨，颠簸四个小时才到加都。拉萨是阳光城，雄踞云端，光彩夺目，加都则是掩映在喜马拉雅山南麓谷地的人丁兴旺的沃土。这里的建筑造型千形万状，人们的服饰色彩和土壤颜色相得益彰。溪谷是绿的，土质是红的，生长着终年常绿的亚热带层林，还有阔大的芭蕉叶，金黄的早春油菜花，以及姹紫嫣红的各色鲜花。女人们头裹披巾，身着沙丽施施而来，眉心或者发髻前正中位置抹着朱砂。肥狗和山羊在闹市偃卧或者漫步，人畜混杂，怡然自乐。

在尼泊尔三大古城（加德满都、帕坦、巴德岗）之一的加德满都杜巴广场即皇宫广场，数世纪前的皇宫或寺庙古建筑栉风沐雨。身着学生制服的少年，还有热恋中的青年男女就坐在有几百年头的石阶上闲聊。虔诚的信徒，观光的各种肤色游客，还有失去土地的生无依傍的乞丐都在广场活跃。有把自己涂抹得富有异域风情的老年乞者，也有打扮得玲珑可爱的小孩。中文向导塔巴跟我们说：你们中国人活得太累了，不停地工作赚钱。他自己，曾在温州当翻译，到过广州，也曾当过老师，知道很多外国货是"made in China"。现在他每年干两个月导游，别的时间就去印度等地游历。难怪我到了尼泊尔，感觉每天都是周末，下午

时分看到除了很早放学归来的学生外，广场和景点总有一堆堆不分时日的闲适的人。我们问塔巴：你将来老了怎么办？我们中国人都讲究养儿防老，囤谷防饥，总想着多赚点钱余生才有保障。塔巴说：神会有安排的，不用自己忧虑操心。在杜巴广场，有形销骨立的老妇人追着我们乞讨，说不要20卢比，要100卢比；在佛祖诞生地蓝毗尼，我刚做出掏口袋的动作，一群小孩蜂拥而至，把巧克力和大虾酥糖连抢带夺要过去。去尼泊尔之前看攻略说，对这些索要糖果的小孩，给吧，是大发善心，与人甜头；不给吧，有助于根绝他们伸手乞讨的恶习。够两难的。

在尼泊尔第一、二、三大城市以及国家级旅游胜地奇特旺、博卡拉的每个夜晚，水电都是让人揪心的问题。我们落脚到宾馆，习惯性动作是赶紧充电和洗澡，过了晚上九点水一般凉了（太阳能加热的水源）。过了十一点充电器的插口基本断电了。建筑物的公共场合如走廊、大厅倒是有电的。他们房子的每个充电插孔上都自带开关，便于调控。

加都处于山麓谷底，雾霾重锁，城市机动车和三轮车混杂在一起，也没区分人行道和机动车道。大白天旅游巴士进城穿过商业区简直是一场噩梦，除了可以在车窗内观察到形形色色的当地人服饰。作为收入世界自然遗产名录的博卡拉，地理资源得天独厚，海拔适宜（才九百米），雪山巍巍，有以鱼尾峰（6993米）为主峰的安纳普尔纳山脉环绕，天气好的时候能看到喜马拉雅山脉。鱼尾峰倒映在雪水融化而成的费瓦湖里，碧波荡漾，银光闪烁，蔚为景观。在雪山碧水的交汇处，在蓝天白雪簇拥下，还有吸引世界各地肾上腺激素旺盛者的极限运动：滑翔伞和滑翔机。飘来荡去的五彩伞帽，横冲直撞的滑翔机翼给这雪天胜景增色不少。我在西藏珠峰区域看雪山，心是惴惴的，因为高反的缘故，头昏脑涨，怀里像揣着个烫手山芋，又爱又怕；在博卡拉仰望众雪山，则优哉游哉，乐得逸兴遄飞，神游八极。在珠峰区，面对面地看着世界前几的高海拔雪峰组成的巨人俱乐部站立面前，敬畏之余又褪去了神化色彩。而在博卡拉，它们和游客保持着一个可远观不可亵渎的距离，天生就是明信片上的风景，可观赏可装点相册簿。

就是在博卡拉，我看到了此趟尼泊尔之行印象最深刻的、觉得不虚此行的安纳普尔纳山脉的雪山日出。凌晨五点钟起床的我登车出发，到山脚下已闻车轮辚辚，同道之人看来不少。半小时后我到了山半腰的观景台，在苍茫大地上看那赤子之心一般鲜红的一掬喷薄而出，带给人类多少欢心快意。在火车上我也目睹过唐古拉山霞光中苏醒的样子，而眼前的安纳群峰，位于北面矗立一字排开了的喜马拉雅山脉中，鱼尾峰从中跳脱而出，晓色苍茫中青黛泛灰，白头如雪，山谷里还有稀疏的几盏人间灯火。随着时间推移，正东方和东南角的灰幔云层浸出了紫青色，渐渐变成了暖橙色，直到齐刷刷一道鲜绯色的红光斜扫过东方，剑指北冥，然后过了一分来钟，敲碎红绛的霞被幻作了满天金澄澄的锦绣幛幕。再飞眼看北边的群峰额头鬓角，也嵌上了点金碎银，进而通体晶莹，熠熠发光，金山银山原来真有其物。

在朝阳欲出未出，千呼万唤始露真容前的刹那，雪山才是盛装华服最丰采的时刻。从我登临山腰开始，灰黑，青蓝，玫瑰紫，暖橙，绯红，金澄澄，各大色系粉墨登场，依次用巧手在天幕争奇斗艳，然后一轮赤日君临天下，浓雾散去，山谷豁然开朗。谷底费瓦湖波光粼粼，青柯翠竹摇曳多姿，红花紫妍竟秀吐芳，崭新的一天拉开了帷幕。美景当前，应接不暇。山腰里响起一片惊叹声，闪光灯咔嚓声，上海话、普通话、粤语纷纷出笼，原来是多半数中国人占据了这个山包。而我也不停地以270°全景模式的相机记录了这一瞬间。

尼泊尔有两个收进世界文化遗产名录的古迹：佛祖诞生地蓝毗尼和世界最大的佛塔博达哈大佛塔。蓝毗尼是个静谧秀美的村庄，油菜花盛开，麦苗青翠，穿红着绿头顶包袱的女人在田间陌上缓缓前行。它毗邻印度北部边境，释迦牟尼生母是当地王公女儿，嫁到印度后回家省亲时生下了这个日后与日月同光的孩子。蓝毗尼的莫耶夫人祠外，有一株虬须披离、参天拂地的菩提树，树下一汪静池。据说有慧根的人可在水中倒影里认清自己前世的模样。菩提是身，明镜似台，时时拂拭，可绝尘埃。"认识你自己"，这和希腊古神庙上的箴言如出一辙。东贤西哲，自有灵犀相通处，而在加德满都河谷的第二大古城帕坦的博达哈大佛塔，壮阔威严又美轮美奂的塔顶上刻饰着佛眼，据说"此眼无不见知，乃至无事不知、不闻；闻见互用，无所思惟，一切皆见"，俯视着芸芸众生，给人悲天悯人的感觉。信徒们顺时针绕着佛塔一圈圈不知疲倦地走着，像参加一场狂欢盛宴，在这雪白穹形塔座下，众生平等的意味体现出来了。咕咕觅食的鸽子，晒暖的猫狗，漫步的山羊，都在人群里活跃自得。金发碧眼摩登装扮的欧美人，赤足披着红色僧侣服的喇嘛，裹着沙丽披巾的印度人和本地善男信女，以及一看就是充当着打酱油角色的黄肤黑发游客们。大家怀着不同的目的在骄阳下展开了一场场转塔接力赛。佛塔周边是个依傍旅游观光业兴旺起来的商业区，蓝紫橙黄各色的旅馆商厦拔地而起，但压不过佛塔本身雪白的正色。

尼泊尔还有一处收入了世界自然遗产名录——奇特旺国家森林公园。这里也毗邻印度北部边境，以前是英国王室专用的皇家狩猎场所。英王乔治五世及其子爱德华八世在此猎杀了39只受伤的老虎和30头犀牛。奇特旺国家公园占地930平方公里，园内生长着青翠的竹林，高大壮观的婆罗双树、木棉树和享有"森林火焰"美誉的红色二月花蕨——长势凶猛的藤蔓类植物像巨蟒一样紧紧缠绕着乔木，狂风密雨都不能浸透似的，甚至能将大树置于死地。它也是世上已经罕见的亚洲独角犀牛的栖息之地和孟加拉虎的最后藏身地之一。傍晚我们抵达即将入住的森林边沿的丛林酒店，旷野里看到学生装束的人围着圆桌大小的大饭锅在炖煮什么好吃的东西，炊烟袅袅，夕阳绵绵。

我们入住的小屋纯木结构，一共两层。有阔叶绿树和红花掩映，小屋外围有可供躺着看长河日落的长椅、沙滩伞，还有专供大象经过的通道。旁边的露天烧烤区有低矮的泥巴墙茅草房，土墙外矗立着一株株火红的鸡冠花。小屋外包绕着两河交汇的河湾，夕阳西斜，这样的景致让我想起老家湘江和资江交汇的洲子。小时候一到寒假潮汐退落，就和小外甥女去河洲草地上躺着晒太阳，嚼甘蔗，闲话，数对面江心上来往的白帆。今夕何夕，要是让老爸老妈知道我大过年的跑到异国他乡这样一处神似乡关的地方来度假，不知要说啥了。

这里纳尼亚河水流湍急，水面漂着簇簇团团的水藻浮萍，有人惊呼：鳄鱼！我打开相机拉近镜头，还真看到七八米高的河堤下浮着一截枯木样的东西，两只小泡眼一动不动地露出水面。有人投掷了块石头下去想让它大发神威或者跃出水面，结果鳄鱼神龙不见首尾地潜没了。然后我们一干人沿着河边长堤向茂林深处走去，蹚过一片丛林，眼前豁然开朗，有热带草原的风味了。遥远的草甸和地平线交会处有一圈稀疏瘦金体样的树木，平林漠漠烟如织，一轮橘红的轮盘大落日嵌在灌木丛中腰，逶迤不决。一头庞然大物载着几个挥胳膊甩腿的生物缓缓地进入我们的视野，原来大象要归来了。草甸腹地有道道洼坑，雨水冲积的沟渠纵横，我们跳过几道沟渠，又看到绵延很长弯弯绕绕的河道，水草更浓密，水汽弥漫，不知名的水鸟叫声伴随着暮色四起，入耳显得无比凄怆。向导说那片河洲上有孔雀，我们蹑手蹑脚过去，倒看到两只一米多高的长腿大水鸟，向导说，姑且叫它们"大鸟"吧。大鸟们披着紫褐色泛蓝光泽的长鳌，长腿玉立，姿态娴雅，一看到这么多人靠近，忽刺刺地拍振着大翅膀飞走了。

天色黑了，我们回屋舍入住休息。酒店庭园里栽了些棕榈树，树影婆娑，篝火烧烤点有人围着圆桌弹吉他唱歌聊天，欢声笑语但是没有生火。半夜有人尖叫：犀牛来了！我住在第一层，披着大衣赤脚冲了出来，看到庭院东北角落有个黑黝黝的大物件扎进树影深处了，是带角的肚圆滚壮的犀牛啊，身形没错。

第二天我们六点起床去骑大象。大象园里有专门喂食它们的青皮香蕉出售。我们四人一骑，东南西北四个角落各占据一人被小方框固定在象背上。大象一步一个脚印地向密林深处走去，那个耸动真颠簸啊，拍摄出来的相片都是虚的，手抖得厉害根本没法掌控。驯象师手持锐利的金属棍，扎大象耳根和脖子，大象就会改变行走路线或做出停步让步、蹲下等各种动作。清晨森林里的空气湿润新鲜，满目青翠，有几百年的老藤缠住树干攀援，林网罗织。颇通灵性的大象在我们用青皮蕉取悦它之后，还会用鼻子卷折前行途中的长枝杈，以免背上乘客被刮伤。有调皮的人掰了香蕉朝不同方向随意扔，大象鼻子一卷一个准，"鼻"到擒来。在密林里漫步了近一个小时，我看到了梅花鹿、麋鹿、猴子，还有的象不走寻常路遇到了野猪。这一小时乘坐下来，比坐一天越野车还累，我浑身被抖散了架似的，歪着身子跨在大象屁股一侧，都没法端正坐直了。

第三天一大早我们起床去坐纳尼亚河上的独木舟，然后徒步穿越原始森林。独木舟仅一人座宽，由一根大原木躯干抠挖穿凿而成。每船坐五六人，沿着湿地河流顺流而下。大清早水雾弥漫，击楫中流，细数岸边脸盆大小的鳄鱼洞，刺激又新奇。河水碧绿，偶尔两米开外的地方还有鳄鱼一动不动地做枯木状潜伏，我们也不甚害怕了。河流在原始森林里蜿蜒，沿途一些清晨来岸边饮水的小兽、翅膀扑棱的水鸟、翠鸟，相看两不厌，还看到别的游客骑着大象涉水而过。

远远地有船夫把乘客送到目的地之后持橹逆流而过，黑瘦精干的身躯，他们在浓雾中神情严肃，身手灵便，一种说不出的生之庄严的气概。他们每个月的工资貌似才六七千卢比（一块人民币其时约等于十六七块卢比），小费另计，每天要与鳄鱼和犀牛等凶猛野兽打交道。生于斯，长于斯，最后以这方水域为谋生的竞技场，也算他们的宿命了。

独木舟把我们送到一块林中空地，一个当地森林向导即将带领我们徒步穿越这片森林。他叫阿里，二十出头，五岁开始就在这片原始森林玩耍，熟识各种野兽的脚印和粪便，对哪些线路哪块区域有可能遇到哪个"常客"也是了然于胸。阿里手持一根一米五长的木棍，严肃地站在密林入口小径处的大树下讲话了。他用英文说，这棵树气场很特别，许多猴子喜欢爬上去抖落树叶掉下来，丛林里的小鹿们跑过来捡食落叶，又有猛兽潜伏着以小鹿等小动物为猎物，形成了一个食物链生发地。他告诫我们，进入森林后，勿大声喧哗，穿红着绿的人不要走前面，不要轻易离队，遇到猛兽不要惊慌，保持镇定原地不动双目和它对视……

还好，我们一干人二十来个，猛兽估计早被声势浩大的队伍吓跑了，阿里教授的技艺没用上。大家在浓荫蔽日的高氧森林里做了一次有惊无险的徒步旅行，看到了新鲜出炉的犀牛粪便，看到了黄土城堡一样的巨型蚂蚁巢，透过林木间隙还看到了沼泽地里鳄鱼的身段，更不用说窸窸窣窣的梅花鹿角在林木间抖动了。"若有人兮山之阿，被薜荔兮带女萝；既含睇兮又宜笑，子慕予兮善窈窕。"山鬼木客的居所就是在这样的地方吧。

在尼泊尔的各大城市和景点之间穿梭是比较考验人的，全是山路不说，遇到塌方或者交通事故前方也没有指示，先来后到的车辆只能在拥堵中待命。山谷里尘土飞扬，雾霾充斥，沿路很少有补给和方便场所。奔波在四个世界遗产地（博卡拉，奇特旺，加都，蓝毗尼）的我们不辞辛劳，感觉尼泊尔是个蓬头粗服难掩天姿国色的质朴美女，有待琢磨。沿路记忆碎片纷呈，有席地而坐的人生导师对围着的学生们循循善诱；飞流湍急的白练似的瀑布；突转大弯的溪谷，掉入深谷的涂饰得斑斓五彩的卡车；在大路上就着一盆水洗澡擦身的女人；阔大招展的芭蕉叶，红土地，绿松坡和油菜地……只差车厢里用扩音器播放印度歌舞片插曲《大篷车》和《流浪者之歌》了。

在这样一个百分之九十左右人口都是印度教徒、佛教徒的国家，公共设施诸多不便利。几年之前政变后，王室倾颓，共和制登台，诸方政要竞相逐鹿，纲纪松弛，普通百姓抱怨不堪。向导塔巴说，怀念王室延续垂政下的太平日子。信徒们向往天国的永恒，为什么不能在地面给自己建设一个便利舒适的人间乐园呢？是因为前者的虚渺、高不可攀，使得他们对后者漠不关心；还是因为后者的达成是多么艰难无助，才使得前者具有压倒一切的吸引力？看罗马帝国史，"罗马不是一天建成的"，罗马政权形式也经历了王政、共和、僭主、元首、君主专政制，罗马人以及被他们同化的拉丁人一手用火和剑，一手用法律政令，把罗马帝国打造成堪称后世典范的地中海世界霸主，也成为人类文明史上意义深远的风范。为什么尼泊尔人只能依傍着他们的菩提树，在炎炎烈日下参悟着永远也参不透的一道谜题呢？塔巴说：神会有安排的。塔巴透露他有一个棘手的难题，他已是两个女儿的父亲，外孙都牙牙学语了，但十八年前他就和妻子分居了。在尼泊尔，除非女人提出离婚申诉，法院才会受理。判决离婚时，女方有权利得到男方一半的身家财产。分居而没有离婚的状况下，女方的生活花销都是男方承担，塔巴无奈地说，前几天"她"打电话来说要钱花了，虽然她已经有了自己的情人。面对这样的难题，不知道塔巴的神是怎么给他明示的？天国的神祇有时还不如人间的律令来得实在、庇护凡人啊。

加德满都上世纪中叶曾是西方嬉皮士心目中的圣地。厌世者、观光猎奇者、皈依自然的人或者放浪形骸的人欢聚于此，吸食大麻，参禅打坐，派对狂欢。在这场高烧消退、盛宴人散后，加都成为一个雾霾越来越严重、交通拥堵，当然也有许多传闻轶事、遗风流韵供人缅怀、消磨的地方。在这里，天堂和地狱一步之遥，前尘往世和而今当下没有云泥之别；烧尸庙岸边哀歌未歇，骨灰刚抛撒，河水中已有人在沐浴重生或者祈祷新生。这真是一处残忍到极致的景致。它仿佛告诉你：什么都是天道注定的，人世如露如电如泡沫，只是模具上的一个齿轮，一切都是宿命，包括你情绪的每一维度，包括在加都街头的邂逅一笑，都是前世夙缘。所以来到加都的人，花起钱来特别痛快，艳遇起来特别倾情。离开的时候也恋恋不舍，像被地母被神主眷顾着的一心寻欢的顽童。

　　"Namaste"，再见了，永恒之城；

　　"Namaste"，浮生中偷得的片刻纵情和欢娱。

走过五道口

走过五道口城铁站总可以看到坐卧在地的流浪人口，在中国除了某些富丽堂皇的面子场所，这种现象早不以为奇，大体上我都已麻木。零零碎碎的还是有些情绪片断，记录如下：

一、快走少想，非"礼"勿视。人生惨淡阴暗的一面活生生地摆在眼前，没有救世主的能耐，怜悯是多余的，甚至是自诩为精神贵族的人一种惺惺作态。这和绮愁罗恨意识泛滥中完成了概念偷换、认定自己过着风雅生活、并找到了生存"在场感"的斯文作态的人没有区别。

二、生活本身比任何文艺腔调的作品、历史典籍深刻繁复，难以解读。那个熟睡在千军万马的城铁站中央，醒来时两眼空洞靠墙而坐的老人，你永远没法探悉他经历过什么。生，老，病痛，追求与幻灭，自发，主动和命定环境，这些琐碎的东西塑就了今天的他。没有了纷纷扰扰的大的浮生欲梦，连下一刻吃食的成色和质状都无法确定的人，是累还是空洞？摆脱牢筋伤骨的孽欲痴缠，回归原生动物的本能状态，是霉祸还是福庆？没有了前途未卜的忐忑之情带来的负荷，没有了锱铢必较的得失之心，没有了逞强显摆的冲顶意气，也就没有了大梦初醒后万世皆空的倦怠和空虚感了吧。就回归到盘古开天的一刹那，浑浑沌沌中，摄进蛋白质、脂肪、维生素和水分子，吐纳鼻前舌端的尘埃与空气，直到完成最后一个呼吸作用，訇然倒地，回归尘土。

三、幸福经不起比较。记得一个面目浮肿、五短身材的侏儒女人，曾拥坐在城铁站北端的秋风里，痴肥的脸上满是富足羞涩的表情。因为有个"貌端体健"衣裳褴褛的男人经常守护在她身边，喂食予她。爱是什么，是没有前景、没有退路的两个人的绝地挣扎吗？相濡以沫一定要在江湖险恶、涸辙穷途的背景下才可以展开吗？有多种选择、握持大批明码实价的"条件"的人，海阔凭鱼跃的洒脱后，丢掉的却是食菜根、共患难的白首盟约吗？这对男女身无长物，自由得一无所有，但这个面容和善的男人，把乞讨来的吃食首先喂养给这个毫无"风韵"可言的女人，尽情尽意，他眼神那一刹那的光辉是否可以让艳丽喧嚣的街市为之失色。

07 章

曾经是诗人

大西北

大西北　大西北
打这里飞过的鸟儿，都不再迷途

——题记

传说里有一群衣轻乘肥的武陵年少
传说中是踏不完的长安落日与御林新花

商旅羁客残梦中的驼铃
叩问起归云无意的汉家陵阙
青枫塞外边魂知返
犹记未央宫红颜白发

分不清汉时月还是唐时瓦
秋色模糊卖花巷弄楼台屋檐

乾陵或秦俑
霸业与风花
交予乐游原衰草斜阳去评断

赚得英雄尽白头
刘项原来不读书
钟鼓声声　鸦翼聚散
浮云蔽日里　催走了一个民族古老的繁华

开元盛世　原是蜃市
多少恨　一个人爬上了雁塔

又终将走下

暖暖冬日里
登临的你
看见暮年风雪掠过天心而堆积　弥漫

流浪者之歌

忘不了那方盛产阳光和热力的沃土
忘不了南方中午白杨沉睡的村庄
忘不了波光帆影里柔柔摇荡的星芒
忘不了渡口挥别少年清瘦忧郁的脸庞

是谁的江南　谁的杏花一次次催报了
春雨将走的消息
七月流火　谁把光阴诗卷翻读
到最险陡章节

江边遗落两只洁白湿重的水鸟
一个苦吟老人走入载不动红尘的史册
那片先民筚路蓝缕的林莽
那座竹楼里走出沈从文的边城
不需要烟囱霓虹来构筑的
我那水墨淡染的故乡

我们连根拔起　生活在俄罗斯船歌吟唱的甲板上
和着流浪歌手长长短短的口哨
我们撑起了蒲公英妈妈的伞
为了找回传说中失落的帆板与童话

流星雨

1

为了循环往复的自然不再漫长

所有花朵和春天相约一起开放

为了辽阔的天空不再寂寞

星子们交头接耳举办舞会

为了前世今生的一个约定

所有华美日子一起来临

天空的欢喜如此饱满

一不小心　泄漏了一个闪光笑容

大地怀着深深的感恩

匍匐夜幕下骨骼咔嚓颤动

流星雨来得正是时候

风中次第开放的百合花瓣

——不是泪水

天使们眨着眼睛满世界奔走相告：

他和她不小心涉足了爱情

2

如果天空真的有情

流星不会来去这样匆匆

如果大地敞开宽广怀抱

你为何中途就要凋陨

也许身份尊卑无法判别

落差足以宣判全部命运
还是大气如此稀薄
你不堪忍受生命中之轻
把躯体放置于权衡轻重的天平
你展开叛逆之旅　　拒绝异化
你过早结束自己的一生

3

自由落体的快感中
人们不吝惜地给予你掌声
当宇宙成为巨型看台
天幕被当作剧照和背景
流星雨不过是一段无声旁白
伴随着苍白剧情——
情侣们脸上写满狂热表情
当人们锁定天空作为频道
虚拟一场镀金的演出
流星也逃不过媚俗的宿命……

秋天是一块晾在竹竿上的细手绢

秋天是一块晾在竹竿上的细手绢
棉毛暖手朗朗的底子
有风的时候荡开一屏屏瓦蓝线帘
筛落一地均匀稀白的霜子
阳光嘹亮成九层天外放飞的鸽哨
走出城墙的人们把手搭上了额角眉梢
一枝喇叭花儿沿着框角纹路爬上了天

冬天人们围着火炉翻弄箱底的大毛衣
厚重的往事呛弄得他们低下了眼皮
而秋天只是晾在竹竿上的蓝格细手绢
半明半暗　乍暖还轻
温柔地蒙住抬头看云人们的视线

曾经是诗人

　　遥远的天边，明星次第亮起来，像一双双纯澈不眠的眼睛，多少个想望寄寓其中。你说：渴望辉煌；风起了，蝴蝶翩翩地嬉戏于花丛。你又说：渴望飞翔……而我要说，你恰如兰瓣上晶莹剔透的露滴，幽香暗溢。你可以骄傲地说，曾经是诗人，并将以诗人的步态，走完这漫漫的一生。

知道　不知道

我知道——

有些事情总要被遗忘

如思念的大雁飞过

抖落满天雪白的羽毛。

我知道——

有些眼泪总会流得不明不白

如凝成霜华的白露转眼无踪

如化萤的腐草再度神奇

我知道——

有些努力总是以冒险开始以耻辱告终

有些话语年少时总让人不懂

有些背影会越走越远

融入淡蓝迷离的天空

有风的夜晚会散幻成

满眼迷糊中的漫天星芒

附注：高中时尝试写下的第一首诗。